KB153065

랑야방

풍기장림

랑야방

풍기장림

하이옌 海宴 지음 | 전정은 옮김

4

마시멜로

풍기장림

차
례
◉

风起长林

뜻은 동호에

—

01

—

소원계가 그간 기른 심복들 중에서 누구보다 죽을힘을 다해 명을 따르는 사람은 하성이었다. 그는 주인이 분부만 내리면 큰일이건 작은 일이건 가능한 한 직접 나서서 처리했다. 후임 통령이 언제 경성에 들어오는지 알아보는 소소한 일조차 대충 넘기지 않고 순방영의 소부대를 보낸 것도 모자라 매일매일 틈을 내어 직접 동쪽 성문 부근을 둘러보곤 했다.

다행히 그가 자청한 이 과도한 일거리는 오래가지 않아도 되었다. 사흘 후 아침, 이부 소속 관리 한 명이 의관을 갖추고 성문 입구에 나타나 동쪽 관도를 향해 조용히 섰다. 기다리던 사람이 분명히 오늘 성에 들어올 것이라 생각한 하성은 서둘러 사람을 보내 래양왕에게 알린 뒤 슬그머니 성루에 올라 호기심을 안고 먼 곳을 내다보았다.

반 시진가량 지나자 흙먼지가 뽀얗게 일며 말 수십 필이 나는 듯이 달려왔다. 기수들은 모두 먼지를 잔뜩 뒤집어쓰고 오랜 여행에 지쳐 있었다. 앞장선 사람은 서른 예닐곱의 나이로 낡은 장포를 걸치고 있었다. 오랜 세월 군중에 있던 탓인지 피부는 까무잡잡하고 거칠었으며, 야윈 얼굴에 떠오른 표정은 몹시 냉혹한데다 뺨에 새로 난 흉터까지 있어 멀리서도 서늘한 기운이 느껴졌다.

이부의 관리가 잰걸음으로 마중 나가 공수를 하며 웃는 얼굴로 말을 건넸다.

"적명(狄明) 장군이십니까?"

적명은 고삐를 당겨 말을 멈추고 관리를 훑어보았다.

"그렇소. 대인께서는……."

"소관은 이부에서 일하는 사람입니다. 수보 대인의 명을 받아 이곳에서 적 장군을 기다리고 있었습니다."

"음, 그랬군. 수보 대인께서 이처럼 신경 써주시니 실로 몸 둘 바를 모르겠소."

그의 대답은 무척 예의발랐으나 얼굴에는 별다른 변화가 없었고 태도 또한 시종일관 거리를 두었다. 금릉성에 들어간 후 이부의 관리는 다시 한 번 공손하게 그의 공을 치하하고 그간 경성에 있었던 변화를 설명하는 등 기쁜 기색으로 온갖 화제를 늘어놓았지만, 적명은 침묵으로 일관하며 대화를 나눌 의사조차 보이지 않았다. 반 시진 가까이 달려 중심가 입구에 이르자 관리는 허리를 숙이고 웃으면서 왼쪽으로 말머리를 돌리며 길을 안내했다.

그제야 줄곧 말이 없던 적명이 눈을 찌푸리며 입을 열었다.

"이 몸도 경성 사람이고 길은 알고 있소. 역관은 그쪽이 아니지 않소?"

관리는 눈썹을 세우며 놀란 목소리로 대답했다.

"물론 아닙니다. 허나 장군께서는 경성 분이시고 성안에 본가가 있는데 어찌 역관으로 가려 하십니까?"

적명이 담담하게 대답했다.

"부모님께서 일찍 세상을 뜨셨고 몇 년 전에 친척과 처자식도 모두 병사하여 집에 사람이 없소. 치우고 정리하지도 않았으니 그곳에서 머물 수는 없을 거요."

"하하, 모르셨군요."

관리는 그 말을 기다렸다는 듯이 만면에 웃음을 띠며 만족스럽게 말했다.

"수보 대인께서 이부의 기록을 보시다가 장군의 본가가 황폐해진 것을 아시고 특별히 손을 봐두라고 명하셨습니다. 소관이 수리하고 청소하는 것을 직접 감독했고 일상용품도 모두 갖추어놓았지요. 지내시다가 부족한 것이 있으면 더 마련해놓겠습니다."

적명은 멈칫했다. 예상치 못한 감격에 그의 입술에도 어렵사리 웃음이 피어올랐다.

"수보 대인의 두터운 정을 입으니 실로 어찌 감당해야 할지 모르겠소. 이 몸은 동호 우림영을 맡게 되어 폐하의 용안을 뵙고 절을 하러 금릉성에 들어왔을 뿐 며칠 후에 영채로 떠나야 하는데 공연히 귀찮게 해드렸구려."

순백수 같은 위치에 있는 사람은 별 뜻 없이 한마디 할 수도 있지만, 이런 유의 일을 맡은 관리들은 어떻게든 상부에 보고를 해야 했기에 당사자가 시큰둥하여 일을 제대로 하지 못했다는 평을 듣는 것이 무엇보다 두려웠다. 적명이 이렇게 나오자 관리 역시 그제야 마음의 짐을 덜어낸 것 같아 얼굴에 웃음꽃을 활짝 피우며 기쁘게 말했다.

"귀찮다니요, 무슨 말씀입니까? 나라에 공을 세우신 장군이 경성에서 하룻밤 머무실 곳도 없다면 얼마나 억울한 일입니까?"

적명은 빙그레 웃은 뒤 다시 본래의 과묵한 모습으로 돌아가 관리가 이끄는 대로 자신의 본가로 돌아갔다.

동호 우림영은 소원시가 등극하던 해에 창설한 상비군 7만 명의 부대로, 어명이 있어야만 움직일 수 있었다. 경성 주변에서 가장 큰 부대인 만큼 그 중요성은 말할 필요도 없었다. 우림영 통령 직책은 종삼품으로, 내각과 병부 및 이품 이상의 군후만이 추천할 자격이 있고 최종적으로는 황제가 선발하여 임명하게 되어 있었다. 겉보기에는 결정권이 황제에게 있는 것 같지만 아무래도 소원시는 아직 어려서 식견과 경험이 부족하다는 것은 조정 사람이면 누구나 아는 사실이었다. 따라서 실제로 그 직책을 선발하고 결정한 사람은 역시 황제의 외숙부인 순백수였다.

하지만 이 수보 대인이 가장 염두에 둔 것은 경성의 안정과 조정의 평온이었기에 사사로운 마음을 중요하게 여기지도 않았고 혼자 독단적으로 결정할 생각도 없었다. 동쪽 국경의 싸움이 가라앉자 그는 병부와 군후들에게 사람을 추천하라고 요청하고, 경성 주변 호위를 위한 충성과 능력에 대해 여러 의견을 들어 심사숙고 끝에 선별한 세 사람을 황제에게 보고했다. 결정 과정은 상당히 진지하고 엄격했고 결코 대충대충 넘기는 일이 없었다.

동해와의 전쟁에서 세운 군공만 보면 세 후보 가운데 가장 높은 사람은 적명이 아니었다. 하지만 그는 경성의 문관 집안 출신으로 어떤 부대와도 별다른 인연이 없었고 그 점이 순백수의 눈에 들어 어전에서 최종 논의를 할 때는 이미 마음이 기울어 있었다.

"적명 장군은 경성 출신으로, 천주(泉州)에 파견되어 정사품 주장을 맡다가 조정의 요청에 의해 가장 먼저 동쪽 국경의 무너진 남쪽 전선을 구원하러 갔습니다. 전선에서는 항상 앞장서고 양식이 떨어진 후에도 고립된 성을 단단히 지켰으며 몸에 화살을 여러 대 맞고도 물러서지 않았으니 조정과 폐하에 대한 충성심을 익히 알 수 있습니다."

황제는 용감하고 굳센 사람을 좋아하여 그 말을 듣자 곧 고개를 끄덕이며 옆에 선 소원계에게 시선을 돌렸다.

"래양왕은 원군의 주장이었으니 말해보세요. 적 장군에 대해 어떻게 생각하십니까?"

소원계는 자신에게 질문이 떨어질 줄 몰랐는지 잠시 당황하다가 한 걸음 나서서 신중하게 대답했다.

"적 장군은 천주에서 출발하여 내내 원군의 동남쪽을 지켰습니다. 신도 오래전부터 그 용맹함을 들었으나 실제로 만나본 적은 없습니다."

여기까지 말한 다음 그는 순백수를 흘끗 바라보았고, 순백수가 슬며시 눈을 찡그리자 재빨리 한마디 덧붙였다.

"허나 신의 원군이 적을 추격하여 땅을 수복할 수 있었던 것은 동남쪽에 든든한 원군이 있었기 때문이니 적명 장군의 공이 크다고 할 수 있습니다."

래양왕의 눈치 빠른 대응에 순백수는 무척 만족했다. 래양왕이 칭찬을 하자 소원시도 기쁜 듯이 그 자리에서 붓을 들어 붉은 먹으로 적명의 이름 위에 조그만 원을 그렸다.

황제 폐하의 최종 결정이 내려진 것은 10월 초였다. 하지만 우림영 통령 자리를 너무 오래 비워둘 수는 없었기 때문에 세 후보자에게는 일찌감치 9월에 경성에 들어오라는 명이 떨어졌고 오는 도중에 결과를 알게 된 것이다. 이렇게 해서 입동 다음 날 적명이 금릉성 성문을 통과했고 시일을 허비하는 일은 없었다.

세심한 논의 끝에 선발된 신임 동호 우림영 통령은 과연 황제와 수보 대인을 실망시키지 않았다. 어전에서 병사 훈련과 군무 관리에 대해 보고하는 동안, 그는 자신의 견해를 잘 밝혀 생각이 명료하고 일처리가 깔끔하다는 것을 보여주었다. 그뿐 아니라 경성의 화려함과 본가의 안락함에는 추호의 미련도 없는 듯, 출궁하자마자 내각에 들러 하룻밤만 머물고 동호로 부임하겠다고 전했다.

순백수는 당연히 이처럼 충성스럽고 직무에 성실한 그의 태도를 극찬하며 다시 한 번 나라를 위해 애써달라는 당부와 함께 얼마 전 황제가 하사한 명마 한 필을 그에게 선물했다.

적명은 관리 집안 출신이나 경성인 금릉성에서는 그리 내세울 만한 가문은 못 되었다. 본가도 권세가들이 있는 성 서쪽이 아닌 동쪽에 있었지만 저택 남쪽에 조그마한 개울이 흐르고 주변에 나무가 울창하여 풍경이 그윽하면서도 아름다웠기 때문에 위치는 좋은 편이었다. 우림영의 통령 후보자 셋 모두 경성으로 오라는 명을 받았을 때부터 전근이 결정되어 있었기 때문에 적명 역시 최종 선발이 되지 않더라도 천주로 돌아갈 필요가 없었다. 그래서 그는 늘 함께하던 호위병 30여 명을 모두 데려왔고 그들과 함께 옛집을 찾아가 이부에서 임시로 보낸 하인들을 남김없이 내보냈다.

내일 출발을 위해 짐을 꾸리고 간단히 저녁을 먹은 뒤 적명은 평소 습관대로 정원으로 나가 한 시진 동안 권법을 연습했고 온몸이 땀에 흠뻑 젖은 뒤에야 목욕물을 가져오게 했다. 그 후 일찍 자려는지 방문을 닫고 등불을 껐다.

이경을 알리는 경고가 울렸을 때 저택 전체는 조용하게 잠들어 있었다. 그런데 한참 동안 아무 소리도 들리지 않던 안채에서 문이 열리더니 적명이 검은 전의로 갈아입고 모자가 달린 바람막이를 걸치고 나왔다. 정원에서 야경을 서던 호위병은 이미 지시를 받았는지 일언반구 없이 앞으로 나아가 처마 밑에 준비해둔 말을 끌고 왔다. 적명은 혼자 말에 올라 살그머니 저택을 떠났다.

야간 통행금지에 들어간 거리는 고요했다. 야경을 서는 순방영 관병 몇 명이 적명의 집 옆 골목 모퉁이를 지키고 있다가 통행증을 확인한 뒤 래양왕부의 샛문 밖으로 안내했다. 하성이 이미 이곳에서 기다린 지 오래였다. 그는 재빨리 허리 숙여 예를 올린 뒤 직접 등롱을 들고 정원을 지나 소원계의 서재로 적명을 안내했다.

바깥 곁채의 문이 '끼익' 소리를 내자 등불 아래 단정히 앉아 있던 소원계가 곧바로 일어나 열정적으로 인사를 건넸다.

"적 장군, 오셨소? 어서 이리 앉으시오."

적명은 바람막이를 벗어 옆에 선 하성에게 건네고 두 손을 포개어 예를 갖추었다.

"래양왕께 인사드립니다."

소원계도 손을 들어 반례하고 하성에게 물러가라는 눈짓을 보낸 뒤 손수 따뜻한 차를 따르며 웃는 얼굴로 말했다.

"때가 때이다보니 오래된 차밖에는 대접할 것이 없으나 다행히 잘 말려놓아 빛깔은 아직 괜찮소. 한번 맛보시겠소?"

13

적명은 눈을 찡그린 채 자리에 앉으려고도 하지 않고 차갑고 엄한 목소리로 말했다.

"전하께서도 아시다시피 이 몸은 오늘밤 차를 마시기 위해 찾아온 것이 아닙니다."

소원계는 주전자를 든 손을 내려놓고 눈썹을 매만지며 빙그레 웃었다.

"밤은 길고 이야기할 시간은 많소. 어찌 이리 서두르시오?"

"전하께서는 제게 사람을 보내 훗날 경성에서 만나면 진상을 낱낱이 알려주겠다 하셨습니다. 왜, 이제 마음이 바뀌셨습니까?"

"본 왕은 뱉은 말을 주워 담는 사람이 아니오."

고개를 들고 그를 지그시 바라보는 소원계의 표정이 차차 슬픔에 잠겼다.

"하지만 적 장군, 지난 일은 이미 지난 일이오. 경성에 들어와 앞날이 창창한 장군이 무엇 하러 옛 상처를 들추어 근심을 더하려 하시오? 본 왕도 장군을 걱정해서 권하는 것이오. 때로는…… 모르는 것이 아는 것보다 훨씬 나은 일도 있소."

적명은 몸을 돌려 창가로 다가가더니 눈을 감고 잠시 말없이 서 있었다.

"그해 경성의 역병으로 저희 집안 사람이 몇이나 죽었는지 아십니까?"

"음…… 대략은 알고 있소. 장군의 처자식이 그 역병으로 죽었다지?"

"열일곱입니다. 둘째 숙부, 셋째 숙부 일가족, 제 처와 두 아들, 누이동생, 그리고 쌍둥이 아우들…… 모두 역병으로 죽었고 이 몸의 본가는 텅텅 비었습니다."

돌아선 적명의 눈동자에는 핏발이 가득했다.

"전하께서는 금릉성의 역병에는 숨겨진 진상이 있고, 천재(天災)가 아니라 인재(人災)라고 하셨습니다. 그런데 제가 어떻게 오지 않을 수 있겠습니까? 어떻게 묻지 않을 수 있겠습니까?"

소원계는 살짝 고개를 숙여 찌르는 듯한 그의 시선을 피했다. 그리고 망설이듯 손가락으로 탁자를 톡톡 두드리며 말했다.

"경성에 돌아왔으니 남몰래 조정의 비밀 문건을 살펴보았겠구려?"

"물론입니다."

"무얼 알아냈소?"

"전에 본 공문과 큰 차이는 없었습니다. 역병은 천재가 아니라 야진인들의 복수로 인한 것이었고, 죄인은 결국 달아나지 못하고 모조리 처단되었다고 하더군요."

적명이 눈썹을 세우자 뺨에 새로 생긴 흉터가 꿈틀댔다.

"그 속에서 이상한 점은 찾지 못했습니다. 그러니 전하께서 말씀하신 숨겨진 진상에 대해서 알려달라 청할 수밖에 없습니다."

소원계는 단정하게 앉아 정신을 가다듬고 길게 한숨을 쉬었다.

"장군이 허점을 찾지 못한 것은 그 문건에 있는 내용이 모두 거짓은 아니기 때문이오. 경성의 역병은 확실히 야진인의 복수로 인한 것이었고 복양영은 죗값을 치렀소."

"그렇다면……."

"서두르지 말고 내 말을 끝까지 들어보시오."

소원계는 손을 들어 흥분하는 그를 제지하며 힘겨운 듯 침을 꿀꺽 삼켰다.

"복양영은 분명 달아나지 못했소. 하지만 그는…… 그자는 그 일을 벌인 유일한 사람이 아니오."

적명의 동공이 확 줄어들었다.

"또 누가 있습니까?"

"마지막으로 다시 권하겠소. 장군 스스로의 앞날을 위해서라도 이만 포기하고 다시는 묻지 마시오. 이러니저러니 해도 벌써 몇 년 이 지난 옛일이 아니오."

적명은 눈동자를 활활 불태우며 다시 한 걸음 다가서서 살얼음 같은 목소리로 한 자 한 자 물었다.

"대답해주십시오. 또 누굽니까?"

소원계는 입가를 실룩이더니 말없이 탁자를 짚고 일어나 빠른 걸음으로 붙박이 서가로 걸어갔다. 그리고 비밀 공간에서 나무상 자 하나를 꺼내 적명의 맞은편에 앉으면서 차 탁자에 올려놓고 그 를 향해 밀어냈다.

"이 안에 복양영의 친필 자백서가 있소. 그리고…… 내가 말할 것도 없이 직접 보시오."

초조해하던 적명은 그의 말을 기다리지 않고 나무상자를 끌어 당겨 재빨리 열었다. 복양영의 자백서가 가지런히 접혀 위에 놓여 있었다. 자백서를 먼저 펼쳐 읽은 그의 얼굴에서는 핏기가 싹 가셨 고 차마 상자 속에 잘 말려 있는 황후의 의지를 펼쳐볼 용기조차 나지 않는 것 같았다.

소원계가 몸을 앞으로 살짝 기울여 그 대신 누런 비단 자락을 꺼내 천천히 앞에 펼쳐주었다.

"이제 내 말 뜻을 알겠소? 진상을 안들 무슨 소용이 있소? 당시의 황후는 지고무상한 태후마마가 되셨고, 이 일의 발단이 된 사람은 이제 당금 천자시오. 그 누가 이 일로 풍파를 일으킬 수 있겠소? 그 누가 오래된 사건을 입에 담을 기회를 주겠소?"

적명은 힘 빠진 팔을 축 늘어뜨리고 주체할 수 없이 온몸을 후들후들 떨었다.

"폐하께서는 아십니까? 그리고 순 수보는…… 그자는 이 일을 알고 있습니까?"

소원계는 차갑게 코웃음 치며 펼쳐진 비단을 느릿느릿 감았다.

"순 수보는 영리한 자요. 당연히 처음에는 이 황당한 일에 관해 알지 못했소. 하지만 그때는 나도 참 어리석었지. 복양영에게서 증거를 얻었을 때 깊이 생각해보지 않고 규칙대로 내각에 알렸으니…… 결국 결론은 장군이 본 대로요. 당시에는 아직 선제께서 계셨으니 순백수는 황후가 처벌을 받을까 두려워 사실대로 보고하지도 않고 도리어 온 힘을 다해 사실을 숨겼소. 그자를 속이고 이 증거를 지키기 위해 온갖 수단과 방법을 동원해야 했소."

적명의 눈에 눈물이 솟구쳤다.

"한 나라의 수보가 아닙니까? 설마 그자의 마음속에는 일말의 정의도 없다는 말입니까?"

"정의? 장군, 지금 나이가 몇인데 아직도 그런 순진한 생각을 하시오?"

소원세는 냉소를 흘리더니 격앙된 목소리로 말했다.

"장군에 대해서는 이부의 기록에 모두 남아 있소. 임명을 내리기 전 순백수는 친히 그 기록을 보고도 여전히 장군을 임명했소.

그것이 무슨 뜻이겠소? 그자는 모두 잊었다는 말이오! '처자식이 병으로 죽었다'는 글을 보고도 그해의 역병과 관련지어 생각하지 못한 것이오. 장군이 차마 잊지 못하는 가족들, 그해 억울하게 죽은 금릉성의 모든 원혼은 그자에게 있어 이미 지나간 위기일 뿐, 마음 쓸 가치조차 없는 것이오. 그런데 장군은 그런 자에게 아직도 정의를 바라시오?"

적명은 입술을 악물었다. 갑작스럽게 터져나온 분노에 주먹을 내리치자 차 탁자가 '퍽' 하고 쪼개지고 주먹마저 바닥에 부딪혀 살이 터지고 빨간 피가 배어나왔다.

극도의 고통 속에서 그는 소원계가 처음 한 말이 옳다는 것을 깨달았다. 고집스럽게 상처를 후벼 파내어 결국 그 진상을 알게 되었지만, 안들 무슨 소용인가? 그는 대량의 신하로서 군주에게 충성을 바쳐야 할 몸이었다.

"순백수가 아무것도 눈치 채지 못하였으니 장군의 앞날은 아직 밝소."

소원계의 목소리는 부드러웠지만 심장을 찌르는 풍자가 담겨 있었다.

"신하로서 어쩔 수 없는 일이라 생각하시오. 장군 스스로 그렇게 설득한다면 마음이 조금 편해질 것이오."

적명이 고개를 홱 들었다. 눈동자가 분노로 번뜩이고 있었다.

"그리 생각하지 않는다 한들 무슨 방도가 있겠습니까?"

소원계는 고개를 숙이고 깨진 탁자 파편을 그러모으면서 차분하게 물었다.

"장군이 충성하는 것은 대량이오? 황실이오? 아니면 황위에 앉은 저 사람이오?"

적명은 몸을 부르르 떨더니 혀가 약간 굳은 소리로 대답했다.

"그것이 무슨 차이가 있습니까?"

소원계는 깊이 숨을 들이쉬었다. 손바닥에 식은땀이 배어나왔다. 목표를 고르고 남몰래 부채질하며 한 발 한 발 내디딘 끝에 결국 이 격앙된 밤이 왔다. 오랫동안 반복적으로 생각하고 또 헤아려 보았지만, 마지막 목적지가 정말로 눈앞에 보이자 소원계는 온몸이 마치 잔뜩 메긴 활시위처럼 팽팽하게 긴장되었다.

"내가 어째서 오늘밤 장군을 청했는지 아시겠소?"

"진상을 알려주겠다고 약속했으니……."

눈치 빠른 적명은 반쯤 대답하다 말고 저도 모르게 눈썹을 떨었다. 그랬다. 오늘 밤은 약속을 했기 때문에 부른 것이다. 하지만 그 전에는? 그가 눈앞에 있는 래양왕이 누군지 전혀 몰랐을 때, 가족들의 죽음에 숨겨진 사실을 전혀 눈치 채지 못했을 때 먼저 사람을 보내 그를 찾은 것이 누구였던가? 마음 속 깊은 곳에 자리한 의혹을 끌어낸 사람이 누구였던가?

"그렇소. 본 왕이 장군을 찾고 여기까지 청한 데는 당연히 목적이 있소."

소원계의 옷자락이 바닥에 쏟아진 찻물을 스치며 안팎을 가로막은 병풍 옆으로 느릿느릿 움직였다. 병풍 뒤쪽의 나지막한 나무 시렁 위에는 그의 패검이 걸려 있었다.

"전하의 목적이 대제 무엇입니끼?"

"간단히 말해, 본 왕은 장군이 내 편에 서서 굳은 의지로 내 일을 도와주었으면 하오."

적명은 짐작이 가는지 안색이 하얗게 질렸지만 더는 생각할 용기가 나지 않았다.

"일…… 무슨 일 말입니까?"

소원계는 뒷짐을 지고 차분한 말투로 대답했다.

"황위요. 본 왕은 이미 소원시의 황위를 빼앗기로 결심했소."

적명이 놀람과 두려움에 휩싸여 털썩 주저앉는 것과 동시에 뒷짐을 진 소원계의 손도 힘껏 주먹을 쥐었다. 오늘밤 가장 위험한 순간이자 전력을 다해 판단을 내려야만 하는 순간이었다. 조금이라도 이상한 기미가 보인다면 한바탕 피비린내 나는 생사의 결전이 벌어질 수밖에 없었다.

등불의 그림자가 흔들흔들 춤추고 구석에 놓인 모래시계가 소리 없이 흘러내렸다. 얼마나 시간이 흘렀을까. 얼음덩어리처럼 굳었던 적명이 비로소 몸을 움직일 힘을 되찾았다. 하지만 정신을 차린 그가 맨 먼저 한 동작은 소원계를 향해 힘껏 고개를 젓는 것이었다.

"그것은 대역죄입니다. 안 됩니다. 그럴 수는 없습니다."

동호 우림영 통령의 힘 빠진 거절에 팽팽하게 긴장했던 소원계의 목과 어깨는 도리어 사르르 풀렸다. 그의 표정이 분노에서 슬픔으로 변해갔다.

"하긴, 나도 처음에는 장군과 비슷했소. 무슨 일이 있어도 안분자족하며 신하로서의 본분을 다하겠다고 말이오. 하지만 최근에 일어난 일들이 하나같이 마음을 서늘하게 만들고 있소. 솔직히 말하면 이 결심은 방금 내린 것이 아니오. 병사를 이끌고 동쪽 국경으로 달려갔을 때부터 속으로는 이미 저 황위에 앉은 사람에게 충성을 바치지 않기로 했소."

적명의 떨리는 손가락이 뜨겁게 달아오른 이마를 짚었다. 그가 가라앉은 목소리로 물었다.

"설마, 설마 다른 일이 또 있습니까?"

"장림왕부가 어찌하여 경성에서 물러났다고 생각하오? 동해와 내통한 건 시랑이 누구의 심복인지 아시오?"

소원계는 잇새로 냉소를 흘리더니 병풍 옆에서 물러났다.

"내가 피투성이가 되도록 적과 싸워 동해를 물리친 것은 공을 세우기 위해서도 아니고 꼭두각시 황제에게 충성하기 위해서도 아니오. 단지 내 몸에 흐르는 황실의 핏줄을 저버리지 않기 위해, 조부이신 무정제 폐하의 영명을 더럽히지 않기 위해서였소."

"하, 하지만 폐하께서는……."

소원계는 안타까운 표정을 지으며 그의 뜻에 맞추어 한숨을 쉬었다.

"폐하께서는 아직 어리시고 잘못하신 것도 없소. 하지만 그런들 어떻소? 선제께서는 너무 일찍 떠나셨고 어머니는 저 모양인데다 조정은 이미 순백수의 손아귀에 들어갔소. 여인과 용렬한 신하에 둘러싸여 있으니 나중에도 선조들의 풍격을 이어받기는 어려울 것이오. 적 장군, 장군과 내가 아무리 실망하더라도 최소한…… 우리 대량의 운명이 이렇게 되어서는 안 되오!"

이 말을 하는 동안 래양왕의 눈썹은 살짝 치켜올라가고 표정은 엄숙해져 한 마디 한 마디가 진귀한 보물이라도 되는 것 같았다. 적명은 머뭇머뭇 고개를 돌려 부서진 탁자 파편 사이에 떨어진 누런 비단을 바라보았다. 이뿌리에 힘이 들어가고 고통에 몸부림치던 표정도 점차 안정을 찾아갔다.

"전하의 말씀이 옳습니다. 대량의 운명은 결코 이렇게 되어서는 안 됩니다."

방관자의 눈

—
02
—

랑야산 뒷산의 전각은 산세를 따라 늘어서 있었다. 평평하고 탁 트인 곳에 끊임없이 이어지는 전각 주변으로 험준한 봉우리가 절벽을 끼고 우뚝 솟아 있어 들쑥날쑥 층층이 자리한 누각의 노대에서 보는 풍경도 각기 달랐다.

몽천설의 거처는 노각주가 특별히 골라준 곳으로, 주변 지세가 상대적으로 평탄했다. 방마다 창을 통해 바깥 풍경을 볼 수 있고 뻥 뚫린 널따란 바깥마루는 삼면에서 빛이 들어와 밝고 따뜻했기 때문에 가을날 오후에 앉아 있기에 안성맞춤이었다.

몽천설과 함께 지내면서 그간 모은 약초 그림을 정리하며 보내는 임해는 이곳을 가장 마음에 들어 했다. 이를 본 몽천설이 창가에 탁자와 문방사우를 놓아 임시 서재를 마련해주었다. 소책도 흉내를 낸답시고 자기 탁자를 가져와 고모 옆에 놓고는 동그랗게 몸을 웅크리고 제빌 진지하게 이머니기 준 숙제를 읽었다.

"배…… 백성은…… 신……의 주인……이다. 고로…… 성군은 머…… 먼저……."

어머니가 뱃속에 품고 있을 때 많이 슬퍼했기 때문인지 유복자로 태어난 소책은 겉보기에는 포동포동하고 사랑스러웠지만 선천적으로 체질이 약해 거의 며칠에 한 번씩 린구나 소평정이 근골을 만져 풀어주어야 했다. 몽씨 가문의 내공은 극도로 양강(陽剛, 무술에서 말하는 튼튼하고 강한 기운—옮긴이)했고 순비잔의 공력 또한 무척 깊어, 그가 랑야산에 온 뒤로는 자연스레 이 중요한 일을 맡게 되었다.

이날 오후도 소책의 근골을 풀어줄 때가 되었다고 생각한 순비잔은 혼자 찾아가는 것은 적절하지 않다 싶어 함께 갈 소평정을 찾아 나섰다. 그런데 침실과 다실, 평소 연무하는 돌 근처에서도 그를 찾을 수 없었다. 주위를 한 바퀴 둘러보던 그는 비둘기장으로 통하는 오솔길 근처에서 린구를 만났다.

"구 선생, 평정이 어디 있는지 아시오?"

린구가 그를 돌아보더니 턱짓으로 초록각 쪽을 가리키며 빙긋 웃었다.

"세상의 풍파에 나서지 않겠다고 말은 했지만 완전히 손을 떼기란 쉬운 일이 아니지요."

순비잔은 잠시 어리둥절했지만 곧 그 뜻을 알아차렸다. 옛 벗 둘이 함께 나타나 전한 동쪽 국경의 소식은 깊은 연못에 돌멩이를 던진 것처럼 다소나마 파문을 일으켰던 것이다. 소평정은 요 며칠 노각주와 차를 마시고, 임해를 랑야각 약 창고에 데려가주고, 순비잔과 함께 몇 차례 비무를 하는 등 겉으로는 평소와 다름없는 나날을 보냈다. 하지만 아무리 해도 마음이 가라앉지 않아 이따금씩 멍하니 넋을 놓곤 하는 것을 눈썰미 있는 사람이라면 누구나 알아볼 수 있었다.

"소도에게 듣자니 구 선생께서 동쪽 국경에 관한 모든 정보를 모아 별도로 책을 엮으셨더구려. 평정이 반드시 그 일을 물어볼 줄 아셨던 것이오?"

린구는 빙그레 웃으며 대답했다.

"노각주께서 이런 말씀을 하신 적이 있지요. 벗을 위한 길은 그 벗이 스스로 선택할 수 있게 해주는 것이요, 마지막에 그가 어떤 선택을 하든 조금이라도 도움이 되는 일을 하는 것이다, 라고 말입니다. 저는 평정이 어떻게 나올지 추측한 것이 아니라 그를 위해 미리 준비를 해둔 것입니다. 그가 묻지 않는다면 내버려두면 그뿐이지요."

담담한 말이었지만 그 속에 담긴 정은 깊고도 두터웠다. 순비잔은 감격한 얼굴로 연신 고개를 끄덕이며 초록각 쪽을 바라보았다.

"그 말씀대로라면 지금쯤 평정은 동쪽 국경에 관한 문서를 뒤지느라 바쁘겠구려."

눈치 빠른 린구가 물었다.

"무슨 일이라도 있어 평정을 찾으시는 겁니까?"

"벼, 별일 아니오."

순비잔은 민망하게 웃어 보였다.

"약속한 대로…… 책이를 만나러 가려고……."

랑야각은 소탈하고 세속의 예법에 구애받지 않으며 마음이 가는 대로 자유롭게 행동하는 것을 중요히 생각했다. 하지만 순비잔처럼 점잖고 예를 아는 사람 또한 이해하고 존중하는 린구는 빙그레 미소 지으며 말했다.

"마침 저도 그리로 갈 생각이었는데 함께 가시지 않겠습니까?"

순비잔도 그의 호의를 알아차리고 재빨리 승낙했다. 두 사람은 나란히 구름 낀 잔도를 돌아 측면 회랑을 통해 남쪽 봉우리 바깥마루로 들어섰다. 그때 소책은 막 숙제를 끝내고 강보를 질질 끌면서 부드러운 모포를 깐 바닥을 데굴데굴 구르며 놀고 있었다. 두 사람이 오는 것을 보자 그는 더욱 신이 나 두 손을 반짝 들며 소리쳤다.

"배, 배, 배, 백⋯⋯!"

몽천설이 순비잔은 '사백', 린구는 '구 백부'라고 부르라고 가르쳤기 때문에 두 사람이 함께 들어오자 일순간 혀가 꼬인 것이다. 창가에 있던 임해조차 참지 못하고 웃음을 터뜨렸다.

순비잔도 사랑스러운 아이의 모습에 즐거워했지만 곧 정신을 차리고 다가가 말했다.

"방해해서 죄송합니다. 책이의 근골을 풀어주러 왔는데 괜찮겠습니까?"

말이든 행동이든 항상 이렇게 격식을 차리는 그에게 익숙해진 몽천설은 웃으며 인사를 한 뒤 소책을 불러 겉옷을 벗겼다.

조그마한 아이용 탁자에 책이 한 권 펼쳐져 있는 것을 보고 호기심에 들여다본 순비잔은 깜짝 놀랐다.

"이렇게 어린데 벌써 이런 경전을 배우고 있습니까?"

"그냥 글자를 익히는 거예요. 요만한 아이가 내용을 어떻게 알겠어요? 나는 책을 많이 읽지 않아서 아이를 잘 가르칠 줄 몰라요. 그래서 평장이 어릴 때 태학원에서 익힌 책들을 골라준 거예요."

여기까지 말한 몽천설은 갑자기 목이 메어 말을 잇지 못했고 눈시울도 붉게 물들었다.

순비잔은 공연한 말로 그녀를 슬프게 만들었다는 사실에 당황하여 무슨 말로 위로해야 할지 몰라 허둥거리면서 린구와 임해만 번갈아 바라보았다.

임해가 달려와 몽천설의 손을 꼭 잡아주었다. 옆에 있던 소책도 어머니가 슬퍼하는 것을 느꼈는지 그 품으로 뛰어들었다. 갑작스럽게 북받치는 감정을 억누르려던 몽천설도 아이의 보드라운 손이 얼굴에 닿자 곧바로 눈물을 쏟았다.

"평장은 떠날 때까지도 책이가 생긴 것을 몰랐고 그 전까지 우리는 가능한 한 아이 이야기를 하지 않으려고 했어요. 그래서 그가 어떤 아이를 원하는지, 어떻게 가르치고 싶은지, 아이가 자신을 닮았으면 하는지…… 그런 이야기를 한 적이 없어요."

몽천설은 뺨을 소책의 머리에 바짝 갖다 대고 그의 어깨를 꼭 안았다.

"이따금씩 그 생각이 들 때마다 늘 불안하고 두려워져요. 내가 책을 많이 읽지 않아서 책이를…… 그이 마음에 드는 아이로 키우지 못할까봐……."

그녀는 말을 할수록 더 슬퍼했지만 이렇게 가슴에 쌓아둔 응어리를 털어내는 게 꼭 나쁜 것은 아니었다. 그래서 린구와 임해는 조용히 듣기만 하다가 그녀가 말을 잇지 못할 때면 나지막이 용기를 북돋아주었다. 하지만 순비잔은 그녀의 눈물을 절대 참아넘기지 못하는 성품이라 온 힘을 다해 몸을 돌리고 마루 반대편 끝으로 자리를 피했다.

한참 후, 비로소 마음을 가라앉힌 순비잔이 다시 몽천설 앞으로 돌아와 한쪽 무릎을 꿇고 조용히 위로했다.

"우리 모두 평장이 아이에 대해 어떤 생각을 했는지는 모르지만 그의 성품은 잘 압니다. 그는 어려서부터 스스로를 엄하게 단속해 왔지만 가족이나 벗에게 가혹하게 강요한 적은 없지요. 책이는 착한 아이니 구천에 있는 평장도 무척 기뻐하고 있을 겁니다."

시원한 성품이야말로 하늘이 몽천설에게 준 최고의 선물이었다. 한바탕 울고 난 그녀는 마음이 훨씬 가벼워져 소책의 조그마한 얼굴을 감싸며 눈물이 채 마르지 않은 얼굴에 미소를 띠었다.

"맞아, 우리 책이가 이렇게 착하고 예쁘니 아버지도 분명 좋아하실 거야."

소책은 어머니의 복잡한 심경을 이해하지 못한 채 그 웃음을 따라 초승달 눈을 하고 방긋 웃으면서 보들보들한 얼굴을 어머니의 손바닥에 비볐다. 임해가 아이의 머리를 쓰다듬으며 몽천설의 주의력을 돌리기 위해 순비잔을 돌아보며 물었다.

"평정은 왜 같이 오지 않았나요? 지금 무얼 하고 있지요?"

벗으로 만난 처음이든 점차 정이 싹튼 나중이든, 오랜 시간 소평정과 함께 환난을 겪는 동안 임해는 한 번도 그의 선택이나 결정을 좌지우지하려 든 적이 없었다. 하지만 이 젊은 의녀도 예민하고 정 많은 낭자였고 미래에 대한 동경과 기대를 품고 있었다. 내심 깊은 곳에서는 언제나 소평정이 대량 조정의 소용돌이에서 철저히 벗어나 다시는 걱정하지 않고, 다시는 돌아보지 않기를, 그와 함께 천하를 주유하고 수많은 약초를 구경하면서 신선처럼 유유자적한 삶을 살 수 있기를 바라 마지않았다.

소평정이 초록각에서 동쪽 국경 소식을 뒤지고 있다는 사실에 임해의 마음속에는 씁쓸한 실망감이 피어올랐다. 하지만 표정은 언제나처럼 차분해서 함께 있는 몽천설과 순비잔은 눈치 채지 못했고 린구 혼자만 고개를 돌려 그녀를 가만히 바라보았다.

"동해와의 전쟁은 일단락되었고 나머지는 금릉성 조정에서 고민할 일이지요. 평정은 애초에 그처럼 참혹하게 패배한 까닭이 궁금했던 것뿐이니 명확히 답을 얻으면 곧 흥미를 잃을 겁니다."

린구는 세상에서 소평정을 가장 잘 아는 사람 중 한 명이었다. 따라서 그가 한 말은 임해를 위로하려는 목적도 있었지만 동시에 사실이기도 했다. 경성을 떠나 영구를 모시고 북으로 올라간 뒤로 지난날의 장림부 둘째 공자는 다시는 금릉성 조정에 관심을 두지 않았다. 그가 동해의 전쟁에 흥미를 느낀 것은 확실히 의혹과 호기심 때문이었고 그 자신조차 자료를 뒤적여 답을 찾아내면 이 일에 대해 까맣게 잊어버릴 것이라 생각했다.

그러나 아무리 모르는 것이 없는 랑야각이라 해도 세상의 모든 진실을 다 수집할 수는 없었다. 동쪽 국경의 소식을 끌어안고 장장 이틀 동안 끙끙댔지만 소평정의 의혹은 깨끗이 지워지기는커녕 점점 깊어가기만 했다.

"동쪽 국경 일곱 개 주는 벌써 되찾았는데 뭐 하러 지도를 뒤적이는 것이냐?"

순비잔은 서재 바닥에 잔뜩 깔린 종이와 지도를 밟지 않으려고 조심하면서 소평정의 맞은편에 앉아 눈을 찡그리며 물었다.

"이상한 점이라도 있느냐?"

소평정은 고개를 저었다.

"아직 확실하지는 않아요. 이치에 맞지 않는 일이 너무 많은

데…… 원계는 경험이 부족하니 동해에 다른 꿍꿍이가 있어서 철수했더라도 발견하지 못했을까봐 걱정입니다. 원계뿐만이 아니지요. 저는 방관자의 눈으로 보니 쉽게 알아차렸지만 보면 볼수록 점점 더 뒤죽박죽이군요."

순비잔은 멍하니 눈을 껌뻑였다.

"뒤죽……박죽이라고?"

"저와 형님은 어려서부터 병서와 전쟁 사례를 읽으며 자랐기 때문에 전쟁의 군사 기록이 전부 있으면 전투 과정에서 쌍방의 의도와 전법, 그리고 결과와 향방을 대강 알 수 있습니다. 하지만 동해의 전투는 잘 알 수가 없어요."

순비잔은 멍한 얼굴로 머리를 긁적였다.

"랑야각의 소식통이 아무리 정통해도 군사 기밀을 통째로 손에 넣을 수는 없었을 테니 정보가 부족한 것이 아니냐?"

"그럴 수도 있겠지요. 비둘기집에서 보내는 소식은 확실히 지나치게 간략하니까요."

소평정은 린구가 만들어놓은 책문갑을 두드리며 주저하듯 입을 열었다.

"하지만 똑같이 간략한 정보로도 초반의 상황은 충분히 이해할 수 있었습니다."

"그래? 초반이라면 어떤 내용 말이냐?"

소평정은 종이 더미에서 지도 한 장을 골라 탁자 위에 펼쳤다.

"보다시피 전쟁 초기에 동해에는 내응자가 있었고 준비도 충분했습니다. 그들은 손에 넣은 정보를 아낌없이 활용했고 서쪽으로 진군시킨 병력은 조정이 지금껏 알고 있던 숫자를 훨씬 넘어섰지요. 그래서 싸움이 시작되자마자 잇달아 열 개 주를 빼앗았던 겁니다. 얼핏 보면 있을 수 없는 일 같지만 사실은 체계적으로 잘 싸웠기 때문이지요."

동해와 내통한 자가 있다는 말에 순비잔은 대뜸 노기를 띠며 이를 갈았다.

"정말 뜻밖이었다. 우리 대량의 조정에 재물을 위해 나라를 팔아먹은 역적이 있었다니!"

"하지만 아무리 시작이 순조로웠다 해도 동해의 실력에는 한계가 있어서 열 개 주를 모두 집어삼킬 수는 없지요. 그래서 우천래도 진격하면서 살인과 약탈을 통해 재물을 빼앗는 데 주력했습니다. 그 행동을 보면 애당초 그 땅에 주둔할 생각이 없었던 거지요. 생각해보세요, 이런 전제 아래서 양식이 풍부한 조정의 정예병이 원군으로 나타나면 어떻게 해야 할까요?"

순비잔은 탁자를 탁 쳤다.

"후퇴해야지!"

"맞습니다. 병력 한 갈래를 남겨 추격을 지연시킨 뒤 전리품을 가지고 전속력으로 후퇴해야겠지요. 우리 원군과 대치할 만한 힘이 있는 곳까지요."

"설마…… 그렇지 않았다는 거냐?"

"일곱 개 주를 탈환하는 동안 총 여섯 번의 큰 싸움이 있었습니다. 겉보기에는 각기 다르지만 실질적으로는 똑같은 싸움이에요. 동해는 제법 큰 성마다 한 번씩 원군과 교전했고 그 싸움이 끝나자마자 퇴각했는데 가장 길었던 싸움이래야 이틀 정도밖에 되지 않았습니다. 그런 식으로 조금씩 회수까지 퇴각한 거지요."

순비잔은 머리를 쥐어짜보았다.

"어쩌면…… 묵치후가 성을 지킬 마음이 있었는지도……."

소평정은 고개를 저으며 빙긋 웃었다.

"동해가 시작부터 기세가 드높았고 대량은 갑작스러운 연패를 당했으니 조정에서 오판을 한 것도 이상하지는 않습니다. 하지만 묵치후는 자신이 가진 진짜 병력에 대해 누구보다 잘 알고 있지요. 지키지 못할 것을 알고 성안에 있던 은자와 군량도 이미 옮겨두었으니 주저 없이 철수하면 되는데 어째서 병력을 남겨 교전했을까요? 원군의 전력이 어느 정도인지 가늠해볼 의도였다고 해도 한두 번이면 충분합니다. 그런데 매번 아무 의미도 없는 일을 반복한 이유가 무엇일까요?"

순비잔은 당연히 대답하지 못하고 다소 창백해진 얼굴로 되물었다.

"소원계는 원군의 주장이었는데 그런 점을 전혀 몰랐을까?"

소평정은 잠시 생각하다가 한숨을 쉬었다.

"목옹 장군이 주장인데 몰랐다면 이상했겠지요. 하지만 원계는 아무래도 전쟁 경험이 부족하니 아마도 힘들게 싸워서 하나하나 성을 되찾았다고 생각할 겁니다."

"원계뿐 아니라 모든 사람이 동해와의 싸움을 그렇게 보고 있다!"

이렇게 말한 순비잔은 갑자기 무슨 생각이 떠올랐는지 무릎을 탁 쳤다.

"그렇지! 묵치후는 총퇴각을 하면 사기가 떨어질까봐 일부러 조금씩 물러난 것이……."

소평정은 참지 못하고 웃음을 터뜨렸다.

"순 형님, 계속 패배하면서 퇴각하는 것이 사기에 더 나쁘다고 생각하지 않으십니까?"

"하긴, 지는 것보다 먼저 물러나는 편이 낫겠지. 우리 원군 입장에서야 그렇게 매번 싸워 이기는 편이 보기 좋겠지만."

별 뜻 없이 한 말이지만 '원군 입장에서 보기 좋다'는 그 말이 혼란스럽던 소평정의 머릿속을 꿰뚫었다. 아무 까닭도 아무 근거도 없이 별안간 머릿속에 떠오른 그 생각은 다분히 악의적이었기 때문에 그는 정신이 들자마자 황급히 고개를 흔들어 그 생각을 멀리 떨쳐냈다.

순비잔은 그의 얼굴에 떠오른 표정 변화를 알아차리지 못하고 오로지 조정 일이 염려되어 걱정스레 물었다.

"네 말대로라면 분명히 동해에 다른 음모가 있는 것 같은데 앞으로 어떻게 해야겠느냐?"

소평정은 입을 꾹 다문 채 눈을 내리뜨고 탁자 위에 늘어놓은 종이들을 정리해 책문갑에 넣었다. 그리고 한참 만에야 비로소 말했다.

"저는 상을 지키러 왔고 이제 조정 사람도 아닙니다. 따지고 보면 제가 상관할 일은 아니지요."

"상관할 일이 아니라니?"

순비잔은 깜짝 놀라 저도 모르게 두 눈썹을 추켜올렸다.

"나라의 대사인데 정말 모른 척하겠다는 것이냐?"

"대량에는 영재들이 즐비하니 한 사람이 빠진다고 무너지지 않습니다. 제가 알아차린 일이라면 다른 누군가도 알아차릴 거라고 믿고요. 더욱이 동쪽 국경의 싸움은 처음부터 끝까지 엉망인 것도 아니었습니다. 초반에 전선이 무너졌을 때에도 검주에서 있었던 반격은 아주 훌륭했지요."

"우리가 초반에 승리한 적이 있다고?"

"모르셨어요? 조정에서 보낸 원군이 도착하기 전까지 딱 한 번 있었던 승리지요. 승리한 장군은⋯⋯."

소평정은 책문갑을 다시 뒤져 종이 한 장을 뽑아냈다.

"악은천(岳銀川)이었습니다. 동해의 기세가 한창 올라 있을 때였는데 주장이 전사하고 병력이 흩어진 상황에서 기습을 감행해 승리를 얻었으니 확실히 쉬운 일은 아니지요. 부왕께서 살아 계셨다면 분명히 천재라고 칭찬하셨을 겁니다."

소평정에게 천재라는 말을 들은 악은천 장군은 확실히 동해와의 싸움에서 무시 못할 큰 공신이었다. 회좌영(淮左營)의 정오품 참장으로 품계가 높지 않던 그는 검주에 주둔하다가 주장이 전사하자 남은 부대를 이끌고 길목을 굳게 지키는 한편 기습으로 반격을 가했다. 그 싸움은 대량이 동쪽의 열 개 주를 잃어버린 이래 첫 번째 승리였다. 그뿐 아니라 적의 영채에서 대량의 방어 지도를 습득하여 재빨리 경성에 보고했고, 이로 인해 동해 내통이라는 어마어마한 사건이 알려진 것이다. 원군의 주장인 소원계조차 군사 기밀이 새어나간 것을 발견한 이 공로야말로 이번 전쟁을 통틀어 아무도 따라가지 못한다고 인정하지 않을 수 없었고, 비록 중군을 따라 회수 서쪽 기슭까지 진군하며 공을 세우지는 않았지만 '악은천'이라는 이름은 군공 기록의 으뜸에 놓일 자격이 충분했다.

동해와의 전쟁은 3월에 갑작스럽게 일어나 8월 초에 양군이 회수에서 대치 상태에 들어갈 때까지 꼬박 다섯 달이 걸렸고 국경의 주둔 부대와 행대군까지 10만이 넘는 병력이 동원되었다. 죽은 병사와 백성의 피가 내를 이루고 마을이나 밭 등이 망가진 일을 처리하는 것은 차치하더라도, 전쟁이 끝난 후 참전 장수들의 공로를 정리하는 데에도 병부 전체가 눈코 뜰 새 없이 바쁜 시일을 보내야 했다.

이 바쁜 나날은 10월 초까지 이어졌다. 소원계는 이미 한 달여 전에 공을 인정받아 왕으로 봉해졌고 동호 우림영 신임 통령 역시 행장을 꾸려 부임지로 떠나자 전체적인 논공(論功)도 마무리되어 병부는 내각을 통해 상을 내려달라 청했다.

병부의 요청을 받은 소원시는 누가 보아도 다소 울적한 얼굴로 상주문을 대충 훑어본 뒤 눈을 찡그리며 용좌 아래에 선 순백수에게 물었다.

"우리 대량의 동쪽 세 개 주가 적의 손에 들어갔고 전쟁이 아직 끝나지도 않았는데 어째서 무조건 상부터 내리라는 겁니까?"

조정의 수장인 내각 수보로서, 국토를 수복하고자 하는 마음은 순백수 역시 소원시보다 약하지 않았다. 그런 그가 병부의 주청에 동의한 것은 분명히 여러 가지로 고려한 끝에 내린 결정이었다. 그는 곧 허리를 숙이며 대답했다.

"폐하, 동해에 빼앗긴 세 개 주는 회수 동쪽에 있어 강을 건너야 싸울 수 있습니다. 동해는 수군이 가장 강하고 올해는 예년보다 여름 홍수가 오래 이어진 탓에 나루터와 제방이 심각한 피해를 입어 보수 중입니다. 갖가지 불리한 점이 많아 당장은 국토 수복을 위한 싸움을 벌이기가 무척 어렵습니다. 승리 확률을 조금 더 높이기 위해서는 서두르지 말고 때를 기다려야 합니다. 그뿐 아니라 이번 동쪽 국경의 위기는 열 개 주에 달했으나 병사들이 목숨 걸고 싸운 덕에 이나마 상황을 안정시킬 수 있었습니다. 조정에서 제때 상을 내리면 폐하의 은혜와 관용을 보여줄 수 있고, 또한 전선을 격려하여 훗날의 싸움에 대비할 수 있으니 일거양득이 아니겠습니까?"

가만히 듣고 있던 소원시는 그 말에 일리가 있다 생각했지만 그래도 의문이 풀리지 않아 소원계를 돌아보았다.

"래양왕은 이번 전쟁의 최고 공신이니 말씀해보세요. 대체 언제쯤이면 땅을 수복할 기회가 오겠습니까?"

회동 세 개 주 탈환 싸움은 소원계가 어떻게든 피하고 싶은 일인데 직접적으로 이런 질문을 받자 움찔하지 않을 수 없었다. 그는 재빨리 허리를 숙여 표정을 감춘 뒤 공손하게 대답했다.

"순 대인께서 설명하신 것이 확실히 지금의 현실입니다. 동해가 비록 우리 대량보다 나라도 작고 힘도 부족하지만 수전(水戰)은 그들의 장기입니다. 그 세 개 주는 회수라는 천험의 지세에 가로막혀 멀리 떨어져 있기 때문에 다른 땅과는 다르며, 대가를 생각지 않고 대규모 병력으로 밀어붙인다고 승리할 수는 없습니다."

"그 말은……."

"기실 동해와의 싸움은 멈추지 않았습니다. 폐하께서는 부디 동쪽 국경 장병들을 믿어주십시오. 적당한 기회가 오면 자연히 용감하게 싸워 땅을 되찾아올 것입니다."

소원시는 고개를 숙이고 병부에서 올린 상주문을 한참 동안 뒤적이다가 천천히 입을 열었다.

"짐은 병부의 요청을 받아들여 공에 따라 상을 내리겠습니다.

하지만 회동의 땅을 수복하는 것이 당장의 급선무이니, 조정에서 상의해도 끝내 좋은 방법이 나오지 않는다면 장림왕을 불러 물어 봐야 하지 않겠습니까?'

갑자기 툭 튀어나온 그 말에 조양전 난각 안의 분위기가 무겁게 가라앉았고 순백수조차 얼빠진 얼굴이 되어 아무 반응도 하지 못했다.

"회화장군은 죄를 지어 직책을 박탈당했고 북쪽 국경의 군영도 이름이 바뀌었습니다. 하지만 장림부의 왕위는 황조부께서 내리셨으니 건드릴 수 없지 않겠습니까? 상이 끝나면 아버지의 작위를 잇는 것이 규칙입니다. 경들은 짐이 말한 장림왕이 누구인지……정녕 모르시겠습니까?"

한 차례 충격이 지나가자 진훈 등 몇몇 대신은 이 말에 대답할 필요가 없다는 것을 깨닫고 일제히 고개를 숙인 채 아무 말도 하지 않았다. 순백수는 시퍼레진 얼굴로 애써 마음을 가라앉히고 허리를 숙였다.

"폐하의 말씀이 옳습니다. 허나 소평정이 비록 세상이 찬양하는 기재이기는 하나 북쪽과 동쪽의 상황은 다릅니다. 더욱이 곰곰이 헤아려볼 때 선 장림왕의 상은 연말쯤 되어야 끝이 날 뿐 아니라 소평정 스스로 왕작과 부귀영화는 뜬구름 같은 것이라 말했으니 공연히 귀찮게 하지 않는 편이 좋겠다고 생각합니다."

소원시는 고개를 들어 그를 흘끗 보았지만 그 자리에서 반박하지 않고 다시 병부가 올린 공신 목록을 하나하나 짚으며 구체적인 공로가 무엇인지 물었다.

병부의 제안과 예부의 준비에 따라 큰 공을 세운 동쪽 국경의 장수 열 명은 섣달에 경성에 와서 황제를 배알하고 상을 내려 치하하기로 했다. 그중에서 가장 소원시의 흥미를 끈 사람은 당연히 악은천이었다. 소원시는 진훈에게 그의 공적에 대해 들은 뒤 래양왕에게도 의견을 물었다.

사실 소원계는 이번 전쟁에서 숨겨야 할 비밀이 너무 많아 악은천같이 품계가 낮은 무관에 대해 자세히 알아본 적이 없고 전쟁 중에도 가능한 한 접촉하지 않으려 했기 때문에 그에 대해 진훈보다 많이 알지도 못했다. 그래서 빙그레 웃으며 실속 없는 대답을 할 수밖에 없었다.

"전쟁터에서는 뒤에서 날아오는 화살이 가장 무섭습니다. 소신이 출정해 순조롭게 승리를 거둔 것은 검주에서 군사 기밀이 새어 나가고 있다는 것을 알아냈기 때문이니 병부에서 악 장군의 공로를 으뜸으로 올린 것에 아무도 이의를 제기하지 못할 것입니다."

그 말을 들은 소원시는 두 눈을 반짝이며 손가락으로 악은천의 이름을 힘껏 누르면서 예부에 분부했다.

"이런 공신이라면 당연히 무거운 상을 내려야지요. 그가 경성에 들어오면 짐이 단독으로 만나겠습니다."

예부의 심서가 명을 받는 것을 끝으로 이번 어전 회의도 마무리되었다. 병부의 상주문이 받아들여지고 도중에 일어난 미미한 흔들림은 병부와 큰 관계가 없었기 때문에, 이 늙은 상서는 결과에 무척 만족하여 조양전에서 물러난 뒤 기분 좋게 앞장서 걸어갔다. 반면 순백수는 침울한 얼굴로 일부러 발걸음을 늦추고 소원계에게 계단참에서 잠시 보자는 눈짓을 했다.

"회동 세 개 주를 수복하지 못하면 폐하뿐 아니라 우리 대신들에게도 큰 부담입니다. 물론 래양왕의 말씀도 옳지요. 급히 움직이다보면 뜻을 이루지 못하고 수렁에 빠질 수도 있으나 기회가 오기를 기다리기만 할 수도 없습니다. 대략적인 방법이라도 천천히 마련해보아야겠습니다."

현재 조정에 있는 래양왕의 기반은 모두 동쪽 국경의 전공에서 비롯된 것이었다. 순백수의 평소 기풍으로 보아 그가 똑같은 곳에서 공을 세워 뿌리를 튼튼히 하도록 내버려둘 리 없는데 갑자기 이처럼 의지해오는 까닭은 아무래도 어린 황제가 장림왕을 언급한 것과 무관하지 않다는 것을 알 수 있었다.

"국토를 수복하는 것은 당연히 모든 이의 책임입니다만 그 방책에 관해서는 의당 병부에서 맡아야 할 것입니다."

소원계는 일부러 진훈의 뒷모습으로 눈길을 던지며 말했다.

"진 대인을 청해 상의해볼까요?"

"담당이야 당연히 병부 소관이지요. 다만 래양왕께서 그 전쟁에서 원군의 주장이셨으니 어찌되었든 전혀 모른 척하실 수는 없습니다. 평소 크게 바쁘지 않으시면 틈을 내어 궁리해주십시오."

"대인도 참, 제가 무슨 할 일이 있다고 바쁘겠습니까? 매일 한가롭게 시간을 보내는 것이 전부인 사람 아닙니까?"

"한가롭게 부귀영화를 즐기는 것이야말로 누구나 부러워하는 일인데 나쁠 것이 무엇입니까?"

순백수는 고개를 젖히고 허허 웃더니 그의 어깨를 두드렸다.

"전하께서는 이 늙은이 같은 평범한 신하와는 다르십니다. 폐하께서 훗날 종친들의 봉작을 높이실 때 뭐니 뭐니 해도 전하께서 최우선이 아니겠습니까? 머리에 쓴 관에 왕주가 하나하나 늘어나면서 모든 것이 순조롭게 풀릴 터인데 매일처럼 바삐 뛰어다닐 필요가 어디 있겠습니까?"

소원계가 눈썹을 살짝 세웠다.

"농이 지나치십니다, 순 대인. 폐하께는 아우가 두 분 있으신데 종친의 봉작에 관해 어찌 저를 최우선으로 삼으시겠습니까?"

예상대로 소원계가 신경을 쓰자 순백수는 의미심장하게 웃어 보였다.

"그 점은 안심하십시오. 태후마마와 폐하께서는 채 성년이 되지 않은 이복형제들에게 지나친 은혜를 베푸는 것은 옳지 않다 생각하고 계시니까요. 그분들이 전하의 머리 위에 올라앉는 일은 없을 겁니다."

수보 대인은 자신이 사람 마음을 훤히 들여다본다는 사실을 무척 흡족해했기에 이를 잘 아는 래양후는 자연스레 그 기대에 부응했다. 하지만 이 늙은 여우의 날카로운 눈을 속이기란 쉬운 일이 아니어서 보란 듯이 지어 보인 기쁜 표정도 적당하게 유지해야 했다. 너무 짙으면 가식적으로 보이고 너무 옅으면 성의 없어 보이기 때문이었다. 덕분에 그와 이렇게 이야기를 나누고 헤어질 때마다 소원계는 전쟁터에 나가 싸운 것보다 더 지치곤 했다.

홀로 궁궐 문에서 나왔을 때 서쪽 하늘은 이미 지는 해에 핏빛처럼 물들고 있었다. 래양왕부의 마차는 주인이 나오자마자 움직여 빠른 속도로 그 앞에 멈추었다. 발판을 밟고 마차에 오를 때 소원계는 꾹꾹 눌러온 울적한 기분을 참지 못해 난간을 힘차게 움켜쥐었고 그 바람에 두툼한 나무 막대에 금이 쩍 갔다.

따르던 호위병들이 화들짝 놀라 어리둥절해하며 물었다.

"전하, 무슨……."

소원계는 숨을 깊이 들이쉬며 눈을 질끈 감았다.

"장림부…… 찰거머리 같은 장림부……."

겉은 알고 속은 모르는

—

03

—

2년여 전, 묵치후 우천래와 맺은 맹약 덕분에 소원계는 대량 조정의 중심부로 가는 문을 열었다. 그 후 돌아올 수 없는 길을 건넜다는 사실과 솟구치는 야심은 독가시로 뒤덮인 채찍이 되어 잠시도 쉴 틈을 주지 않고 최종 목표를 향해 그를 몰아붙였다. 물론 권력과 지위가 주는 달콤함을 맛본 래양왕 자신도 멈출 생각은 없었다.

동지 사흘 후, 두 달 가까이 소식이 없던 동호 우림영에서 밀서한 통이 날아들었다. 얄팍한 종이에 담긴 내용은 간단하고 뜻은 모호했지만 병력을 장악하는 일에 관한 적명의 자신감을 엿볼 수 있었다. 소원계는 오랫동안 가슴을 짓누르던 돌을 내려놓은 것 같아 단출하게 술자리를 열어 축하했다. 순백수와 태후가 있는 한 장림왕부를 향한 어린 황제의 그리움은 큰 문제가 될 것 같지 않았고, 그의 웅대한 목표가 결실을 맺을지는 동호 우림영을 완벽히 손에 넣느냐에 달려 있었다.

구리 쟁반 속 빨간 숯이 방 안 가득 온기를 토해냈다. 순안여는 보글보글 끓는 물그릇에서 은주전자를 꺼내 소원계에게 따뜻한 술을 따라주었다. 부군이 무슨 일로 즐거워하는지는 모르지만 규중의 수많은 부인이 그렇듯 그녀 역시 부군이 즐거워하면 덩달아 기분이 좋았다.

좋은 술 몇 잔이 뱃속에 들어가자 취기가 살짝 돌기 시작한 소원계는 아내가 머리에 꽂은 백옥 비녀를 만지작거리며 물었다.

"그날 이후로 태후께서 주신 쌍두봉황 비녀를 한 것을 본 적이 없구려. 모양이 마음에 들지 않소?"

순안여는 부드럽게 미소를 지었다.

"손님을 맞는 것도 아니고 큰 행사가 있는 것도 아닌데 무엇 하러 그 무거운 것을 달겠어요?"

"하긴, 순씨 집안의 따님께서 고작 쌍두봉황 비녀 같은 것에 연연해할 리 없지."

"그런 말씀 마세요. 예법에 따라 해야 할 때면 하겠지만 평소 부중에 있을 때는 성가셔서 쓰지 않는 것뿐이에요."

소원계는 고개를 돌리고 다소 몽롱한 시선으로 아내의 온순한 얼굴을 가만히 들여다보다가 불쑥 말했다.

"예전에 들은 소문이 생각나는구려. 순씨네 큰아가씨가 태어나고 만 한 달 되던 날 방술사들이 관상을 보러 왔다가 입을 모아 존귀함을 타고난 상이니 필시 궁궐에 들어가 마마가 될 것이라고 했다지?"

순안여는 안색이 싹 변해 그의 손을 밀어내고 허리를 똑바로 세웠다. 그 바람에 하마터면 탁자에 놓인 술잔이 엎어질 뻔했다.

"무슨 말씀이세요? 바깥에 떠도는 유언비어일 뿐이에요!"

"그냥 생각나서 이야기한 것뿐인데 왜 그리 정색을 하시오?"

소원계는 그녀에게 몸을 기울여 어깨를 끌어안으며 웃었다.

"당신 집안과 용모가 뛰어나지 않았다면 그런 소문도 나지 않았을 것이오. 속인들이 하는 말이야 웃으며 넘기면 그뿐이지, 화를 낼 까닭이 무엇이오?"

순안여는 고개를 숙이고 입술을 깨물었다.

"당신이 어떤 소문을 들으셨든 속으로 무슨 생각을 하시든, 저는 입궁해서 마마가 되고 싶은 적이 진정 단 한 번도 없었어요."

소원계는 그녀가 부군의 의심을 살까 두려워하는 줄만 알고 또다시 웃음을 터뜨리며 그녀의 손을 꼭 잡았다.

"알겠소. 내가 공연히 당신을 놀렸구려. 폐하와는 나이도 맞지 않은데 설마 그런 오해를 하겠소?"

"당신에게 들려주려고 해보는 말이 아니에요. 마음속에 품고 있던 진심이에요. 설령 나이가 맞았다 하더라도 궁궐에서 사는 것은 싫어요."

"어째서?"

소원계는 이해가 가지 않아 눈썹을 추켜올렸다.

"태후마마께서 몹시 아끼시니 궁에서도 금지옥엽으로 대우를 받았을 텐데. 그런 당신을 부러워하는 사람이 셀 수 없이 많소."

무슨 생각을 하는지 멍하게 넋이 나간 순안여의 얼굴은 다소 파리했다.

"평생 궁궐 담장 안에 갇혀 남을 짓밟거나 아니면 짓밟히며 산다는 것은 정말이지 무서운 일이에요. 저는 전전긍긍하며 살고 싶지도 않고, 저 자신까지 서서히…… 그런 무서운 사람으로 변해가는 건 견딜 수 없어요."

소원계로서는 그녀가 털어놓은 속마음을 통 이해할 수 없었지만 알싸한 술기운과 방 안 가득한 향기, 고운 눈동자에 어린 눈물을 보자 절로 가여운 마음이 들어 그 말을 깊이 음미해보지도 않고 말했다.

"알았소, 알았소. 당신 마음 아오. 걱정 마시오. 당신은 내 사람이니 앞으로 당신이 어디에 있든 내가 있는 한 전전긍긍할 필요 없소."

문가에 꿇어앉아 있던 민아와 패아는 왕이 취한 눈으로 왕비를 안고 기다란 침상으로 향하는 것을 보자 재빨리 물러나며 바깥문을 닫았다.

이 난각은 안채의 남쪽 곁채에 있고 중정을 돌아가면 주인의 침실로 통하는 숨겨진 문이 있었다. 패아는 왕비가 아침에 외출할 때 썼던 장신구가 화장대에 놓인 것을 보고 아직 여유가 있겠다 싶어 민아에게 알린 뒤 정리하러 들어갔다.

순안여는 왕부에 있을 때는 수수하게 차렸지만 외출할 때는 신분에 맞는 치장을 했다. 오늘 사용한 동주(東珠, 중국 송화강 하류나 그 지류에서 나는 진주—옮긴이) 보요며 야광 귀고리도 몹시 귀한 것들로, 지금도 청동거울 앞에서 영롱한 빛을 뿌리며 반짝이고 있었다.

패아는 배나무로 만든 장신구 상자를 열었다. 손가락 끝이 매끈매끈한 진주에 닿자 별안간 또 그날 밤 연못에서 본 장면이 떠오르고 달빛에 빨갛게 반짝이던 야광 산호가 눈앞에 아른거렸다. 멍하니 넋이 나간 그녀는 민아가 뒤에서 툭 치고 나서야 화들짝 놀라 정신을 차렸다.

"왜 이렇게 안 나오나 했더니 또 넋을 놓고 있었어?"

민아가 나무라며 정리를 도왔다.

"왕비께서 마음이 넓으시긴 하지만 넌 대체 언제까지 흐리멍덩하게 있을 거니? 한 번 두 번이야 그렇다 쳐도 벌써 며칠째야? 우리는 누가 뭐라고 해도 하녀야. 계속 제 일만 생각하고 있을 수는 없단 말이야."

패아는 반박도 못하고 고개를 푹 숙였다가 한참 만에야 조그맣게 물었다.

"민아, 나라를 팔아먹었다던 죄인들이 정말 모두 붙잡혔을까?"

민아는 어리둥절한 얼굴로 그녀를 돌아보았다.

"뭐라고?"

"그러니까…… 동해에서 뇌물을 받은 첩자들 중에 한두 사람은 빠져나가 곁에 있는 사람들을 속이고 아무도 생각지 못하는 곳에 몰래 숨어 있지나 않을까 해서…… 여기 이 왕부 같은……."

민아는 화들짝 놀라 황급히 문밖을 살피더니 고운 눈썹을 바짝 세웠다.

"너 미쳤어? 어쩌자고 왕부를 그런 곳에 비유하는 거야? 첩자라니? 죄인이라니?"

패아도 그녀의 반응에 놀랐는지 우물우물했다.

"나…… 나도 모르겠어. 그냥, 그냥 잡생각이 들어서……."

"할 생각 안 할 생각이 따로 있지, 어떻게 그런 생각을 해? 시녀장 귀에 들어갔으면 따귀 스무 대는 맞았을 거야!"

패아는 황급히 손으로 입을 막고 하얗게 겁에 질린 얼굴을 푹 숙이며 한 마디도 입 밖에 내지 못했다.

이야기를 꺼내보려다가 실패로 돌아간 이날 이후로 패아는 그일을 완전히 잊기로 결심하고 매일같이 바쁘게 일을 찾아다녔다. 옷을 짓고, 수를 놓고, 신발을 만들고, 부채집을 꿰매는 등 잠시도 쉬지 않고 일하자 허튼 생각을 할 시간이 없었고 하루하루가 지나면서 마음도 점점 평화로워졌다.

날은 빠르게 흘러 금방 섣달에 접어들었다. 순안여는 매년 겨울에 남쪽 교외의 침향호(沉香湖) 기슭에서 납매를 구경하곤 했는데 올해는 혼례를 올렸으니 조용히 집에 있을 생각이었다. 그런데 소원계가 함께 처가를 방문했다가 순 부인의 이야기를 듣고 웃으면서 권했다.

"혼례를 올리기 전에도 즐겼는데 혼례를 올린 뒤에는 더욱 자유롭게 즐겨야 옳소. 다른 것은 괜찮으나 사람이 너무 많아 어디 부딪혀 다치기라도 할까 걱정이구려. 하녀들을 시켜 미리 집사에게 말해 사람을 많이 딸려달라고 하시오."

순 부인은 조카사위의 자상함을 칭찬했고 순안여도 달콤한 기분에 휩싸였다. 부군의 성의를 저버리고 싶지 않은 그녀는 왕부로 돌아오자 섣달 나흗날에 구경을 가기로 하고 전날 패아를 통해 집사에게 통보했다.

래양왕부의 집사는 왕부 소속의 노비로, 별달리 뛰어난 구석은 없지만 시중드는 일만큼은 세심하기 짝이 없었다. 왕비가 침향호에 나간다는 말을 듣자 집사는 걱정스러운 듯 일깨웠다.

"이제 곧 한겨울이라 호숫가에 바람이 많이 불 텐데."

패아는 저도 모르게 웃음을 터뜨렸다.

"모르시는 말씀. 이맘때면 호숫가에 납매가 한창이라 높은 누각에 앉아 있으면 꽃향기가 솔솔 나고 안개가 모락모락 피어올라 얼마나 좋은데요. 다른 계절과는 비교도 안 된다고요."

집사는 재빨리 아부를 떨었다.

"역시 왕비께서는 참으로 고상하시구나!"

그간 소원계는 겉으로는 한가해 보였지만 실제로는 남몰래 동호 우림영과 연락을 주고받고 경성 안에서 다른 동맹을 구하는 한편 회동 수복 계획을 세우자는 순백수의 요청을 이럭저럭 넘기느라 바빴다. 소원계는 그러잖아도 여력이 없는데, 동쪽 국경의 장수들이 상을 받으러 경성에 오는 일에 그가 분명히 관심 있을 거라 생각한 예부상서 심서가 어제 직방에서 한참 동안 수다를 떨어대는 통에 왕부에 돌아와서도 머리가 어질어질하고 잠도 푹 들지 못했다. 이 때문에 그는 이튿날 아예 휴가를 내고 난각에서 부족한 잠을 보충했다.

패아가 집사에게 통보하고 돌아와보니 민아가 어린 하녀 둘과 안채에서 물러나오다가 그녀를 발견하고 재빨리 둘째손가락을 입술에 세우며 속삭였다.

"쉿, 전하께서 주무시고 계시니 왕비께서 들어오지 말고 조용히 하라고 하셨어."

그 말이 떨어지기 무섭게 옆쪽 곁채 화로에 올려놓은 배불뚝이 구리 주전자에서 물이 끓으며 날카롭게 '칙칙' 소리를 냈다. 화들짝 놀란 두 사람은 나는 듯이 달려가 뚜껑을 열고 주전자를 내려놓았다. 다행히 안채에서 별다른 움직임이 없자 두 사람은 넋이 빠진 얼굴로 온돌 위에 앉아 가슴을 쓸어내렸다.

"그나저나 아가씨는 참 운이 좋으셔, 안 그래?"

패아는 어리둥절한 얼굴로 오랜 친구를 돌아보았다.

"뚱딴지같이 무슨 말이야?"

"생각해 봐, 무슨 일인지 몰라도 전하께서는 요즘 무척 바쁘셔서 식사도 제대로 못하시고 밤에 푹 주무시지도 못하잖아. 그래도 왕비마마와 말씀 나누실 때는 항상 온화하고 차분하시니 정말 교양 있는 분이야. 기분이 나쁘면 돌아와서 안사람에게 화풀이하는 남자들도 많대."

"넌 어쩜 그런 쓸데없는 말만 듣고 다니는지 몰라."

패아는 웃으면서 말하다가 문득 생각난 듯 다시 물었다.

"아침에 말한 양지옥 그릇은 찾았어?"

"참, 네가 나간 후에 생각났어. 바보같이 잊고 있었지 뭐니? 어제 대추탕을 올리려고 전하 서재에 가져갔잖아?"

패아도 그제야 생각났는지 이마를 탁 쳤다.

"아휴, 이 기억력 좀 봐. 전하께서 주무시는 틈에 찾아올게."

소원계가 감주에서 금릉으로 돌아와 저택을 정돈한 뒤로 래양왕부에는 꽤 엄격한 규칙이 서 있었다. 특히 비밀 손님들이 종종 찾아오는 북쪽 서재는 경계가 삼엄해서 하성과 정해진 서동 몇 명을 제외하고는 래양왕의 허락 없이 아무도 드나들지 못했다. 주인이 서재에 없을 때에도 마찬가지였다.

사리를 따지면 왕비인 순안여는 당연히 예외였지만 그녀 스스로 부군의 서재를 드나드는 데 큰 흥미가 없었기 때문에 시녀들에게도 왕부의 규칙을 지키며 함부로 굴지 말라고 분부했다.

그 때문에 패아도 서재의 정원에 도착한 후 곧바로 들어가지 못하고 섬돌 아래에서 안을 지키는 서동 아역을 불러 안에서 조그만 백옥 그릇을 보지 못했느냐고 물었다.

아역이 맡은 일이 바로 서재의 가구 청소였기 때문에 그릇을 본 것은 당연했다. 그녀의 질문을 받자 서동은 고개를 끄덕이며 안으로 달려들어갔다가 그릇을 가지고 나와 웃으면서 건네주었다.

"미리 가져다드렸어야 하는데 공연히 누님을 고생시켰네요."

패아는 고맙다고 인사한 후 재빨리 밖으로 나갔다. 북쪽 끝 서재에서 안채까지는 태부인의 옛 거처를 지나게 되어 있었다. 하지만 래양왕이 싫어한다는 것을 잘 아는 아랫사람들은 잡초가 무성한 이 음산한 원락에 함부로 가까이 가지 못해 서재로 갈 때에도 앞뜰의 회랑으로 돌아가곤 했다. 이 회랑은 앞뜰과 공용으로 쓰이기 때문에 안채의 시녀인 패아는 외간남자와 마주치지 않도록 덩굴이 감긴 월량문(月亮門, 중국 전통 건축 양식에서 담에 만든 둥근 문-옮긴이)에서 주위를 살핀 뒤 아무도 없는 것을 확인한 다음에야 지나갔다.

다행히 이 길을 마음대로 지날 수 있는 사람은 많지 않았고 요 전까지 다니면서 살펴본 결과 누군가와 마주친 적이 한 번도 없었다. 그래서 오늘은 대강 훑어보기만 하고 마음 놓고 걸음을 옮기던 패아는 그만 도중에 깜짝 놀라 황급히 덩굴 뒤로 돌아갔다. 앞뜰로 꺾어지는 회랑 모퉁이에서 통령 관복을 입은 하성이 성큼성큼 걸어오고 있었다. 거리가 멀어 표정은 보이지 않았지만 몹시 서두르는 걸음걸이였다.

마당으로 들어선 하성은 주위에 호위병이 보이지 않자 소원계가 없다고 확신하고 눈썹을 세우며 외쳤다.

"아무도 없느냐!"

안으로 돌아가 계속 청소를 하던 아역이 외치는 소리를 듣고 나는 듯이 달려와 두 손을 모으고 인사했다.

"하 통령, 오셨습니까? 전하께서는 아직 안채에 계십니다."

"어서 가서 전하거라. 아주 급한 일이 있어 왔으니 만나뵙고자 한다고."

그는 소원계의 첫손꼽는 심복이기 때문에 아역은 꼬치꼬치 캐묻지 못하고 허리를 굽힌 뒤 안채로 달려갔다. 하성은 초조하고 불안하게 문가를 서성거리다가 목이 타는지 안으로 들어가 다실에서 도자기 주전자를 찾아들었다. 주전자째 냉수를 벌컥벌컥 들이켜고 나자 비로소 마음이 조금 가라앉는 모양이었다.

패아는 덩굴이 얼기설기 휘감은 가산의 바위 뒤에서 조마조마한 마음으로 고개를 내밀고 사방을 둘러보았다. 하성이 안으로 들어간 덕에 정원에는 아무도 없어 몰래 빠져나가기 딱 좋은 기회였다. 하지만 가족들의 참혹한 죽음으로 인한 슬픔이 가시지 않은 탓인지 아니면 가슴을 답답하게 하는 의혹을 더 이상 참기 어려워서인지, 그 순간 그녀는 귀신에 홀린 것처럼 특별한 이유도 없이 하얗게 칠한 정원의 담벼락을 따라 슬금슬금 서재 뒤쪽으로 걸어가 창문 밑 나무덤불 속에 천천히 몸을 숙여 축축한 진흙 위에 앉았다.

대략 일각이 지나자 소식을 들은 소원계가 정원 문으로 뛰어들었다. 그는 데려온 친위대들에게 바깥을 지키게 한 뒤 하성과 함께 서재 뒷방으로 들어가 소리 죽여 물었다.

"대관절 얼마나 급한 일이기에 안채까지 소식을 전했느냐?"

하성은 긴장한 듯 침을 꿀꺽 삼켰다. 안색이 몹시 나빴다.

"전하, 척 부인이 갑자기 연락을 해왔습니다."

소원계는 깜짝 놀라 목소리를 높였다.

"누구?"

"동해의…… 척 부인 말입니다."

"긴요한 일이 아니면 다시는 연락하지 말라고 단단히 이르지 않았느냐? 대체 어쩌자고 하더냐? 그 주인인 우천래는 무얼 하겠다는 거냐?"

하성이 겁먹은 목소리로 대답했다.

"지금은 간략한 통보만 받았습니다. 연말이 다가오니 전하께 문후를 올리겠다고……."

소원계는 분노에 차서 방 안을 빠르게 왔다갔다하며 마음을 가라앉히려 애썼다. 동해에서 까닭 없이 문안인사를 올 리 없다는 것은 그 자신이 누구보다 잘 알고 있었다. 지금처럼 중요한 시기에는 일말의 틈이라도 생기면 모든 것이 와르르 무너질 수 있어 추호도 가볍게 처리할 수 없었다.

"안심하십시오, 전하. 동해와의 연락책이 몹시 은밀해서 당시에도 알아차린 사람이 없었으니 이번에도 그러할 것입니다."

주인의 얼굴이 분노로 하얘지는 것을 보자 하성은 황급히 위로했다.

"척 부인은 올해가 지나야 경성에 들어올 텐데 아무래도 만나보셔야 하지 않겠습니까?"

척 부인이 온다면 피하려고 해도 방도가 없었다. 잠시 생각하던 소원계는 어쩔 수 없다는 듯 고개를 끄덕이며 한숨을 쉬었다.

"경성에서의 계획을 조금 서둘러야겠다. 순방영의 그자는 완전히 설득했겠지?"

하성은 힘껏 고개를 끄덕였다.

"예, 이미 전하를 위해 일하기로 약속했습니다. 물론 전하께서 틈을 내어 친히 만나주신다면……."

소원계는 눈을 찌푸렸다.

"틈이랄 게 어디 있느냐? 그자를 네 부중으로 데려오면 본 왕이 즉각 찾아가서 만나겠다!"

'끼익' 하고 문 열리는 소리와 함께 두 사람의 서두르는 발소리가 사라지자 정원은 다시 조용해졌다. 패아는 움직여지지 않는 몸을 벽에 기대다시피 하면서 어둠 속에서부터 창백한 햇살 아래로 느릿느릿 걸어나왔다. 조금 전 그 지옥 같던 반 각 동안 세상 그 무엇보다 어둡고 위험한 비밀을 들은 그녀는 숨 막히는 고통과 절망에 휩싸였다. 몸과 마음이 완전히 분리된 것 같아 비명을 지를 수도 없고 몸을 떨 수도 없었다. 심지어 호흡마저 멈춰버릴 것 같았다.

흐느적거리는 다리를 끌며 안채로 돌아오자 민아가 마중 나오며 맑고 높은 목소리로 물었다.

"세상에, 이제 온 거야? 그릇을 만들어 오는 것도 아닌데 왜 이렇게 오래 걸려? 어? 그릇은 어쨌어?"

패아는 멍하니 고개를 숙였다. 손에 아무것도 없다는 사실을 이제야 깨달은 모양이었다.

"그릇…… 그릇은 거, 거기 없었어."

"서재에 없다고? 그럴 리가……."

민아는 의아해하다가 패아의 더러워진 신발이며 치마를 보고
경악해 외쳤다.

"어디서 이렇게 흙이 묻었어? 대체 어디를 갔던 거야?"

"그…… 그게 현기증이 나서 넘어졌어."

민아는 그제야 종잇장같이 창백한 친구의 얼굴을 알아차리고
황급히 부축하며 잔소리를 늘어놓았다.

"어디서 넘어졌어? 다치지는 않았고? 아픈 곳은 없어?"

방 안에 있던 순안여도 민아의 수다 소리를 듣고 놀라 걱정스레
다가왔다가 패아가 똑바로 서 있지도 못하는 것을 보고 황급히 어
린 하녀를 불러 의원을 데려오게 했다.

"괜찮아요. 다치지 않았어요."

순안여의 부드러운 목소리를 듣는 순간 패아는 왈칵 눈물을 쏟
았다. 차마 고개를 들 수도 없었고 그 눈을 마주 볼 용기는 더더욱
없었다.

"조금…… 누워 있으면 좋아질 거예요."

순안여는 강요하지 않고 다정하게 위로한 뒤 하녀들과 민아에
게 그녀를 동쪽 곁채로 데려가 한숨 재우라고 분부했다.

그날 소원계는 늦도록 돌아오지 않았고, 하인을 보내 일이 끝나
지 않았으니 먼저 쉬고 있으라는 전갈만 했다. 초경이 울릴 때까
지 기다려도 소식이 없자 순안여는 시녀들을 물리고 홀로 침상에
누워 잠을 청했다.

동쪽 곁채로 돌아간 민아는 방문을 열자마자 오싹 한기를 느꼈
다. 패아가 침상 위에서 무릎을 껴안고 앉은 채 창문을 활짝 열고
바보처럼 까만 밤하늘을 응시하고 있었다.

"왜 이렇게 춥나 했네! 한겨울에 창문도 안 닫고 무얼 하는 거야! 너무 건강하다고 자신하지 마. 낮에 현기증이 났다면서!"

민아가 잔소리를 하면서 패아의 침상에 기어올라 창문을 닫은 뒤 손을 뻗어 친구의 이마를 짚으며 물었다.

"이제는 괜찮니?"

패아는 이마에 닿은 민아의 손을 떼어내 손바닥에 꽉 쥐면서 말했다.

"민아, 물어볼 것이 있어."

"내게? 그래, 말해봐."

"네가 무언가를 하나 알아냈는데, 아무도 믿지 않을 것 같고 그 때문에 죽을 수도 있다면 말할 거야?"

민아는 이상하다는 눈길로 그녀를 바라보았다.

"아무도 믿지 않고 죽을 수도 있는데 바보가 아닌 다음에야 왜 말해?"

패아는 눈을 내리뜨고 입을 오므린 채 천천히 누워 단단히 이불을 여몄다.

"맞아. 알았어, 그만 자."

다음 날 아침, 평소와 같은 시각에 눈을 뜬 패아는 민아를 깨운 뒤 씻고 머리를 빗고 물을 마신 다음 시중을 들기 위해 안채로 향했다. 침실 안은 밤새 수금탄을 피워 따뜻하고 연기 하나 없었다. 바깥채에서 일하는 아주머니들이 뜨거운 물을 가져다주고 늘어진 솜가리개를 걷었다. 방 안에 소원계의 모습은 보이지 않았다. 일찍 나갔는지 돌아오지 않았는지 모르지만, 아무튼 순안여는 일어나서 침의를 입고 창가에 앉아 있었다.

오늘이 침향호에 가기로 한 날이라 민아는 상자를 열어 모피 옷을 몇 벌 꺼냈다. 순안여와 함께 한참 고민한 끝에 해당화색 옷으로 정한 뒤에는 또 안에 받쳐 입을 적삼과 치마며 머리에 달 장신구를 고르기 시작했다.

패아는 본래 말이 별로 없는 편이지만 이런 일은 좋아해서 한두 마디 거들곤 했는데, 오늘은 내내 아무 말 없이 왕비 뒤에서 머리를 빗겨주기만 했고 동작도 굼떴다. 순안여는 탁자 위 거울을 통해 초췌하고 창백한 시녀의 얼굴을 보고 의아한 듯 눈을 찡그렸다.

아침 식사가 끝나자 집사가 바깥채 아주머니를 보내, 마차가 준비되었고 침향루 주변도 비워두었으니 언제든 출발해도 된다고 알려주었다. 장난기 많고 활발한 민아는 외출하는 것을 무척 좋아해서 재빨리 일어나 가져갈 손난로와 보온용 덮개, 다과 등을 챙겼다.

순안여는 외투를 걸치고 패아의 부축을 받아 섬돌을 내려갔다. 밖으로 나가는 동안 그녀는 몇 번이나 옆에 있는 시녀를 쳐다보았지만 그때마다 패아는 고개를 푹 숙이고 눈을 내리뜨고 있었다. 마치 일부러 그녀의 시선을 피하는 것 같아 더욱 이상한 느낌이 들었다.

안채에서 나오니 중문 옆에 서 있는 주홍색 바퀴를 단 사두마차가 보였다. 패아가 순안여를 부축해 먼저 들어가 앉자 뒤따르던 민아가 가리개를 내리다가 갑자기 생각난 듯 배웅하러 온 어린 하녀를 돌아보며 말했다.

"아차, 깜빡할 뻔했네. 우리가 떠나거든 네가 좀 알아봐. 왕비께서 혼수품으로 가져오신 양지옥 그릇을 누가 훔쳐갔을 리는 없잖아?"

어린 하녀가 또랑또랑하게 대답하는 사이 채찍 소리가 울리고 마차 바퀴가 움직였다. 마차는 앞뒤로 10여 명의 시위에게 호위를 받으며 덜커덕덜커덕 남쪽 교외로 향했다.

안개 짙은 침향호

—
04
—

경성에서 남쪽 성문을 나서 동남쪽으로 약 오 리를 가면 바로 침
향호였다. 금릉 주변은 풍경이 다양해서 구경할 곳이 셀 수 없을
만큼 많았다. 침향호 주변은 몇 묘에 이르는 납매 덕에 한겨울에
는 유명하지만 다른 계절에는 평범한 녹림이 전부인데다 관도를
끼고 있어 지나가는 마차들로 어수선하기도 해서, 열강루(閱江樓)
나 서하사(棲霞寺)에 비하면 알아주는 명승지는 아니었다. 매화 향
기 가득한 겨울에만 7층짜리 누각에 올라 물결 위로 하얀 안개가
퍼지는 것을 구경하며 색다른 운치를 즐길 수 있었다.

　물론 래양왕부 집사가 아부 삼아 말한 '고상하다'라는 말 한마
디로 이런 일을 하기에는 어림도 없었다. 이 한겨울의 향기로운
매화를 제대로 감상하려면 호수에 부는 바람을 막아줄 모피 옷과
온몸을 따뜻하게 해줄 손난로, 잡인들의 접근을 차단해줄 시위들
과 하인들도 필요했던 것이다.

　순안여는 두 시녀의 부축을 받아 침향루 가장 높은 곳에 올랐
다. 조각을 새긴 팔각 창틀 아래에는 이미 새빨갛게 타오르는 화

로가 놓여 있었고, 누대 한가운데에는 조그마한 원탁과 자수덮개를 씌운 의자, 다기와 간식 등 왕부에서 미리 가져다놓은 것들이 잔뜩 있었다. 그뿐 아니라 호수를 끼고 만들어진 앉는 난간에는 순안여가 평소 쓰는 수놓인 방석까지 놓여 있었다.

아가씨의 취향을 잘 아는 민아가 쪼르르 달려가 호수 쪽으로 난창을 활짝 열고 싸늘한 공기를 한껏 들이마시더니 웃으며 말했다.

"호수 너머에서 풍기는 납매 향기는 역시 다른 꽃향기와는 비교도 안 된다니까요."

순안여는 창가로 걸음을 옮겨 창틀을 짚고 난간에 기대앉았다. 안개를 머금은 겨울날의 호수 바람이 어깨에 걸친 모피 옷을 말아 올리자 패아가 재빨리 다가와 펄럭이는 옷자락을 잡아 손바닥으로 편 다음 몸을 숙여 아가씨의 적삼 속으로 꼭꼭 밀어넣었다.

"너는 열두 살에 순부에 와서 줄곧 내 곁에 있었지."

순안여가 고개를 숙이고 그녀를 바라보며 장탄식을 했다.

"요 며칠 넋이 나가 있는 것을 내가 모를 줄 아니? 얘, 패아, 대체 무슨 고민이기에 나에게도 말을 못하는 거야?"

그녀의 무릎 쪽에 웅크린 패아는 보드라운 모피 옷의 털 속에 손가락을 박았다. 속눈썹에 맺힌 눈물이 떨어질 듯 말 듯 그렁그렁했다.

다른 쪽 옆에 있던 민아는 어렴풋한 목소리만 듣고 돌아보았다가, 친구의 그런 모습을 발견하고 꾸지람을 들었구나 싶어 황급히 몸을 숙이며 용서를 구했다.

"요즘 패아가 영 정신이 나가 있어서 왕비께서 꾸짖으시는 것도 당연해요. 하지만…… 동해가 백성들을 도륙하는 바람에 패아의 일가노소가 참혹하게 목숨을 잃었으니 마음을 가라앉히려면 아무래도 시간이 걸릴 거예요. 부디 그간 정성을 다해 모신 패아의 성의를 보아 한 번만 용서해주세요."

순안여는 패아의 얼굴을 잡아 고개를 들게 한 뒤 고운 눈썹을 찡그리며 말했다.

"내가 말을 꺼낸 것은 화를 내기 위해서도 아니고 꾸짖기 위해서도 아니야. 그저 이상한 생각이 들어서 그래. 너는 그 비보를 받았을 때에도 슬퍼하기는 했지만 정신은 똑바로 차리고 있었어. 그런데 한참이 지난 지금에야 이런 모습이라니 이상하잖아. 단순한 슬픔이 아니라 두려움을 느끼고 있는 것 같은데, 도무지 모르겠구나. 대체 무엇이 그렇게 두렵니?"

그녀와 시선이 마주치는 순간 시녀의 눈에서 눈물이 왈칵 쏟아졌다.

"왕비마마, 꼭 물으셔야 해요?"

"네가 래양왕부에 와서 이 모양이 되도록 두려워하니 당연히 물어야지."

"……하지만 제가 말씀드려도 아가씨는 믿지 않으실 거예요."

그녀의 입에서 갑작스럽게 튀어나온 옛 호칭에 순안여는 속으로 깜짝 놀랐다.

"그래, 네 말대로 나는 네 아가씨야. 그런데 무작정 네 말을 믿지 않을 리가 있겠니?"

패아는 뺨으로 흘러내린 눈물을 닦으며 일어나 결심을 하고 민아를 돌아보았다.

"이 이야기를…… 하고 나면 무슨 일이 벌어질지 모르니 아가씨께만 말씀드리겠어요. 민아는 듣지 않는 것이 좋아요."

민아는 믿을 수 없다는 표정으로 따지려 했지만 순안여가 고개를 끄덕이며 분부했다.

"너는 내려가 있으렴."

"왕비……."

"내려가거라."

온화하기만 하던 아가씨의 목소리가 보기 드물게 엄해지자 민아는 차마 따지지 못하고 고개를 숙인 채 물러났다. 아래로 향하는 계단 모퉁이에 이르렀을 때 그녀는 참다못해 걸음을 멈추고 마지막으로 뒤를 돌아보았다. 속에 품은 의문으로 인한 착각인지 모르지만, 패아의 야윈 얼굴은 투명하리만치 창백했고 두려움을 모두 떨쳐버린 단호함이 느껴졌다.

소원계가 아침 일찍부터 침실에 없었던 까닭은 그 시각까지 돌아오지 않은 것이 아니라 적명이 보낸 밀사를 만나기로 하여 초조한 마음에 날이 새자마자 서재에 나가 기다리고 있었기 때문이다.

아무리 서신을 주고받아도 직접 만나 듣느니만 못했다. 밀사가 찾아오자 소원계는 인사치레를 생략하고 동호 우림영의 근황을 낱낱이 물었다. 과연 적명은 순백수가 고르고 골라 선발한 인재답게 병사를 다루는 데 솜씨가 뛰어나 고작 두 달 만에 자리를 잡고 심복들도 적잖이 심어두었다. 소원계는 들을수록 희망이 보이는 것 같아 절로 벌어지려는 입을 가까스로 다물었다. 마음을 가라앉힌 그는 밀사에게 큰 상을 내리고, 공들여 고른 연말 선물을 적명에게 전해달라고 들려 보냈다.

바깥과의 비밀스런 연락은 언제나 하성이 맡았고 그가 순방영
통령으로 진급한 뒤에도 예외는 아니었다. 그는 원락 밖에서 밀담
이 끝나기를 기다렸다가 몸소 밀사를 뒷문으로 안내하고 중심가
까지 배웅한 뒤, 소원계에게 다음 명령을 받기 위해 돌아갔다.

하성이 굽은 회랑에 들어서기 무섭게 월량문 쪽에서 서동 아역
의 목소리가 들려왔다. 초조하고 짜증스런 목소리로 보아 무척 귀
찮은 모양이었다.

"벌써 두 번이나 말했잖아! 그렇다니까, 딱 그만하게 생긴 백옥
그릇 말이야. 내가 직접 패아 누나에게 줬다니까."

맞은편에 선 어린 하녀는 못 믿는 표정이었다.

"거짓말 마. 어제 패아 언니가 돌아와서 서재에는 없다고 했으
니 없었던 게 분명해! 네가 깨뜨려놓고 혼날까봐 숨기는 거지?"

아역은 눈을 흡떴다.

"너하고 말해봤자 듣지도 않잖아. 패아 누나가 돌아오면 직접
이야기할 거야."

어린 하녀가 다시 맞받아치려는데 어느새 그들 뒤에 나타난 하
성이 눈을 찌푸리며 꾸짖었다.

"전하께서 안에 계시는데 어찌 이리 큰 소리냐? 경을 치고 싶은
게냐?"

아역은 억울한 듯 꿍얼거렸다.

"안채의 사람이 와서 그릇을 달라기에 분명히 줬는데…… 없다
고 하잖아요."

자질구레한 집안일에는 관심이 없는 하성은 곧바로 그들을 지
나쳐 문 쪽으로 걸어가다가 얼핏 이상한 생각이 들어 몸을 돌렸다.

"어디서 그릇을 가져갔다고? 언제 있었던 일이냐?"

"바, 바로 어제였어요. 대인께서 오시기 전에……."

하성의 눈빛이 점점 날카로워졌다.

"어제 왔을 때 안채의 하녀가 나가는 것은 보지 못했다."

옆에 있던 어린 하녀가 이때다 싶어 나섰다.

"그것 봐, 거짓말이잖아."

다급해진 아역이 하소연을 하려 했지만 하성은 어느새 두 사람을 내버려둔 채 정원으로 들어가 사람이 다니는 길을 샅샅이 훑었다. 무엇을 보았는지 가산 바위 옆에서 잠시 멈춘 그는 다시 담벼락을 따라 천천히 서재 뒤로 돌아가 허리 높이쯤 오는 나무덤불 속에서 부러진 가지 몇 개를 찾아냈다. 축축한 진흙 위에 백옥 그릇 하나가 뒹굴고 있었다.

어제 서재에서 한 이야기를 떠올리자 하성의 입매가 실룩실룩 뒤틀렸다. 그는 그릇을 주워들고 나는 듯이 서재로 뛰어들어 횡설수설하며 소원계에게 자신이 발견한 것을 보고했다. 평소에도 말 잘하는 사람이 아닌데다 당황한 나머지 이야기가 뒤죽박죽이라 소원계는 한참 귀를 기울인 끝에 겨우 무슨 일이 벌어졌는지 깨닫고 화들짝 놀랐다.

"왕비의 시녀가?"

"예, 아역에게 들으니 이름이 패아라고 합니다."

소원계는 탁자를 밀어내고 일어나 나가려다가 우뚝 멈추었다.

"왕비는 오늘 침향호로 납매 구경을 갔다. 패아는 가까이 부리는 시녀이니 데리고 갔을 것이다."

하성이 급히 말했다.

"염려 마십시오, 전하. 당장 가서 처리하겠습니다."

"아니다."

소원계는 정신을 가다듬고 잠시 생각하더니 고개를 저었다.

"왕비가 있으니 내가 가는 것이 낫다."

친위대를 이끌고 나간 소원계는 말을 채찍질하여 순안여의 마차가 성을 나가 한 시진 넘게 달린 거리를 채 삼각도 걸리지 않아 주파했다. 납매 숲은 이미 잡인들이 드나들지 못해 고요했지만 그는 왕비의 행차를 따라온 하인들마저 모두 물리고 하성만 딸린 채 침향루로 달려갔다.

호숫가에 서 있는 7층짜리 팔각 누각은 호수 쪽에만 출입구가 있었다. 누각 바깥의 가대 위에서 멍한 얼굴로 불안한 듯 왔다갔다하던 민아는 성큼성큼 달려오는 소원계를 발견하고 놀란 나머지 눈을 휘둥그레 떴다가 겨우 정신을 차리고 예를 올렸다.

"어찌 왕비를 모시지 않고 혼자 이곳에 있느냐?"

"전하, 왕비께서는 패아와 누각 위에서 이야기를 나누고 계십니다. 무슨 까닭인지 패아가 저는 들으면 안 된다며 내려가서 기다리라고 했습니다."

소원계는 의심스런 눈으로 그녀를 살폈지만 거짓말하는 것 같지는 않자 콧방귀를 뀌며 옆을 지나쳐 누각으로 들어갔다. 걱정이 된 민아가 뒤를 따르려 했지만 하성이 그녀를 붙잡아 매화 숲에 있는 마차까지 끌고 간 뒤 사납게 경고했다.

"네가 살아서 이 자리에 서 있는 것만도 크나큰 행운이다. 그러니 친구의 호의를 저버리지 않도록 여기서 고분고분 기다려라."

소원계는 뒤에서 벌어지는 사소한 소동에는 아무 관심이 없었다. 그저 조금이라도 빨리 누각 꼭대기로 올라가 최악의 상황이 벌어지는 것을 막고 싶은 생각뿐이었다. 시녀 하나 처리하는 것쯤 식은 죽 먹기였지만 안여는…… 그녀는 달랐다.

한편으로는 그녀의 성품이야 어떻든 간에 순씨 집안의 딸인 만큼 약간의 실수로도 복잡하고 성가신 상황이 만들어질 수 있어 걱정스러웠지만, 또 한편으로는 자신이 이 온순하고 부드러운 아내를 정말로 좋아하기 때문에 진실 뒤에 자리한 고난과 괴로움을 맛보여주고 싶지 않아 마음이 급했다. 때로는 모르는 것이 가장 큰 행운일 수도 있었다. 안여가 모른다면, 영원히 모를 수만 있다면, 그녀는 계속해서 자신만의 예쁘고 아늑한 황금의 방에서 아무 부담 없이 부군이 주는 다정함과 영광을 누리며 세상 그 누구보다 우러름 받고 부러움을 사는 여인이 될 수 있었다.

그가 6층 누각을 지나 위로 오르는 계단참에 들어섰을 때, 위층에서 쩌렁쩌렁한 따귀 소리가 또렷하게 들려왔다. 소원계는 서두르던 걸음을 멈추었다. 실망감이 스멀스멀 가슴속으로 퍼져나갔다. 늦었다. 결국 한 걸음 늦고야 만 것이다.

계단 난간의 틈 사이로 분노로 바르르 떠는 순안여의 뒷모습과 따귀를 맞아 바닥에 쓰러진 패아의 모습이 보였다. 감정이 몹시 격해진 두 사람은 계단 아래의 싸늘한 눈빛을 전혀 알아차리지 못하고 오로지 서로에게만 신경을 쏟고 있었다.

"대담하구나, 감히 그런 허튼소리를 지껄이다니!"

순안여는 자수덮개 의자 가장자리를 힘껏 움켜쥔 채 외쳤다. 바람에 휩쓸리는 낙엽처럼 떨리는 목소리였다.

"아무리 너희 가족이 난을 당해 제정신이 아니라 해도 그런 악독한 추측을 입에 담아? 동쪽 국경이 무너지고 열 개 주가 도륙당한 일이 어떤 것인지 알기나 하니? 군사 정보를 팔아넘기고 적국과 결탁한 것이 무슨 죄인지 알기나 해? 어떻게 감히…… 어떻게 감히 그런 거짓말을 지어낼 수 있어?"

"역시 믿지 않으시는군요, 아가씨……."

패아는 다시 똑바로 무릎을 꿇고 처연하게 웃었다.

"동해의 야광 산호, 전하께서 친히 입에 담으신 말들, 그 모두가 거짓이고 악몽이기를 저도 간절히 바랐어요. 그 꿈에서 깨어나면 다시 아가씨가 시집가시던 날로 돌아갈 수 있기를 너무나도 바랐어요. 그날 저는 진심을 다해 아가씨를 축복했어요. 아가씨께서 흠모하실 만한…… 훌륭한 영웅에게 시집가시게 된 것을……."

"닥쳐! 전하께서는 동쪽 국경에서 크고 작은 수많은 전투를 치르며 피를 흘리고 목숨을 거신 분이야! 이렇게 그분을 모욕하는 것은 용서할 수 없어, 절대 용서할 수 없어."

여기까지 말한 순안여는 문득 커다란 혼란 속에서 붙잡을 만한 지푸라기라도 찾은 양 매섭게 눈을 번쩍였다.

"누군가 전하를 모함하라고 사주한 것이 분명해. 누구야? 누가 너더러 그러라고 했니?"

패아는 고개를 들고 멍하게 그녀를 바라보았다.

"아가씨, 저는 평생 순부에 팔린 노비이고 열두 살부터 아가씨를 따랐어요. 그런 제가 무슨 까닭으로 남의 사주를 받아 아가씨의 부군을 모함하겠어요?"

"무슨 일이든 까닭이 있다는 것은 너도 아는구나!"

순안여가 한 걸음 다가서며 한 번도 내본 적 없는 날카로운 목소리로 외쳤다.

"전하께서는 황실의 종친이고 소씨의 자손이야. 집안과 나라, 정과 의리를 따져보아도 결코 그런 일을 하실 까닭이 없어! 네가 그분을 모함할 까닭이 없다면, 그분이 동해와 결탁할 까닭은 또 어디 있겠니?"

"저도 몰라요!"

패아는 무너지듯 바닥에 쓰러져 얼굴을 가리고 울음을 터뜨렸다.

"제가 아는 것은 제 눈으로 본 것과 제 귀로 들은 것뿐이에요. 저도 정말 무슨 까닭인지 모르겠어요!"

한참의 침묵 끝에 순안여는 옆에 놓인 원탁을 짚고 일어나 힘 빠진 걸음걸이로 열린 창을 향해 걸어갔다. 호수에서 불어오는 싸늘한 바람에 후끈해진 머리를 식히고 싶었다.

패아는 애처로운 흐느낌을 멈추고 손가락으로 바닥을 움켜쥐며 조그만 소리로 물었다.

"저를 어떻게 하실 건가요?"

"모르겠어."

순안여는 머리카락을 바람에 흩날리며 나지막이 중얼거렸다.

"가장 좋은 방법은 다시는 너를 보지 않도록 멀리 보내는 것일지도……"

"제가 미쳤다고 생각하시든 나쁜 마음을 품었다고 생각하시든 상관없어요. 하지만 눈을 꼭 감고 보지 않으신다고 해서 없었던 일이 될 수는 없어요."

패아는 무릎걸음으로 순안여 곁으로 다가와 눈물을 머금은 채 그 손가락을 잡았다.

"부탁이니 아가씨, 아가씨 자신을 위해서라도 사람을 시켜 왕부의 연못을 살펴보세요. 만약 동해에서 온 야광 산호가 정말 그곳에 없다면 적어도 아가씨 마음은 편해지시겠지요."

따뜻한 눈물이 손등에 툭 떨어지자 뜨끔한 감각이 심장에 찍혔다. 순안여는 멀리 호수를 내다보던 시선을 돌리고 무슨 말이라도 할 듯 입술을 달싹였지만, 결국 아무 소리도 내지 못한 채 등을 뻣뻣하게 굳히며 앞쪽을 바라보았다. 패아도 이상한 것을 느끼고 겁먹은 몸짓으로 뒤를 돌아보더니 그만 그 자리에 힘없이 주저앉고 말았다.

계단 입구에 패검을 찬 소원계가 뒷짐을 지고 서 있다가 차갑게 물었다.

"저 아이가 무슨 말을 했는지는 알고 싶지 않소. 묻고 싶은 것은 단 한 가지뿐이오. 정말 그 말을 믿소?"

믿느냐고? 순안여도 알 수가 없었다. 그저 눈시울로 흘러넘치는 눈물을 그칠 수 없다는 것을, 한 걸음 한 걸음 다가오는 저 그림자가 별안간 몹시 낯설게 변해버렸다는 것만 알 뿐이었다.

패아가 덜덜 떨리는 손으로 그녀의 치맛자락을 잡으며 소리 죽여 불렀다.

"아가씨."

불안하고 막막한 마음에 명확하게 생각을 다듬지 못한 순안여지만 본능적으로 함께 자란 시녀를 보호하려고 했다. 이미 깨어져버린 아름답고 완벽했던 부부관계를 보호하려는 것처럼.

"이 아이가 귀신에 홀렸는지 황당하고 우스운 이야기를 늘어놓는군요. 이런 말은 진지하게 받아들일 필요도 없지요. 전하께서 불쾌하시다면 멀리 시골로 쫓아내 다시는 아무도 만나지 못하게 하겠어요. 그리하면 괜찮겠지요?"

"솔직히 말해 그 아이를 어떻게 하는지는 중요하지 않소. 지금 내가 관심 있는 사람은 당신뿐이오."

소원계는 가운데 쓰러진 시녀를 지나쳐 아내와 한 걸음 사이를 두고 멈추어 섰다.

"안여, 당신은 명문가에서 가르침을 받고 자란 사람이오. 다른 것은 다 제쳐두고 여자가 출가한 뒤에는 의당 어떻게 해야 하는지 먼저 말해보시오."

"공손하고 순종하며 부군을 하늘처럼 섬겨야 합니다."

소원계는 빙그레 웃었다.

"당신에게 내가 무엇을 했느니 하지 않았느니 설명하고 싶지도 않고, 믿어달라느니 믿지 말라느니 하고 설득할 생각도 없소. 무엇 때문인지 아시오?"

당연히 순안여도 그 뜻을 알고 있었다. 부부는 한 몸이니 그녀는 이미 평생 부군에게 묶인 처지였다. 그 앞날이 영광이든 오욕이든, 그 자리가 높아지든 낮아지든, 그녀는 다시는 부군에게서 떨어질 수 없었다.

"바깥일은 복잡다단하여 당신은 알 수도 없고 알려고 할 필요도 없소. 집안을 관리하고 부군을 섬기는 것이야말로 여인의 본분이오."

소원계는 마지막 한 걸음을 옮기며 순안여의 손목을 잡아 자신에게 끌어당겼다.

"그러니 이제…… 이제 말해보시오. 주인을 비방한 이 아이를 어떻게 처리해야겠소?"

바닥에 엎드린 패아는 온통 눈물범벅이 되어 절망적으로 이마를 땅에 찧었다. 머리카락이 어지럽게 바닥에 흩어졌다.

"아가씨…… 아가씨, 제발……."

순안여는 소원계의 팔에 붙잡힌 채 발치에 흩어진 까만 머리카락을 멍하니 바라보았다. 한참 후, 그녀의 몸이 떨림을 멈추고 낯빛도 따라서 가라앉았다.

"어찌 전하의 명예를 더럽힐 수 있겠어요? 이 아이가 실로 대담무쌍한 짓을 했으니 왕부의 명예를 위해 다시는 허튼소리를 하지 못하게 해야지요."

마침내 소원계의 입술 위로 웃음이 피어올랐다. 그가 패검을 뽑아 한 걸음 옮기는데 갑자기 순안여가 그 팔을 붙잡았다.

"이러니저러니 해도 오랫동안 저를 따른 아이니 피를 흘리는 것은 보고 싶지 않아요. 밖에 있는 침향호는 물이 깨끗하니 이 아이도 깨끗하게 보내주시지요."

동지섣달, 호수 위로 차디찬 안개가 모락모락 솟고 입김을 불면 서리로 변할 만큼 추운 날씨였다. 소원계는 연약한 패아의 몸을 흘끔 보며 잠시 생각하더니 고개를 끄덕였다.

"좋소, 주검을 처리하는 일은 덜겠군."

순안여는 작은 소리로 감사인사를 한 뒤 자신의 시녀를 돌아보며 처량하게 말했다.

"패아, 너는 이제 살아날 길이 없으니 세상에 미련을 가져서 무엇 하겠니? 가거라…… 어서 가."

"아가씨 말씀이 맞아요. 발버둥 쳐봤자 더 힘들기만 하겠지요."

패아는 눈물을 머금고 마지막으로 그녀를 올려다본 뒤 바들바들 떨며 몸을 일으켰다. 그런 다음 이를 악물고 아래쪽 난간으로 내려가 활짝 열린 창문 밖으로 훌쩍 뛰어내렸다.

소원계는 몸을 굽히고 창밖을 내다보았다. 연분홍색 옷자락이 수면 위에 둥둥 떠 있었다. 본능적으로 발버둥을 치는 바람에 수면에 잔잔한 파문이 일었지만 마지막에는 다시 고요하게 가라앉았다.

얼굴이 죽은 듯 잿빛이 된 순안여는 버티기가 어려운지 몸을 부들부들 떨었다. 소원계가 돌아서서 그녀를 품에 안아 앉히며 조용조용 위로했다.

"시집오던 날 밤 내가 한 말을 기억하시오? 나는 당신을 잘 보살피겠다고 했소. 그 한마디는 내내 내 마음에 새겨져 있소. 앞으로도 절대 그 약속을 저버리지 않을 것이오. 예전에 있었던 일들은 모두 우리 두 사람의 앞날을 위해서 한 것이오. 당신은 나를 믿기만 하면 되오. 고작 시녀 하나 잃는 것쯤 어떻소? 더 좋은 아이를 많이 보내줄 테니 저 아이 때문에 상심할 필요 없소."

부드럽고 다정다감한 목소리였지만 그 속에는 거역할 수 없는 위엄과 힘이 담겨 있었다. 순안여는 몸에 힘이 남아 있지 않아 반항할 수도 없었고 달아날 수도 없었다. 그저 버들가지처럼 축 처진 채 반쯤 안기다시피 하여 그가 이끄는 대로 침향루를 내려갈 뿐이었다.

마차 옆에서 전전긍긍하며 기다리던 민아는 멀리서 두 사람의 모습이 보이자 나는 듯이 달려갔지만, 소원계의 날카로운 눈빛에

놀라 물러섰다가 순안여가 마차에 오르자 그제야 오들오들 떨며
뒤따랐다.

마차는 천천히 움직여 곧 관도에 올랐다. 민아는 창틈으로 바깥
을 한참 내다보다가 옆에 아무도 없는 것을 확인한 뒤에야 조심조
심 떨리는 소리로 물었다.

"아가씨, 패아는요?"

순안여는 종잇장처럼 하얘진 얼굴로 느릿느릿 그녀를 돌아보
았다. 눈동자가 텅 비어 있었다.

"묻지 마, 영원히 묻지 말고 입에 담지도 마. 이 세상에 패아라
는 사람은 존재하지도 않았던 거야."

장군 가문의 피

—

05

—

칠보진(七寶鎮)의 칠보역은 금릉성 남문에서 가장 가깝고 가장 큰 역참이었다. 타지 관리가 경성에 올 때나 경성의 관리가 지방에 부임할 때는 반드시 이곳을 지나야 했다. 경성을 출입하는 거물들을 빈번히 맞이하다보니 이곳 사람들은 역참의 책임자인 역승(驛丞)에서부터 하인에 이르기까지 하나같이 눈이 날카로워 투숙인을 슬쩍 보기만 해도 잘 보여야 하는지 아닌지 알아차릴 수 있었다.

　방금 들어온 일곱 명의 청년은 허리를 조이고 연갑을 두른 군인 복장에 낡은 솜옷을 걸치고 있었다. 대장은 스물 일고여덟 살 정도로 용감하고 단정한 생김새였으나, 섣달의 추위에도 불구하고 그럴듯한 모피 하나 걸치지 않아 한눈에도 벽지에서 올라온 하급 무관임을 알 수 있었다. 이 때문에 역참 사람들은 무성의하게 방 몇 개를 골라 내주며 퉁명스럽게 말했다.

　"연말에는 경성에 오는 사람이 많아 방이 모자라오. 남은 것은 이 세 개밖에 없으니 함께 쓰시는 것이 어떻소?"

그 세 방에는 문간방 하나 없고 창도 북쪽으로 나 있는데다 어둡고 습했다. 척 보아도 이 칠보역에서 가장 급이 낮은 객실이 분명했다. 하지만 일곱 사람은 조금도 마다하지 않고 방을 한번 둘러본 뒤 꽤 만족스런 표정을 지었다. 예상대로 세상 구경을 못해본 시골뜨기들이었다.

대량의 역참 제도에 따라 조정에 직책이 있거나 공무로 방문한 사람들은 나라에서 운영하는 역참에 숙박비를 지불할 필요가 없기 때문에 일행 중 한 사람이 주머니를 뒤적여 예부에서 보낸 공문을 찾아 역승에게 내밀었다.

공문을 흘낏 바라본 역승은 순간적으로 안색이 싹 변했다. 타지 관리가 경성에 올 때는 대부분 이부의 공문을 받는데 이들이 내민 것은 예부의 서신, 그것도 붉은 인장이 찍힌 비단 서신이었다. 이는 이들의 대장이 평범한 공무가 아니라 조서를 받고 천자를 알현하러 왔음을 의미했다.

오랫동안 이 바닥을 구르며 살아온 역승은 그 자리에서는 아무 말 하지 않고 조심조심 공문을 돌려주면서 뜨거운 물을 가지고 오겠다는 핑계로 자리를 떴다. 그리고 얼마쯤 시간이 흘러 갑작스럽지 않다 싶을 때쯤 찾아와 운 좋게 방 두 개가 더 비었다며 '옮기시겠습니까, 장군님?' 하고 공손히 물었다.

이런 자잘한 수작을 알아차리지 못할 악은천이 아니지만, 이런 사람들에게 꼬치꼬치 따질 필요가 없다는 생각에 예의바르게 웃으며 말했다.

"고작 하룻밤이니 방 세 개면 충분하오. 저녁이나 조금 빨리 주면 고맙겠소."

역승은 황급히 허리를 숙이며 대답한 뒤 몸소 주방으로 달려가 재촉했다.

악은천을 따라온 사람들은 진심으로 숙소에 만족하고 있었다. 부장 담항(譚恒)은 벌써 침상에 너부러져 감개무량하면서도 원망스런 말투로 투덜거렸다.

"며칠째 쉴 틈 없이 내달리다가 드디어 이렇게 누워보는군요. 이게 다 장군 탓입니다. 상을 줄 테니 경성에 오라는데도 어찌 그리 느긋하신지, 군사 보고서를 받겠다고 출발을 미루고 또 미루시더니, 보십시오, 결국 보고서를 받지도 못하셨잖습니까?"

악은천은 그를 슬쩍 흘기며 말했다.

"서두를 것이 무엇이냐? 여정을 다 헤아려두었으니 늦을 리가 없다."

"헤아리긴 뭘 헤아립니까? 죽어라 달리고 한밤중에 사공을 두들겨 깨워 강을 건너고…… 아주 피곤해 죽는 줄 알았다니까요."

다른 친위대들이 웃음을 터뜨렸다. 그들 중 가장 어린 소을(小乙)이 동그란 얼굴을 들고 신나서 말했다.

"어쨌든 왔으니 됐잖아요. 이번 싸움에서 장군께서 으뜸가는 공로를 세우셨고 예부에서 보낸 서신에도 폐하를 단독으로 알현하라고 쓰여 있으니 우리도 덩달아 체면이 섰다니까요."

아무래도 힘이 넘치는 청년 호걸인 담항은 침상에서 벌떡 일어나 허리를 곧추세우고 앉았다.

"그깟 체면 따위가 뭐라고. 그런다고 누가 알아봐주기나 한대? 뭐, 덕분에 경성 나들이에 따라왔으니 그걸로 만족해야지."

그때 문밖에서 다시 발소리가 들리더니 역승이 심부름꾼 둘에게 식사 거리를 들려 들어왔다. 처음의 실수를 만회하고자 해서인지 짧은 시간 안에 아홉 개나 되는 반찬을 준비했고, 국과 후식까지 있어 가장 큰 방에 그릇이 꽉꽉 들어찼다.

평소에도 특별히 예의를 따지지 않는 일행은 악은천을 상좌에 앉힌 후 탁자에 둘러앉아 먹고 마시기 시작했다. 손이 가는 대로 생선이며 고기며 국을 먹는 품이 상사가 있건 말건 관심도 없어 보였다. 그나마 경각심은 있는지 다들 뱃속을 따뜻하게 해주는 황주를 딱 한 잔만 마셔서 일부러 단속할 필요는 없었다.

저녁 식사가 끝나자 친위대 다섯 명은 다른 방으로 건너가고 악은천과 같은 방을 쓰기로 한 담항만 남았다. 그는 하인을 부르지도 않고 직접 나무 대야에 뜨거운 물을 담아 악은천 앞에 놓아준 뒤 돌아서서 짐을 정리했다.

내일 경성에 들어가면 맨 먼저 예부에 보고를 해야 하기 때문에 담항은 상사를 잘 꾸며 동쪽 국경 장수들의 체면이 깎이지 않게 해야 한다는 강한 의무감을 갖고 있었다. 그래서 짐 보따리를 한참 뒤적이다가 자못 품위가 있어 보이는 옷과 장신구를 골라 상사의 의견을 물으려고 뒤를 돌아보았다. 악은천은 버선조차 벗지 않고 턱을 괴고 앉아 생각에 잠긴 채였고 뜨끈뜨끈하던 대야의 물마저 미지근하게 식어 있었다.

"어이구."

담항이 한숨을 푹 쉬었다.

"우리끼리 늘 하는 얘기지만, 장군은 다 좋은데 딱 한 가지가 문젭니다."

정신을 차린 악은천은 그제야 앞에 놓인 대야를 발견하고 황급히 버선을 벗으며 물었다.

"그런데도 꾹 참고 버리지 않아서 고맙다. 그래, 내 어디가 문제라는 것이냐?"

"장군은 머리를 너무 많이 쓴다니까요. 생각이 너무 많아요."

담항은 고른 옷가지를 이부자리 옆에 툭 던지고 돌아섰다.

"전쟁터는 본래 온갖 일이 다 일어나는 곳이란 말입니다. 이번 전투가 이상하다고 생각하는 사람은 장군밖에 없다니까요. 아니 대체 무엇 때문에 기어코 전 지역의 군사 보고서를 받아 다른 주부를 어떻게 수복했는지 살펴보시겠다는 건지 알다가도 모르겠습니다. 솔직히 그 싸움이 우리와 무슨 상관이라고요? 래양왕은 주장이니 그분 손에는 전 지역 군사 보고서가 다 갖추어져 있을 텐데도 동해의 음모를 발견했다는 말은 없었잖습니까?"

악은천은 두 발을 미지근한 물에 담그며 천천히 입을 열었다.

"내가 지금 생각하는 것은 그 문제가 아니다."

"어이구야! 생각하실 게 또 있으시다고요?"

"우리는 동쪽 국경을 지키는 장수다. 나라의 세 개 주가 적의 손에 들어갔는데 생각을 해야 할 것이 아니냐?"

담항은 움찔하더니 곧 목소리를 낮추었다.

"그야 그렇지만…… 그래도 큰 싸움이 끝났으니 조정에게 쉴 틈은 주셔야지요. 나라에서 회동 세 개 주를 이렇게 쉽게 포기하지는 않을 테니 아무리 늦어도 내년 가을쯤에는 한바탕 싸움이 벌어지지 않겠습니까? 그런데 뭐가 걱정이십니까?"

담항의 생각이 곧 동쪽 국경을 지키는 하급 군관들의 보편적인 인식이었다. 하지만 악은천의 생각은 그들을 훨씬 뛰어넘어 핵심

적인 전략을 세우는 데까지 이르러 있었다. 부장과 이런 이야기를 깊이 할 필요가 없다는 것을 아는 그는 빙그레 웃으며 겉으로만 고개를 끄덕이고 이야기를 마무리했다.

그때쯤 날은 이미 캄캄했고 연일 먼 길을 달려온 사람들은 몹시 피곤했다. 경성에 간다는 흥분도 쏟아지는 졸음을 덮지는 못해, 두 사람이 씻고 침상에 누운 지 얼마 되지 않아 코고는 소리가 방 안을 울렸다.

편안한 이부자리에서 한숨 푹 자는 것은 여로에 쌓인 피로를 풀기에 안성맞춤이었다. 이튿날 아침 일어난 일행은 하나같이 기색이 좋아져 있었고 담항에게 붙잡혀 억지로 단장까지 했더니 훨씬 늠름해 보였다.

아침을 먹고 역참을 떠나 걸음을 서두르자 오래지 않아 금릉성 남문으로 통하는 관도에 들어섰다. 동쪽에서는 벌써 해가 높이 떠올랐지만 겨울이라 안개가 짙어 멀리 내다보고 싶어도 시야는 여전히 흐렸다.

"경성 교외는 공기조차 우리 검주와는 다르군 그래. 이게 다 무슨 향기야!"

"무식한 놈, 납매 향기잖아! 저쪽에 온통 납매가 피었는데 못 봤냐?"

멀리 호수 수면 위로 하얀 안개가 자욱하게 낀 금릉성의 겨울은 과연 풍취가 남달랐다. 악은천도 자연스레 속도를 늦추고 둑에 인접한 오솔길로 말머리를 돌려 향긋한 매화 향기를 들이마시는 한편 안개가 출렁이는 아름다운 풍경을 감상했다.

"장군! 장군!"

담항이 느닷없이 소리를 질러댔다.

악은천은 어쩔 수 없이 말을 멈추고 이마를 짚으며 물었다.

"또 무슨 일이냐?"

"저기…… 저쪽 좀 보십시오, 사람인 것 같은데……."

악은천이 그의 손가락을 따라 시선을 돌리자 둑 언덕 위의 마른 풀과 축축한 진흙 사이에 희미하게 엎드린 채 꼼짝도 하지 않는 사람이 보였다. 몹시 작고 가냘파 보이는 모습이었다.

담항이 말에서 훌쩍 뛰어내려 맨 먼저 달려갔다. 쓰러진 사람을 뒤집어 똑바로 눕게 하고 얼굴에 어지러이 흘러내린 머리카락을 걷어낸 그는 다시 한 번 소리를 질렀다.

"어이쿠, 여자예요!"

악은천은 몸을 숙여 패아의 코에 손을 대어보고 옷차림을 훑어보고 가녀린 손바닥을 뒤집어 자세히 살핀 후 말했다.

"거친 일을 했던 사람 같지는 않구나. 이렇게 젊은 처녀가 무슨 일로 이런 곳에서 혼절해 있지?"

아무리 생각이 많은 악은천이지만 여자는 아직 숨이 붙어 있고 누가 뭐라고 해도 목숨은 소중했다. 이런 곳, 이런 계절에 모르는 척 내버려두는 것은 죽으라는 말이나 마찬가지였으니 일단 구하고 보는 것이 당연했다.

"태워라. 경성에 가서 의원에게 보이자."

담항은 즉시 대답하고 패아를 번쩍 안아들었다.

검주성에서 온 일행이 도중에 뜻밖의 사람을 만나 금릉성으로 들어온 것과 거의 동시에, 두 명의 태의가 허둥지둥 래양왕부 후원으로 달려가 갑작스럽게 고열에 시달리는 왕비를 진맥했다.

물론 순안여의 병은 단순히 풍한 때문이 아니었다. 탕약을 마셔도 매번 토해내는 것으로 보아 짧은 시일 안에 완쾌될 것 같지 않았다. 속일수록 의심을 사기 쉽다는 것을 잘 아는 소원계는 순부로 먼저 사람을 보내 왕비가 병이 나 납일(臘日, 동지 뒤 세 번째 술일에 조상에게 제사를 지내던 날-옮긴이) 제사에는 가지 못할 것 같다는 소식을 전했다.

과연 두 시진도 못 되어 순 부인이 안채에서 시중을 드는 나이든 어멈을 보냈다. 어멈은 약재며 보약을 바리바리 들고 와서 친절하게 병이 난 까닭을 물었다. 소원계는 왕비가 아직 깨어나지 않았다는 핑계로 시녀장을 보내 순부의 어멈을 맞이하게 했다. 시녀장은 어멈과 함께 곁마루에 앉아 차를 마시면서 호수 구경을 갔다가 일어난 사고를 대략적으로 설명해주었다.

소원계는 사람을 시켜 순부에서 보낸 선물을 침소로 가져오게 한 뒤 하나하나 열어 순안여에게 보여주었다.

"보시오, 당신 숙부와 숙모가 당신을 얼마나 사랑하는지. 당신이 병이 났다는 소식을 듣자마자 이처럼 걱정하시는데 당신도 이분들을 실망시키고 싶지는 않을 것이오."

순안여는 베개 위에서 살짝 고개를 들고 굳어서 움직이지 않는 새까만 눈동자로 멍하니 그를 바라보았다.

"당신 숙모는 오직 당신이 잘 지내기만을 바랄 뿐이오."

소원계는 그녀의 시선을 피하지 않고 부드럽게 말했다.

"우리 같은 손아랫사람들이 효도는 못할망정 적어도 걱정을 끼치지는 말아야지, 안 그렇소?"

순안여는 천천히 눈꺼풀을 내려뜨렸다.

"예, 알겠어요."

잠시 후 순부의 어멈이 시녀장의 안내를 받아 환자를 찾아왔다. 소원계는 자상한 부군답게 자연스럽게 침상 머리맡에 앉아 순안여의 상반신을 다정하게 안아주며 그녀가 순부의 어멈과 직접 이야기를 나눌 수 있게 해주었다.

"숙모님께서 신경 써주시니 고맙네. 몸이 나으면 숙모님께 문안인사를 드리러 가겠다고 전해주게."

어멈은 안색이 파리해져 기운 없고 지친 그녀를 보자 귀찮게 하지 못하고 몇 마디 위로만 한 뒤 돌아가 순 부인에게 보고했다.

시녀가 호수를 구경하다가 물에 빠져 죽는 바람에 조카딸이 크게 놀랐다는 말을 듣자 순 부인은 믿을 수가 없어 경악한 표정으로 물었다.

"민아라면 모를까 패아가 그랬다고? 동쪽 지방에서 자라 물질에 능숙하던 아이가 아니더냐!"

그런 자세한 사정까지 물어보지 못한 어멈이 추측을 내놓았다.

"아무래도 한겨울이다보니 물에 빠지자마자 얼어붙지 않았겠습니까?"

순 부인은 더 자세히 물어보려 했으나 옆에 있던 순백수가 성가신 듯 손을 내저었다.

"자자, 되었소. 시녀 하나 죽은 것이 무슨 대수라고 호들갑이시오. 그보다는 안여가 많이 놀랐으니 좋은 의원을 불러 살피게 하는 것이 우선이오. 조카사위는 젊어서 잘 모를 테니 순월에게 내 명첩을 들고 당지우를 찾아가 의원을 추천해달라 청하라고 합시다."

가까이서 부리는 패아 같은 시녀에 대해서라면 순 부인이 순백수보다 훨씬 안타깝게 생각하는 것은 당연했지만 아무리 그래도 가장 중요한 것은 조카딸이었다. 남편의 말에 그녀도 곧 패아 문제를 잊고 직접 순월을 불러 일을 맡기는 한편, 사람을 시켜 물귀신을 쫓는 방법을 알아오게 하여 사방에 향을 피우고 제를 올렸다.

그렇게 바삐 보내는 사이 바깥채 집사가 서신 한 통을 들고 허겁지겁 달려와 문가에서 인사를 올리고 기쁜 목소리로 말했다.

"나리, 서방님께서 서신을 보내셨습니다!"

1년이 넘도록 소식 한 자 없던 조카가 서신을 보냈다는 말에 순 부인은 몹시 반가워 순백수보다 한 발 앞서 서신을 받아 뜯었다. 서신을 읽어 내려가던 순 부인의 얼굴 위로 웃음이 번졌다.

순백수는 겉으로는 느긋한 척했으나 기실 속으로는 초조해하던 터라 부인이 말없이 웃기만 하자 참다못해 헛기침으로 신호를 주었다.

"나리, 비잔이 연말을 이곳에서 보내려고 벌써 출발을 했다는군요!"

순 부인은 기쁜 나머지 눈시울을 붉히고 눈물을 훔쳤다.

"저야 조정에서 무슨 일이 있었는지는 모르지만 그 아이가 돌아오면 말다툼은 이제 그만하세요!"

순백수는 부인을 흘끗 흘겼다.

"자자, 알았소. 소식이 왔으니 전에 쓰던 원락을 치워놓읍시다. 사직을 했는데 금위부에 머물 수야 없잖소. 어찌 그러고 섰소, 어

82

서 가서 준비하지 않고!"

순비잔은 11월 하순에 소평정 일행과 작별하고 랑야산에서 내려와 상경 길에 올랐다. 공교롭게도 그가 떠나고 이틀 후 금릉성에서부터 먼 길을 온 예부의 관리가 랑야산 앞산에 도착해 손님맞이용 금종을 울렸다.

린구는 소평정과 함께 앞 전각에 나가 경성에서 온 사자를 맞이했다. 바리바리 쌓아놓은 산더미 같은 선물을 보자 무슨 일인지 짐작한 그는 웃으면서 옆으로 물러나 혼자서 유유히 차를 마셨다.

"소관 예부 시랑 비포(費浦), 폐하의 명을 받들어 장림왕께 문후 여쭈러 왔습니다."

"폐하의 명?"

소평정은 눈썹을 치키며 손을 모아 반례를 했다.

"멀리 오시느라 수고가 많았소. 폐하께서는 별고 없으시오?"

"폐하께서는 강건하시니 염려치 않으셔도 됩니다. 다만 여태 동쪽의 땅을 되찾지 못해 근심이 크신 나머지 장림왕께 의견을 물으려고도 하셨지요. 다행히 경성의 대신들이 근심을 풀어드렸습니다. 내각에서 각 관아의 관원들을 모아 수차례 논의하고 동쪽 국경의 장수들도 차례차례 책략을 올린 덕에 새해가 되면 회동 세개 주를 수복할 대략적인 방책이 정해질 것입니다. 하여 폐하께서도 흡족해하시며 전하를 방해하지 않기로 하셨습니다."

소평정이 이 말에 담긴 깊은 뜻을 알아듣지 못할 리 없었다. 그는 관리를 지그시 바라보며 말했다.

"그렇다면 다행이오. 내일 안부 서신을 써드릴 테니 이곳에서 하룻밤 쉬셨다가 이 몸을 대신해 폐하께 감사를 전해주시오."

비포는 웃음을 지으며 알겠다고 대답하고는 다시 인사를 올린 다음 안내를 맡은 누런 적삼을 입은 사람을 따라 전각에서 물러갔다. 그제야 린구가 어깨를 으쓱이며 대수롭지 않게 말했다.

"금릉성에 네가 동해 일에 나서지 않기를 바라는 사람이 있나 보군. 하지만 수법이 너무 빤히 보여……."

소평정은 그 말에 대답하지 않고 묵묵히 전각 밖으로 나가 멀지 않은 벼랑 가에 서서 바람을 맞았다. 근심 가득한 표정이지만 무슨 생각을 하는지는 알 수 없었다.

금릉성에서 사자가 찾아왔다는 소식은 몽천설의 귀에도 들어갔다. 당연히 관심이 생긴 그녀는 임해와 서둘러 앞산으로 달려갔다가 멀리 벼랑 가에 선 그림자를 발견했다. 그들이 그쪽으로 가려 하자 전각 안에 있던 린구가 손짓을 하고 고개를 저으며 이쪽으로 오라는 신호를 보냈다.

"정말 알 수가 없어요."

임해가 전각 문가에서 소평정을 돌아보며 의아한 목소리로 말했다.

"이처럼 넓은 세상을 혼자서 전부 책임질 수는 없어요. 장림왕부는 한 발 한 발 밀려나 여기까지 왔고 해야 할 일은 이미 다 했어요. 평정은 영리하니 스스로의 양심에 부끄럽지 않으면 그뿐이라는 것을 잘 알 텐데 어째서 저렇게 내려놓지 못할까요?"

장군 가문 출신인 몽천설은 소평정이 가진 멍에를 이해하고 한숨을 쉬었다.

"우리 같은 사람에게 나라를 향한 걱정은 뼈에 새겨진 것이나 다름없어. 내려놓는다는 것이 말처럼 쉬울 리 없지."

린구는 두 사람의 대화에 끼지 않고 유유히 차를 끓여 내밀었다. 세 사람은 소평정이 조용히 생각할 수 있도록 내버려둔 채 마주 앉아 차를 마시면서 한담을 나누었다.

대략 반 시진 후, 소평정이 결심을 했는지 나는 듯이 달려와 임해의 팔을 잡아 끌었다.

"이리 와보시오. 나를 좀 도와주어야겠소."

임해는 무슨 일이냐고 물을 겨를도 없이 그에게 이끌려 산등성이 오솔길을 따라 뒷산으로 갔다. 몽천설은 놀란 눈으로 두 사람의 뒷모습을 바라보다가 참지 못하고 농담을 던졌다.

"저 아이도 참, 도움이 필요하다면서 임해만 데려가? 이 형수님도 한가하신데 말이야."

"제 추측이 옳다면 세자비께서는 돕고 싶지 않으실 겁니다."

린구가 빙그레 웃으며 말했다.

"방향으로 보아 서고로 가는 모양입니다."

서고라는 말에 몽천설은 역시 눈을 찌푸리며 이마를 문질렀다.

"좋아요, 그럼 다시 한 번 추측해보세요. 평정이 대체 무엇을 하려는 거죠?"

린구는 찻잔을 들고 그 속에 찰랑이는 벽옥빛 찻물로 입술을 살짝 적셨다.

"장림부는 줄곧 북쪽을 지켜왔습니다. 평정의 재주가 아무리 놀라워도 동쪽 국경에 대해서는 잘 모르겠지요. 랑야각 서고는 삼라만상을 품은 곳이라 각 지방의 지리와 산수, 풍수 도감은 물론이고 유람 기록도 있습니다. 회동 세 개 주를 수복하기 위한 좋은 방책을 건의하려면 먼저 대략적인 지세를 파악해야겠지요."

"회동을 수복한다고요?"

몽천설의 표정이 멍해졌다.

"조정에서 사신을 보낸 까닭이 그 때문인가요?"

"조정에서 보낸 사람은 사신이 아닙니다. 아마도 순 수보의 사람이겠지요."

린구는 가볍게 한숨을 쉬었다.

"하지만 평정은 자신에게 그만한 능력이 있고 꼭 해야 할 일이라고 생각한다면 남들이 어떻게 여기는지는 신경 쓰지 않을 겁니다. 스스로의 양심에 부끄럽지만 않다면 훗날 후회하기보다 하는 편이 낫지요."

어떤 면에서 볼 때 이 랑야산에서 소평정을 가장 잘 아는 사람은 노각주가 아닌 린구였다. 세 사람이 차를 마시기 전에 그는 벌써 뒷산 집사에게 산중턱에 있는 서고의 대문을 열어놓으라고 말해두었다.

랑야각 서고는 천하의 정보가 모인 곳으로 그 규모는 놀라울 정도였다. 줄줄이 선 서가는 하나같이 2층 누각만큼 높아 아래에서는 끝이 보이지 않았다. 서가에 꽉꽉 들어찬 것들은 죽간이나 두루마리, 책문갑이었고 심지어 나무틀에 박아넣은 석각(石刻)도 있었다.

임해는 정보를 찾고 빠르게 훑는 능력이 뛰어났다. 소평정이 그녀를 서고로 데려간 것도 회수 양 기슭에 관한 모든 자료와 도감을 찾아내 연구하는 데 도움을 청하기 위해서였다. 처음 서고에 들어간 의녀는 그 규모에 실로 깜짝 놀랐다. 처음에는 어디서부터 시작해야 할지 막막했지만 반 시진 정도 진지하게 뒤진 끝에 그녀는 장서의 분류 기준을 대강 알 수 있었다.

두 사람이 힘을 합치자 금방 관련 자료가 한 무더기나 모였다. 나무서가 옆에는 기다란 통로가 있었는데, 소평정은 개중에 넓고 밝은 곳을 골라 자료를 분류하여 쌓은 뒤 책상다리를 하고 앉아 뒤적이면서 상세히 살펴볼 만한 것이 있으면 따로 베껴놓았다.

임해는 계속 서가 사이를 드나들고 이따금 사다리를 타고 올라가기도 하며 살피다가 관련 책자 세 권이 모일 때마다 자료 더미에 쌓고, 한번 훑은 뒤 더 볼 필요가 없다고 판단된 것은 본래 위치에 돌려놓았다.

반나절이 흐른 뒤 자료를 모두 살펴본 소평정은 목과 어깨가 빠질 것처럼 아파 고개를 들고 팔다리를 풀면서 바삐 움직이는 임해를 바라보았다. 서고 높이 달린 열린 창으로 비스듬히 새어드는 부드러운 햇살에 비친 젊은 의녀의 표정은 평온하고 차분해서 별달리 생각에 잠긴 것 같지 않았다. 하지만 무슨 이유에선지 소평정은 그녀에게 해명을 해야겠다는 생각이 들었다.

"절대로 조정에 돌아가겠다는 뜻이 아니오. 왕위나 병권, 부귀영화 같은 것에 미련을 둔 것도 아니고. 하지만 가문과 핏줄…… 뼈에 아로새겨진 낙인을 쉽사리 던져버릴 수가 없소. 임해…… 항상 도와주어서 고맙소."

장군 가문의 뿌리가 그에게 미치는 영향이 어떤 것인지, 의술을 하며 살아온 임해는 명확히 알 수 없었다. 하지만 그런들 어떤가? 그들은 서로 다른 사람이니 같은 감정을 갖거나 같은 생각을 할 필요가 없었다. 임해는 본래 남에게 강요하지 않는 사람이었다. 상대를 이해하고 존중하고자 한다면 그것으로 충분했다.

"노각주께서 말씀하셨잖아요? 정말 세상을 한눈에 파악할 수 있다면 삶이 무슨 재미가 있겠느냐고 말이에요. 이것이 당신이 해야 할 일이라고 생각한다면 성심성의껏 하면 되는 거예요."

마음이 따스해지는 것을 느낀 소평정은 저도 모르게 책장을 정리하던 가녀린 손을 잡고, 그녀가 얼굴을 붉히며 빼내려 하는데도 아랑곳없이 손바닥에 힘을 주어 그러쥐고 한참 동안 미소를 지으며 바라보았다.

그 후로 두 사람은 거의 하루종일 서고에서 지내다시피 했다. 아침 식사를 한 뒤 서고에 들어가면 한밤중이 될 때까지 등을 켜놓고 연구하다가 나오는 날이 태반이었다. 몽천설은 임해처럼 자료를 베끼는 일을 돕는 대신 종종 들여다보며 식사나 다과를 가져다주거나 두 사람이 너무 고생한다 싶으면 그만 쉬라고 방으로 쫓아 보내곤 했다.

이렇게 꼬박 열흘이 지나 대략 방책을 찾아낸 소평정은 붓을 들고 소원시에게 보낼 글의 초고를 쓰기 시작했다. 하지만 일필휘지로 써내려가던 지난날의 모습과는 달리 썼다가 고쳤다가를 반복하며 신중에 신중을 더했다.

"어때?"

몽천설은 고개를 쭉 빼고 글을 들여다보았지만 잘 이해가 가지 않았다.

"예전에 전략 방책을 쓸 때는 이렇게 느리지 않았잖아. 아무래도 그다지 자신이 없나봐?"

"본래부터 동쪽 국경에 대해 잘 알지 못하는데다 전에 말씀드린 의혹도 아직 풀리지 않았으니까요."

소평정은 문진으로 탁자 위에 펼쳐진 초고를 누르고 붓을 내려놓았다.

"형수님도 아시다시피 우리 대량은 동해를 작고 약한 나라로만 여겼고 관계도 좋아서 지금껏 충분히 방비하지 않았어요. 동해라고 하면 그저 진주 산지, 철갑상어 산지, 풍경이 좋은 곳 정도로만 알고 있었지요. 아주 오래전 동쪽 국경에 주둔하던 위(衛) 장군을 제외하면 이웃 나라인 동해를 진정으로 아는 사람은 아무도 없을 겁니다."

몽천설은 눈살을 찌푸렸다.

"너도 몰라?"

"저도 딱 한 번 동쪽 국경에 갔을 뿐이고, 위 장군이 쓴 글을 몇 권 읽은 것이 전부이니 당연히 잘 안다고 할 수는 없지요. 하지만 그간 열심히 살펴본 덕분에 어느 정도는 파악했어요."

소평정은 생각에 잠긴 듯 손가락으로 탁자를 톡톡 두드렸다.

"적어도 우천래가 회동 세 개 주를 반드시 손에 넣어야만 했던 이유는 대강 알아냈어요."

몽천설은 곧바로 호기심을 보였고, 임해마저 먹을 갈던 손을 멈추고 고개를 들며 물었다.

"다른 이유가 있다는 건가요? 마침 그곳까지 퇴각했기 때문이 아니고요?"

소평정은 고개를 저으며 싱긋 웃었다.

"당연히 아니오. 동해는 섬이 많고 수역이 넓은데다 해안선이

끝없이 이어지는 나라지만, 딱 한 가지 천연적으로 부족해 사람의
힘만으로는 보충할 수 없는 것이 있소."

"그게 뭔가요?"

"심수선거(深水船塢, 깊은 물에 띄울 수 있는 배를 제조, 수리하는 곳—옮긴
이)요."

인재는있다

—

06

—

동해와의 전쟁에서 묵치후는 정확한 정보를 손에 넣어 사정없이 그 틈을 파고들었다. 대량의 각 성과 영채의 주장들은 전투가 벌어지기 전부터 이미 목표가 되어 대부분 초반의 패전에서 전사했다. 그래서 전쟁이 끝난 뒤 상을 받기 위해 경성으로 오게 된 동쪽 국경의 장수 열 명은 계급이 그리 높지 않았다.

악은천만 해도 겨우 오품 참장에 불과했다. 하지만 황제 폐하를 단독으로 알현하라고 지목한 이상 그의 장래가 탄탄대로인 것은 당연지사여서 예부에서는 그를 복잡한 역관에 머물게 하는 대신 별도로 작은 원락을 할당해 친위대들과 함께 잠시 머물 수 있게 해주었다. 곁채 두 개가 딸린 건물에 방이 넷인 이 원락은 그리 넓지는 않았지만 궁성과 그리 멀지 않아서 금싸라기 땅인 황성 안에서는 드문 예우라고 할 수 있었다.

일행이 침향호에서 구해온 패아는 성에 들어오자마자 고열에 시달렸다. 의원을 불러 겨우 위기는 넘겼지만 내내 정신을 차리지 못해 어디 사는 누구인지 알아볼 길이 없었다. 친절을 베풀기로

했으면 끝까지 베풀어야 한다는 원칙 때문에 담항은 자기 방을 패아에게 내주고 돈을 들여 이웃집 아주머니를 청해 병수발까지 들게 하면서 어서 빨리 열이 내려 그녀가 깨어나기를 기다렸다.

경성에 들어가기 전만 해도 악은천은 조용히 기다렸다가 예부가 정해준 시간에 황제를 알현하면 될 것이라 생각했다. 그런데 생각과는 달리 짐을 푼 바로 다음 날 내각에서 경성에 온 장수 열 명을 초청해 환영연을 열었고 그 후로도 각처에서 초청이 끊이지 않았다. 매일같이 여기 아니면 저기에서 초청을 하는데 가지 말자니 미움을 받을 것 같고 가자니 영 흥이 나지 않아 악은천 장군은 기분이 썩 좋지 않았다.

이날 오후도 담항을 데리고 연회에 참석했다가 돌아오니, 예부의 관리가 대문 앞에서 기다리다가 내일 황제를 알현하기로 정해졌다며 미리 준비하라고 일러주었다. 악은천에게는 오랜만에 듣는 희소식이었다. 그는 한동안 우울해하던 얼굴을 활짝 펴고 황급히 방으로 들어가 황제에게 올리려던 상주문을 꺼내 다시 한 번 손보았다.

평범한 군호 출신인 담항은 어려서부터 책을 많이 읽지 않아 이런 일에는 도움이 되지 못했다. 그래서 차라리 방해나 하지 말자 싶어 예부 관리를 배웅하고 다른 친위대들을 불러 정원에서 권각을 연습했다. 신나게 단련을 하고 있는데 환자를 돌보던 아주머니가 동쪽 곁채에서 나오는 것이 보였다. 그는 재빨리 몸을 빼어 그쪽으로 가며 걱정스레 물었다.

"어떻소? 낭자는 깨어났소?"

부인은 한숨을 쉬었다.

"눈을 뜨기는 했는데 아직 말을 제대로 못하고 사람도 못 알아 봐요."

얼굴이 동그란 소을이 쪼르르 달려와 끼어들었다.

"며칠이나 혼절해 있었잖아요! 머리를 다쳐 바보가 된 건 아니 겠죠?"

다른 친위대가 웃으며 놀려댔다.

"아무리 그런들 너만큼 바보스럽기야 하겠어?"

두 사람 사이에 곧바로 주먹질과 발길질이 오갔고, 다른 사람들 은 그들을 에워싸고 응원하며 웃고 떠들었다. 담항은 부하들을 단 속하기가 귀찮았지만 그래도 부장으로서 책임을 느껴 '글 쓰시 는' 장군님을 방해하지 않도록 조용히 하라고 꾸짖었다.

담항이 밤새도록 '글쓰기'에 몰두하고 있다고 생각한 악은천은 사실 진짜 글을 쓰고 있지는 않았다. 앞에 놓인 상주문은 벌써 여 러 번 다듬고 고쳐 더 이상 수정할 곳도 없었다. 그저 붓을 쥐고 앉아 다시 한 번 한 줄 한 줄 읽어보면서 황제를 처음 뵙는 긴장감 을 가라앉히고 있는 것뿐이었다.

다행히 알현 시각은 오후여서 날이 밝기도 전에 일어날 필요 없 이 느긋하게 준비할 수 있었다. 규칙에 따라 출발 전 예부 관원이 찾아와 안내를 했는데 말이 안내지 사실은 황제 폐하를 뵐 수 있 도록 의관을 단정하게 차렸는지 검사하는 것이 목적이었다. 궁 밖 말에서 내리는 곳에 이르자 수행 관원은 걸음을 멈추었고, 태감 두 명이 나와 조양전으로 안내한 뒤 잠시 기다리게 하고 보고하러 갔다.

기다리는 시간은 그때그때 달라서 운이 나쁘면 두세 시진 동안 감감무소식일 때도 있었다. 하지만 악은천을 만나는 것은 소원시가 친히 내린 명이었기 때문에 그렇게 운이 나쁘지는 않았다. 대략 일각이 지나자 접견을 허락하는 소리가 전각문 밖으로 들려왔다.

악은천은 정신을 가다듬고 앞장선 태감을 따라 우뚝한 계단을 한 걸음 한 걸음 올라갔다. 평생 처음으로 대량 조정의 최중심부로 들어간 그는 주홍 바탕에 금박을 두른 높다란 문지방을 지나는 순간 어리둥절했다.

대전 입구 맞은편 계단 아래에 순백수와 소원계, 병부상서, 이부상서가 서 있었기 때문이다. 비록 수는 많지 않았지만 하나같이 중요한 자리에 있는 거물들이어서 제아무리 천성적으로 차분한 악은천도 뜻밖의 상황에 당황한 나머지 절을 하며 인사를 올릴 때 절로 깔깔한 목소리가 나왔다.

사실 어린 황제가 이 자리에 부른 사람은 래양왕뿐이었다. 다른 이들은 방금까지 어전에서 회의를 하다가 자못 기대에 찬 소원시의 모습이 흥미로워 남아서 지켜보자 싶었던 것이지 일부러 일개 참장에게 위세를 부리려고 한 것은 아니었다.

"신 악은천, 명을 받들어 폐하를 뵙습니다. 폐하, 만세 만세 만만세."

"일어나시오, 악 경."

소원시는 손을 들어 말한 뒤 호기심 어린 눈으로 한참 동안 그를 살폈다.

"하나같이 무능한 자들뿐이라 열 개 주가 일거에 무너졌는데 오로지 장군만이 승리를 얻었으니 그 재주가 실로 놀라웠소. 이에 짐이 예부에 명해 단독으로 접견하고자 한 것이오."

막 몸을 일으키던 악은천은 다시 한 번 옷자락을 걷고 꿇어앉아 머리를 조아린 뒤 정중하게 대답했다.

"폐하의 칭찬에 감사드립니다. 허나 신은 동쪽 국경의 패배는 군사 기밀이 누출된 것에 원인이 있다고 생각합니다. 예부터 뒤에서 날아드는 화살은 막기 어렵다는 말이 있듯, 동해는 장장 열 개 주의 방어 지도를 손에 넣어 아군의 지세와 주둔군의 위치, 병력, 통솔자뿐 아니라 군량고와 금고, 병기고 등 주요 지점을 완벽하게 파악하고 있었습니다. 신의 주장은 영채에서 나가자마자 복병을 만나 전사했습니다. 비록 동해와의 싸움에서 전선이 붕괴되는 치욕을 당했으나 그 모든 것이 장병들의 무능함 때문은 아니라는 것이 신의 의견입니다."

황제 폐하의 칭찬을 들었을 때 신하 된 이가 마땅히 해야 할 인사치레는 이미 다양하게 정해져 있는데다 어전의 문답이라는 미명 아래 신하들이 예를 아는지 모르는지 측정하는 척도로 사용되고 있었다. 그런 인사치레에 익숙한 소원시는 이런 대답이 처음이어서 다소 당황했고, 계단 아래에 있던 다른 사람들도 미처 반응하지 못해 전각 안은 정적에 휩싸였다.

하지만 정적은 잠시뿐, 가장 먼저 정신을 차린 순백수가 눈을 찌푸리며 꾸짖었다.

"방자하다! 폐하께서 좋은 뜻으로 칭찬을 하셨는데 듣기만 하면 될 일을 어찌 감히 말대답을 하느냐?"

높이 앉은 어린 황제는 노기를 띠기는커녕 웃으며 말했다.

"악 경의 말에도 일리가 있소. 악 경이 방금 한 말을 곰곰이 생각해보면 확실히 잘못된 부분이 있소."

황제가 이렇게 나오자 순백수도 계속 꾸짖지 못했다. 그 틈을 타 소원계가 분위기를 누그러뜨리기 위해 웃으며 말했다.

"악 장군께서 폐하를 뵙는 것이 처음이 아닙니까? 예의범절에 다소 부족한 점이 있었더라도 수보 대인께서 잘 가르쳐주신 덕에 악 장군도 깨달았을 것입니다."

"래양왕의 말이 옳습니다. 순 경, 그리 엄하게 따질 필요 없습니다. 짐이 오늘 악 경을 부른 것은 상을 내리기 위함이지 죄를 물으려고 한 것이 아닙니다. 악 경, 원하는 것이 있다면 기탄없이 짐에게 말해보시오."

순백수에게 꾸지람을 듣자 악은천은 오히려 마음이 차분해졌다. 품계 낮은 변경 무관인 자신이 천자를 마주할 기회는 이번 한 번밖에 없다는 것을 잘 아는 그는 다시 한 번 머리를 조아리며 낭랑하게 말했다.

"폐하의 관용에 감사드립니다. 운 좋게도 용안을 뵙게 되었으니 더 바랄 것이 무엇이겠습니까? 다만 동해와의 전쟁에 관해 진언을 드리고 싶을 따름입니다."

진언이란 말은 듣기에는 그럴싸하지만 그 무엇보다 절차를 가장 많이 따지는 일이었다. 상급자가 먼저 묻지 않는 한 진언을 올리려면 우선 직속상관에게 단계별로 보고해야 했고 한 단계만 건너뛰어도 반감을 사기 십상이었다. 하물며 이 자리에 있는 고위 대신들 눈에 변경의 장수란 용감무쌍하고 조정을 위해 한 목숨 바치면 그만인 자일 뿐, 그런 이가 전략이나 군사 대사에 함부로 참견하도록 용납할 수는 없었다. 이 때문에 악은천의 말이 떨어지자 자리에 있는 대신들은 못마땅한 표정이었다.

다행스럽게도 그 자리에서 가장 높은 사람은 소원시였다. 그에게는 상관이 없기 때문에 단계를 뛰어넘느니 하는 문제는 생각할 필요조차 없었고, 도리어 잔뜩 흥분하여 악은천의 뒤에 선 순백수에게 묻는 시선을 던졌다. 듣고 싶어 죽겠다는 그의 표정을 보자 외숙부인 수보 대인은 차마 반대하지 못하고 어쩔 수 없이 묵인했다.

"악 경은 남다른 식견이 있는 사람이다 싶었는데 마침 할 말이 있다니 꺼려 말고 일어나서 속 시원히 말해보시오."

악은천은 감사인사를 하고 일어나 예의바르게 공수를 하며 진지하게 말했다.

"동해는 우리 조정에 있는 내응자의 도움을 받아 열 개 주를 기습했는데, 성을 도륙하여 피투성이로 만들면서 뒤를 전혀 생각지 않고 빠르게 진군했을 뿐 아니라 퇴각할 때도 결코 미련을 갖지 않았습니다. 그 덕분에 전력이 거의 꺾이지 않아 회수 동쪽으로 돌아간 뒤 수군으로 강을 봉쇄하여 아군이 남은 땅을 수복하는 것을 저지할 수 있었습니다. 이를 통하여 신이 감히 추측하건대, 동해가 진정으로 손에 넣고자 한 것은 본디 회동 세 개 주뿐이었습니다."

그가 내놓은 결론을 다른 사람들이야 어떻게 받아들이든 소원계는 절대로 용납할 수 없었다. 그는 곧바로 노기를 끼며 차갑게 따졌다.

"동해는 본래 퇴각할 생각이었으니 내가 출정하여 그들을 물리친 것은 사실상 아무 의미도 없다, 그런 뜻이오?"

악은천은 잠시 입을 다물었다가 건조한 말투로 대답했다.

"결코 그런 뜻은 아닙니다."

"아니라고? 내가 듣기에는 분명……."

그때 순백수가 손을 들며 담담한 목소리로 끼어들었다.

"래양왕께서는 너무 깊이 생각지 마십시오. 이 늙은이도 악 장군이 그런 뜻으로 한 말은 아니라고 생각합니다. 폐하께서 진언을 허락하셨으니 함부로 끊지 말고 끝까지 들으시지요."

오랜 세월 조정의 중추에 몸담은 순백수는 오만한 구석이 없지 않았지만 조정을 이끌어가는 능력만큼은 의심할 데가 없었다. 누군가 하는 말이 환심을 사기 위한 허튼소리인지 근거가 충분한 사실인지 판단하는 것은 그에게는 어려운 일이 아니었다. 이 젊은 변경 장수는 막 운을 뗐을 뿐이지만 그 내용이 제법 흥미로워 소원계를 가로막으면서 계속 말하게 한 것이다.

악은천은 감사의 뜻으로 허리를 살짝 숙여 보인 뒤 계속했다.

"신은 적의 손에 들어간 열 개 주 가운데 회동 세 개 주만 우천래에게 중요했던 까닭이 무엇인지 줄곧 생각해왔습니다. 부와 물자, 동해와의 거리나 접근성을 보아도 회동 세 개 주가 남달리 좋은 것도 아닙니다. 천연적인 강으로 가로막혀 있고 동해가 군사를 주둔시켜 방비하기 쉽기 때문이라고 하기에는 거주(巨州)와 수주(修州)의 상황도 크게 다르지 않습니다. 허나 우천래는 그 두 주는 미련 없이 포기하고 처음부터 수군의 주력을 회수에 집결시켰습니다. 초반에 맹렬하게 전진했을 때나 후반에 잇달아 패하며 물러날 때도 동해에서 끝내 멈추지 않고 바꾸지도 않았던 전략은 단

하나, 회수에 방어선을 세우는 것이었습니다. 그 외의 행동들은 모두 눈속임에 불과했습니다."

"그러니까 악 경은……."

이미 넋이 나간 소원시가 멍하게 물었다.

"회동의 세 개 주가 동해에 아주 특별한 땅이라는 말이오?"

악은천은 확신에 차 고개를 끄덕였다.

"그렇습니다."

"그렇다면 무엇이 특별한지도 알고 있소?"

"그렇습니다. 신이 보기에 바다에 면한 땅 가운데 회동의 특별한 점은 바로 심수선거를 지을 수 있다는 것입니다."

'심수선거'라는 말에 주군이든 신하든 하나같이 어리둥절했다. 근 3년간 묵치후와 연락을 주고받은 소원계조차 처음 듣는 말이어서 남몰래 눈을 찡그린 채 생각에 잠겼다.

"신이 감히 생각건대 폐하께서는 심수선거가 동해에 어떤 의미가 있는지 아직 잘 모르실 터이니 한두 마디로는 말씀드리기가 쉽지 않습니다."

악은천은 사람들의 반응이 놀랍지 않은지 태연자약하게 소매 속에서 상주문을 꺼냈다.

"하여 폐하와 대인들께서 참고하시도록 미리 글을 써서 왔습니다."

순백수가 엄숙한 표정으로 다가가 손가락 반 정도나 되는 두께의 상주문을 대강 훑어본 뒤 용좌를 향해 돌아서서 허리를 숙였다.

"악 장군 같은 의견은 신도 처음 들었습니다만 자세히 연구할 필요가 있어 보입니다. 이미 동해에 큰 피해를 입었으니 또다시 적을 가볍게 보아 잘못을 되풀이할 수는 없습니다."

무슨 일이 있어도 계속 침묵하고 있어서는 안 된다고 생각한 소원계가 다급히 한 걸음 나서며 맞장구를 쳤다.

"수보 대인 말씀이 옳습니다. 조정의 모든 사람이 동해에 대해 잘 모르니 악 장군의 말대로 회동 세 개 주를 차지하겠다는 저들의 굳은 결심을 간과했을 수도 있습니다. 허나 신이 보기에 한 나라를 낱낱이 파헤치는 것은 서두른다고 되는 일이 아닌데 급히 결론을 내리면 도리어 하지 않느니만 못할 것입니다. 마침 연말이고 연말 제례는 내년의 국운이 달려 있는 일이니 소홀히 할 수도 없지 않겠습니까? 새해에 정무가 시작될 때 내각에서 관련 부처를 소집하여 착실하게 상의하면서 동쪽 국경을 새롭게 정비하는 것이 어떨까 합니다."

그의 말대로 금릉성에서 연말 제례는 더없이 중요한 행사였다. 순백수는 잠시 생각한 뒤 고개를 끄덕이며 말했다.

"래양왕의 말에도 일리가 있습니다. 어찌되었든 하루 이틀 안에 끝날 문제가 아니니 서두를 필요는 없지요. 악 장군의 견해는 독특한 데가 있어 한번 생각해볼 만합니다. 이왕 새해에 동쪽 국경을 새로 정비하기로 했으니, 악 장군은 다른 장군들과 함께 떠나는 대신 경성에 남아 같이 논의하는 것이 좋을 듯합니다. 폐하의 뜻은 어떠신지요?"

어린 황제는 이 제안이 마음에 꼭 들어 그 자리에서 고개를 끄덕였다.

"그렇게 합시다. 악 경은 경성에 남아 해가 지나면 함께 상의하도록 하시오.”

악은천은 황급히 옷자락을 걷고 절하며 공손하게 대답했다.

“신, 명을 받들겠습니다.”

조양전에서 물러난 악은천은 조금 전 전각에서 보여준 날카로운 기세를 싹 거두고 신분에 맞게 고개를 숙이고 다른 사람들을 먼저 지나가게 해주었다. 그렇게 궁궐 문에 가까워져 사람들이 흩어지자 그는 걸음을 빨리하여 진훈을 쫓아가 인사한 뒤 나지막하게 말을 건넸다.

“동해 싸움의 군사 보고서? 당연히 병부에 전부 다 보관하고 있소.”

진훈은 놀란 눈으로 그를 훑어보며 눈을 찌푸렸다.

“장군은 오품 무관이니 보고서를 조사할 권한이 있지 않소? 이 늙은이의 허락을 받을 것 없이 직접 관아로 가서 요청하시오.”

악은천은 난처한 얼굴로 고개를 숙인 채 아무 말 하지 않았다. 늙은 상서는 곧 속을 알아차리고 이마를 탁 쳤다.

“알겠소. 바로 사람을 보내 말을 해놓을 터이니 언제든 편한 시간에 가서 보시오.”

“감사합니다, 진 대인!”

악은천은 만면에 희색을 띠며 인사를 올린 뒤 진훈이 마차에 오르기를 기다렸다가 친위대에게서 말을 건네받아 곧바로 병부 관아로 달려갔다.

금릉성에 들어온 뒤로 병부의 군사 자료 보관소는 악은천이 매일매일 한 번씩 들른 곳이지만 그때마다 빈손으로 돌아와야 했다.

하지만 오늘은 상서 대인과 인사를 나눈 덕에 상황이 완전히 달라졌다. 그가 열람을 요청한 군사 보고서는 반 시진도 되기 전에 낭관(郎官, 고대에 군주를 시중들던 관직—옮긴이)이 손수 한 아름이나 가져와 정답게 아는 척을 했다.

"악 장군이십니까? 원하시던 필사본을 모두 구해왔습니다. 어디에 묵는지 알려주시면 사람을 시켜 보내드리겠습니다."

악은천이 다가가 받으며 빙그레 미소를 지었다.

"내가 할 수 있소. 수고가 많았소."

"당연히 해야 할 일인데 수고라니요. 처음부터 폐하를 알현하러 왔다고 밝히지 그러셨습니까? 경성에는 거물들이 워낙 많아 단순히 품계만 말씀하시면 일처리가 한참 뒤로 밀릴 수밖에 없습니다. 공연히 몇 번 헛걸음을 하지 않으셨습니까?"

낭관은 조심스럽게 자료를 건네며 활짝 웃어 보였다.

"일부러 곤란하게 해드린 것은 아니니 마음에 두지 마십시오!"

직위가 낮고 돈이 없으면 일하기가 어려워지는 것은 관아에서 흔한 일이었다. 악은천 역시 낭관이 일부러 골탕 먹이려고 그랬다고는 생각지 않아 따질 마음이 전혀 없었고, 적당히 상황을 무마한 뒤 돌아서서 친위대에게 문서를 건네며 잘 묶으라고 분부했다.

비록 황제를 알현하러 왔지만 규칙상 수행하는 이들은 궁궐 문을 넘을 수 없어 견식을 넓히기는커녕 심심하기만 할 뿐이었다. 그래서 악은천은 일부러 여러 사람을 데려오지 않고 참을성 있는 두 사람만 대동했다. 입궁하여 황제를 알현하고 도중에 병부까지 들르자 숙소로 돌아왔을 때는 벌써 하늘이 어두워지고 있었다.

남아서 기다리던 이들은 불안감에 떨고 있다가 그를 보자 우르르 달려나와 인사를 하고 호기심에 찬 목소리로 궁궐이 어땠느냐 알현에 큰 문제는 없었느냐 하며 물어댔다. 웃으며 몇 마디 대답하던 악은천은 문득 새로운 소식을 누구보다 좋아하는 부장이 없는 것을 알아차리고 의아한 듯 눈썹을 세우며 주위를 둘러보았다.

"그 낭자가 깨어났다고 해서 담 장군은 이야기를 하러 갔어요."

소을이 눈치를 채고 재빨리 동쪽 곁채를 가리켰다.

"우연도 이런 우연이 없다니까요. 우리가 검주에서 왔다니까 그 낭자도 검주 사람이래요!"

악은천은 중대한 일을 생각하느라 우연히 구해 데려온 낭자에게는 큰 관심이 없었다. 하지만 그녀가 깨어난 이상 어디 사는 누구인지 확인하고 집으로 보내주는 것이 도리겠다 싶어 친위대들을 시켜 가져온 보고서를 안방에 옮겨놓게 한 다음 동쪽 곁채로 향했다.

한겨울인데다 환자까지 있어 동쪽 곁채는 창문을 꼭 닫고 문에도 두 겹짜리 가리개를 걸어놓아 안에서 나는 소리가 잘 들리지 않았다. 악은천은 가리개를 걷자마자 눈앞에 펼쳐진 광경에 멈칫했다. 담항은 어쩔 줄 몰라 하며 서 있고, 패아는 남쪽 벽에 붙은 침상 위에서 무릎을 꿇고 계속 머리를 조아리며 울고 있었다.

"대인, 제발 저를 놓아주세요. 저는 정말 나쁜 짓을 하지 않았습니다, 정말이에요! 그저…… 그저 고향으로 돌아가고 싶을 뿐이에요."

"어떻게 된 일이냐? 담항, 무슨 짓을 한 것이냐?"

악은천이 눈을 찌푸리며 매섭게 꾸짖었다.

"부녀자와 약자를 괴롭히지 않는 것이 군인으로서의 규칙인데 경성에 오자마자 잊은 것이냐?"

"괴, 괴롭히긴 누굴 괴롭혔단 말입니까? 이 낭자가 신분을 밝히지도 않고 통행증도 없으면서 자꾸 가야 한다는 겁니다. 그래서 혹시 어느 댁에서 달아난 노비인가 물었더니 그 말에 놀라서 이 모양이란 말입니다."

담항은 억울한 듯 변명했다. 사실은 그 역시 주장이 낭자를 안심시키려고 일부러 엄하게 꾸짖은 것을 알기에 곧 고개를 돌려 다시 위로를 건넸다.

"낭자가 그렇게도 떠나고 싶다니 우리 장군께서 명만 하시면 낭자를 막을 사람은 아무도 없소. 허나 낭자, 이제 겨우 몸이 나았고 여비도 없는 몸으로 신분조차 밝히지 못하면서 무슨 수로 경성에서 그 먼 고향까지 돌아가겠다는 거요? 우리가 온갖 고생을 해가며 낭자 목숨을 구했는데 또다시 죽으러 가는 것은 도저히 보고 싶지 않아 이러는 거요."

패아는 힘없이 침상에 쓰러져 절망에 싸인 얼굴을 손바닥에 묻고 흐느꼈다. 악은천은 그녀를 몰아붙일 생각도 없지만 한가롭게 우는 것을 보고 있을 수도 없어 담항에게 처리를 맡기고 슬그머니 돌아서서 나갔다. 담항은 여자를 달래는 방법을 모르는지 바보처럼 서서 울음을 그칠 때까지 하릴없이 기다렸다.

한바탕 울고 난 패아는 비로소 고개를 들고 문에 걸린 가리개를 멍하니 바라보며 낮은 목소리로 입을 열었다.

"방금 그분을…… 장군이라고 부르신 것 같은데……."

"맞소, 내 상관이오. 말하지 않았소, 우리도 검주에서 왔다고. 우리는 나쁜 사람도 아니고 도망 노비를 잡는 일 따위는 관심도 없소."

패아는 입술을 꼭 깨물었다가 다시 물었다.

"검주에서 오셨다면…… 방금 그 장군께서도 혹시…… 동해의 전쟁에 참가하셨나요?"

"했지, 우리 모두 참가했소."

"고향에서…… 사람들이 많이 죽었다고 들었어요. 아주 많이……."

담항은 한숨을 쉬었다.

"우리가 책임을 다하지 못해서 백성들이 그리되었다고 생각하는 거요?"

패아는 살며시 고개를 저었다.

"아니에요, 여러분의 책임이 아니라는 것은…… 제가 누구보다 잘 알아요."

생각지도 못한 대답에 담항은 눈을 휘둥그레 뜨고 한참 그녀를 바라보았다. 무슨 뜻이냐고 물으려는데 패아가 얼굴을 적신 눈물을 힘껏 닦아내며 이를 악물었다.

"나리 말씀이 맞아요. 저는 여비도 없고 통행증도 없으니 경성을 나간다 해도 얼마 가지 못할 거예요. 언제든지 길에서 죽을 수도 있고요. 어차피 죽을 목숨이라면 헛되이 죽지는 않겠어요. 나리의 장군님을 불러주실 수 없을까요? 그분께 드릴 말씀이 있어요."

우연히 목숨을 구해준 생판 모르는 낭자가 직접 이야기를 하고자 한다는 보고에 악은천은 다소 놀랐다. 패아도 그가 놀랄 것을 예상했는지 맨 먼저 자신의 신분을 밝혔다.

"순부의 시녀라고?"

"정확히 말하면 지금은 래양왕부의 시녀입니다."

패아는 소매 속에서 손을 바짝 옹크리고 손가락이 손바닥을 파고들 정도로 힘을 주었다.

"제가 장군께 말씀드리고 싶은 것도 래양왕에 관한 것입니다."

패아는 결심을 하기는 했으나 막상 이야기를 꺼내려 하자 여전히 격앙되고 겁이 나서 처음에는 이야기가 두서없이 끊겼다 이어졌다 했지만 가만히 경청하는 악은천의 표정이 마음을 차분하게 해주어 차츰 정신이 돌아왔다. 고향에서 온 젊은 장군은 고개를 젓지도, 그 자리에서 부정하지도 않았고, 특히 그녀를 미치광이 취급하지도 않았다. 이런 태도가 용기를 북돋아주어 패아 역시 갈수록 생각이 명료해져 하성이 연못에 보물을 던진 일과 서재에서 엿들은 이야기부터 침향호에 빠진 일까지 조목조목 하나도 빠짐없이 이야기를 풀어나갔다.

절망적인 어둠 속에서도 정의는 있었던 것일까? 지금의 패아는 자신이 얼마나 운이 좋은지 알지 못했다. 그녀가 구사일생으로 만난 이 젊은 장군은 경성 금릉성의 수십만 인구, 종친과 귀족에서부터 일개 행상에 이르기까지 수많은 사람 가운데 그녀를 믿어줄 유일한 사람이었다.

"래, 래양왕이…… 그럴 리가! 다른 증거라도 있소?"

담항은 얼굴이 파랗게 질렸다. 극도로 충격을 받아 혀까지 굳은 것 같았다.

"즈, 증거도 없이 시, 시녀 한 사람 얘기만 듣고 어떻게 그 말을 믿으란 말이오? 아, 안 그렇습니까, 장군? 장군?"

당연히 나와야 할 대답이 들리지 않자 담항은 놀라서 고개를 돌렸다. 희미한 등불 아래에서 어두운 표정으로 입을 꾹 다문 악은 천을 보자 그는 저도 모르게 바짝 긴장했다.

"장군, 설마…… 정말 믿으시는 것은 아, 아니……."

악은천은 천천히 몸을 일으키고 부드러운 목소리로 패아에게 말했다.

"낭자는 그만 쉬시오. 낭자를 쫓아내지도 않을 것이고 다른 이에게 넘겨주지도 않을 테니 안심해도 좋소."

이 이야기를 하기 전까지 패아는 자신이 살아날 가능성은 거의 없다고 생각했다. 꿋꿋이 진상을 밝히려고 한 까닭도 가슴속에 끓어오르는 강렬한 불만과 비분 때문이었을 뿐, 이 끔찍한 절망 속에서 살려주겠다는 약속을 들으리라곤 기대조차 하지 않았다. 그런데 뜻밖의 결과가 나오자 그녀는 별안간 몸에 힘이 쭉 빠져 이불을 와락 틀어쥔 채 숨조차 제대로 쉬지 못했다.

악은천은 별다른 말 없이 담항에게 잘 보살피라는 눈짓을 한 뒤 가리개를 걷고 나가 안방으로 돌아갔다. 오늘 병부에서 가져온 군사 보고서는 묶었던 끈이 풀린 채 문간방의 나무탁자에 가지런히 놓여 있었다. 그는 그리로 다가가 한 권을 펼쳤지만 멍하니 같은 부분을 노려보기만 할 뿐 뒤적이려고도 하지 않았다.

뒤에서 발소리가 들리고 담항이 황급히 쫓아들어왔다. 그는 악은천과 함께 한참 탁자 옆에 서 있다가 나지막하게 물었다.

"설마 장군께서는…… 지금껏 래양왕을 의심하셨던 겁니까?"

"사람마다 쓰는 전법은 각양각색이다. 전쟁터에서는 무모한 진격도, 상식으로는 생각할 수 없는 우연도 벌어지게 마련이지. 그래서 아무리 너라고 해도 내가 무엇을 의심하고 있는지 확실히 설명해줄 수 없었다. 그런데…….”

“그런데 오늘 경성에 사는 낭자가 장군의 마음속에 있던 의혹을 정확히 찔렀군요.”

담항은 버럭 노기가 치솟아 한 손으로 벽을 힘껏 두드렸다.

“누구든 간에 적과 내통해 나라를 팔아먹은 자는 가만두어선 안 됩니다! 다른 것은 모르겠고, 죽어간 형제들을 생각해서라도 반드시 밝혀야 합니다!”

악은천은 담담한 눈길로 그를 흘끗 보았다.

“어떻게 밝힐 셈이냐?”

“병부에 보고해야지요! 아니면…… 어사대?”

자신이 없는지 담항의 화난 목소리가 뚝 끊겼다.

“장군, 래양왕을 고발하려면 누구를 찾아가야 하는 겁니까?”

“한낱 시녀의 진술만으로 죄가 인정되지는 않는다. 숫제 안건으로 올라가지도 못하겠지. 실제 증거를 찾으려면 계속해서 자세히 조사를 해야 한다. 이 금릉성에서 래양왕을 누르고 이 일을 안건으로 올릴 수 있는 사람은 내각의 순 수보뿐이다.”

“그럼 저 낭자를 순 수보에게 데리고 가시지요!”

악은천은 탁자에 놓인 푸른 깁 등갓을 응시했다. 망설임에 가득 찬 눈빛이었다.

“동해와의 전쟁이 끝난 뒤로 두 집안은 인척을 맺었다. 그들이 대체 어떤 관계인지 타지인인 우리가 어떻게 알겠느냐? 진정 순 수보가 믿을 만한 자라고 확신할 수 있느냐?”

“수보 대인마저 그 모양이라면 찾아갈 사람은 폐하밖에 없지 않습니까?”

"폐하를 뵙는 기회는 그리 쉽게 오는 것이 아니다."

악은천은 다소 어두워진 얼굴로 눈을 감았다.

"지금 래양왕은 명성이 혁혁하니 나 같은 하급 무관이 그를 쓰러뜨린다는 것은 아마 시작조차 힘들겠지."

한 사람은 황실의 종친으로서 새로 책봉된 군왕이고 다른 한 사람은 머나먼 변경의 오품 참장이니 그 권세며 지위는 하늘과 땅 차이였다. 담항도 마음을 가다듬고 곰곰이 생각하더니 낙심한 얼굴로 머리를 긁적였다.

"하지만 네가 한 말에도 일부 일리는 있다."

"예? 제가 한 말이라니요? 제가 뭐랬는데요?"

악은천은 동쪽 벽으로 걸어가 닫힌 창문을 밀어젖혔다. 밤의 한기가 훅 덮쳐와 뼛속까지 서늘해졌다. 그는 고개를 들고 끝 간 데 없이 펼쳐진 검푸른 밤하늘을 올려다보며 확고한 투로 말했다.

"적과 내통해 나라를 팔아먹은 자는 절대 가만둘 수 없다. 우리는 반드시 이번 일을 밝혀야 한다."

역부족

—
07
—

금릉성의 풍습에 따르면 섣달 여드레부터 서로 교류하고 연말 선물을 주고받고 연회 일정을 잡는 일이 시작되어 이때부터 연말 분위기도 점점 고조되었다. 순안여는 며칠째 혼곤하게 누워 눈물로 베개를 몇 개나 적셨다. 아직 악몽에서 깨어나지 못한 것 같은데 눈앞에 닥친 것은 다름 아닌 현실이었다. 순부의 연말 선물이 도착한 다음 날 그녀는 억지로 정신을 차리고 병석에서 일어날 수밖에 없었다.

소원계는 말한 대로 새로운 시녀를 몇 사람 보내주었고 '왕비를 잘 모시고 추호도 소홀함이 없도록 하라'고 친히 분부하기까지 했다. 순안여는 거절하지 않았다. 그녀는 매일 거의 한 마디도 하지 않았고 멍하니 넋을 놓고 앉아 있을 때가 많았다. 새로운 시녀가 있든 말든 그녀에게는 큰 차이가 없었다.

다행히 민아가 여전히 가장 가까운 시녀로서 그녀의 일상생활을 보살폈다. 웃고 떠들고 장난치는 것을 좋아하던 이 소녀도 침향호에 나갔던 초나흘 그날부터 이상하리만치 말수가 줄었고, 매일 밤 방에 돌아가 창가에 놓인 텅 빈 침상을 바라볼 때면 이불을 뒤집어쓰고 고통스럽게 울었다.

딱딱해진 부부 사이도 소원계는 별로 신경 쓰지 않는 것 같았다. 그는 순안여가 가장 충격을 받은 초반에도 감정을 폭발할 용기를 내지 못한 이상 다음 일들은 수월하게 처리할 수 있겠다 싶었고, 시간을 들여 꾸준히 달래면 연약한 규방의 여인쯤은 순순히 손에 들어올 것이라 자신했다.

섣달 열여드레 동쪽 국경의 모든 장수가 무리를 나누어 황제를 알현한 다음 날, 소원계는 드물게 맑고 햇살이 좋다는 핑계로 순안여를 방에서 데리고 나와 연못가를 산책하면서 소매에서 종이 두 장을 꺼내 그녀의 손에 쥐여주었다.

순안여는 가만히 고개를 숙이고 종이를 바라보았다. 무엇인지 알 수 없었지만 묻고 싶지도 않았다.

"시집와서 처음 보내는 연말이니 잘 모르는 일이 많을 것이오. 평소 왕래하는 사람들과 연말에 들러야 할 곳을 정리했으니 이대로 준비하면 되오."

"예."

소원계는 아내의 침묵에는 아랑곳없이 팔을 활짝 벌려 그녀의 가느다란 허리를 끌어안았다. 그리고 그 자세에서 두 번째 종이를 펼쳐 보였다.

"동쪽 국경에서 일하던 장군 열 명이 어명을 받고 경성에 와서 연말 연회에 침석하게 되었소. 그들의 숙소를 적은 깃이니 신물을 준비해 보내주시오."

연못, 동쪽 국경…… 분명히 되새기기 고통스러운 풍경이고 단

어지만, 소원계는 전혀 거리낌 없이 보여주고 들려주며 차츰차츰 익숙해지도록 그녀를 몰아붙였다.

순안여의 목소리가 약간 떨렸다.

"알겠어요."

소원계는 그녀의 손가락을 잡아 종이 위를 눌렀다.

"이곳, 이곳, 그리고 이곳, 세 군데에는 선물을 두 배로 하시오. 악은천 이 사람에게는 세 배로 하고, 알겠소?"

"알겠어요."

소원계는 만족스럽게 웃으며 그녀의 뺨에 입을 맞추었다.

순안여의 멍한 상태도 걱정스럽기는 했지만, 그보다 더 래양왕을 우려하게 만든 것은 얼마 전 순방영 통령으로 취임한 하성이었다. 소원계의 원대한 계획에서 꼭 필요한 직위였기 때문에 연말에 사소한 실수를 저질러 해임되는 것은 결코 두고 볼 수 없었다.

하성은 평소 말을 잘 듣고 일하는 능력도 쓸 만했지만 변경에서 살아왔기 때문에 경성의 백성들이 연말에 어떤 일을 하는지, 명문 귀족 누구에게 신경을 써야 하는지, 경성을 방문한 타지 관리들을 어떻게 장악해야 하는지 등에 전혀 경험이 없었다.

소원계는 별수 없이 제법 많은 시간을 들여 뒤에서 이것저것 준비하고 가르쳐주었다. 다행히 가장 중요한 연말 제례는 금군의 책임이고, 하성 역시 아침 일찍 나가 밤늦게 들어오는 등 직무를 다한 덕분에 섣달 스무닷새 조정이 문을 닫을 때까지 큰 소란은 벌어지지 않았다. 조마조마하던 소원계의 마음도 그제야 조금 가라앉았다.

하지만 무슨 일이든 양면이 있었다. 주인의 높은 관심이 하성이 상황을 장악하는 데 도움이 된 것은 사실이지만 동시에 그의 긴장감을 평소보다 몇 배나 높이는 결과를 낳았다. 근 보름을 그는 매일 순방영의 업무로 바삐 뛰어다니며 오로지 그 일에만 몰두하다시피 했다.

어느 날 밤 집으로 돌아와 베개에 놓인 배 모양의 옥패를 발견했을 때에야 이 래양왕의 심복은 자신에게 또 다른 임무, 즉 동해와의 비밀 연락을 담당하는 임무가 있다는 것을 떠올렸다.

"하 장군, 요즘 무척 바쁘신 모양이군요?"

뒤쪽 창의 가리개가 살며시 흔들리더니 짙은 쪽빛의 가벼운 차림을 한 척 부인이 귀신처럼 어둠 속에서 모습을 드러냈다. 그녀는 싸늘하게 웃으며 말을 건넸다.

"경성에 온 지 벌써 사흘째예요. 몇 번이나 비밀 신호를 남겼는데 장군께서는 전혀 모르시더군요. 도무지 다른 방법이 없어 이렇게 직접 찾아왔답니다. 전하께서 저를 모르는 척하라고 하시던가요?"

하성은 기억을 더듬었다. 확실히 예전만큼 주의를 기울이지 못했지만 실수라고 인정하기에는 마음이 내키지 않아 일부러 얼굴을 굳히며 코웃음을 쳤다.

"전하께서 일찍부터 중요한 일이 아니면 연락하지 말라고 말씀하시지 않았습니까? 그런데 부인은 오고 싶으면 오고 가고 싶으면 가니 약속을 어긴 것이 아니면 무엇입니까?"

"중요한 일?"

척 부인은 고운 눈썹을 치켜세웠다.

"금릉성의 활시위가 끊어질 듯 팽팽한데 그래도 중요한 일이 아니라고요?"

하성은 목청을 가다듬으면서 말투를 조금 누그러뜨렸다.

"좋습니다, 어차피 오셨으니 쓸데없는 말은 여기까지 하지요. 대관절 무슨 일로 오셨는지 말씀해보십시오."

척 부인은 상반신을 살짝 비틀어 등잔 아래로 늘어진 술을 만지작거리며 예쁘게 웃었다.

"전하께서 하 장군을 신임하시니 연락을 맡기셨겠지요. 그런데 연락이 무엇인지는 아십니까?"

하성은 그 질문에 어리둥절했다.

"무, 무슨?"

"연락은 말을 전하는 것입니다. 제가 금릉성에 무슨 일로 왔는지, 여기서 무엇을 하려는지는 장군께 말씀드릴 이유가 없지요. 장군은 그저 전하께 제가 왔다고 통보만 해주시면 됩니다. 그 다음 일은 전하께서 자연히 분부를 내리시겠지요."

척 부인은 태연하게 말을 끝낸 뒤 하성의 얼굴에 떠오른 노기를 무시하고 문밖으로 나갔다. 회랑으로 걸어가던 그녀가 도중에 걸음을 멈추고 돌아보며 다시 생긋 웃었다.

"물론 전하께서 진정 현재 상황에 만족하고 그만 멈추고자 하신다면 한 마디만……."

여기까지 말하던 그녀는 갑자기 말을 뚝 끊더니 재빨리 고개를 들고 두 손목을 홱 떨쳐 원락 담벼락을 향해 뾰족한 비자(飛刺, 던져서 사람을 해치는 암기의 일종—옮긴이) 몇 개를 쏘아냈다. 허공을 가르는 소리와 함께 공격을 당한 그림자 두 개가 담벼락으로 훌쩍 뛰어올랐다. 그들은 허공에서 요도(腰刀)를 뽑아 땅에 내려서자마자 곧바로 척 부인에게 쇄도해갔다.

깜짝 놀란 하성이 사람을 부르며 방 안으로 달려가 무기를 꺼냈다. 그사이 척 부인은 혼자 두 사람을 상대하느라 수세에 몰렸고 소맷자락이 칼날에 잘려나갔다.

하지만 나타난 이들이 전력을 다해 공격을 퍼부은 까닭은 유리한 고지를 차지한 다음 빠져나갈 기회를 마련하기 위해서였다. 그들은 미련 없이 몸을 빼내어 담벼락으로 올라선 뒤 밖으로 달아났다.

호위병들이 우르르 달려왔고 하성도 칼을 뽑아 뛰쳐나왔지만 그들의 모습은 거의 사라진 뒤였다. 하성은 다급하게 활을 쏘라고 명령했다. 몇몇 궁수가 허겁지겁 화살을 메겼으나 시간이 부족해 대부분의 화살이 허공을 때렸다. 단 한 대만 그림자의 등에 꽂혔는데 힘이 부족했는지 그림자는 약간 비틀거리기만 했을 뿐 곧바로 동료의 부축을 받아 사라졌다.

척 부인은 호위병들이 나타나자마자 그늘로 들어가 살그머니 사라졌고 하성 역시 그녀에게 신경 쓸 겨를이 없어 호위병들을 데리고 문밖으로 나가 주변 골목들을 샅샅이 뒤졌다. 그는 한밤중까지 수색을 벌였지만 결국 아무런 흔적도 찾지 못해 답답해하며 돌아서야 했다.

작은 원락의 문을 밀어젖히고 비틀비틀 안으로 들어가는 담항의 걸음걸이는 몹시 허약해져 있었다. 지키던 친위대가 놀란 얼굴로 달려와 악은천의 손에서 그를 넘겨받아 방에 데려간 뒤 등불을 높이 들어 상처를 살폈다.

화살촉을 아직 뽑지 않은데다 악은천이 오는 내내 단단히 눌러 잡은 덕분에 피가 옷자락을 반쯤 적셨을 뿐 출혈이 심각하지는 않았다. 하지만 화살이 오른쪽 등에 박혀 내장을 다쳤을지도 모르기 때문에 함부로 건드릴 수가 없었다. 소을이 의원을 부르려고 돌아섰다.

"안 돼!"

담항은 나가려는 소을의 팔을 부여잡으며 악은천을 올려다보았다.

"절대 안 됩니다."

물론 악은천도 무슨 말인지 알아듣고 주저주저했다. 순방영은 경성의 안전을 책임지고 있어 언제든 몰래 성을 조사할 수 있었다. 어떤 의원을 불러들이든 나중에 관아에서 심문이 들어왔을 때 타지에서 온 그들을 위해 사실을 숨겨줄 만한 사람은 아무도 없었다. 만에 하나 이 일로 패아가 아직 살아 있는 것을 소원계가 알게 되면 지금 악은천의 힘으로는 숨길 수도, 맞아 싸워 지킬 수도 없었다.

"괜찮습니다, 이 정도는 끄떡없어요."

담항은 식은땀을 뻘뻘 흘리면서 억지로 웃음을 지어 보였다.

"이 정도 상처는 다들 겪어보았잖습니까? 장군께서 직접 처리해주십시오."

악은천은 마음을 가다듬으며 친위대에게 뜨거운 물과 천을 준비하게 했다. 그리고 담항의 입에 부드러운 수건을 물린 뒤 두 명이 어깨를 붙잡아 움직이지 못하게 하고 직접 화살대를 잡아 손목을 비틀어 힘껏 뽑아냈다. 순간 핏방울이 사방에 튀었다. 소을이 재빨리 두꺼운 천으로 상처를 꾹 누르고 단단히 싸맸다.

피 묻은 화살촉이 등불 빛을 받아 날카롭게 반짝였다. 천만다행으로 군사용이 아니라 호위용이어서 미늘이나 혈조(血漕, 무기의 날에 판 홈으로 상처를 가중시키는 역할을 함—옮긴이)는 없었다. 담항은 침상으로 옮겨져 깊이 잠들었다. 다행히 숨소리는 꽤 평온했다. 악은천은 자정이 지날 때까지 침상 옆을 지키다가 이마를 만져보고 열이 없는 것을 확인한 다음 한시름 놓았다. 그리고 이제 어떻게 해야 할지 생각에 잠겼다.

래양왕과 동해가 이토록 큰일을 공모했다면 빈번하게 연락을 주고받았음이 틀림없었다. 래양왕이 모든 일을 직접 할 수는 없으니 심복에게 연락을 맡겼을 것이다. 패아의 말에 따르면 한밤중에 야광 산호를 연못에 버린 사람은 최근 순방영 통령으로 진급한 하성이었다. 래양왕부에는 접근하기 어렵지만 하성의 사택은 아무래도 철옹성은 아니었기에, 그들은 한 며칠 몰래 관찰한 끝에 마침내 결심을 내리고 단서를 찾아내기 위해 숨어들었다.

안타깝게도 방법은 옳았지만 결과는 뜻대로 되지 않았다. 담항은 다쳐 쓰러졌고 하성은 더욱 경계를 강화할 것이다. 그 신비한 여자에게서 잘라낸 소맷자락을 제외하면 이 모험을 통해 얻은 것은 아무것도 없었다.

멀지 않은 곳에서 닭울음소리가 들리고 희미한 서광이 창틀로 기어올랐다. 악은천은 품에서 짙은 쪽빛의 소맷자락을 꺼내 희미한 빛에 비추어 자세히 살폈다. 꼼꼼하게 짠 고급 옷감의 마감 부분에는 세 겹의 파도가 진주를 받친 문양이 수놓아져 있었다.

동쪽에 오래 있었던 악은천은 이 무늬가 동해 귀족 전용이라는 것을 알아보았지만 그것이 유력한 증거가 될 수는 없었다. 설사 여기에다 패아의 진술을 더하더라도 소원계는 쉽사리 빠져나갈 수 있고 심지어 그 진술이 모함이라고 당당하게 주장할 수도 있었다.

멀리서 온 악은천은 경성의 높은 자리에 있는 귀족들에게 익숙지 않아서 누구를 찾아가 설득해야 할지 감이 오지 않았고 누구를 믿을 수 있는지는 더더욱 알 수가 없었다. 한참 생각했지만 모두 위험하기만 할 뿐 만전지책은 떠오르지 않았다.

하늘이 점점 환해지고 햇살이 방으로 새어들었다. 침상에 누운 담항이 몸을 뒤척이다가 상처를 건드렸는지 눈을 떴다. 그의 시야에 맨 먼저 들어온 것은 탁자 앞에 앉아 먹을 갈고 있는 악은천의 모습이었다.

"장군, 뭘 쓰십니까?"

담항이 몸을 반쯤 일으키고 고개를 쭉 빼며 쳐다보았다.

"명첩이군요? 누구를 찾아가시려고요?"

저렇게 다치고도 호기심이 왕성한 부장을 보자 악은천은 기가 막혔다. 그는 부장에게 물 한잔을 따라주며 설명했다.

"생각해보니 이렇게 큰일이라면 누구를 찾아가든 결국 순 수보에게 전해질 수밖에 없다. 공연히 위험을 무릅쓰기보다 직접 찾아가는 편이 낫겠지. 비록 래양왕과 인척이지만 오랫동안 조정을 다스려왔고 태후마마의 친 오라비이기도 한 그가 동해와 결탁했을 가능성은 크지 않다. 마침 서로 인사를 주고받기에 딱 좋은 연말이니 내가 찾아가더라도 래양왕의 이목을 끌지는 않겠지. 다만 품계가 품계이다보니 언제쯤 수보 대인을 만날 수 있을지 가늠할 수 없다. 그 전까지 네 몸이나 추스르며 기다리기로 하자."

악은천은 편안하게 기다릴 수 있을지 모르지만 누군가 하성의 집을 염탐했다는 소식을 들은 소원계는 그처럼 태연할 수가 없었다. 그가 버럭 화를 내며 탁자에 놓인 찻잔을 와르르 쓸어버리자 보고하러 온 하성은 놀라 얼굴마저 하얘졌다.

"잡인이 몰래 숨어든 것도 모자라 척 부인과 직접 겨루기까지 했는데 놈들을 잡지도 못했다고?"

"전하께서 경성에 오신 뒤로 모든 일이 순조롭게 풀리고 조정에서도 의심하는 사람이 없어 그만 방심하고 말았습니다."

하성은 전전긍긍 해명했지만 주인의 얼굴이 더욱 흉하게 일그러지자 황급히 덧붙였다.

"안심하십시오, 전하. 그중 한 명이 화살을 맞았고, 순방영 형제들을 보내 모든 의원을 몰래 지켜보게 했습니다. 외상을 입은 사람이 치료를 청하러 오면……."

"적이 나타나기만을 기다려서야 무슨 소용이 있겠느냐? 남들도 너처럼 방심할 줄 아느냐?"

분노에 차서 한바탕 꾸지람을 쏟아낸 소원계는 곧 노기를 억누르고 억지로 정신을 가다듬은 뒤 현재 상황을 곰곰이 따져보았다. 사실 그는 우천래와 밀약을 맺은 초기에 누군가 의심을 하면 어떻게 대응할지 생각해본 적이 있었다. 그 후 일이 순조롭게 풀리고 발각될 가능성이 높은 순간이 무사히 지나자, 얼마 전 있었던 패아의 일도 그저 방심한 틈에 시녀가 우연히 알아낸 것뿐이라고 여겨 특별히 놀라거나 불안해하지 않았다.

다만 집 안에서 나눈 이야기를 시녀가 우연히 엿들은 것과 누군가 일부러 하성을 찾아가 감시한 것은 완전히 다른 문제였다. 금릉성에서 하성이 그의 부하임을 모르는 사람은 아무도 없었다. 누군가 하성을 감시한 것이 래양왕부와 아무 상관 없다고 낙천적으로 생각할 일은 아니었다.

"가서 순부의 동정을 살피는 사람을 불러오너라. 물어볼 것이 있다."

하성은 재빨리 물러나와 친위대 가운데 가장 눈치 빠른 사람을 순부로 보내고 자신은 일부러 미적미적 시간을 끌다가 다시 서재로 돌아가 역성을 들었다.

"전하께서는 어젯밤 일이 순부와 관계있다고 의심하십니까?"

"본 왕은 지금 누구를 의심해야 할지도 모르겠다!"

소원계는 퉁명스럽게 그를 노려보았다.

"허나 우리에게 의심을 품은 자가 누구든 순백수만 아니면 돌이킬 여지가 있다. 그것도 모르느냐?"

"예예, 역시 전하께서는 영민하십니다. 순 수보만 의심하지 않는다면 그자가 누구든 두려워할 필요가 없지요!"

피로를 느낀 소원계는 그를 상대하고 싶지 않아 천천히 의자 등받이에 기대어 눈을 감고 잠시 쉬었다. 오래지 않아 순부를 감시하는 심복 장재(張梓)가 바삐 안으로 들어와 예를 올렸다.

"전하, 무슨 일로 찾으셨는지요?"

"별일은 아니다. 최근 순부의 동정이 어떤지 알고 싶다. 어제혹은 그제 누가 순 대인을 찾아왔는지 기억하느냐?"

"예, 전하, 기억하고 있습니다."

장재는 소원계가 밑도 끝도 없이 왜 그런 질문을 하는지 모르면서도 성실하게 대답했다.

"그간 순부에는 손님이 무척 많았습니다만, 모두 연말 관례대로 인사를 온 것뿐 특별한 사람은 없었습니다. 그런데 오늘은 수보 대인께서 여태껏 손님을 맞지 않으셨습니다. 아마 서방님께서 오랜만에 오신 터라 가족들끼리 오순도순 지내고 싶으신 모양입니다."

소원계는 자신의 귀를 믿을 수 없어 와락 몸을 일으켰다.

"누구라고?"

"순씨네 서방님 말입니다."

소원계는 잠시 넋이 나갔다가 와락 외쳤다.

"순비잔이 돌아왔느냐?"

그가 벌떡 일어나는 바람에 장재는 놀라 뒷걸음질을 쳤다. 하성은 그가 무엇을 걱정하는지 알고 황급히 다가가 말했다.

"걱정 마십시오, 전하. 어제 온 사람은 절대 순비잔이 아니었습니다."

격렬하게 오르내리던 소원계의 가슴이 그제야 진정되었다.

"확신하느냐?"

"제가 아무리 멍청해도 순 통령을 알아보지 못하기야 하겠습니까? 어제 온 사람이 그자였다면 그 자리에서 척 부인을 제압했을 겁니다."

일리 있는 말이어서 소원계의 안색이 다소 좋아졌다. 사실 그 역시 속으로는 잘 알고 있었다. 순백수가 의심을 했다면 당장 명을 내려 하성을 옥에 가두었지, 절대로 이런 방식을 쓸 리 없었다. 장재를 불러 물어본 것은 최악의 상황을 방비하기 위함이자 마음의 안정을 찾기 위해서였다.

"척 부인 얘기가 나왔으니 말이지만, 그 여자가 무슨 일로 왔든 반드시 틈을 내어 만나보아야 한다. 요 며칠은 왕부에 손님이 많아 적당하지 않으니 며칠 후에 데려오너라."

하성은 손을 포개고 대답한 뒤 예를 갖추고 장재와 함께 물러나려 했다. 그런데 소원계가 다시 두 사람을 불러 세우고 실망한 목소리로 말했다.

"순비잔이 돌아왔으니 순부를 감시하던 자들은 모두 물려라. 만에 하나 발각되면 일이 커질 것이다."

장재가 추측한 것처럼 순백수가 가장 바쁜 연말에 문을 닫아걸고 손님을 거절한 것은 오랜만에 연말을 함께 보내기 위해 돌아온 조카를 환영하기 위해서였다. 순 부인은 남편보다 훨씬 더 기뻐했다. 그녀는 순비잔의 손을 잡고 머리부터 발끝까지 살핀 뒤 얼굴이 탔다느니, 수척해졌다느니 하며 눈물을 지었고 박정하게 사촌 누이 혼례에도 참석하지 않았다며 원망했다.

순안여는 어려서부터 순부에서 자라 순비잔에게는 친 누이동생이나 다름없었다. 순비잔 역시 때맞춰 소식을 듣고 돌아와 혼사를 축하해주지 못한 일이 무척 마음에 걸리던 터라 숙모에게 핀잔을 듣자 황급히 누이의 근황을 물으며 집으로 청하자고 말했다.

"혼례를 올린 여자는 당연히 시댁을 먼저 챙겨야지."

순 부인이 꾸짖는 눈길로 그를 흘겼다.

"오늘이 벌써 스무여드레란다. 스무아흐레에는 제사가 있고 서른날은 그믐이라 하나같이 큰 행사를 치러야 하는데 친정으로 부르다니 될 법한 말이니? 연말이 지나고 며칠 있으면 친정 나들이니 서두를 것 없다. 혼례식은 모른 척하더니 이번은 어찌 이리 서둘러?"

그런 규칙을 전혀 모르는 순비잔은 숙모의 꾸짖음에 대꾸하지 않고 고개를 숙이며 빙그레 웃기만 했다. 순백수가 다가와 분위기를 수습하고 부인에게 술자리를 마련하게 한 뒤 직접 조카를 작은 화청으로 데려가 따뜻하게 데운 자리에 앉혔다.

"이 숙부가 들으니 올해 랑야방에서 벌써 세 번째 자리를 차지했다더구나. 아직도 부족한 게냐?"

손수 따뜻한 술을 따라주며 말하는 목소리에는 원망하는 기색도 담겨 있지만 그보다는 자상함이 더 짙게 묻어 있었다.

"너는 명문가의 자제이지 강호인이 아니다. 그만큼 갈고 닦았으면 충분하지 않느냐?"

"올해에 순위가 오른 것은 우천래가 동해의 실권을 장악하면서 랑야방에 오르지 못했기 때문이지 제 실력이 늘어서가 아닙니다."

순비잔은 두 손으로 잔을 받아 단숨에 마셨다. 그는 희끗희끗해진 숙부의 귀밑머리를 보자 마음이 짠했다.

"숙부님께서는 조정을 맡고 계신데 현재 동쪽 상황을 어찌 보십니까? 저는 이번 위기가 단순히 땅을 얻거나 재물과 사람을 약탈하기 위해서가 아니라는 생각이 자꾸 듭니다."

3년 가까이 만나지 못했지만 여전히 조카를 잘 아는 순백수는 그 말을 듣자마자 숨겨진 의미를 깨닫고 저도 모르게 허연 눈썹을 세웠다.

"회동의 지세가 심수선거를 짓기에 적합하다는 말을 하고픈 게냐? 조정에서도 그 일을 경계하고 있다. 동쪽 국경에 있던 장수 한 명이 특별히 수십 장이나 되는 상주문을 올려 회동 세 개 주가 동해에 어떤 의미가 있는지 보고했지. 해가 지나면 각처의 중신들을 소집해 상세히 논의할 예정이다."

순비잔으로서는 예상도 못한 대답이었다. 그는 곧 놀란 눈빛을 지으며 의외라는 듯이 내뱉었다.

"아아, 조정에서도 이미 준비하고 계셨군요."

순백수는 빙그레 웃었다.

"왜? 조정이 무능해서 해야 할 일을 놓치고 있을까봐 걱정하는 사람이라도 있더냐?"

순비잔은 민망한 얼굴로 입을 다물었다. 11월에 랑야산을 떠난 그는 곧바로 경성으로 가지 않고 길을 돌아 벗을 만나러 갔고, 덕분에 랑야산에서 급히 보낸 사람은 그가 경성에 들어가기 전에 따라잡을 수 있었다. 그 사람은 소평정의 서신과 회동 수복 방안을 담은 두꺼운 책자를 순비잔에게 건네며 직접 황제 폐하에게 전해 달라고 부탁했다.

금릉의 정세를 잘 아는 순비잔은 소평정이 직접 역참으로 보내지 않고 자신을 통해 보내려는 까닭을 알고 감정이 북받쳤다. 그러다가 숙부를 마주하자 저도 모르게 슬쩍 떠보았을 뿐인데 이렇게 되자 무안한 듯 해명하며 웃음 지을 수밖에 없었다.

"그냥 생각나는 대로 여쭤본 것이니 너무 깊이 생각지 마십시오. 천하의 대사는 천하에 책임이 있습니다. 누군가 걱정한다는 것은 호의 때문일 것입니다."

소평정의 행동이 호의에서 비롯되었다는 것은 순백수도 의심하지 않았다. 그래서 미소를 지으며 손에 든 술잔을 빙글 돌릴 뿐 별다른 말은 하지 않았다.

승부수를 띄우다

—

08

—

선제 때부터 내각 수보가 된 순백수는 10년 가까이 조정을 도맡아 기반이 튼튼했다. 장림왕부가 금릉성에서 물러난 후 그는 명실상부한 제일인자가 되어 평소에도 어떻게든 안면을 트려는 사람이 줄을 섰고 왕래가 많은 연말연시에 순부에 날아든 선물과 명첩은 그 수를 셀 수 없을 정도였다. 총집사가 미리 선별하지 않았다면 빨간 종이 속에 파묻혀도 전혀 이상하지 않을 지경이었다.

악은천은 동쪽 국경에서 세운 공으로 어명에 따라 두 계급 진급했지만, 고관대작들이 즐비한 경성에서 사품 무관의 직위는 아무래도 눈에 띄지 않아 그가 보낸 명첩은 예상대로 순서가 한참 밀려 새해 초이틀이 되어서야 순백수의 책상에 올라갔다.

지난번 어전에서 만나 그에게 깊은 인상을 받았던 순백수는 그 명첩을 보자 날짜를 확인한 뒤 이렇게 늦게 가져오면 어쩌느냐고 집사를 꾸짖었다. 그는 명첩을 펼쳐 읽어본 후 더욱 흥미가 일어 집사에게 분부했다.

"악 장군에게 내일 오후에 만나자고 답신을 보내거라."

벌써 며칠 기다리기는 했지만 예상보다는 빠른 답신이었다. 악은천에게는 나쁘지 않은 시작이었다. 하지만 래양왕을 고발하는 것은 무척 중대한 사안이고, 가진 증거가 없으니 설사 순백수가 그 일에 발을 담그지 않았더라도 믿어줄 가망성이 거의 없다는 사실은 그 자신도 잘 알았다. 조정 대신을 비방하는 것은 가벼운 죄가 아니었다. 일단 내각 수보가 비딱하게 나오면 검주에서 온 일행을 모두 합쳐도 상대가 되지 않기 때문에 그는 숫제 아무도 딸리지 않고 오늘밤 천뢰에 갇히는 것을 각오한 채 혼자 찾아갔다.

순부의 대문을 지키는 손님맞이 집사는 세상 물정에 훤해서 평범한 하인들과는 달리 비굴하거나 오만하지 않고 예의도 발랐다. 악은천이 딸린 사람도 없이 검주의 토산물만 들고 나타났는데도 집사는 여전히 미소를 띤 채 몸소 앞장서서 가운데 대청을 지나 순백수가 겨울에 손님을 맞는 난각으로 안내했다.

수보의 집은 손님을 맞는 곳도 화려하기 짝이 없어 방 안의 가구와 장식품에서부터 글이나 그림까지 하나같이 일류였다. 하지만 악은천은 감상할 기분이 아니어서 서둘러 병풍을 돌아 들어가 자리에 앉은 순백수에게 허리 숙여 인사를 올렸다.

"소장이 수보 대인께 인사 올립니다."

"악 장군, 왔구려. 자, 앉으시오."

연말이라 기분이 좋은 탓인지 순백수의 표정은 사뭇 온화했다. 그는 손을 들어 손님을 일으키면서 하인에게 차를 올리라 명했다. 악은천이 옷매무새를 가다듬고 단정하게 앉아 차를 한 모금 마시자 순백수가 빙그레 웃으며 물었다.

"이 늙은이가 명첩을 수없이 받아보았지만 단독으로 만나기를 청한 사람은 장군이 처음이오. 연말에 나를 찾아오는 사람이 매일 몇이나 되는지 아시오?"

악은천도 이 말이 나올 줄 알았는지 곧바로 고개를 숙이며 사과했다.

"대인께서 주제넘다고 물리치지 않으시고 이렇게 만나주셔서 감격스러울 따름입니다."

순백수는 너그러운 표정으로 허허 웃었다.

"장군이 올린 상주문은 내각에서 자세히 살펴보았는데 생각이 명료하고 독특한 곳이 있다고 칭찬이 자자했소. 하여 이 늙은이는 장군이 독대를 청한 것은 연말 예법을 몰라서가 아니라 다른 연고가 있다고 생각하오만?"

"예, 대인, 그렇습니다."

"장군이 이처럼 솔직하니 겉치레에 불과한 인사말은 생략합시다. 할 말이 있으면 기탄없이 이 늙은이에게 말해보시오."

악은천은 다시 한 번 손을 들고 예를 올린 뒤 허리를 곧게 펴고 차분한 눈빛으로 그를 바라보았다.

"소장이 오늘 찾아온 것은 목숨을 걸고 수보 대인께 래양왕을 고발하기 위해서입니다."

악은천의 명첩을 보았을 때부터 순백수는 이 젊은 장군에게 무언가 중요한 안건이 있다고 생각했다. 그는 오랫동안 백관들을 두루 만난 경험에 비추어보아, 악은천이 자신이 받은 상에 불만이 있거나 앞으로 있을 회동 싸움에서 더 좋은 기회를 얻기를 바라는 것이라 짐작했다. 젊은 사람이 진급에 목말라하는 것은 나쁜 일이 아니었다.

악은천이 쓴 상주문을 보면 조정이 그 능력을 다소 얕본 것은 분명했기에 그가 찾아와 무슨 요구를 하든 순백수는 적당하게 꾸짖은 다음 격려하고 미래를 약속함으로써 훗날 국토를 수복할 재주를 갖춘 인재를 달래놓을 생각이었다.

그런데 세상에는 사람 마음을 훤히 들여다볼 수 있는 사람조차 예측하지 못하는 일이 왕왕 있었다. 악은천의 이어진 진술은 입이 떡 벌어질 정도로 기가 막혔다. 순백수의 첫 번째 반응은 데려다 키운 조카딸과 마찬가지로 놀라기보다는 분노를 터뜨리는 것이었다.

"한낱 시녀, 그것도 동해 싸움이 끝난 후 래양왕부에 들어간 시녀의 헛소리만 믿고 감히 이 늙은이에게 고발을 하겠다니? 도망친 노비가 악의적으로 래양왕을 모함했다고는 생각지 않소?"

악은천은 정중하게 허리를 숙인 뒤 심각한 얼굴로 말했다.

"동해와의 전쟁에는 소장도 참가했습니다. 소장은 적군의 기습부터 구원군이 도착하여 반격할 때까지 싸움을 직접 겪으면서 이미 의심을 품고 있었습니다. 결코 단순히 그 시녀의 진술만을 믿고 이러는 것이 아닙니다."

"확실히 그 싸움은 참혹하게 패했고 장수들도 무수히 목숨을 잃었소. 허나 처음부터 끝까지 참가한 사람이 장군 한 사람은 아니오. 적어도 열 명은 더 있소! 그런데 어찌하여 장군을 제외한 다른 사람들은 수상하게 여기지 않았소?"

"그것은…… 래양왕과 동해의 계획이 실로 교묘했기 때문이라고밖에는 말씀드릴 수가 없습니다. 하지만 아무리 교묘한 계획이라도 허점이 있게 마련입니다.”

악은천은 두 뺨을 팽팽하게 당겼지만 눈동자에는 두려운 기색
이 없었다.

“솔직히 말씀드리면 소장도 한쪽 말만으로는 믿음을 얻을 수
없다고 생각합니다. 그래서 한번은 증거를 찾기 위해 소원계의 심
복인 하성의 집에 숨어들었습니다.”

“뭐라고?”

순백수는 더욱 놀란 얼굴로 그를 노려보았다.

“대, 대체 그 무슨 짓이오?”

“사사로이 조정 관리의 사택에 숨어드는 것이 무슨 죄인지는
압니다. 하지만 흑막을 파헤칠 수만 있다면 나중에 무슨 벌이든
기꺼이 받을 수 있습니다.”

얼굴이 새파랗게 질리고 눈에서는 노기를 쏟아내는 순백수를
보자 악은천은 당장이라도 끌려나가지 않을까 하는 생각이 들었
다. 그러나 순백수가 그를 잘못 판단했듯, 그 역시 이 수보 대인을
완전히 알지 못했다.

한동안 침묵이 흐른 뒤 정신을 차린 순백수가 마침내 이렇게 물
었다.

“그래서 무엇을 찾았소?”

바짝 조였던 심장이 탁 풀리자 속에서 숨이 뒤엉키는 것 같아
악은천은 재빨리 손바닥을 꾹 눌러 가라앉히면서 그날 밤 있었던
일을 대강 설명한 뒤 소매에서 척 부인의 소맷자락을 꺼냈다.

“동해 종실은 우리 대량과는 달리 황족이 세 갈래로 나뉘는데,
파도가 진주를 받치는 이 문양은 우천래가 속한 일파의 상징입니

다. 그가 가까이 부리는 사람이 아니라면 이런 문양의 옷을 입을 수가 없습니다. 소장이 추측건대 그 여자는 동해에서 큰 신임을 받는 첩자가 분명합니다."

순백수는 소맷자락을 받아 자세히 살피더니 여전히 고개를 저었다.

"장군의 말은 잘 알겠소. 허나 설사 이 늙은이가 그 말을 믿는다 해도 이는 간접적인 증거일 뿐, 이것으로 래양왕을 고발하는 것은 지나친 억지요."

"허나 적어도 그 시녀의 말을 증명할 수는 있습니다. 설사 래양왕을 직접 겨냥하지는 못하더라도 하성을 노릴 수는 있지 않겠습니까?"

악은천은 힘껏 손을 모으며 간절하게 청했다.

"소장이 고발할 테니 부디 하성을 붙잡아 심문해주십시오."

오랜 관직 생활로 다져진 순백수는 역시 보통이 아니어서 한 차례 충격이 지나가자 곧 감정을 추슬렀다. 그는 거절이나 승낙을 명확히 밝히는 대신 난각 안을 서성이며 족히 이각 동안 생각에 잠겼다가 비로소 고개를 돌리고 느릿느릿 물었다.

"악 장군, 동해 우천래가 소원계의…… 어머니를 죽인 원수라는 것을 아오?"

검주에서 처음으로 경성에 온 악은천은 이런 옛이야기를 알지 못한 터라 놀라움에 눈이 휘둥그레지고 표정마저 굳었다.

"조정 안팎이 래양왕을 동해 전쟁 최대의 공신으로 인정했고 폐하께서도 사방에 공개적으로 칭찬하고 상을 내리셨소. 래양왕과 묵치후 사이에는 피맺힌 원한이 있소."

순백수는 손에 들고 있던 소맷자락을 탁자에 내려놓고 장탄식을 했다.

"장군이 고발한 크나큰 죄를 증명할 만한 것은 오직 시녀의 말과 이 찢어진 옷자락뿐이오. 하성이 죽어도 입을 열지 않는다면 조정과 폐하께서 그 일을 어찌 수습할 수 있겠소?"

순백수에게 고발했을 때 어떤 질문을 받을지 거듭거듭 생각해 본 악은천이지만 이런 흐름은 완전히 예상 밖이었다. 당장 대답할 말이 없자 그의 마음은 절망에 빠져들기 시작했다.

"허나 동해의 전쟁은 폐하와 우리 대량의 국운에 깊이 영향을 미쳤소."

순백수는 차 탁자를 짚고 다시 자리에 앉아 말을 돌렸다.

"이 늙은이는 내각의 수보로서 책임이 있으니 조그마한 의심이라도 결코 소홀히 지나칠 수 없소. 당면한 문제는 장군의 고발이 너무 큰 죄라 더 확실한 증거가 없으면 아무리 이 늙은이라 해도 당장 내각에 명을 내려 래양왕을 체포할 수 없다는 것이오. 이해하겠소?"

"예."

착 가라앉았던 가슴이 다시금 부풀어오르기 시작하자 악은천은 눈동자에 희망을 담고 물었다.

"하지만 아무도 조사하지 않으면 무슨 수로 진상을 밝힐 수 있겠습니까? 그 싸움으로 동쪽 국경 열 개 주의 장병과 백성이 얼마나 많이 죽었는지 모릅니다. 수보 대인이 아니시라면 그 누가 그들의 억울함을 풀어줄 수 있겠습니까?"

그 말이 어찌나 슬프고 애절한지 순백수의 표정은 더욱 풀어지고 말투도 더욱 부드러워졌다.

"연말연시니 서두를 것 없소. 폐하께서 다시 조회를 여시기 전까지 이 늙은이가 곰곰이 생각해보겠소. 공연히 래양왕을 놀래지 않도록 장군도 더는 경거망동 마시오. 래양왕이 정말 큰 죄를 지었다면 하성 한 명 정도 쓰러뜨린들 무슨 의미가 있겠소?"

고발을 진지하게 받아들일 뿐 아니라 깊이 조사하겠다는 뜻도 담긴 말이었다. 기대했던 최고의 결과였기 때문에 악은천은 매우 기뻐하며 손을 이마 높이까지 들어 엄숙하게 큰절을 올렸다.

"명을 따르겠습니다. 동쪽 국경의 장병과 백성을 위해 나서주신 것에 감사드립니다."

더 이상 하성을 건드리지 말라는 순백수의 당부는 시의적절한 제안이었다. 사택에 침입자가 있던 날 이후로 하성 스스로도 경계 수위를 높였지만 소원계 역시 몰래 함정을 파고 염탐자를 밝혀내려고 했던 것이다. 악은천이 본래 계획대로 움직였다면 실수로 함정에 빠져 신분이 밝혀지지 않았다는 커다란 이점을 잃어버리고 말았을 것이다.

초나흗날 오후, 악은천이 순부에 들른 다음 날, 하성은 다시 한 번 은밀하게 통령부를 나와 금릉성 큰 거리의 작은 골목을 한 시진 넘게 돌아다니면서 머리에 두건을 눌러쓴 부인들과 계속해서 마주쳤지만 몰래 뒤쫓는 이는 나타나지 않았다. 하지만 이는 완전히 꾸며낸 행동은 아니었다. 아무도 염탐하지 않는 것이 확인되자 진짜 척 부인이 나타나 그의 안내대로 평범한 마차에 올라 래양왕부에서 가장 구석진 북쪽 샛문으로 들어갔다. 한참 기다리고 있던 왕부의 친위대 두 명이 그녀를 인계받아 북쪽 서재로 안내했다.

늘 하던 대로 하성 등의 부하들은 정원에 남아 지키고 척 부인 혼자 방으로 들어갔다. 가리개를 걷은 그녀는 환하게 웃으며 허리 숙여 예를 갖추었다.

"전하께 인사드립니다. 순조로이 대업을 이루시고 새해 복 많이 받으시기를 축원드립니다."

뒷짐을 지고 선 소원계는 쌀쌀한 표정이었다.

"앞으로 부인이 마음 내키는 대로 찾아오지만 않으면 그것이 본 왕의 복이오."

척 부인은 그의 조롱에도 불구하고 여전히 봄바람같이 웃었다.

"저희 국주께서 전하께 관심이 많으시기에 이렇게 저를 보내신 것이지요. 그날 저녁 하 장군 집에서 벌어진 일을 보면 국주님의 예측이 틀리지 않은 것 같군요, 그렇지 않은가요?"

누군가 하성을 염탐했는데 여태껏 단서를 찾지 못한 일로 소원계 역시 걱정이 이만저만이 아니었다. 그는 차갑게 코웃음을 치며 돌아서서 앉았다.

"전하께서는 동쪽에서 승리하여 돌아오신 후로 혁혁한 위명을 얻고 가문도 다시 세운 것처럼 보이지만, 사실상 조정의 핵심 권력을 얼마나 손에 넣으셨나요?"

눈치 빠르기로는 따라갈 자가 없는 척 부인이지만 이번에는 그의 불쾌함을 전혀 느끼지 못하는 것처럼 머리에 꽂은 구슬 비녀를 만지작거리며 말했다.

"요 몇 년간 순백수가 경성을 완전히 손아귀에 틀어쥐었지요. 그자의 능력에 관해서라면 저보다 전하께서 더 잘 아실 겁니다.

전하께서 아무리 사람을 꽂아넣고 동맹을 만들고 조력자를 받아들여도 금릉성 주변에서 조금이라도 이상한 움직임이 생겼을 때 과연 그자의 눈을 속이고 선수를 칠 수 있을까요?"

소원계는 싸늘하게 대답했다.

"당장은 그렇지만 언제까지나 그러라는 법은 없소."

"기다릴 수 있으시겠어요? 물론 순백수는 늙고 쇠약해지겠지요. 하지만 대량의 황제가 영원히 어린아이일까요? 이제 전하를 지켜보는 사람까지 나타났으니, 백번 양보해서 여기서 멈추고 평온하게 살고 싶으시다 한들 마음대로 되지는 않을 겁니다."

그 말의 의도가 무엇인지 파악하기란 어렵지 않았다. 소원계는 돌려 말하고 싶지 않아 상반신을 기울여 그녀의 눈을 똑바로 들여다보며 단도직입적으로 말했다.

"구태여 그리 에둘러 말하지 않아도 좋소. 그쪽 국주가 제안하는 것이 무엇인지 확실히 말해보시오."

척 부인은 그 말을 기다렸는지 기쁜 얼굴로 두 손을 가슴 앞에 합장하며 미소를 지었다.

"지난번 전하와 국주의 동맹이 좋은 결과를 낳았으니, 한 번 더 거래를 해보면 어떻겠습니까?"

소원계는 가슴이 철렁했지만 겉으로는 드러내지 않고 태연하게 말했다.

"한 번 더 거래를 하자…… 국주께서 또 무엇을 원하시오?"

"이번에는 아주 간단한 일이랍니다."

척 부인이 맑은 웃음소리를 냈다.

"우리 쪽 사람을 공부에 넣어 아주 오래된 기록을 찾아내게 해주시면 됩니다."

"공부의 옛 기록은 기밀이 아니니 서리로 삼아 들여보내기만 하면 목적을 이룰 수 있소. 확실히 어려운 일은 아니지. 내가 그리 해주면 국주께서는 무얼 주겠다고 하셨소?"

척 부인은 별안간 엄숙한 표정을 지으며 곧바로 대답하는 대신 훨씬 더 신중해진 목소리로 말했다.

"전하께서는 이제 지위와 명성을 얻으셨습니다. 이 금릉성을 통틀어 전하를 쓰러뜨릴 수 있는 유일한 사람은 순백수지요. 그 수보 대인께서는 황제의 신임이 깊으니 조정에서 그를 쓰러뜨리기란 불가능합니다. 하여 국주께서는 전하께서 선택하실 수 있는 길은…… 오직 하나뿐이라고 추측하셨지요."

소원계는 남몰래 이뿌리에 힘을 주었다.

"설마 국주께서 나를 위해 그 길을 닦아주시겠다는 말이오?"

척 부인은 천천히 그의 뒤로 돌아가 가녀린 손을 그 어깨에 살며시 얹었다.

"그렇지 않다면 어찌 저를 보내셨겠습니까? 잘 생각해보시지요. 국주께서 전하를 실망시킨 적이 있으셨던가요?"

동해와 밀약을 맺은 결과를 톡톡히 누리고 있는 소원계는 눈앞에 내밀어진 두 번째 유혹을 거절하기가 몹시 어려웠다. 하지만 지금의 래양왕은 가진 것 하나 없고 위험을 무릅쓸 수밖에 없던 지난날의 래양후가 아니었다. 아무리 고개를 끄덕이고 싶고, 아무리 마음이 흔들려도, 내각 수보 암살 시도라는 어마어마한 일을 쉽게 결정할 수는 없었다.

척 부인은 웃으면서 그의 어깨에 올렸던 섬섬옥수를 거둔 뒤 조용히 옆에 앉아 기다렸다. 구석에 놓인 모래시계에서 사락사락 모래가 떨어지고 탁자 위 찻잔의 물은 점점 미지근해졌다. 예상보다 길어지는 소원계의 사색에 여자 첩자의 마음도 불안해졌다. 그녀가 생긋 웃으며 말을 꺼내려는데 서재 밖 문고리가 쿵쿵 울리더니 하성이 다급하게 문을 열고 들어와 보고했다.

"전하, 왕비께서 혼절하셨다고 안채에서 연락이 왔습니다."

소원계는 그 말을 듣자마자 벌떡 일어났다. 순안여를 진심으로 걱정하는 마음도 있었지만 동시에 이 기회에 조금 더 생각할 시간을 갖기 위해서이기도 했다.

"부인, 잠시 기다리시오. 왕비를 만나보고 오겠소. 하성, 네가 함께 있거라."

동작이 어찌나 빠른지 척 부인이 채 반응하기도 전에 그의 모습이 방 안에서 사라졌다. 척 부인은 어쩔 수 없이 어깨를 으쓱하며 참을성 있게 찻잔을 들었다.

순안여의 몸이 나빠진 것은 갑작스런 일이 아니었다. 이미 새해 초이틀부터 조짐이 있었다. 새해 풍습에 따르면 초이틀은 시집간 딸이 친정 나들이를 가는 날이었다. 한 번은 넘어야 할 관문이라 생각한 소원계는 정신을 바짝 차리고 그녀와 함께 순부에 다녀오려고 했으나 출발 직전에 순안여가 몸에 힘이 빠지고 어지럽다고 호소하여 다시 누울 수밖에 없었다. 진맥하러 온 태의는 몹시 신중한 인물이어서 그 자리에서 무슨 병인지 밝히지 않고 하루 정도 식사하는 것을 지켜보겠다고 했다. 소원계도 어쩔 수 없이 사람을 보내 순부에 알렸다.

오래지 않아 순비잔이 찾아와 직접 방에 가서 깊이 잠든 누이동생을 살펴보았다. 다행히 큰 병을 앓는 것 같지 않고 옆에 있는 의원도 긴장한 기색이 아니기에 겨우 마음을 놓은 그는 매부가 안내하는 대로 바깥방에 나가 이야기를 나누었다. 찔리는 구석이 있는 소원계는 그와 이야기를 나누는 동안 몹시 경계하여 얼굴에 완벽한 가면을 쓰고 말 하나하나를 신중하게 골라 했다. 하지만 순비잔은 추호도 그를 의심하지 않았기 때문에 요 몇 년 사이 벌어진 큰일에 대해 간단히 이야기를 나눈 뒤 누이를 잘 보살펴달라고 당부했다.

순비잔의 이런 태도에 소원계는 하성의 집에 숨어든 사람이 순백수와 무관하다는 것을 확신하고 기쁜 나머지 순안여를 빈틈없이 보살피겠다고 단단히 다짐했다. 지금 행동만 보면 이 다짐이 완전한 거짓말 같지는 않았다. 래양왕부는 순안여의 일상생활이며 식사를 정성들여 보살폈고 그 자신도 가능한 한 환자 곁에 머무르며 누구보다도 친절하고 다정한 남편 노릇을 했다.

안채의 대문에 들어선 그는 곧바로 태의를 불렀지만 태의가 나타나기도 전에 원락을 맡은 하녀들이 만면에 웃음을 지으며 다가와 허리를 숙이고 축하인사를 건넸다. 소원계 역시 어제 어렴풋이 짐작했지만 태의가 명확히 말하지 않아 차마 입에 담지 못하고 있었는데, 하녀들의 축하를 받자 곧 얼굴을 환하게 밝히며 나는 듯이 침상으로 달려가 기쁜 목소리로 물었다.

"이런 경사가 있나! 태의, 확실하오?"

태의가 웃으며 허리를 숙였다.

"어제부터 네 차례 맥을 짚어보고 평소 생활도 상세히 여쭈었습니다. 절대로 잘못 보지 않았으니 안심하십시오, 전하.”

소원계는 침상 가장자리에 앉아 순안여의 손을 잡고 나지막이 속삭였다.

“태의의 말 들었소? 이제 아이가 생겼으니 아이를 지키는 것이 무엇보다 중요하오. 더는 쓸데없는 생각 마시오.”

머리카락을 어깨 위로 늘어뜨리고 베개에 반쯤 기대앉은 순안여는 눈꺼풀을 내리뜨고 고개도 들지 않았다. 안색이 눈송이처럼 창백했고 말도 한 마디 없었다.

고관의 저택을 자주 드나드는 태의는 사사로운 일은 모르는 척하는 것이 스스로를 지키는 일임을 잘 알기에 그녀의 상태가 이상하다는 것을 알면서도 캐묻지 않고 뻔한 당부만 했다.

“왕비께서는 귀하게 자라신 몸이라 기혈이 보통 사람보다 약해 태아가 다소 불안정합니다. 보양도 보양이지만 마음을 편히 하시는 것이 가장 중요합니다.”

소원계는 눈치 빠른 태의의 행동에 만족하여 사람을 시켜 사례금을 듬뿍 쥐여주고 배웅하게 했다. 태의가 떠난 후 그는 방 안에 있던 사람들을 내보내고 침상 머리맡으로 자리를 옮겨 순안여를 품에 꼭 안았다가 한참 만에야 위로를 건넸다.

“나는 태어나면서부터 아버지가 없었고 나중에 어머니마저 떠나시자 쓸쓸하게 혼자 살았소. 당신이 시집온 날부터 이 집이 다시 사람 사는 곳 같아졌소. 당신을 잘 보살피고 백발이 될 때까지 함께하겠다고 한 말은 결코 거짓이 아니오. 한때 무슨 일이 있었건 내가 있는 한 걱정할 필요도, 두려워할 필요도 없소. 우리의 아이가 아니오? 나는 이 아이에게 가장 좋은 것을 줄 수 있소. 반드시 가장 좋은……."

"가장 좋은 것이 무엇인지는 아시나요?"

오랫동안 침묵을 지키던 순안여가 마침내 나지막하게 입을 열었다. 눈동자에 눈물이 그렁그렁했다.

"제가 대체 무엇을 두려워하는지 당신도 잘 아실 거예요. 그 어둡고 차마 입에 담을 수도 없는 지난 일들을 언제까지나 마음속에 품고 있을 생각은 없어요. 하지만 당신은…… 저를 위해 여기서 멈추겠다고…… 단 한 번이라도 생각해보셨나요?"

옥처럼 하얀 그녀의 뺨에는 흘러내린 머리카락이 달라붙어 있었고 어깨는 어찌나 야위었는지 한 팔에 들어올 정도였다. 사랑하는 여자의 몸에 자신의 핏줄이 자란다고 생각하자 소원계는 안타까운 마음을 이기지 못해 손으로 그녀의 뺨을 감싸며 부드럽게 약속했다.

"알았소, 알았소. 내 잘 알아들었소. 앞으로는 그 어떤 것도 당신과 아이보다 중요하지 않소. 무슨 일이건 하기 전에 반드시 당신을 먼저 생각하고 다시는 당신 마음을 아프게 하지 않겠소. 하지만 당신도 나를 위해, 아이를 위해 힘을 내주시오. 우리 두 사람이 다시 시작하는 거요, 응?"

어찌 보면 단순한 물음이었지만 그 말을 믿느냐 아니냐가 바로 그녀의 가슴속 깊은 곳에서 가장 아픈 부분이었다. 순안여는 고개를 숙이고 그의 시선을 피했다. 막막하고 슬픈 눈동자였다. 다행히 갑작스런 헛구역질이 마음속 갈등을 중단시켰다. 바짝 긴장한 소원계는 황급히 등을 두드려주며 시녀를 불렀고, 타구를 가져오고 물로 입가심을 해주느라 바삐 움직이는 동안에 아직 대답을 들지 못했다는 것은 물론 서재에서 기다리는 척 부인마저 까맣게 잊고 말았다.

등불을 켤 시간이 되자 순안여는 비로소 입덧이 가라앉아 몽롱하게 잠이 들었다. 소원계는 그제야 마음을 가다듬고 다시 북쪽 서재로 돌아갔다. 척 부인은 제법 참을성이 있어서 여전히 미소 띤 얼굴로 그를 맞이했다.

"돌아오셨군요. 왕비께서는 괜찮으신지요?"

소원계도 마주 웃으며 간단하게 대답했다.

"관심 고맙소. 왕비는 괜찮소."

예민한 척 부인은 돌아온 그의 태도에서 미묘한 변화를 느끼고 다소 경계를 돋우었다.

"참으로 다행이군요. 하던 이야기를 마무리 짓지 못했으니 계속하시지요. 제가 보기에 순백수는 오랫동안 정무를 맡아 신중하고 조심스럽습니다. 그런 자를 상대하는 일은 당연히 쉽지 않겠지요. 따라서 우리 계획은……"

그녀는 일부러 잠시 말을 멈추었지만 소원계는 물을 생각이 없어 보였다. 그녀의 가슴속 의심이 뭉게뭉게 커져갔다.

"전하, 하 장군 집에서 벌어졌던 일을 잊으셨나요? 점점 위기가 닥쳐오고 있으니 이렇게 망설이고 계실 때가 아닙니다."

소원계는 식어버린 차를 버리고 주전자에 새 찻잎을 넣어 서두르지도 미적거리지도 않는 태도로 다시 세차를 했다.

"부인의 말에도 일리가 있소. 허나 남몰래 나를 주시하는 자가 누구든 순백수만 아니라면 위기라고 할 수는 없소. 더욱이 나는 아직 동호 우림영에서 마지막 전갈을 받지 못해 적명이 협조하리라는 확신이 없소. 아무리 생각해도 지금은 지나친 모험은 하지 않는 것이 좋겠소."

"전진이 아니면 곧 후퇴요, 기쁨이 아니면 곧 근심이며, 얻지 못하면 곧 잃는 것이 세상의 이치지요. 동호 우림영이 어느 쪽을 택하든 순백수는 결코 지나쳐갈 수 없는 관문입니다. 국주께서 전하께 거는 기대가 큰데 어찌하여 목표를 눈앞에 두고 물러나려 하십니까?"

소원계는 본래 온화한 성품이 아니었다. 그녀가 이렇게 몰아붙이자 싫증이 난 그는 들었던 찻잔을 힘껏 내려놓으며 화난 목소리로 말했다.

"어떻게 할지는 본 왕 스스로 결정하오. 내가 생각할 시간이 필요하다고 하면 그런 것이오. 부인이 이래라저래라 할 필요 없소!"

드러난 칼날

—

09

—

악은천이 다녀간 뒤 순백수는 반신반의하며 생각을 거듭하느라 밤에도 잠을 이루지 못했고 때로는 살그머니 침상에서 일어나 침의를 걸치고 회랑을 거닐곤 했다.

이틀 동안 이를 지켜본 순 부인은 걱정을 이기지 못해 모피를 들고 문밖으로 쫓아나가 하소연했다.

"나리, 연세를 생각하셔야지요. 이 한겨울에 푹 주무시지도 못하고 무슨 생각이 그리 많으십니까?"

순백수는 모피 깃을 바짝 여미면서 부인의 손을 꼭 잡았다.

"말해보시오. 내 그간 조정에 있으면서 오로지 폐하를 위해 일했다 할 수 있겠소?"

"폐하를 향한 나리의 충심은 천하가 다 아는데 어찌 그런 말씀을 하십니까?"

"마음만을 보면 내 한 번도 신하의 도리를 저버린 적이 없다 자부하오."

순백수는 아득하게 먼 곳을 바라보며 말을 이었다.

"허나 일처리를 그리했는지는…… 갑자기 자신이 없어지는구려. 진정으로 지금껏 잘못한 것이 전혀 없었을까?"

순 부인은 남편이 무슨 말을 하는지 알아들을 수가 없어 눈을 잔뜩 찡그리며 권했다.

"바쁜 연말연시에 느닷없이 어찌 그런 걱정을 하십니까? 내일도 접대할 일이 가득하니 그만 주무시지요."

순백수는 그 권유를 따르지 않고 돌아서서 몇 걸음 더 걷다가 불쑥 물었다.

"안여의 시녀 한 명이 유람을 나갔다가 실수로 호수에 빠져 죽은 일 기억하시오?"

"한 달 전 일인데 이제 와서 갑자기 왜 물으십니까?"

순백수는 돌아서서 부인을 가만히 바라보았다.

"부인이 해줄 일이 하나 있소."

다음 날 아침 해가 떠올랐다. 래양왕부의 대문이 열리기 무섭게 순부의 큰어멈이 마차와 함께 나타났다. 그녀는 순부에서 제법 나이를 먹은 하녀여서 안채로 들어가더라도 예의에 어긋나지 않았고, 일단 들어가기로 마음먹으면 억지로 끌어내지 않는 이상 막을 방법이 없었다. 바깥채의 집사와 후원의 아주머니들은 통보할 틈도 없는데다 함부로 쫓아낼 수도 없어 어쩔 줄 몰라 했다. 그사이 순안여의 침소까지 들어간 큰어멈은 눈물을 머금고 노부인께서 연말을 바삐 보내시다가 몸이 나빠지셨는데 날마다 아가씨 생각뿐이니 당장 가서 만나달라고 하소연했다.

숙모가 병이 났다는 말을 듣자 순안여는 자신의 몸 상태는 잊고 벌떡 일어나 민아를 불러 머리를 빗기게 했다. 화원에서 연검을 하던 소원계가 소식을 듣고 재빨리 쫓아가 데려오려고 했지만 적당한 핑계를 대기도 전에 큰어멈이 선수를 쳤다.

"나리께서 손님맞이 때문에 틈이 나지 않으신다면 꼭 함께 가지 않으셔도 됩니다. 아가씨 혼자 다녀오시면 되지요."

순씨 집안 사람 앞인데다 순안여도 애원하는 눈길을 보내자 소원계는 차마 거절할 수가 없었다. 그렇다고 정말 혼자 보낼 수도 없어 일단 승낙하고 왕비가 아직 치장을 못했으니 큰어멈더러 차를 마시며 잠시 기다리라고 청했다.

"아이고, 우리 아가씨가 아닙니까? 요만하실 때부터 소인이 보살펴왔는데 꺼릴 일이 어디 있겠습니까? 나이가 들어 예전만큼 날래지는 못하지만 화장도구를 챙겨주는 것쯤은 잘할 수 있습니다."

큰어멈은 자신만만해하며 순안여를 부축해 화장대 앞에 앉히고 민아를 재촉해 머리를 빗기게 한 뒤 옆에서 거울을 비추거나 비녀를 골라주었다. 행동거지가 워낙 자연스러워서 소원계도 그녀가 일부러 그런다고는 의심하지 않았지만 아내를 단속할 기회가 없다는 사실에 다소 불안했다.

솜씨 좋은 민아는 금세 머리를 묶어 올리고 평소 쓰는 비녀를 꽂아주었다. 그때쯤 외출복으로 갈아입은 소원계가 다가와 장신구 상자를 뒤적이더니 빨간 석류석 귀고리를 꺼내 순안여의 귀에 대보이며 웃었다.

"이것으로 바꾸시오. 시집올 때 숙모님께서 일부러 골라주신 것이라고 하지 않았소? 보면 분명히 기뻐하실 거요. 우리 같은 손아랫사람이 할 수 있는 최대의 효도는 바로 내 몸이 건강하고 잘 지내는 것이오. 그래야 어르신들이 마음을 푹 놓으시지 않겠소, 안 그렇소?"

순안여는 살짝 고개를 숙이며 했던 귀고리를 빼고 빨간 물이 뚝 뚝 떨어질 듯 선명한 석류석 귀고리를 순순히 받아들었다.

얼마 지나지 않아 마차가 준비되자 큰어멈이 직접 그녀를 부축해 마차에 태우고 자신도 민아와 함께 옆에 탔다. 소원계는 말을 타고 동행했다. 가는 길은 순조로워 반 시진 만에 순부에 도착했고 마차는 곧바로 중문으로 들어섰다.

순백수 홀로 앞 대청의 섬돌 위에서 그들을 맞이했다. 그의 다소 초췌해진 얼굴을 보니 부인의 병이 많이 걱정스런 모양이었다. 순안여는 더욱 초조해져 인사를 올린 후 바삐 안채로 달려갔다. 소원계도 같이 가려고 했으나 순백수가 그의 팔을 붙잡으며 고개를 저었다.

"여자들끼리 이야기를 나누는데 전하께서 따라가서 무엇 하겠습니까? 자, 이 늙은이와 화청에서 술이나 마십시다."

홀로 후원으로 간 순안여는 부군이 함께 오지 않은 것은 알아차리지도 못한 채 민아가 따라잡지 못할 만큼 발걸음을 서둘렀다. 숙모의 침소에 도착해보니 다행히 안색이 그리 나쁘지 않아 마음은 놓였으나 까닭 없이 눈물이 터져나왔다. 그녀는 흐느끼며 숙모의 품으로 뛰어들었다.

순 부인도 조카딸이 병이 났다는 얘기는 들었지만 소식을 들으러 간 사람들이 그때마다 돌아와 괜찮다고 하기에 크게 걱정하지 않았는데, 몹시 야위고 희고 보드랍던 뺨에 홍조마저 가신 모습을 직접 보자 놀라고 화가 나 다급히 물었다.

"아니, 이게 무슨 일이냐? 며칠 못 본 사이 어쩌다 이렇게까지 되었니? 대체 무슨 병이기에 갑자기 이렇게 야위었지?"

순안여는 숙모를 걱정시킬까봐 황급히 눈물을 닦고 생긋 웃어 보였다.

"큰 병은 아니에요. 푹 잠들지 못하고 자다 깨곤 해서 그래요."

"내가 널 모를까봐? 그렇게 잘 자던 아이가 불면증이라니?"

순 부인은 그녀의 손을 꼭 잡고 눈을 찡그렸다.

"사실대로 말해보려무나. 부군과 지내는 데 무슨 문제라도 있는 거니?"

순안여는 씁쓸한 마음을 억누르고 조용히 대답했다.

"그게 무슨 말씀이세요? 지금껏 잘 지냈는데 무슨 문제가 있겠어요?"

순 부인은 고개를 저으며 엄숙한 얼굴로 말했다.

"너는 본래 기쁜 일이건 슬픈 일이건 일러바친 적이 없는 성품이라 그것이 가장 걱정이야. 딸려 보낸 아이 둘 다 총명하고 기민해서 잘 보살펴줄 줄 알았는데 패아에게 그런 일이 생길 줄이야……."

패아의 이름이 나오자 순안여는 온몸을 부들부들 떨고 입술마저 하얘졌다. 순 부인은 조카딸을 품에 안고 그 얼굴을 어루만지며 말투를 누그러뜨렸다.

"나와 네 숙부는 슬하에 자녀가 없지만 친척들이 많아 참으로 다행이었지. 비잔과 너는 우리 집에서 자랐으니 내게는 친 혈육이나 다름없단다. 이곳에는 우리 둘밖에 없는데 못할 말이 어디 있겠니? 패아의 일을 듣고 내내 이상하게 생각했다. 침향루에는 떨어지는 것을 방지하는 난간도 있고 창문이며 문도 있는데 실수로 물에 빠지다니 될 법이나 한 말이어야지. 그 아이는 물질도 능숙한데 설사 정말 빠졌더라도 헤엄쳐 나오기라도 했을 게 아니냐? 숙모에게 말해주려무나. 그때 그 자리에 또 누가 있었지? 민아도 없었다던데? 사고란 본래 앞뒤 인과관계가 있는 법이야. 대체 어찌하다 그리된 거니? 얘야, 안여야, 네 입으로 사실을 말해주어야 우리도 너를 도울 수 있단다. 우리 모두 한가족이잖니? 무슨 어려움을 만나더라도 서로 돕고 의지하면 언젠가는 극복할 수 있는 법이야, 안 그러니?"

숙모의 따뜻한 품에 안긴 순안여는 며칠간 쌓인 괴로움이 솟구쳐 견딜 수가 없었다.

"숙모님이 저를 얼마나 예뻐하시는지 왜 모르겠어요? 저, 저는 정말 어떻게 해야 좋을지 모르겠어요."

순 부인이 이상하게 느끼고 눈을 찡그리며 캐물으려는데 바깥에서 어멈의 목소리가 들려왔다.

"아니, 서방님, 오셨습니까?"

말이 끝나기도 전에 순비잔이 성큼성큼 방 안으로 들어서며 물었다.

"안여가 왔다면서 어찌 저를 부르지 않으셨습니까?"

순안여는 황급히 몸을 일으켰다. 뺨 위로 흘러내린 눈물을 닦으려 했지만 사촌오라버니가 먼저 그 팔을 붙잡고 자세히 얼굴을 들여다보았다.

"새해 친정 나들이를 와놓고 어찌 우느냐? 누가 괴롭히더냐? 소원계가 네게 못되게 구느냐? 두려워 말아라. 그가 조금이라도 박대하면 얼마든지 오라버니에게 말하거라. 왕이든 뭐든 나쁜 짓을 하면 절대로 용서치 않을 테니!"

숙모의 가벼운 질문과는 달리 '용서치 않겠다' 는 순비잔의 말은 듣기만 해도 몸이 오싹해서 순안여는 심장이 미친 듯이 뛰기 시작했다. 그녀는 저도 모르게 배로 손을 가져가다가 가슴이 답답해져 황급히 벽 쪽으로 돌아서며 구역질을 했다.

기겁한 순 부인이 달려가 그녀를 붙잡으면서 소리 높여 사람을 불렀다. 밖에 있던 민아가 황급히 달려와 순안여를 부축해 의자에 앉히고 가슴을 쓸어주면서 순 부인에게 말했다.

"부인, 서방님, 너무 걱정 마세요. 태의가 우리 아가씨는 입덧이 그리 심한 편이 아니라고 하셨어요."

순비잔은 멍해졌지만 순 부인은 재빨리 그 말을 알아듣고 함박웃음을 지었다.

"안여가 아기를 가졌구나? 진작 말하지 않고! 처음 가져본 아기이니 어찌해야 좋을지 모르는 것도 당연하지. 게 누구 없느냐? 찻잔을 치우고 산라탕(酸辣湯, 시고 매운 국—옮긴이)을 끓여오너라!"

"잠깐, 이해가 가지 않습니다."

순비잔은 여전히 눈을 찌푸린 채 말했다.

"아기가 생긴 것은 기쁜 일인데 대체 왜 안여가 눈물을 흘리는 겁니까?"

순 부인이 그를 흘겨보며 못마땅한 듯이 말했다.

"너야 남자니까 당연히 모르겠지. 아기를 가지면 본래 이런 게야. 잘 먹지도 못하고 잘 자지도 못하니 친정에 오면 당연히 눈물이 나지! 어서 사람을 보내 나리께 말씀드리게!"

문가에 서 있던 어멈이 대답하고 돌아서는데 순 부인이 이마를 탁 치며 다시 불러 세웠다.

"나 좀 보게. 됐네, 됐어. 조카사위가 나리와 함께 있으니 당연히 알렸겠지!"

순 부인의 추측대로 순백수를 따라 화청에 들어가 자리에 앉은 소원계는 곧바로 순안여의 회임 소식을 전하고 초이틀에 찾아뵙지 못한 일을 다시 한 번 사죄했다. 그와 무슨 이야기를 나눌지 미리 생각해둔 순백수는 예상치 못한 화제에 한참 동안 멍해 있다가 이윽고 주름이 잔뜩 지도록 웃으며 잔을 들어 축하했다.

술이 두 잔 돌고 분위기가 부드러워지자 순백수는 다시 술을 데운 은주전자를 들고 손윗사람답게 자상한 목소리로 말했다.

"안여가 아기를 가졌으니 전하께서 보살피는 것이 마땅하지만 남자라면 응당 나랏일을 중요하게 생각해야지요. 연말에 입궁하여 문안을 드릴 때 폐하께서 말씀이 있으셨는데, 회동 세 개 주를 수복하는 중책은 아무래도 전하께 맡기실 모양입니다."

집안어른인 순백수가 술을 따르자 두 손으로 빈 잔을 받쳐들고 있던 소원계는 이 말을 듣는 순간 저도 모르게 손이 부르르 떨려 술이 두어 방울 넘쳐흘렀다. 순백수는 못 본 척 자기 잔에도 술을 따랐다.

"폐하께서 그리 믿어주신다면 신하 된 자로서 당연히 전력을 다해야겠지요. 허나 저는 수전을 겪어본 적이 없어 혹여 결과가 좋지 않아 폐하의 은혜를 저버리게 될까 두렵습니다."

순백수는 주전자를 내려놓고 더없이 느긋하게 말했다.

"너무 겸손하실 필요 없습니다. 당시 전하께서 출정을 청하셨을 때 조정 안팎에서 전하를 인정한 사람이 몇이나 되었습니까? 그래도 결국 대승을 거두고 돌아오지 않으셨습니까?"

"숙부님도 아시다시피 그때 저는 혈기가 넘쳐 깊이 생각지 못했습니다. 검주의 악 장군 말마따나 동해는 이미 물러날 생각이었으니 그 모두가 제 공은 아니지요."

"악은천의 말은 못 들은 척하십시오. 폐하께서도 믿지 않으시니 마음에 두실 까닭이 어디 있습니까? 이 늙은이는 비록 문관이나 전쟁터에서는 진짜 칼과 창이 오간다는 것은 잘 압니다. 그 속에 어찌 거짓이 있겠습니까?"

소원계는 답답한 듯 잔을 비우더니 억울하고 무력한 눈빛으로 말했다.

"위로해주셔서 감사합니다. 저는 기반이 얕은데 폐하께서 이처럼 큰 상을 내리셨으니 입방아에 오를 만하지요. 입으로야 괜찮다고 하지만 속은 그리 편치 않습니다. 그렇다고 변명을 하자니 아무도 대놓고 말을 꺼내지 않으니 그럴 수도 없고요. 숙부님께서는 오랫동안 조정에서 일하셨고 식견도 높으시니 부디 가르쳐주십시오. 폐하께서 진정 그 중책을 제게 맡긴다 하시면 받아들여야 하겠습니까, 아니면 물러나야 하겠습니까?"

그 말이 워낙 간절하고 태도 또한 지어낸 것 같지 않아 순백수의 마음속에 균형을 이루고 있던 판단의 저울도 약간 그에게 기울었다. 순백수는 잠시 생각하다가 엄숙하게 대답했다.

"공적으로는 할 말이 없으나 사적으로는 순씨 집안의 사위이니 전하께서 진심으로 가르침을 청하신다면 전하의 입장을 고려하지 않을 수 없지요. 이 늙은이가 볼 때 회동을 수복할 수만 있다면 실로 어마어마한 공을 세울 수 있으니 놓치기 아까운 것은 사실입니다. 허나 동해의 수군은 강력하니 걱정하시는 것도 일리가 있지요. 이렇게 하면 어떻겠습니까? 검주의 그 참장은 인재이고 방략도 제법 서 있습니다. 이번에 사품으로 진급했으니 부하로 삼아 전하를 대신해 장수를 뽑고 병사를 훈련시키게 하는 것입니다. 만약 전선에서 어려운 일이 생기면 그와 상의하십시오. 물론 그자가 그날 어전에서 언사가 다소 경솔하기는 했습니다. 전하뿐만 아니라 이 늙은이도 기분이 좋지 않았습니다. 하지만 조정의 대사를 위해서이니 전하께서도 마음에 담아두지는 않으셨으리라 생각합니다."

소원계는 표정을 감추려고 갖은 애를 쓰며 곰곰이 생각하는 척했다.

"악은천이라…… 하긴 괜찮은 장수지요. 그가 올린 방책은 저도 보았는데 확실히 나라의 대들보가 될 만한 인재입니다."

"전하가 주장이 되시고 그자가 부장이 되면 인재와 인재가 만난 셈이니 조정에도 이득이고 전하께도 좋은 일이지요. 이견이 없으시다면 이 늙은이가 폐하께 상의를 드려볼까요? 아무래도 폐하께서 악은천을 무척 마음에 들어 하셨으니 직접 상소를 올릴 권한을 주실지도 모릅니다. 그리하면 전하도 더더욱 뒷걱정을 더시겠지요."

그가 말하는 동안 소원계는 고개를 끄덕이다가 말이 끝나자 즉시 잔을 들어 건배를 청했다.

"과연 숙부님께서는 주도면밀하십니다. 이처럼 생각해주시니 감격할 따름이지요. 말씀대로 따르겠습니다."

겉으로만 따져볼 때 소원계가 오늘 보여준 모습에는 아무런 허점이 없었다. 누가 보아도 양심에 거리끼는 일 없는 당당한 태도였다. 순백수의 말이나 행동 또한 무척 자연스러워서, 래양왕을 불러 앉힌 목적도 단순히 대국을 보아 무례를 저지른 아랫사람을 받아들이라고 권유하기 위해서인 것처럼 보였다. 화청 밖은 햇빛이 환하고 화청 안은 웃음꽃이 만발했다. 분위기도 화기애애하여 가족끼리 모여 즐겁게 담소를 나누는 것처럼 보일 뿐 어두운 기운은 전혀 느껴지지 않았다.

나중에 순비잔이 가세하면서 그 자리는 조촐한 술자리가 되어 저녁까지 이어졌다. 소원계는 순안여가 일찍 쉬어야 한다며 먼저 작별을 고한 뒤 몸소 후원으로 가서 순 부인에게 문안을 올리고 친절하게 아내를 데리고 나왔다.

처음부터 끝까지 일상적인 친척의 방문으로만 여긴 순비잔은 홀가분한 마음으로 숙부를 따라 중문 밖까지 배웅한 뒤 혼자 쓰는 원락으로 돌아갔고, 안채의 숙부가 착 가라앉은 얼굴로 남몰래 결단을 내리고 있다는 사실은 전혀 눈치 채지 못했다.

순비잔은 몰라서 그렇다지만 상황을 아는 순 부인은 이해가 가지 않아 남편 주위를 맴돌며 의아한 듯 물었다.

"래양왕께서 대체 무슨 잘못을 했기에 이러십니까? 시키신 대로 안여에게 자세히 물어보았지만 별다른 말은 없었어요. 래양왕은 우리 조카사위가 아닙니까? 평소 예의도 바른 분이니 설령 무슨 잘못이 있었다 해도 심각한 문제가 아니라면 너그럽게 보아주시지요."

"빈틈 하나 없이 완벽해. 진정 떳떳하다면 저렇게까지 방어할 까닭이 있을까?"

순백수는 부인의 말을 전혀 듣지 못한 것처럼 혼잣말을 하다가 별안간 소리를 높였다.

"누구 없느냐!"

뒤에서 대기하던 순월이 황급히 다가왔다.

"예, 대인, 분부하십시오."

"악은천을 불러오너라. 할 이야기가 있다."

오래 순백수를 모신 순월은 명령의 경중과 완급을 판단하는 데 능해 명을 받자마자 곧바로 마구간으로 달려가 말을 집어타고 몸소 악은천의 숙소로 달려갔다. 덕분에 반 시진도 못 되어 악은천을 데리고 돌아와 서재로 안내할 수 있었다.

급히 불려온 악은천은 오는 동안 자세한 상황을 묻지도 못해 어리둥절한 얼굴이었다. 그가 인사를 올리고 입을 열기도 전에 순백수가 먼저 앉으라며 맞은편을 가리켰다.

"이 늙은이는 이번 전쟁에 관해 철저히 조사하기로 결심했소. 장군은 고발자이니 조사가 시작되면 돌이킬 수 없소. 무슨 말인지 알겠소?"

악은천은 기뻐하며 황급히 대답했다.

"소장은 이미 마음을 정했으니 결코 후회하지 않겠습니다."

"좋소. 돌아가거든 전쟁 중에 있었던 의심스러운 점과 증인의 진술, 그리고 하성의 저택에서 벌어진 일의 전 과정을 가능한 한 빨리 글로 적어 이 늙은이에게 먼저 보여주시오."

"알겠습니다."

"하성을 한번 건드렸으니 래양왕도 경계하고 있을 것이오. 밤이 길면 꿈이 많다 했으니 조정이 열릴 때까지 기다릴 수는 없소. 내일 오시 초, 대리시에서 나를 기다리시오."

악은천은 다소 놀랐다.

"대리시 말입니까?"

"동해 내통 사건에 관한 문서가 모두 대리시에 보관되어 있소. 장군은 보는 눈이 남다르니 그 자료를 살펴보면 소원계를 가리키는 실마리를 찾아낼지도 모르오. 폐하를 뵙기 전에 우리 손에 가진 것이 많으면 많을수록 좋소."

"허나 동해 내통 사건에 연루된 사람들은 이미 모두 처형당했다고 들었습니다만……."

아픈 곳을 찔리자 순백수는 저도 모르게 눈을 질끈 감았다.

"그렇소. 지금 생각해보면 확실히 성급하게 처리한 부분이 있었소."

그가 비록 생각을 바꾸긴 했으나 지난번 말한 대로 래양왕의 죄를 밝혀내리란 결코 쉽지 않았다. 악은천은 여전히 불안한 표정이었다.

"만약…… 만약 소장이 사건 기록에서 이상한 점을 찾아내지 못하면 어떻게 됩니까?"

순백수의 얼굴도 어두웠지만 미간에는 오기가 묻어 있었다.

"설령 소득이 없다 하더라도 이 늙은이가 끝까지 조사하기로 한 이상…… 폐하께서도 결국 따라주실 것이오."

악은천은 내각 수보의 이런 약속을 받자 그 무엇보다 마음이 든

든했다. 그는 연신 머리를 조아리며 감사인사를 한 뒤 흥분한 채 숙소로 돌아가 정식 고발장을 쓸 준비를 했다. 패아도 마음이 가라앉은 뒤로 훨씬 조리 있게 말할 수 있었기 때문에 그녀의 진술을 정리하는 데는 반 시진밖에 걸리지 않았고, 병부에서 가져온 군사 보고서도 반복해서 연구한 덕분에 속으로 품었던 의심을 글로 써내는 것이 어렵지 않았다.

이렇듯 낙관적인 상황이 되자 숙소에 있던 사람들은 모두 기뻐했고, 요양 중인 담항마저 잠을 이겨내고 친위대들에게 등불뿐 아니라 촛불도 환히 밝혀 장군께서 '밤새 글을 쓰시기' 좋은 환경을 갖추도록 분부했다.

황성 안 작은 원락의 가볍고 즐거운 분위기에 비해 래양왕부의 분위기는 잔뜩 메긴 활시위처럼 언제 뚝 끊어져도 이상하지 않을 만큼 팽팽했다. 소원계는 오늘 순백수와의 대화가 무엇 때문에 시작되었는지 알지 못했고 순백수에게서 이상한 점을 발견하지도 못했지만, 억누를 수 없는 이 불안감이 경고라는 것은 알았다. 소홀히 넘기면 안 된다는, 최악의 상황을 대비해야 한다는 경고.

순백수가 일단 의심을 품기 시작한 이상 목적을 이루지 않고는 멈추지 않으리라는 것은 한때 그와 손잡았던 소원계가 누구보다 잘 알았다. 지난날 소평정이 무사히 떠날 수 있었던 것은 장림왕부의 기반이 튼튼한 덕분이었다. 그 자신에게는 그때와 같은 행운도, 그만한 힘도 없을 뿐 아니라 구체적인 상황도 크게 달랐다.

조금 더 확실히 말하자면, 그의 눈앞에 놓인 것은 끝까지 갈 수밖에 없는 외나무다리뿐이었다. 발을 헛디딜 수도 없고 물러날 수도 없는 이 외나무다리 위에서 끝내 건너편 언덕에 도달하지 못한다면, 만겁의 낭떠러지 아래로 떨어져 온몸이 산산이 부서지는 수밖에 없었다.

바깥문이 '끼이익' 소리를 내더니 하성이 문을 반쯤 열었다. 그림자 하나가 연기처럼 표표히 안으로 들어오자 문은 다시 닫혔다. 병풍을 돌아 들어온 척 부인은 얼굴 가득 웃음을 띠고 예를 올린 뒤 아양 섞인 목소리로 비위를 맞추었다.

"전하께서 이렇게 불러주시다니, 필시 천명을 읽고 받아들이기로 하신 것이 분명해요."

기실 현 상황은 소원계가 받아들이건 말건 큰 상관이 없었다. 먹구름이 내려앉고 위기가 닥친 지금 더는 느긋하게 생각할 틈이 없었다. 하지만 척 부인의 득의양양한 모습을 보자 그는 전혀 급할 것이 없는 척했다.

"잠깐, 본 왕이 부인을 청한 것은 상의를 하고 싶어서이지 어떤 결론을 내릴지는 아직 결정하지 않았소."

"순백수를 제거하면 이 금릉성에서 전하의 앞을 막을 사람은 없답니다."

척 부인은 바람막이를 벗고 청하기도 전에 알아서 자리에 앉았다. 등불 빛을 받은 눈동자가 반짝였다.

"언제나 과감하시던 전하께서 이처럼 중요한 순간에 어찌 이리 망설이시는지 모르겠군요."

소원계는 한숨을 쉬며 말투를 차갑게 했다.

"본 왕이 우유부단해서가 아니오. 부인이 직접 나선다니 승산이 크겠지만 아무리 해도 반드시 성공한다는 보장은 없지 않소?

천신만고 끝에 이 자리에 올랐는데 만에 하나……."

척 부인은 그의 뜻을 알았는지 망설임 없이 약속했다.

"거래라고 말씀드렸으니 암살이 성공하든 아니든 우리 동해가 책임지겠습니다. 전하는 추호도 끌어들이지 않을 테니 너무 염려하지 마시지요."

요 몇 년 음모와 궤계 속에 살아온 소원계는 예전보다 훨씬 의심이 많아졌다. 척 부인의 그럴싸한 말을 듣고도 그는 더욱 마음이 불안해져 눈을 찡그리며 물었다.

"대체 국주가 공부에서 찾으려는 오래된 문건이 얼마나 중요하기에 부인이 이처럼 위험한 일까지 하는 것이오?"

"국주께서 그 자료를 어찌 생각하시는지 제가 뭐라고 둘러댄들 어차피 전하께서 믿지도 않으실 겁니다. 우리 쪽 사람이 자료를 찾아내더라도 곧바로 달아나지는 못할 터이니 차라리 그때 직접 보시는 게 낫지 않을까요?"

그녀의 말을 완전히 믿는 것은 아니지만 이해득실을 따져볼 때 받아들일 만한 조건이었기 때문에 소원계의 말투도 다소 누그러졌다.

"그쪽 사람을 공부에 넣기는 어렵지 않소. 창고지기 서리는 잡역부들인데, 내일 그자가 당직을 설 수 있도록 손을 써줄 테니 며칠 교대로 일하면서 사람들과 얼굴을 익히게 하시오. 각 관아가 새해를 맞아 문을 열 때 필요한 일을 할 수 있는지는 그자의 능력에 달렸을 뿐 본 왕은 나서지 않을 것이오. 어떻소?"

척 부인이 손을 합장하며 미소를 지었다.

"안심하시지요. 복숭아 하나 던져주셔도 귀한 옥으로 갚겠다는 노래가 있지요. 전하께서 이처럼 시원시원하게 나오시니 저 또한 실망시켜드리지 않겠습니다. 순백수가 내일 저택에서 나오는 때가 이승에서의 마지막이 될 것입니다."

오랫동안 정무를 맡아온 순백수는 무슨 일이든 신중했고 외출 시의 방비도 엄하다는 것을 소원계가 누구보다 잘 알고 있었다. 척 부인이 아무리 자신 만만해도 완전히 믿을 수가 없었다. 그는 차를 두어 모금 마신 뒤 참지 못하고 상세한 계획을 물었다.

"전하께서 이처럼 걱정하시는 것을 보니 벌써 손수 시험해보신 모양이군요? 염려 놓으시지요. 국주께서 먼저 제안하신 거래인 만큼 아무 준비도 없이 나선 것은 아닙니다. 제 무공은 전하께 미치지 못하나 암살이라면 전하께서는 절대 저를 따르지 못하시지요. 동해는 일찌감치 금릉성에 사람을 심어두었습니다. 무엇을 감시하고, 어디에 매복하고, 어떻게 공격할지 적절히 준비해두었으니 전하께서는 남몰래 단 두 가지만 도와주시면 됩니다."

"어떤 일이오?"

"하나는 한밤중에 있을 움직임을 순방영에서 숨겨주는 것이고, 다른 하나는 상대하기 힘든 사람을 처리해주시는 것입니다."

바람같이 나타났다 사라지는 척 부인의 솜씨는 실로 절정의 자객이라 하기에 손색이 없었다. 그런 그녀조차 상대하기 힘든 사람이라면 누군지 말하지 않아도 알 수 있었다.

"순비잔 말이오?"

"그자가 성에 있으면 통제하기 어려운 변수가 될 겁니다. 좋은 방법이 있으신지요?"

소원계는 얼음처럼 싸늘한 눈빛으로 차갑게 코웃음을 쳤다.

"나는 어려서부터 그자와 알고 지냈소. 그자가 어디에 가장 관심을 두는지는 잘 알지. 신경 쓸 것 없소. 부인이 손을 쓰기 전에 반드시 순비잔을 성 밖으로 유인하겠소."

옳고 그름도 덧없이

—

10

—

금릉성 대부분의 명문가가 으레 그렇듯 순부의 하인들이 머무는
옆뜰과 곁채는 매일 아침 맨 먼저 움직임이 시작되는 곳이었다.
오경 닭울음소리가 들리자 청소와 뜨거운 물 준비를 맡은 잡역부
가 가장 먼저 일어나 움직였고, 묘시 초 이각에는 시위들이 교대
하고 물건 구매를 맡은 하인들이 샛문을 통해 속속 드나들었다.
바깥채의 집사는 진시 초부터 사방을 순찰했고, 나리 마님들을 모
시는 시녀와 시동들도 조용조용 씻고 부름을 기다렸다. 이 시간에
주인들은 당연히 깊이 잠들어 있었고 일찍 일어나는 습관을 가진
순비잔만 방문을 나서 자기 정원에서 아침 수련을 했다.

초아흐레 아침, 저택의 옆문이 열리기 무섭게 래양부의 정복을
입은 시종이 바삐 말을 달려와 급한 일이라며 순씨네 서방님을 찾
았다. 문간방 하인들은 지체 없이 그를 안으로 들였다. 오래지 않
아 순비잔이 엄숙한 표정으로 성큼성큼 나와 하인이 가져온 말에
훌쩍 뛰어올라 금빛으로 부서지는 햇빛을 받으며 남문으로 달려
갔다.

1년 내내 바쁜 보통 백성들에게는 정월이 그나마 한가한 때라 이른 아침 성문 밖은 지나는 사람이 거의 없었다. 희뿌연 안개 속에 소원계가 친위대 몇 사람만 거느린 채 성문 안을 끊임없이 내다보며 초조하게 기다리고 있었다.

"보낸 사람이 정확하게 말하지 않았는데 평장의 묘가 어떻게 되었다는 겁니까?"

가까이 달려온 순비잔이 고삐를 당기고 말이 서기도 전에 다급하게 물었다.

소원계는 황급히 설명했다.

"능묘를 지키는 사람이 한밤중에 달려왔으나 시간이 늦어 성에 들어오지 못했다는군요. 저도 아침에야 순방영 측에서 소식을 들었는데 도적이 장림왕 능묘에 침입했다는 말뿐 구체적인 상황은 모릅니다. 그래서 형님을 불러 함께 가보려고 한 것이지요. 형님과 평정은 교분이 깊으니 한번 보시고 평정에게 알려야 할지 어떨지 결정해주십시오."

순비잔은 걱정스런 마음에 깊이 생각지 않고 말을 걷어차 달려갔다. 장림왕릉은 경성 남문에서 쾌마를 달리면 반나절 만에 갈 수 있었다. 특히 두 사람의 속도는 무척 빨라서 해가 중천에 오르기도 전에 도착했다. 빠르게 한 바퀴 돌면서 훑어보니 말을 달릴 수 있는 통로 양쪽 석상 몇 개가 쓰러져 있고 명궁(冥宮) 바깥 전각에 놓인 도금 향로 몇 개가 사라졌을 뿐 능묘 안은 크게 손상된 곳이 없어 안심이 되었다.

"능묘를 지키던 호위가 빨리 알아차린 덕분에 도적들이 안으로 들어가 혼령들을 놀라게 하지는 못했군요, 다행입니다."

소원계는 석상을 일으켜 세우며 말했다.

"이곳은 제가 사람을 시켜 정리하고 평정에게는 알리지 않아도 될 것 같군요. 형님 생각은 어떠십니까?"

순비잔은 고개를 끄덕이며 찬성했다.

"능묘를 지키는 호위들도 금군 소속이니 금위부에 가서 순찰하는 사람을 늘려달라고 말해보겠습니다."

상의를 마친 두 사람은 나란히 통로 맨 앞에 우뚝 선 돌패방을 돌아보았다. 지난날이 떠오르자 두 사람 모두 안색이 어두워져 말없이 의관을 손질하고 천천히 안으로 들어갔다.

소평장의 묘실은 장림왕의 의관이 묻힌 무덤에서 비스듬히 뒤쪽에 있어 거의 피해를 입지 않았다. 묘 앞에 올린 제수도 가지런했고 백옥을 새겨 만든 비석도 깨끗해서 지키는 사람이 대충대충하지 않았음을 알 수 있었다.

순비잔은 비석 앞에 한쪽 무릎을 꿇고 앉아 손가락으로 붉은 칠을 한 글자를 쓰다듬으며 나지막이 말했다.

"얼마 전에 책이를 보고 왔네. 벌써 이만큼이나 자랐더군. 아주 귀여운 아이인데 자네가 직접 보지 못해 정말 안타깝네."

왕릉 주변에는 소나무와 잣나무가 울창했는데, 별안간 갈까마귀 한 마리가 푸드덕 날아오르더니 쉰 소리로 울부짖으며 나무 위를 맴돌았다. 소원계가 갈까마귀를 올려다보더니 따라서 한쪽 무릎을 꿇고 탄식했다.

"어느새 평장 형님이 가신 지도 몇 년이나 지났군요. 황천에서 외로우시지나 않을지…… 특별한 일이 없으시다면 사람을 시켜 술을 좀 구해오라 할 테니 오늘 하루 저와 형님이 함께 있어드리는 것이 어떻겠습니까?"

초아흐레는 제삿날이 아니지만 능묘에 들어온 순비잔은 어쩐지 떠나고 싶지 않아 소원계의 제안이 꼭 마음에 들었다. 그래서 당장 승낙하고 비석 앞에 한쪽 다리만 세워 반쯤 앉았다.

순백수 부부의 일상은 규칙적이었고, 소원계는 신혼 때 순안여에게 그들의 생활 습관을 세세히 물어 알고 있었다. 그가 정확한 시간에 순비잔을 성 밖으로 유인한 뒤 하성은 곧바로 순부 주변 거리에 순찰하는 사람을 늘려 계획이 제대로 진행되는지 지켜보았다. 약속을 이행할 동해는 이 새로운 거래를 무척 중요하게 여기고 있었다. 척 부인은 금릉성에 심어둔 조력자들을 모두 동원해 밤새 암살을 위한 함정을 설치하고, 황제가 하사한 순백수의 화려한 마차가 대문을 나와 그를 위해 특별히 마련한 저승문으로 한 발 한 발 들어서기만을 기다렸다.

하지만 소원계든 척 부인이든 자신들의 계획에 커다란 착오가 있었다는 사실은 모르고 있었다. 순백수가 가려던 길이 바뀐 것이다. 초아흐레에는 화진(華眞) 대장공주부에서 연회를 열어 조정의 중신들이 참석하게 되어 있었다. 동선을 확인하고, 시간을 계산하고, 장소를 결정하고, 사람을 심어두는 등 모든 것은 이 소식을 기반으로 준비되어 있었다. 어제 오후, 순백수가 갑자기 연회가 아닌 대리시로 목적지를 바꾼 것을 래양왕부에서는 전혀 알지 못했다.

유효 기간이 지난 정보와 변수를 고려하지 못한 계획은 대부분 행동을 실패로 돌아가게 만드는 주요 원인이 되곤 했다. 하지만 대부분이지 전부는 아니었다.

세상에는 운이나 우연으로 결과가 결정되는 일도 있었다. 순부에서 대리시, 순부에서 공주부로 가는 길은 반쯤 노선이 겹쳤고 척 부인이 선택한 위치는 우연히도 그 겹치는 구간에 있었다.

다시 말해 순백수의 갑작스런 동선 변화는 깊은 밤 래양부에서 결정된 행동 계획에 아무런 영향을 미치지 못했다. 이는 소원계에게는 더없는 행운이었지만, 순백수에게는 최악의 액운이었다.

진시 삼각에 순 부인이 해시계를 들여다보고 조용히 남편을 깨운 뒤 시녀들을 데려와 외출 준비를 해주었다. 이미 결심을 한 덕분인지 수보 대인은 어젯밤에 잠이 푹 들어 초췌한 기색이 많이 가셨다. 그는 상쾌하게 창가에 앉아 부인에게 수염을 정리하고 상투 올리는 일을 맡긴 뒤 간편한 비단 두건을 썼다.

"연회에 가시는 분이 어찌 옥관을 쓰지 않으십니까?"

"오늘 공무가 있어 대장공주부에 가지 않게 되었소."

순백수는 일어나서 겉옷을 걸치고 부인이 요대를 감을 수 있도록 팔을 들어올렸다. 그러다가 문득 생각난 듯 황급히 물었다.

"참, 안여가 본래 쓰던 원락은 아직 남겨두었소?"

순 부인은 어리둥절했다.

"무슨 말씀이세요? 당연히 남겨두었지요."

순백수는 안타까운 눈빛을 띠며 한숨을 쉬었다.

"황폐해지지 않도록 사람을 시켜 손질해두시오. 순씨 집안의 딸은 무슨 일이 있어도 잘 보살펴야 하오. 그 아이까지 고생을 시킬 수는 없지."

순 부인은 무슨 말인지 몰랐지만 본능적으로 불안함을 느끼고 캐물으려 했다. 하지만 순백수는 이미 방문을 나서며 하인에게 분부하고 있었다.

"게 있느냐. 서방님을 모셔오너라. 함께 갈 곳이 있다."

순월이 대답하고 뛰어나갔다가 잠시 후 눈을 찡그린 채 돌아와 보고했다.

"대인, 서방님께서는 아침 일찍 출타하셨습니다. 사람을 보내 돌아오시게 할까요?"

순백수는 잠시 망설이다가 고개를 저었다.

"됐다. 내각의 영패를 가져가 경조부에서 병사 백 명을 차출해 호위를 맡기도록 해라."

수보의 마차가 외출할 때는 평소 저택에 있는 친위대 백 명만 데려가곤 했다. 소원계가 암살을 시도하리라곤 생각지 못한 순백수였으나 순방영을 믿을 수 없는 상황이라 일부러 경조부의 병사 백 명을 더 차출한 것이다. 이만한 호위 병력이라면 병사를 일으켜 모반을 하지 않는 한 누구도 쉽사리 그에게 접근할 수 없으니 과연 신중한 방책이었다.

든든한 호위도 호위지만, 순백수가 타는 마차 역시 평범한 관리의 마차와는 달랐다. 배나무로 사방에 골조를 세우고 겉에는 금실을 꼬아 짠 두툼한 비단을 덮은 데다 겨울이면 안에 솜을 한 겹 덧씌운 이 마차는 극도로 강력한 화살이 아니면 뚫고 들어올 수 없었다. 더욱이 행차가 시작되면 절대 멈추지 않고 움직이는데다 마차 옆은 늘 사람이나 말이 가리고 있어 화살을 쏘는 등의 방법으로는 성공할 확률이 거의 없었다.

최절정 자객인 척 부인은 처음부터 이 두꺼운 방벽과 원거리는 전혀 고려하지 않았다. 그녀의 암살 계획이 소원계의 허가를 받을 수 있었던 가장 큰 이유는 바로 '가까이 접근해서 공격한다'는 방식 덕분이었다.

마차 바퀴가 덜컹덜컹 소리를 내며 네거리로 들어섰다. 몇몇 길 가는 사람들과 노점상들은 알아서 병사들에게서 멀찌감치 물러났다. 저 앞으로 관아가 모여 있는 주요 거리가 점점 가까워지고 있었다. 중심가는 길도 평평하고 네모진 청석판이 깔려 있었다.

호위병들은 걸어서 길을 지났다. 그중 두 사람이 밟은 청석판에서 이상한 것을 느끼고 저도 모르게 아래를 바라다보며 발에 힘을 주었다. 하지만 대오가 빠르게 움직이고 있었기 때문에 뒤따라오는 동료들에게 휩쓸려 자세히 들여다보지 못한 채 앞으로 밀려나갔다.

길잡이를 하는 병사 서른 명 뒤에는 순부의 친위대 스무 명이 바짝 뒤따르고 있었다. 화려한 덮개를 씌운 주홍빛 바퀴의 마차가 대오 한가운데 있고 그 옆으로는 기병 여덟 명이 지키고 있었다. 마차는 느리지도 빠르지도 않게 앞서 지나간 쉰 명의 발자국을 따라 청석판을 하나하나 밟으며 나아갔다.

돌연, 날카로운 휘파람 소리가 울리더니 길옆으로 피했던 행인 10여 명과 노점상들이 이에 호응하여 번쩍이는 칼을 들고 달려들었다. 당연히 두꺼운 방어벽을 쓰러뜨리기에는 역부족이었지만 대오를 잠시 멈춰 세우는 데는 성공했다.

마차 옆으로 나란히 달리던 순월이 달려가 전황을 살피고 순부의 친위대에게 함께 싸우라는 명을 내리려는데, 별안간 마차 바퀴에서 약간 떨어진 청석길이 와장창 깨어지며 땅 밑에서 그림자 네 개가 휙휙 솟구쳤다.

동해 사람들이 밤새 청석을 옮기고 그 아래 구멍을 파 자객을 숨긴 뒤 청석판의 빛깔과 같은 칠을 한 나무 덮개를 씌운 것이다. 쉽지 않은 공사였기 때문에 순방영이 협조하지 않았다면 척 부인 같은 타국 첩자는 말할 것도 없고 금릉성의 권세가라 해도 성공하지 못했을 것이다.

목판이 부서지고 암기가 날아오르자 상황은 급변했다. 이 계획에서 가장 무서운 부분은 복잡함이 아니라 정확함에 있었다. 자객이 숨어 있던 가짜 청석판은 정확하게 호위병들과 마차 사이의 빈 공간에 위치했고, 이것이 척 부인의 성공률을 높여주는 최대의 관건이었다.

갑작스런 사태에 마차 양쪽에 있던 몇 안 되는 기병들은 순식간에 암기를 맞아 쓰러졌다. 척 부인은 다른 자객 셋이 검을 들어올려 만들어준 계단을 밟고 몸을 솟구치면서 손에 든 검으로 번개같이 마차 안을 찔렀다.

순백수는 경계심이 많은 사람이었다. 바깥이 소란해졌을 때부터 그는 이미 마차 바닥에 바짝 몸을 숙이고 있었다. 일격에 성공하지 못한 척 부인은 곧바로 검을 휘둘러 가리개를 베어내는 동시에 끌채를 싹둑 잘랐다. 마차가 앞으로 기우뚱 기울자 노인인 순백수는 균형을 잡지 못하고 데굴데굴 굴렀다. 머리에 쓴 두건이 벗겨져 허연 머리카락이 흘러내렸다.

가장 가까이 있던 친위대가 목숨 걸고 달려들었지만 다른 자객들에게 가로막혔다. 척 부인은 다른 움직임에는 전혀 신경 쓰지 않은 채 목표 앞으로 달려가 냉소를 짓더니 일부러 소리 높여 외쳤다.

"동해 국주께서 수보 대인께 문후를 올리라고 하셨습니다."

이 낭랑한 선포와 함께 날카로운 검이 추호의 망설임도 없이 순백수의 가슴을 푹 찔렀다가 쑥 뽑혔다. 새빨간 핏방울이 검날을 따라 밖으로 튀었다.

그녀가 모습을 드러낸 순간부터 암살이 끝날 때까지 모든 일은 물 흐르듯 순조로웠고 번개처럼 빨리 진행되었다. 상황을 살피려고 고작 몇 걸음 앞으로 달려갔던 순월이 고개를 돌렸을 때 보이는 것은 거칠게 일어나는 흙먼지와 철철 흐르는 피, 그리고 도저히 받아들일 수 없는 표정으로 스르르 감기는 두 눈뿐이었다.

"나리! 나리!"

순월의 부르짖음 속에 달아나는 척 부인을 엄호하는 자객들이 하나둘 쓰러졌다. 그때 앞쪽 거리에서 말발굽 소리가 들리면서 악은천이 뛰어들었다.

흥분한 탓인지 동쪽 국경에서 온 젊은 장군은 날이 밝기도 전에 일어나 일찌감치 대리시 관아 문 앞에서 기다렸다. 약속한 시간이 점점 다가오자 그는 자꾸만 까치발을 하고 거리 저 끝을 살펴보며 불안한 마음을 감추지 못했다.

일반적으로 생각해보면 불안해할 이유는 전혀 없었다. 내각 수보는 높디높은 사람이라 조금 늦을 수도 있고, 또 시간을 셈해볼 때 아직도 약속에 늦은 것은 아니기 때문이었다.

그런데 무슨 까닭인지 불안한 느낌이 계속되었다. 마치 전쟁터에서 싸우다가 갑작스럽게 등골이 오싹해질 때처럼, 이유를 설명할 수는 없지만 결코 소홀히 지나칠 수 없는 느낌이었다.

악은천은 묶어둔 말을 풀어 길을 따라 순부 방향으로 마중을 나갔다. 수보의 마차는 사두마차여서 큰길로 올 수밖에 없기 때문에 그 역시 좁은 길은 내버려두고 가장 넓은 길로만 쭉 달렸다. 얼마 지나지 않아 어렴풋이 시끄러운 소리가 들려오자 그는 심장이 철렁했다.

자객은 대부분 죽어 쓰러졌고 현장은 아수라장이었다. 오로지 한가운데 사람들이 동그랗게 모여 있는 조그마한 공간만이 마치 태풍의 눈처럼 고요했다. 악은천은 말에서 훌쩍 뛰어내려 순백수 옆으로 달려가 몸을 숙이고 상처를 살폈다. 반대편에 꿇어앉은 순월은 눈물투성이가 된 채 두 손으로 환자의 가슴을 꾹꾹 눌렀다. 아직도 한 줄기 희망을 품고 있는 것 같았다.

전쟁터에서 다친 사람을 수없이 본 악은천은 곧 희망이 없다는 것을 알았다. 그가 할 수 있는 일은 손으로 순백수의 목을 살짝 받쳐 폐 속의 피가 돌아 나오게 해줌으로써 너무 고통스럽지 않게 떠나게 하는 것뿐이었다.

순백수는 그가 나타나자 무슨 생각이 들었는지 반쯤 감았던 눈을 번쩍 뜨고 경련이 이는 손가락으로 그의 팔을 잡아 힘껏 끌어당겼다. 엄청난 힘이었지만 이는 죽음에 처한 사람이 마지막으로 낼 수 있는 최후의 몸부림이었다.

"폐, 폐하를…… 자, 장림왕……."

악은천은 토막토막 난 그 말이 무슨 뜻인지 알아들을 수 없었지만 캐물을 기회조차 없었다. 목구멍에서 알아듣기 힘든 몇 글자를 토해내던 순백수의 목소리가 별안간 뚝 끊기고 팽팽하던 몸도 순식간에 축 늘어졌다. 눈꺼풀은 채 감기지 못했지만 시선은 이미 딱딱하게 굳어 있었다.

천자가 계신 경성에서 새해맞이가 미처 끝나기도 전에 내각의 수보가 길거리에서 암살을 당했다. 이 청천벽력 같은 소식이 차츰차츰 퍼져나가자 금릉성 전체가 발칵 뒤집히고 갖가지 시끄러운 말들과 혼란한 외침이 뒤섞인 거대한 소용돌이가 몰아쳤다.

가장 먼저 현장에 달려온 순방영은 차마 가까이 가지 못해 바깥을 에워싸고 지켰다. 반면 통령인 하성의 반응은 빨랐다. 그가 곧바로 각 성문에 명을 내리자 사건이 일어난 지 반 시진 만에 네 개 성문은 단단히 봉쇄되어 상부의 다음 명령을 기다렸다.

정위부의 태위, 형부상서, 경조부윤 등 관련된 세 사람이 몸소 현장에 달려와 시신을 살피고 순부의 사람들에게 수의를 입혀 일단 부중으로 모시게 했다. 다른 대신들은 앞 전각의 직방에서 대기하다가 그들 세 사람이 나타나자 문을 닫고 한 시진이 넘도록 상의를 했다. 그 결과 중서령 뇌걸(賴傑)과 형부의 여 상서가 입궁하여 황제 폐하에게 이 끔찍한 사고를 보고하게 되었다.

대신들이 뒷수습을 논하고 있는 그때 순비잔과 소원계도 장림 왕릉과 작별하고 경성 남문 밖으로 달려와 있었다. 해가 서쪽으로 기울고 있었지만 여전히 햇살이 환하여 아직 성문을 닫을 시간은 아니었다. 순비잔은 단단히 닫힌 성문을 보자 의아한 눈빛으로 달려가 힘껏 두드리며 소리쳐 불렀다. 굳게 닫힌 성문이 비로소 빼꼼 열렸다가 두 사람이 들어가자 곧바로 다시 닫혔다.

순비잔과 소원계는 신분이 높은 이들이라 성문을 지키던 교위가 그들을 알아보고 달려왔지만 예를 올리고 인사를 하면서도 내내 시선을 피하며 고개조차 들지 못했다.

"도대체 무슨 일이오? 어쩌다 상황이 이렇게 되었소?"

아무리 용기가 나지 않아도 이런 질문에 대답하지 않을 수는 없어서, 교위는 온몸을 새우처럼 바짝 말며 떨리는 소리로 말했다.

"아, 아직 모르십니까? 성안에서 큰일이 벌어졌습니다. 수보 대인께서 자서가(紫書街)에서…… 자객을 만나 그만 돌아가시고…… 말았습니다."

그야말로 마른하늘에 날벼락 같은 비보였다. 순비잔은 놀란 나머지 휘청휘청 뒷걸음질을 쳤다. 비통함과 놀람, 분노, 그리고 의혹이 동시에 치솟았지만 결국에는 멍하니 넋이 나가는 바람에 그런 그를 바라보는 교위는 위로조차 할 수 없었다.

소원계는 자꾸만 올라가는 입꼬리를 바짝 조이고, 놀라면서도 분노한 표정을 지어냈다.

"형님, 너무 놀라지 마십시오. 혹시 잘못 전해진 소식일지도 모르니 당장 부중으로 달려가 확인해보시지요."

순비잔은 그제야 정신을 차렸다. 성문을 지키는 하급 관리에게 알아낼 것이 별로 없으리라 생각한 그는 곧바로 말에 올라 힘껏 채찍질을 하여 달려갔다. 말도 그의 격앙된 감정을 느꼈는지 연신 히힝 대며 화살처럼 빨리 내달렸다.

소원계는 그 뒤를 바짝 쫓았지만 그래도 한참 뒤처질 수밖에 없었다. 그가 가까스로 순부에 도착했을 때 순비잔은 벌써 마의로 갈아입고 시뻘게진 눈으로 숙부의 관 앞에 서서 옆에 꿇어앉은 순월에게서 경과를 듣고 있었다.

영구를 안치한 앞 대청에는 이미 흰 천과 상장을 가득 달아두었고 향로에서는 향이 모락모락 연기를 피워올리고 있었다. 한가운데 놓인 흑단목 관은 아직 덮개를 씌우기 전이었다. 떠나간 사람은 옷을 갈아입힌 덕에 핏자국은 전혀 보이지 않았다. 마치 평생의 옳고 그름이 모조리 씻겨나가고 오로지 죽기 전 미간에 어렸던 고통과 근심만 남은 듯한 모습이었다.

소원계는 살그머니 대청으로 들어가 순월이 말을 끝내기를 기다렸다가 끼어들었다.

"여자 자객인 것이 확실한가? 동해라는 말을 했다고?"

순월은 이를 악물고 고개를 끄덕였다.

"예, 분명히 그 여자가 우두머리였습니다. 현장에 있던 자객들은 모두 그녀 혼자 달아날 때까지 목숨을 걸고 보호했습니다."

"지금 뒤쫓고 있는 자는 누구인가?"

"순방영과 경조부입니다."

소원계는 눈을 찌푸리며 생각에 잠겼다가 순비잔에게 말했다.

"순방영의 하성은 제 부하입니다. 우선 왕부로 돌아가 안여를 들여다보고 순방영과 함께 샅샅이 뒤지겠습니다. 형님께서는……숙모님 곁에 남아 계시는 것이 좋을 것 같군요."

순비잔은 관 가장자리를 꾹 누르며 차갑게 말했다.

"구천에 계신 숙부님께서는 내가 여기 남아 울기보다는 흉수를 쫓기를 바라실 겁니다. 전하는 가서 안여를 보살펴주십시오. 자객을 수색하는 일은 나 또한 절대 수수방관하지 않겠습니다."

이런 상황에서는 말 한 마디 한 마디에 주의를 기울여야 했기에 소원계도 더는 권유하지 못하고 얼버무리듯 대답한 뒤 고개를 숙이고 물러났다. 그리고 정원의 그늘진 곳에 묵묵히 서서 흥분한 마음부터 가라앉혔다.

소원계가 래양왕부로 돌아왔을 때 하늘은 이미 캄캄해지고 있었다. 그는 곧바로 침소로 가지 않고 심복을 시켜 회랑을 지키게 한 뒤 오랫동안 사람이 드나들지 않았던 태부인의 거처로 조용히 들어갔다.

처량한 달빛 아래 잡초가 무릎 높이로 자라난 정원은 온통 어두컴컴하고 안방에만 콩알만 한 등불 빛이 반짝이고 있었다. 성안을 수색하고 있어야 할 하성이 섬돌 앞에 서 있다가 그를 향해 허리를 숙였다.

소원계 혼자 문을 열고 들어가자 희미한 노란 불빛 아래에서 척 부인이 몸을 돌리며 환하게 웃어 보였다.

"축하드립니다, 전하. 전하의 큰 꿈에 또 한 발 가까워지셨습니다."

난잡하던 것이 사라지고 거미줄을 걷어낸 데다 본래 있던 가구 대신 새로운 양식의 탁자와 의자를 놓은 것을 보면 방을 한번 정리한 것이 분명했다. 수마석 틈에 희미하게 남은 검붉은빛을 제외하고는 이곳에서 그날의 흔적은 찾아볼 수 없었다.

"부인이 들어올 때 본 사람이 정말 아무도 없소?"

"제 일솜씨가 얼마나 깔끔한지 전하께서도 잘 아시겠지요."

척 부인은 자신 있게 웃으며 그의 안색을 살폈다.

"심장을 누르던 큰 돌을 제거하셨으니 기쁘실 줄 알았는데요?"

소원계는 그 말에 대답하지 않고 탁자 앞에 앉았다.

"성안에서 대대적인 수색이 벌어질 것이니 상황이 무척 심각하오. 나는 부인의 안전만 보장할 뿐 다른 사람들에게는 관여하지 않겠소."

척 부인은 빙그레 웃으며 말했다.

"동해가 금릉성에 심어둔 이들은 하나같이 국주를 위해 목숨 바칠 각오가 되어 있습니다. 전하께서 거래를 수락하셨으니 저희가 이 정도 대가는 치러야지요. 안심하시지요. 이 거래는 전하와 저만의 거래였으니까요. 제 부하들은 명을 받고 움직였을 뿐 상세한 사정은 모릅니다. 설사 붙잡아 심문을 하더라도 쓸모 있는 정보는 얻지 못할 것입니다. 다만 국주께서 원하시는 공부의 문건을 얻으려면 시간이 걸릴 텐데, 하루 이틀도 아니고 오래 숨어 있다 보면 언젠가는 흔적이 드러나겠지요. 전하께서는 군왕이시고 왕비까지 맞으셨으니 부중에 드나드는 사람도 많아져 지난 2년과는 크게 다릅니다. 그 때문에 무슨 일이 생기지는 않겠지요?"

"사람이 많으면 보는 눈도 많은 법이니 나 또한 아무도 눈치 채지 못한다고 확신할 수는 없소."

소원계는 천천히 시선을 문 쪽으로 옮기며 냉소를 흘렸다.

"내가 확신할 수 있는 것은, 설사 누군가 눈치 챘다 하더라도 바깥에 떠들고 다니지 못한다는 것뿐이오."

"전하의 솜씨야 전과 다름없이 믿음직스럽지요."

척 부인은 적절하게 비위를 맞춘 뒤 차를 따라 내밀며 환하게 웃었다.

"오늘의 성공을 축하해야 하는데 술이 아니라 차밖에 없는 것이 안타깝군요."

소원계는 찻잔을 들어 그녀의 잔에 살짝 부딪친 뒤 단숨에 마셔 버렸다.

"부인께서 국주께 전해주었으면 하는 말이 있소."

척 부인은 의외인지 황급히 잔을 내려놓고 허리를 숙였다.

"말씀하시지요."

"이번을 끝으로…… 다시는 만나지 말자고 전해주시오."

살을 에는 것처럼 몹시도 싸늘한 한마디였다. 비록 겉으로 드러 내지는 않았지만 몹시 불쾌해진 척 부인이 무슨 말이냐고 되물으 려는데, 꼭 닫힌 방문을 다급하게 두드리는 소리와 함께 하성의 외침이 들려왔다.

"전하, 순부의 어멈이 찾아와 소식이 안채에 퍼졌습니다. 왕비 께서…… 왕비께서…….'"

순안여는 아기를 가진 데다 숙부와 숙모에게 정이 깊었기 때문 에 소원계는 떠나기 전에 미리 안채에 소식이 전해지지 않도록 하 라고 명을 내렸다. 하지만 그런 그도 순씨 집안 같은 오랜 명문가 는 체계적으로 운영되고 있어 주인이 일일이 명을 내리지 않아도 할 일은 절로 돌아간다는 사실을 놓치고 있었다. 순 부인은 슬픔 에 빠져 아무것도 하지 못했지만 총집사와 어멈들은 규칙대로 사 람을 보내 후사를 처리하는 한편 친척들에게 부고를 전했다.

소원계가 아무리 엄히 명을 내렸다 해도 순백수의 죽음까지 통 보하지 말라고는 하지 못했고, 이 놀라운 부고를 들은 안채 사람 들은 차마 그 소식까지 막지는 못했다. 하지만 앞서 받은 명에 따 라 집사에게 통보했고 집사는 이를 하성에게 알렸다. 이렇게 돌고 도는 바람에 소원계가 소식을 들었을 때는 이미 모든 것이 끝나 있었다.

소원계가 침소의 바깥문으로 들어서자 안에서 시끄러운 비명 소리가 울려 퍼졌다. 순안여는 얇은 옷만 입은 채 눈물범벅이 되어 뛰쳐나오다가 그에게 붙잡혀 품에 안겼다.

"안여, 일단 마음을 가라앉히고 내 말을 들어보시오. 아기 생각을 해야지. 숙부께서 불행을 당하셨지만…… 자객은 반드시 잡을 수 있소."

그 말은 하등의 위로도 되지 못했다. '자객'이라는 두 글자가 당장이라도 무너질 듯한 순안여의 감정을 더욱더 자극했다. 그녀는 고개를 들고 남편의 눈을 싸늘하게 노려보며 이를 갈았다.

"동해의 자객이라고 하더군요. 동해…… 동해 말이에요!"

당연히 그녀가 어떤 추측을 했는지 짐작한 소원계는 그녀를 안은 팔에 힘을 주고 뺨을 어루만지며 다정하게 설명하려고 했다.

하지만 이 연약한 여인은 이미 비통함에 짓눌려 자신의 귀를 가리고 듣기를 거부했고, 통곡을 하며 그의 팔 안에서 발길질하고 물어뜯고 필사적으로 반항했다. 침의의 치맛자락에 새빨간 피가 배어나오기 시작했는데도 그녀는 발버둥을 멈추려 하지 않았다.

급히 불려온 태의는 한눈에 아기를 잃었음을 알았다. 태의는 침을 놓고 약을 먹이며 한밤중까지 바삐 움직인 끝에 겨우 환자의 상태를 진정시킬 수 있었다.

소원계는 잿빛이 된 얼굴로 남은 인내심을 끝까지 끌어올려 다른 이에게 화풀이하지 않으려 애써야 했다. 그는 주위의 시녀들을 병풍 뒤로 물리고 느리고 무거운 걸음으로 침상에 다가갔다.

순안여는 똑바로 누운 채 멍한 눈빛을 띠고 있었다. 눈꼬리로 눈물이 줄줄 흘렀지만 닦으려고도 하지 않았다. 소원계는 그녀를 잠시 응시하다가 허리를 숙여 베개 위로 흩어진 머리카락을 살며시 쓰다듬으면서 이마에 부드럽게 입술을 갖다 댔다.

"천명을 얻기가 어찌 그리 쉽겠소? 결국 어떤 식으로든 대가를 치를 수밖에. 하지만 상관없소. 우리는 아직 젊으니 당신 몸이 나으면 아이는 또 생길 것이오."

마음은 재가 되고

—

11

—

내각 수보가 암살당한 소식이 형부상서를 통해 어전에 전해지고 이어 후궁까지 전달되자 죽음 같은 침묵의 압박이 궁성 구석구석으로 퍼져나갔다. 양거전은 그럭저럭 견뎌냈지만 함안궁에서 태후 시중을 드는 사람들은 살얼음판을 걷듯 전전긍긍하며 무엇을 하든 쓸데없는 소리를 내지 않으려고 몹시 신경을 써야 했다.

며칠 동안 식음을 전폐한 순 태후는 안색이 누렇게 뜨고 머리는 산발이 된 데다 뺨에는 눈물이 마르지 않았다. 소원시는 침상 옆에 앉아 부은 눈으로 위로했다.

"모후, 뭐라도 드셔야지요."

순 태후는 소영이 내민 인삼탕을 고개를 돌려 피하며 이를 악물었다.

"흉수가 붙잡히지 않았는데 밥이 넘어가겠느냐."

내각 수보이자 외숙부인 순백수기 소원시에게 얼마나 중요한 사람인지는 말할 필요도 없었다. 하지만 그는 이런 때일수록 꿋꿋이 견뎌내야 한다는 생각에 눈물을 꾹 참으며 다시 어머니의 마음을 풀어주려 했다.

"짐이 래양왕에게 집집마다 수색하라고 명을 내렸고 현상금도 걸었습니다. 그 자객이 아직 성안에 있다면 반드시 잡을 수 있습니다."

"당연히 아직 성안에 있겠지! 사고가 나자마자 성을 봉쇄했는데 어디로 달아났겠느냐?"

"황성 수비병에게 들으니 사고가 나던 날 성문이 채 닫히기 전에 소규모 상대가 급히 성을 나갔다고 합니다. 나중에 조사해보니 그들이 내민 통행증이 가짜여서 무척 의심스럽다고 하더군요."

순 태후가 발딱 일어나 앉았다.

"사람을 보냈느냐?"

"안심하세요, 모후. 짐이 금군 한 갈래를 뽑아 내일 당장 쫓아가라고 했습니다. 절대 달아나지 못할 것입니다."

그간 순비잔은 숙부와 정견이 달라 여러 번 충돌이 있었지만 그럼에도 불구하고 어려서부터 키워준 은혜가 있는 가족이니 정이 깊었다. 사고가 나던 날부터 먹는 것도 자는 것도 줄이고 직접 성을 수색했지만 신분이 의심스런 첩자 한 명을 잡은 것이 전부였다. 여자 자객이 벌써 금릉성을 벗어났을 가능성은 점점 커지고 있었다.

소원계의 건의에 따라 순비잔은 입궁하여 금군 한 갈래를 차출해달라 청한 뒤 직접 그들을 이끌고 상대를 뒤쫓아 성을 나갔다. 현장에 있던 순월이 여자 자객의 눈 모양을 정확하게 기억하고 있었기 때문에 그와 동행했다. 성안 구석구석을 수색하는 중책은 자연스레 순씨 집안 사위에게 넘어갔다.

"안심하십시오, 형님. 한가족이니 이런 때일수록 서로 도와야 지요."

동쪽 성문까지 배웅 나온 소원계는 진정성 넘치는 얼굴로 가슴을 두드리며 다짐했다.

"흉수가 붙잡힐 때까지 절대 수색을 멈추지 않을 것입니다."

막 순안여의 유산 소식을 들은 순비잔은 그가 초췌하고 피로한 기색임에도 불구하고 정성을 다하는 것을 보자 감동하여 어깨를 두드려주었다.

금릉성은 나라의 수도이기 때문에 오랫동안 봉쇄할 수 없어 어제부터 문을 열어둔 상태였다. 하지만 높은 담장만 없다뿐이지 순방영과 경조부의 병사들이 성을 나가는 사람들을 엄히 조사하고 있었다. 동문은 성의 주요 출입구가 아니어서 아침부터 성을 나가려는 이들의 줄이 그리 길지 않았고 갓 떠오른 해만 길게 그림자를 드리우고 있었다. 악은천은 부장을 데리고 그 그림자 한편에서 조용히 걸어나와 병사들 사이로 막 출발하려는 전임 금군통령을 바라보았다.

순백수가 암살당한 후 또다시 도울 사람 하나 없는 본래의 곤란한 처지로 돌아온 악은천은 며칠간 낙담한 상태로 지냈다. 그 바람에 담항조차 함부로 말을 걸지 못했다. 내각 수보의 죽음이 조정에 거대한 혼란을 가져다준 것은 자명했다. 내각이 불안하고 육부도 어지러워진 지금 래양왕 같은 지위에 있는 사람을 쓰러뜨리기는 전보다 훨씬 어려웠다.

동쪽 국경에서 온 이 젊은 장수는 생각에 생각을 거듭했지만,

이 넓디넓은 경성에서 다시 한 번 도박을 걸어볼 만한 사람이 누구인지 도무지 알 수가 없었다. 성루 아래 엄숙하게 도열한 금군 속에서 서로 두 손을 모아 작별하는 순비잔과 소원계는 무척 친밀해 보였고 악은천은 극도로 실망했다.

담항이 목을 쭉 빼고 보더니 눈을 찡그렸다.

"순 통령은 오랫동안 금군을 다스렸으니 래양왕에게 속은 게 분명합니다. 저분의 충성심을 누가 모르겠어요?"

악은천은 답답한 듯 고개를 저었다.

"충성심의 문제가 아니다. 생각해보거라. 소원계는 순 통령의 오랜 벗이고 인척이지만 우리는 한낱 낯선 사람일 뿐이야. 네가 순비잔이라면 누구 편을 들겠느냐? 더욱이 지금은 어명을 받아 성을 나가는 중이고 소원계가 곁에 있으니 이야기할 기회조차 없다."

여기까지 말한 그는 무슨 생각이 났는지 금군이 달려가면서 만들어낸 흙먼지를 돌아보며 서서히 눈빛을 굳혔다.

담항은 어리둥절하여 그를 툭 쳤다.

"왜 그러십니까?"

"그 여자 자객은 아직 성안에 있다."

담항은 화들짝 놀랐다.

"어떻게 아십니까?"

악은천은 눈을 가늘게 떴다.

"순비잔은 랑야방에 오른 고수다. 그가 금군의 정예를 데리고 자객을 쫓으러 가는데 소원계가 걱정하는 기색조차 없는 것이 무엇 때문이겠느냐?"

"성 밖은 크고 넓으니 순비잔이 반드시 그들을 잡는다는 보장이 없어서가 아닐까요?"

"그래, 보장이 없다는 것이 중요하다. 금릉성 주변은 누가 뭐라해도 대량의 중심지이니 경계가 삼엄한데다 전임 금군통령이 친히 쫓아갔으니 동해의 자객이 무사히 달아날 수 있을지는 미지수다. 반면 경성 안은 비록 집집마다 수색하고 현상금을 걸었지만소원계 스스로 순방영을 맡고 있지. 그렇다면 성 안과 밖 중 어디가 더 안전하겠느냐?"

담항도 알아듣고 입을 떡 벌렸다.

"지금은 감시가 삼엄하니 내가 소원계라면 공모자를 안전한곳, 통제할 수 있는 곳에 숨겼을 것이다."

악은천은 돌아서서 눈동자를 번뜩였다.

"다만 언제까지 그곳에 남겨둘지는……."

이런 생각이 들자 좌절을 모르는 이 젊은이는 다시 기운을 내고숙소로 돌아가 패아를 불러 래양왕부의 대략적인 구조를 그리게했다. 패아는 총명하고 기억력이 좋았고 시녀로서 종종 자수 도안을 그렸기 때문에 그림 솜씨도 있었다. 악은천이 직접 분부하자중요한 일이라고 생각한 그녀는 대충 하지 않고 곰곰 생각을 더듬으며 그림을 그렸다. 두 장을 구겨버린 뒤 비교적 만족스런 저택의 평면도가 나오자 그녀는 조마조마한 마음으로 안방으로 가져갔다.

악은천은 평면도를 탁자에 펼쳐놓고 자세히 들여다보더니 후보지를 하나하나 제거해나갔다.

"안채, 서재, 화원…… 평소 쓰는 곳이나 손님을 맞는 곳은 당연히 아닐 것이고, 이 샛문 두 곳은 물건을 사는 하인들이 쓰니 제외해야겠지. 그렇다면 역시 외진 이쪽을 사용할 가능성이 크 겠군."

패아가 용기를 내어 한마디 거들었다.

"그곳은 본래 래양 태부인의 거처인데 오랫동안 방치되어 있었 습니다."

악은천은 곰곰이 생각하다가 그곳에서 멀지 않은 담장을 가리 키며 물었다.

"방치된 것은 고작 몇 년밖에 되지 않았고 이러니저러니 해도 태부인의 거처였으니 출입하기 좋게 지어졌을 것이다. 왕부의 남 쪽에 외부인이 드나들지 못하는 전용 골목이 뻗히 있는데 어째서 이곳에서 왕부로 들어가는 샛문이 없느냐?"

패아가 황급히 대답했다.

"이, 있습니다. 다만 태부인의 거처가 봉쇄된 후 사용하지 않아 서 그리지 않았던 것뿐이에요."

악은천은 입꼬리를 올려 미소 지으며 고개를 끄덕였다.

"좋다. 그렇다면 그 샛문을 지켜보기로 하자!"

담항이 이해가 가지 않는 얼굴로 물었다.

"장군, 소원계가 정말 자객을 자기 집에 숨겼을까요? 그들이 이 샛문으로 출입하리라 확신하시는 겁니까?"

"무슨 소리냐, 당연히 확신할 수야 없지!"

악은천이 퉁명스럽게 그를 흘겼다.

"우리 쪽에 사람이 별로 없으니 가장 가능성이 높은 곳을 지켜 보며 운이 닿기를 바라는 수밖에."

담항은 멍한 얼굴로 옆에서 고개를 숙인 채 웃음을 참는 패아를 돌아보더니 자기도 민망한지 너털웃음을 터뜨렸다.

"하긴 그렇군요."

악은천이 운을 걸어본 샛문은 확실히 소원계가 척 부인을 위해 몰래 열어둔 비밀 통로였다. 다만 주인이 원하는 공부의 옛 문건을 아직 손에 넣지 못한 그녀는 서둘러 떠나지 않고 황폐한 원락에 머물며 기다렸다. 검주의 일곱 사람은 번갈아가며 샛문 밖 골목 끝에 숨어 살폈지만 닷새가 지나도록 아무 움직임이 없었다. 악은천이 참을성 강하고 꿋꿋한 성품이 아니었다면 일찌감치 포기했을 것이다.

애초에 동해와 두 번째 거래를 맺을 때 소원계는 자신이 맡은 일이 훨씬 간단하다고 생각했다. 공부의 창고는 금고도 아니고 아무도 관심을 갖지 않았기 때문에 서리 한 명 집어넣는 것쯤은 식은 죽 먹기였고, 그렇게 며칠 얼굴을 익히면 어차피 맡은 업무가 청소이니 찾고자 하는 자료를 몰래 빼내는 것쯤 어려운 일도 아니었다.

"알 수가 없구나. 척 부인의 부하 항오(杭五)가 자료를 찾았다면서 어찌하여 아직도 가져오지 않느냐?"

소원계는 착 가라앉은 얼굴로 앞에 있는 하성을 노려보며 물었다. 초조한 기색이 다분했다.

"공부의 창고를 드나들 때 몸수색을 하는 것도 아닌데 대체 무엇이 어렵다는 것이냐? 오늘이 벌써 정월 열아흐레다. 더 미루다가 순비잔이 돌아오면 성 밖으로 내보내기가 어려워진다!"

"저도 압니다. 제가 따라가보니 동해가 가져가려는 문건이 한 두 권이 아니라 큰 상자 두 개가 꽉 차는 분량이었습니다. 양이 많다보니 숨겨 나오기가 어려운 모양입니다."

하성이 곤란한 얼굴로 해명했다.

"제가 한 권 가지고 나왔으니 한번 보십시오."

그런 상황은 예상 못한 소원계는 서둘러 그가 건넨 책문갑을 받아 펼쳤다. 안에 든 두루마리에는 하나같이 알아볼 수 없는 기관 도안이 그려져 있는데 누렇게 변색된 종이를 보면 햇수가 꽤 오래된 것이 분명했다.

"큰 상자 두 개 분량이라고? 문건 서표에는 무엇이라고 쓰여 있더냐?"

"서표에 적힌 내용을 보면 선박을 건조하는 도안 같습니다."

동해는 수역이 넓어 다른 것은 몰라도 선박 제조 기술은 이웃나라보다 훨씬 앞서 있었다. 우천래가 심복을 보내 이렇게까지 애를 쓰며 얻으려는 것이 대량의 창고에서 썩어가는 배에 관한 문건이라니, 아무리 생각해도 이상했다. 본래도 의심이 많은 소원계는 캄캄해진 창밖을 내다보다가 곧 책문갑을 챙겨 태부인의 거처로 향했다. 척 부인에게 직접 물어볼 생각이었다.

항오가 도안을 찾았다는 소식을 듣자 척 부인은 무척 기뻐했고, 소원계의 물음에도 이미 대비를 해둔 듯 웃으며 설명했다.

"전하께서는 모르시겠지만 국주께서는 바다낚시에 취미가 있으십니다. 하여 작고 안정적이면서 빠르게 몰 수 있는 좋은 배를 늘 바라셨지요. 하지만 나라의 장인들이 중요한 부분에서 매번 실패하여 실망이 크셨습니다. 나중에 듣자니 수십 년 전 대량의 어느 장군이 그 분야에 재능을 타고나서 수많은 글을 남겼다고 하더군요. 귀국은 선박 건조 기술에 별로 흥미가 없어 이 도안이 오랫동안 사용되지 않고 방치되었다기에 국주께서 잠시 빌려 쓰고자 하시는 것입니다. 양국 모두에게 나쁠 것이 없지 않습니까?"

소원계는 가만히 듣고 있다가 알겠다는 눈빛을 지어 보였다.

"아, 그랬군. 국주께서 작고 빠른 배를 원하셨구려."

"그렇습니다."

"그래도 이해가 가지 않는구려. 크고 풍랑에 강하고 동력이 센 거함이 심수선거에 더 어울리지 않소?"

그가 심수선거라는 말을 꺼내자 척 부인은 무척 뜻밖이었는지 평소 그토록 재빠르던 혀마저 굳어 아무 말도 못했다. 한참 만에야 그녀가 겨우 억지웃음을 지으며 말했다.

"부디 오해 마십시오, 전하. 국주께서는 전하를 속이려던 것이 아닙니다. 그저 전하께서 이런 일에는 별로 흥미가 없으리라 생각하신 것이지요. 우리 동해는 수역에 인접한 나라이니 거함을 만들거나 거함을 정박할 수 있는 심수선거를 갖추려는 것은 멀리 바다를 넘어 남들이 가보지 못한 영역을 탐험하기 위해서이지, 절대 대량을 노리기 위해서가 아닙니다. 생각해보세요. 귀국은 비옥한 중원에 자리하고 있고 수로는 좁고 얕습니다. 설령 우리가 거함을 만든다 한들 훗날 전하께서 강산을 차지하는 데 무슨 영향이 있겠습니까?"

확실히 일리가 있는 말이라 소원계의 안색도 다소 풀어졌다. 그는 잠시 생각하다가 고개를 끄덕였다.

"그렇기도 하구려. 동해에 거함이 생긴다고 해서 대량의 땅을 갈라 물길을 열고 쳐들어올 수는 없겠지. 좋소. 거래를 했으니 부인이 약속을 이행한 이상 나도 식언을 하지는 않겠소. 다만 그 많은 문건을 모두 가져 나가기는 쉽지 않으니 며칠 준비가 필요하오. 모든 준비가 완료되면 내 직접 부인을 성 밖으로 안내하겠소. 항오는 아무도 그자의 신분을 의심하지 않는데 갑자기 사라지면 더 이상하게 여길 것이오. 부인이 떠난 후 공부에서 며칠 더 시간을 끌다가 따로 기회를 보아 떠나게 하시오."

척 부인은 부드러운 목소리로 공손하게 말했다.

"순백수가 죽었고 전하께서는 조정에서 깊이 신임을 받고 계시니 이만한 일쯤이야 문제도 아니겠지요. 모두 전하의 분부대로 하겠습니다."

듣기 좋은 말이라 소원계조차 웃음을 숨기지 못했다. 표정이 더욱 부드러워진 그가 친절을 표하기 위해 지내기는 어떠냐고 물으려는데 느닷없이 바깥에서 하성의 외침이 들려왔다.

"아니, 왕비께서 어쩐 일이십니까?"

아기를 잃은 후로 순안여는 며칠째 침상에 누워 있었고 나날이 고목처럼 말라갔다. 태의가 슬픔이 지나쳐서 그러니 더 이상 자극을 받아서는 안 된다고 하기에 소원계는 시녀들에게 세심하게 보살피고 아무도 감정을 거스르지 말라는 엄명을 내렸다.

이날 저녁 어스름이 질 때쯤 민아가 나와 왕비의 기분이 좋지 않다며 새로 온 시녀들을 모두 물리더니 혼자 문을 닫고 순안여 곁으로 돌아가 속삭였다.

"왕비께서 아시는지 모르지만 얼마 전에 태부인의 옛 거처 안방에 여자 손님이 드셨다고 해요."

지금 심정으로는 소원계가 여자를 가까이하건 말건 아무 관심이 없는 순안여는 여전히 고개를 숙이고 베개에 기댄 채 말이 없었다.

"고관대작의 집에 첩을 들이는 것이야 흔한 일이지요. 그런 일이라면 제가 이렇게 입을 놀리지도 않았을 거예요."

민아가 앞으로 몸을 기울여 순안여의 손을 꽉 잡았다.

"하지만 아가씨께서도 기억하실 거예요. 순부의 나리를 암살한 사람은 여자 자객이었어요."

순안여는 화들짝 놀라 똑바로 일어나 앉았다.

"무슨 말을 하려는 거야?"

"저는 본래 멍청해서 아무것도 몰라요. 하지만 침향호에 갔던 그날 이후로 패아가 사라지고 아가씨는 이렇게 오랫동안 병을 앓고 계시니 아무리 멍청해도 이건 알아요. 아씨 나리께서는 예전에 우리가 생각하던 그런 분이 아니시라는 걸요."

민아는 눈물을 훔치며 이를 악물었다.

"아가씨, 바깥에서 여자 자객을 잡겠다고 대대적으로 수색을 벌이고 있는데 전하께서는 왕부에 여자를 숨겨놓고 계시니 저희는 어떻게 해야 하나요?"

순안여가 침상 팔걸이를 잡고 몸을 일으키자 무릎에 덮고 있던 담요가 바닥으로 툭 떨어졌다. 다리에 힘이 없고 머리부터 발끝까지 부들부들 떨렸다. 민아가 어떻게 해야 하느냐고 물었지만 그녀 자신도 알 수가 없었다. 귀하게 자란 몸도, 늘 지키려 애쓰던 규칙도, 그 어느 하나 그녀에게 어떻게 해야 할지 알려주지 않았다. 지금 느끼는 분명한 감정은 단 하나, 온몸이 뼛속까지 시리다는 것 뿐이었다. 너무 춥고 너무 아파 더는 견딜 수가 없었다.

순안여는 방문을 열고 섬돌에 내려섰다. 겨울밤의 삭풍이 칼날처럼 날카롭게 얼굴을 할퀴어댔다. 별도 달도 없는 깊은 밤, 길을 밝혀줄 등불조차 없어 앞으로 나아가는 한 걸음 한 걸음은 마치 아무것도 없는 허공을 걷는 것 같고 깊디깊은 심연 속에 삼켜지는 것만 같았다. 하지만 그녀의 발걸음은 그 때문에 느려지거나 멈추어지지 않았다. 시중드는 아주머니와 시녀들은 아무도 그녀를 따라잡지 못한 채, 얇디얇은 침의가 마치 불로 뛰어드는 나방처럼 어둠 속에 나부끼며 음산한 태부인의 옛 거처로 달려가는 것을 지켜볼 수밖에 없었다.

하성은 그녀에게 다가가 인사하려다가 따귀를 세게 얻어맞았다. 아무리 그래도 차마 왕비를 가로막지 못해 큰 소리로 외치는 수밖에 없었다.

"전하! 왕비께서 오셨습니다!"

말이 채 끝나기도 전에 닫혀 있던 방문이 벌컥 열렸다. 소원계가 다급히 일어나 다가갔지만 그가 무슨 말을 하기도 전에 순안여는 그의 손을 뿌리치고 척 부인 앞으로 가 새빨개진 눈으로 매섭게 노려보며 물었다.

"이 여자인가요? 숙부님을 죽인 사람이 바로 이 여자예요?"

언제나 부드럽고 순종적인 그녀가 다짜고짜 정곡을 찌르자 소원계는 몹시 놀라 당황해하며 말했다.

"안여, 무슨 말도 안 되는 소리요?"

"더는 속일 생각 말아요. 아무리 규방에서만 지낸다지만 저도 바보는 아니라고요."

순안여는 척 부인에게서 시선을 옮겨 탁자 위에 펼쳐진 도안을 멍하니 바라보았다.

"이건 뭐죠? 동해에 또 무얼 내준 거예요? 대체 얼마나 더 이런 일을 해야겠어요? 대체 얼마나 더 양심을 팔아야겠느냐고요?"

"닥치시오!"

소원계는 부끄럽다 못해 분노가 치밀어 순안여의 손목을 꽉 붙잡아 홱 끌어당겼다.

"남자들의 일이오. 당신은 모르오."

밤바람이 열린 문을 통해 몰아쳐 들어왔지만 순안여의 몸은 도리어 떨림을 멈추었다. 그녀의 눈동자에 결연한 빛이 어렸다.

"나는 남자들의 일 같은 건 몰라요. 알고 싶지도 않고요. 하지만 오라버니께 말씀드리겠어요. 당신이 나를 죽이지 않는 한, 감히 나를 살려두는 한, 다음에 만나면 반드시 말씀드릴 거예요."

평생 반항이라곤 한 적이 없는 이 온순한 여자도 이제 보니 그가 가장 두려워하는 것이 무엇인지 알고 있었다. 별안간 벌거숭이가 된 것 같은 부끄러움에 휩싸인 소원계는 와락 그녀의 목을 틀어쥐고 손가락 끝에 살짝 힘을 주었다.

짧은 순간이었지만 순안여는 숨이 딱 멈추고 얼굴이 푸르스름해졌다. 죽음을 앞둔 극도의 고통 속에서도 그녀는 두 손을 힘없이 늘어뜨린 채 들어올리려고도, 반항하려고도 하지 않았다. 남자의 손아귀에 잡힌 가늘고 부드러운 목은 너무도 연약해서, 마치 허공에서 떨어지는 유리병처럼 잠시 후면 바닥에 부딪혀 바스러지는 소리를 낼 것 같았다.

상황 파악을 하고 내내 아무 말이 없던 척 부인은 눈을 찡그리며 고개를 돌렸다. 소원계는 화난 짐승같이 울부짖더니 마지막 순간 손을 놓고 순안여를 바닥에 힘껏 팽개쳤다. 뜻밖에도 그의 눈동자에는 눈물이 어려 있었다.

"당신을 죽이지는 않겠소. 하지만 그런 말을 한 이상 앞으로는…… 다시는 당신 오라버니나 숙모를 만날 생각은 마시오. 입궁해서 당신 고모를 만나는 것도 절대 안 되오."

이날 밤 소원계가 어떻게 뒷수습을 했는지, 혼절해 쓰러진 순안여가 어떤 결과를 맞았는지, 세상의 고초를 수없이 보아온 척 부인은 전혀 관심 갖지 않았고 다시 묻지도 않았다. 그녀는 약속대로 황폐한 원락에서 이틀 동안 조용히 기다렸고 마침내 준비가 끝나 성을 나갈 수 있다는 소식을 들었다.

래양왕이 평소 외출할 때 쓰는 끌채 둘 달린 마차가 남몰래 열어둔 북쪽 샛문 안에 서 있었다. 좌우를 둘러본 척 부인은 마부 한 사람만 있을 뿐 화물을 옮길 수레가 보이지 않자 의아한 표정을 지었다.

함께 나온 하성이 그녀가 무슨 생각을 하는지 아는 듯 웃으며 설명했다.

"수레 한 대 분량이니 왕부에 가져왔다가 다시 나가면 이목을 끌 것 같아 미리 옮겨두었습니다. 성 밖 인적이 드문 곳에 도착하면 다시 살펴보십시오. 어쨌든 항오가 공부에 며칠 더 남아 있으니 빠진 자료가 있으면 찾아오라고 하면 되지 않겠습니까? 그 편이 눈에도 덜 띄겠지요."

이런 방식이 더 안전하고 확실하다고 생각한 척 부인은 안심하고 칭찬을 했다.

"3년 전 처음 전하를 만났을 때만 해도 이처럼 물샐틈없이 철저하지는 않으셨지요. 짧은 시일 안에 이렇게까지 정진하시다니 정말로 천명을 받으시겠군요."

"칭찬은 고맙소만 감당하기 어렵구려."

뒤에서 들려오는 소리에 척 부인은 미소 지으며 돌아서서 예를 올리다가 순안여가 그의 팔에 안겨 있는 것을 보고 흠칫 놀랐다.

"왕비께서도 함께 가시나요?"

"부인을 내보내는 데 만전을 기해야 하오. 마차에 안사람이 있으면 훨씬 자연스럽고 훗날 누가 물어도 이유를 대기 좋소."

소원계는 순안여를 돌아보며 빙그레 웃었다.

"어차피 당신은 내내 입을 열려고도 하지 않으니, 그렇지 않소?"

척 부인은 저도 모르게 눈썹을 세웠다.

"왕비께서 중요한 순간에 입을 여신다면요?"

소원계의 말투가 차가워졌다.

"안심하시오. 그럴 기회도 없을 테니."

두 사람이 이야기하는 동안 하성이 마차 바퀴 위쪽을 잡아당기자 철컥거리는 소리가 들리면서 측면 판자가 열리고 마차 아래쪽으로 얄팍한 공간이 드러났다.

"본 왕이 직접 호송하니 수색을 당할 염려는 없지만 그래도 무슨 일이 생길지 모르오. 만선을 기하기 위해 수고스럽겠지만 이곳에 숨도록 하시오."

어려서부터 유술(柔術)을 익힌 척 부인은 이보다 더 좁은 공간에도 들어갈 수 있었다. 그녀는 생긋 웃으며 다가가 뼈 없는 사람처럼 몸을 접어 틈 속으로 들어갔다. 하성이 측면 판자를 다시 덮고 휘장을 치자 전혀 이상해 보이지 않았다.

소원계는 한 번 더 점검한 다음 만족스럽게 고개를 끄덕인 뒤 억지로 순안여를 마차에 태우고 가리개를 내렸다. 하성이 손수 샛문을 열고 먼저 말을 몰아 나갔다. 미리 명을 받은 마부는 잠시 기다렸다가 채찍을 휘둘러 담장 밖 전용 골목으로 마차를 몰았다.

버려진 지 오래인 이 골목은 길이가 백 장 정도로, 한쪽은 래양왕부의 마구간과 이어지고 다른 한쪽에는 나지막한 민가가 있었다. 어두운 색 움직이기 편한 옷을 입은 악은천이 담장 위에서 조심스럽게 몸을 내밀었다.

뒤에 있던 담항이 속삭였다.

"정말 나타났군요. 성을 나가는 모양인데 가서 막을까요?"

악은천은 고개를 저었다.

"순방영이 저들 편이니 성안에서는 막을 수가 없다. 내 추측대로 여자 자객이 정말 저 마차에 있다면 소원계는 성 밖 인적이 드문 곳에서 그 여자를 풀어줄 것이다. 서두르지 말고 뒤쫓다가 저들이 멀어지면 움직이자. 여자 자객만 생포할 수 있다면 우리 이야기를 믿어줄 사람이 있을 것이다."

담항 등 부하들은 고개를 주억거리고 주장을 따라 슬금슬금 담장을 내려갔다. 그때 마차는 이미 골목을 벗어나 중심가가 있는 왼쪽으로 꺾은 뒤 느리지도 빠르지도 않은 속도로 반 시진쯤 달려 동쪽 성문으로 향했다.

앞서 출발한 하성이 자연히 먼저 도착해 성루에 있던 경조부의 교위와 이야기를 나누었다. 교위는 래양왕부의 표식을 단 마차가 가까이 오는 것을 보자 황급히 다가가 예를 올렸다.

"래양왕께 인사드립니다. 성을 나가시는 길입니까? 어찌 호위병도 딸리지 않으셨습니까?"

소원계는 가리개를 반쯤 걷고 몸을 내밀어 주변의 병사들을 훑어본 뒤 한숨을 쉬며 말했다.

"이번 일이 벌어지는 바람에 왕비가 상심에 젖어 있어 교외에 바람을 쐬러 가는 중이다. 사람이 많으면 번잡하기만 하여 일부러 데려오지 않았다."

소원계는 몸을 살짝 비켜 살펴보라는 시늉을 했다. 경조부의 교위는 살펴볼 필요도 없다고 생각했지만, 하성이 진지하기 짝이 없는 얼굴로 마차를 둘러보자 공연히 래양왕에게 일을 대충 한다는 소리를 들을까봐 황급히 주위를 에워싸고 살폈다. 물론 결과적으로는 아무것도 발견하지 못하고 울짱을 치워 통과하게 해주었다.

화물을 실은 수레 한 대가 성문에서 반 리 떨어진 곳에서 기다리고 있었다. 미리 성 밖으로 운송한 공부의 자료라고 생각한 척 부인은 판자 틈을 통해 내다보고 황급히 마차를 두드렸다.

소원계가 몸을 숙여 응답하듯 판자를 한 번 두드린 뒤 나지막하게 말했다.

"잠시 기다리시오. 바깥에 길 가는 이들이 있으니 저 앞 외진 곳에서 내려주겠소."

확실히 주변에서 어지러운 말발굽 소리가 들리고 있었기 때문에 척 부인은 곧 움직임을 멈추었다. 마차는 속도를 올려 관도를 질주하다가 오솔길로 들어서서 일 리 정도 더 달려 마침내 수풀

한가운데의 공터에 멈추어 섰다.

소원계는 순안여를 마차에서 안아 내린 뒤 판자를 두드렸다.

"부인, 잠시 기다리시오. 만전을 기하기 위해 부하들이 부근을 수색하고 있소."

그가 말하는 동안 마부가 마구를 풀기 시작했다. 잠시 후, 하성이 나는 듯이 달려와 풀려난 말을 한쪽으로 끌고 가더니 끌채 아래쪽 발판에서 항아리 두 개를 꺼내 기름종이로 봉한 입구를 뜯어내고 안에 든 기름을 마차에 골고루 뿌렸다. 순안여가 온몸을 바르르 떨며 비명을 지르려는데 소원계가 그 입을 막고 멀찍이 물러났다.

컴컴한 판자 틈에 숨은 척 부인은 기름 냄새를 맡자 위험을 감지했는지 황급히 위와 옆의 판자를 밀며 높이 외쳤다.

"전하, 무얼 하시려는 거죠? 왜 이러십니까?"

마차 밖에서는 하성이 한 발 물러나서 가늘고 긴 심지에 부싯돌로 불을 붙였다.

소원계가 싸늘하게 말했다.

"부인, 정녕 내가 거함을 만들 수 있는 설계 도안을 순순히 동해 국주에게 내줄 줄 알았소?"

척 부인이 마구 발버둥을 치자 마차가 흔들리기 시작했다. 큰일 났다 싶은 그녀는 절망에 찬 목소리로 외쳤다.

"소원계, 감히 약속을 저버리면 국주께서 절대 용서치 않을 것이다!"

"부인, 잘 생각해보시오. 성 밖에 있던 부인의 부하들은 순비잔이 깨끗이 쓸어버렸고 성안은 내가 가서 수습할 것이오. 조금이라도 이 일을 아는 자는 살아서 동해로 돌아갈 수 없소. 아무리 신통하신 국주라 해도 너무 멀리 계시지 않소? 내 생각에는 단순히 무슨 일이 있었는지 확인하기 위해 큰 수고를 하시지는 않을 것 같소만."

척 부인이 미친 듯이 틈 속에서 발버둥을 치자 두 치 두께의 판자에 금이 쩍 갔다.

"내가 돌아가지 않으면 국주께서는 반드시 직접 오실 것이다! 직접 말이야!"

소원계가 이런 말에 전혀 겁을 먹지 않았다면 거짓이었다. 하지만 그는 이를 악물고 진정하려 애쓰면서 여전히 싸늘한 목소리로 말했다.

"나도 아오. 하지만 그때쯤 금릉성은 이미 내 세상이 되어 있을 테니 적절한 방식으로 국주를 맞이할 것이오. 부디 안심하시오."

그 말과 함께 불붙은 심지가 날아갔다. 조그마한 불꽃이 허공에 호를 그리다가 마차 위에 툭 떨어졌다. 화르륵 불길이 치솟으며 마차 전체가 순식간에 거대한 불덩이로 변했다.

멀리 관목 숲에 엎드려 엿보던 추적자들은 가까이 가지 못해 그쪽에서 나는 소리를 전혀 듣지 못했다. 갑작스럽게 불길이 치솟자 그들은 깜짝 놀라 찬 숨을 헉 들이켰고 악은천마저 입을 떡 벌린 채 제자리에 굳었다.

활활 타오르는 불길이 순안여의 얼굴을 빨갛게 비추었다. 창백한 입술을 꼭 다문 그녀는 숨쉬기조차 곤란해 보였다.

"당신을 데려온 것은 이 광경을 직접 보여주고 싶어서였소. 당신 숙부를 죽인 흉수는 이제 불에 타서 재가 되었소. 기분이 어떻소? 내가 당신을 위해 복수해주었으니 마음이 훨씬 편하지 않소?"

소원계는 그녀를 안은 팔에 힘을 주면서 부드럽게 말했다.

"자, 내가 걱정할 것 없다고 했잖소. 내 손으로 저들에게 내준 것은 반드시 더 많이 받아올 것이오. 회동 세 개 주도…… 언젠가 동해로부터 되찾아오겠소."

순안여는 아무 말 없이 새까만 눈동자로 그를 빤히 노려보았다. 마치 온몸이 얼어붙은 것 같았다.

탁탁, 탁, 불길이 번지는 소리와 함께 마차가 기우뚱하더니 우당탕 쓰러졌다. 불길이 점점 스러지면서 뭉게뭉게 피어오른 검은 연기는 스산한 숲속으로 퍼져나가다가 하늘 저편으로 흩어졌다.

세상 끝까지 함께

—

12

—

새로 만든 화선지 책자를 엮은 무명실은 눈처럼 희고 깨끗했다. 임해는 굳은살이 박인 손바닥으로 글자 없는 암청색 겉면을 꾹 눌러 편편하게 만들고 고개를 숙인 채 책상 맞은편에 앉은 소평정에게 내밀었다.

"나더러 쓰라고?"

소평정은 미간에 웃음을 가득 띤 채 단정하게 허리를 펴고 앉아 붓에 먹을 찍어 겉면에 '백초신집(百草新集)'이라는 네 글자를 큼직하게 썼다.

"축하하오. 오랜 노력이 마침내 성공했군."

임해는 다시 책자를 받아 겉면에 찍힌 먹물을 후후 불었다.

"겨우 첫 권인걸요. 성공하려면 아직 한참 멀었어요."

소평정이 고개를 외로 꼬며 눈동자를 반짝였다.

"세상을 구할 능력도 있고 자비로운 마음도 있으니 당신은 나보다 훨씬 강하오."

"그런 식으로 비교할 수는 없어요."

임해는 가볍게 고개를 젓고 미소 지으며 말했다.

"사람들이 모두 다르고 저마다 잘하는 게 있다는 것이야말로 세상의 놀라운 점이 아니겠어요?"

소평정은 고개를 끄덕이며 그녀가 든 책자를 붙잡았다.

"표제를 쓰는 행운을 얻었으니 처음 감상하는 사람도 내가 되겠소."

임해가 황급히 몸을 돌려 책을 보호하면서 불퉁거렸다.

"이건 약전이라고요. 당신은 보아도 모르는데 무슨 감상을 하겠다는 거예요? 기껏해야 도안이 실제와 비슷한지 아닌지만 볼 거면서."

소평정은 억울한 듯이 입을 삐죽였다.

"내가 아니면 누구에게 보여줄 참이오?"

임해는 대답하지 않고 웃으면서 일어나 서재의 창호문을 밀어 열었다. 바깥에서 상쾌한 바람이 불어와 느슨하게 올려 묶은 그녀의 검은 머리카락을 흩날렸다. 어젯밤 내린 눈송이가 처마 옆으로 폴폴 떨어지다가 바람에 흩어지는 모습이 꼭 이른 봄 버드나무가 춤을 추는 것 같았다.

소평정은 본래 집착이 강한 편이 아니어서 심혈을 기울여 짜낸 회동 공략 방안을 경성에 보낸 뒤로는 동해 일을 철저히 잊어버리고 유유자적한 산속 생활로 돌아왔다. 글을 읽고, 무예를 닦고, 차를 마시고, 바둑을 두고, 어린 조카와 놀아주고, 임해를 도와 약초 표본을 정리하는 등 충실하면서도 자유로운 생활이었다.

《백초신집》 첫 권이 완성되자 그는 임해보다 더 흥분한 것 같았고, 노각주가 읽어보고 평을 내릴 때도 마치 제 일처럼 진지하게 귀를 기울였다. 보다 못한 린구가 웃음을 터뜨렸다.

"꽃을 말리는 일이나 조금 도와놓고 생색은. 누가 보면 큰 도움이라도 베푼 줄 알겠다."

노각주는 책자의 겉면을 쓰다듬으며 웃는 얼굴로 임해를 돌아보았다. 찬탄이 가득한 눈빛이었다.

"고생도 마다 않고 각국을 유람하더니 결국 현존하는 약전들을 모아 약초의 형태를 조사하고 약성을 검증하여 틀린 곳을 바로잡아 이 책을 만들어냈구나. 의원의 본분은 세상 사람들을 이롭게 하는 것이니 참으로 탄복할 업적이네. 이 《백초신집》이 의원들의 참고서가 되면 낭자의 이름은 대대로 후세에 전해질 것이야."

임해는 공손하게 허리를 숙였다.

"노각주의 칭찬에 감사드립니다. 하지만 저는 책에 이름을 남길 생각이 없습니다."

소평정은 움찔 놀랐다.

"당신이 만든 책인데 왜 이름을 남기지 않겠다는 거요?"

임해는 가볍게 한숨 쉬며 어쩔 수 없다는 눈빛을 지어 보였다.

"노각주께서도 아시다시피 지금 세상은 여자에게 다소의 편견을 갖고 있습니다. 이 책에 제 이름을 남기면 많은 사람이 가볍게 여기겠지요. 이 책이 널리 퍼지지 않고 중요하게 쓰이지도 않는다면 세상 사람들에게 이롭게 하겠다는 본래의 취지가 무색하지 않겠습니까?"

노각주는 허연 눈썹을 슬쩍 올렸다.

"낭자의 뜻은……."

"감히 청하건대 부디 랑야산의 이름으로 이 책을 세상에 전해 주십시오."

소평정이 즉시 고개를 저었다.

"그렇게 하면 당신에게 너무 불공평하잖소?"

"나는 의원으로서 세상 사람들을 구하고 싶을 뿐이지 허명을 얻으려는 게 아니에요."

"이런 생각은 안 해봤소? 여자의 업적이 세상 사람들에게 전해지지 않으면 지금 사람들이 가진 편견을 어떻게 바꿀 수 있겠소?"

확실히 생각지 못한 관점이라 임해도 할 말을 잃었다.

서로 의견이 다르지만 더없이 정다운 두 젊은이를 보자 노각주의 눈동자에는 더욱더 웃음기가 짙어졌다. 그는 자상하게 손을 들어 보이며 결론을 내렸다.

"두 사람의 생각에 모두 일리가 있구나. 안심하거라. 편찬자의 이름도 남기고 이 책 또한 반드시 세상에 전하게 될 것이다."

노각주의 약속에 임해는 안심이 되어 깊이 예를 올리며 공손하게 말했다.

"감사합니다, 노각주."

무슨 수로 그렇게 할 수 있느냐 캐물으려던 소평정은 그녀가 이렇게 나오자 아무 말 못하고 따라서 허리를 숙여 감사를 올렸다.

몽천설이 찻주전자와 찻잔을 들고 회랑을 건너오다가 이 모습을 보고 웃음을 터뜨리며 놀렸다.

"애들 좀 봐, 나란히 절하는 품이 꼭 혼례를 올리는 것 같잖아."

임해의 얼굴이 빨갛게 물들었다. 소평정은 한마디 반격해줄 생각이었지만 그녀가 너무 부끄러워하자 무슨 까닭인지 저도 따라서 얼굴이 화끈거렸다.

떠들썩한 구경거리를 좋아하는 노각주는 허연 수염을 쓰다듬으며 껄껄 웃었고, 그나마 인정 많은 린구가 나서서 수습했다.

"내일이 섣달그믐이니 세배를 올린다고 해도 전혀 이상하지 않지요."

몽천설이 쿡쿡 웃으며 그 말을 받았다.

"말이 나왔으니 말인데 오늘이 스무아흐레 제사를 지내는 날이야. 제사상은 내가 다 준비했고 평정이 와서 절만 하면 돼."

왕부를 닫고 경성을 떠날 때 소평정은 사당에 있던 신주 세 개를 모두 가져와 '소각(蘇閣)'이라 불리는 랑야산 꼭대기의 작은 누각에 함께 모셨다. 산속에서는 속세의 예법이 없고 랑야각 또한 설을 쇠지 않지만 연말에 조상의 제사를 지내는 것은 꼭 해야 하는 일이었다. 형수의 말을 들은 소평정은 즉시 노각주에게 작별하고 전각에서 나와 놀고 있는 소책을 안고 험한 잔도를 통해 소각으로 올라갔다.

채 여섯 살이 안 된 아이는 아직 제사의 의미를 이해하지 못했고, 몽천설도 이곳에 할아버지와 할머니, 아버지가 있다고만 알려준 것이 전부였다. 하지만 소책은 본능적으로 엄숙한 자리라는 것을 알았는지 장난치거나 떠들지 않고 숙부를 따라 머뭇머뭇 절을 하고 공손하게 과일을 올리고 조그만 손으로 향을 피워 청동 향로에 꽂았다.

제사가 끝나사 정원에서 기다리던 몽천설도 안을 향해 세 번 절하고 소책을 안아 문밖에 있던 소도에게 넘겨준 뒤 소평정에게 돌아섰다.

"이리 와봐. 할 말이 있어."

형수의 엄숙한 표정을 본 소평정은 이상한 마음에 재빨리 소각에서 나와 허리를 숙이며 물었다.

"형수님, 가르침이 있다면 얼마든지 말씀해주십시오."

"그래, 중요한 이야기니 꼭 해야겠어."

몽천설은 목청을 가다듬고 맏형수다운 목소리로 말했다.

"부친상 중에는 하지 말아야 할 이야기가 있는 법이니 상식을 아는 사람이라면 당연히 이해해주고 탓하지도 않을 거야. 하지만 이제 3년을 꽉 채웠고 상복도 벗었으니 할 말은 명확하게 밝혀야 해. 젊은 낭자에게 흐리멍덩한 태도를 보이는 것은 군자의 도리도 아니고 더욱이 우리 장림왕부의 가풍도 아니야, 알아듣겠어?"

소평정이 태도를 흐리멍덩하게 했다고 하기에는 사실 억울한 구석이 있었다. 상복을 벗은 지도 겨우 열흘 정도밖에 되지 않은 데다, 속으로 이 일을 무척 진지하게 생각해온 그는 서로 빤히 안다고 해서 쉽사리 입에 담아 임해가 경박하고 부주의하다고 느끼게 하고 싶지 않았다. 그래서 일부러 시간을 끌었는데 뜻밖에도 몽천설에게 야단을 들은 것이다. 하지만 그는 형수의 호의를 느끼고 변명하는 대신 고개를 숙이며 대답했다.

"예, 잘 알겠습니다."

몽천설은 만족스럽게 고개를 끄덕인 뒤 다시 말했다.

"세상에 좋은 낭자는 많지만 네게 꼭 맞는 사람은 평생 만나지 못할 수도 있어. 임해 동생은 자신만의 세상이 있는 사람이야. 설령 정이 깊더라도 평범한 여자들처럼 네 기쁨이 곧 기쁨이고 네 슬픔이 곧 슬픔인 것처럼 살지 않을 거야. 그 점을 받아들일 수 없다면 미리 확실히 말해야 해. 평범한 다른 남자들처럼 그녀가 너를 마음에 두었다는 것만 믿고 혼례를 올린 다음 차츰차츰 바꿀 생각은 하지 마."

소평정은 처음 말은 그럭저럭 알아들었지만 뒷말은 아무래도 이해가 가지 않아 멍한 얼굴로 물었다.

"뭘 바꾼다는 거죠? 왜 바꿔야 하는 건가요?"

그가 이렇게 묻는 것을 보면 임해가 집에만 틀어박혀 있지 않는 것이 문제라고 생각한 적이 없는 게 분명했기에 몽천설은 매우 기뻐하며 그 이야기는 끝내고 살그머니 물었다.

"사실대로 말해봐. 대체 어쩔 생각이야? 언제 말할 거야?"

형수 앞에서 젊은 낭자처럼 수줍어할 필요가 없는 소평정은 눈썹을 치키며 빙긋 웃었다.

"내일이 그믐이니 뒷산 낙풍대(落楓臺) 회랑에서 술 한잔 하자고 청해놨어요."

"그러겠대?"

"물론이죠."

몽천설은 웃음꽃을 활짝 피우며 그의 어깨를 툭 쳤다.

"좋아, 제법인데?"

그 대화가 있은 뒤로 몽천설은 대단한 비밀이라도 알아낸 양 이따금씩 임해를 바라보며 의미심장하게 웃곤 했다. 다음 날은 섣달 그믐이지만 랑야각은 설을 쇠지 않기 때문에 노각주는 평소대로 식사하고 차를 마시고 책을 읽으며 연말 인사를 하겠다는 사람들을 거절했다.

린구는 저녁 식사를 마치고 남쪽 봉우리를 찾아 바둑 두 판을 두다가 술시 정각이 되자 작별하고 자리를 떴다. 그가 떠나자마자 몽천설이 아이가 피곤하다는 핑계를 대고 더 놀고 싶어 하는 소책을 억지로 재우러 가는 바람에 넓은 마루에는 소평정과 임해 두 사람만 남았다.

이날 밤은 달은 없지만 날씨가 맑아 별이 눈부시게 반짝였다. 먼 산과 가까운 절벽에 채 녹지 않은 눈은 농도가 제각각이어서 마치 수묵화를 그려놓은 듯했다. 소평정은 임해의 손을 잡고 천천히 낙풍대로 올라가 노대에 자리를 잡고 미리 준비한 술을 꺼내 잔 두 개에 가득 따랐다. 은잔이 가볍게 부딪치고 독한 술이 목으로 넘어가자 가슴속에서 얼근한 열기가 일었다. 두 사람은 나란히 산바람을 맞으며 한동안 조용히 앉아 있었다.

"임해……."

소평정이 그녀 쪽으로 몸을 약간 옮겨 손가락을 살짝 건드리면서 나지막하게 물었다.

"《백초신집》 말인데 2권, 3권 계속 쓸 생각 아니오?"

"맞아요. 천하는 넓고 기화요초는 수없이 많아요. 내가 움직일 수 있는 동안은 계속 써나갈 거예요."

"혹시 앞으로…… 내가 같이하면 좋겠소?"

사방에 아무도 없으니 임해도 낮처럼 부끄러워하지 않고 도리어 고개를 숙이고 쿡쿡 웃더니 반문했다.

"진심으로 나와 함께 천하를 주유하며 약초를 찾아다니고 싶어요? 아니면 몽 언니가 그렇게 말하라고 하던가요?"

소평정은 화들짝 놀랐다.

"형수님이 무슨 말씀을 하셨는지 아오?"

"몰라요."

임해는 생긋 웃으면서 뺨에 붙은 머리카락을 넘겼다.

"그냥 추측한 거예요."

소평정은 참지 못하고 웃음을 터뜨렸다. 한참 만에야 서서히 웃음을 거둔 그가 진지하게 대답했다.

"진심으로 그러고 싶소. 당신도 알잖소. 우리 둘 다 알고 있소."

그의 따뜻한 손바닥이 단풍나무 난간을 짚고 있는 살짝 차가워진 의녀의 손을 덮고 힘껏 움켜쥐었다가 조금씩 끌어당겼다. 임해는 고개를 돌려 별빛 아래 비친 훤하고 잘생긴 옆모습을 바라보았다. 부드러움과 따스함이 가슴을 가득 채웠다.

서로를 향한 정은 물처럼 맑고 투명해 많은 말이 필요치 않았다. 속으로 바라는 것이 있다면 이처럼 평온하고 순수한 세월이 조금 더 길게, 조금 더 오래 지속되는 것이었다. 금릉성을 멀리하고, 조정도 멀리하고, 홍진의 어지러움도 잊은 채 이렇게 서로 의지하면서 이리저리 바뀌는 산풍경과 하늘에 흘러가는 은하수를 구경하며 살고 싶었다.

"여 노당주가 지금 어디 계신지 아오?"

소평정이 술주전자를 들고 술을 한 모금 더 마시더니 불쑥 이렇게 물었다.

"그러니까 내 말은…… 그분을 뵙고 허락을 받아야 하지 않을까 해서……."

임해는 잠시 어리둥절하다가 곧 그 뜻을 깨닫고 뺨을 붉혔다.

"사부님은 언제나 제게 관대하셨고 구속하신 적도 없어요. 우리가 좋으면…… 어른들의 허락을 구할 필요는 없어요."

그 말에 소평정은 무언가 생각난 듯 벌떡 일어나 '잠시만' 하고 양해를 구한 뒤 쏜살같이 어디론가 달려갔다. 잠시 후 허둥지둥 돌아온 그는 부드러운 천에 싼 물건을 임해의 손에 쥐여주었다.

"아무래도…… 당신이 보관해야 할 것 같소."

임해는 의아한 듯 천을 풀어보았다. 안에는 오래된 가죽 목걸이가 들어 있었다. 목걸이 아래에 달린 순은으로 된 조그마한 은쇄는 잘 닦여 반질반질했고 별빛을 받아 유난히 반짝였다. 그녀는 이 오랜 혼약의 증표를 바라보다가 웃음기를 띤 소평정의 눈을 올려다보았다. 놀라고 또 감격에 찬 그녀가 엉겁결에 물었다.

"언제 알았어요?"

소평정은 눈을 찡그리며 생각에 잠겼다.

"아마 작년 여름쯤……."

"추측한 거예요?"

"난 그렇게 똑똑하지 않소. 형수님이 말씀해주셨소."

"몽 언니가 어떻게 아시고요?"

"형님이 말씀해주셨지."

"세자께서는 어떻게 아시고요?"

"음, 형님은 추측하신 거요."

임해는 고개를 숙이고 새까맣고 반짝이는 눈동자를 굴렸다.

"나와 함께하고 싶다는 것이 이것 때문에……."

소평정은 재빨리 그녀의 팔을 붙잡고 진지한 얼굴로 외쳤다.

"당연히 아니오! 당신도 알잖소!"

그 목소리에 진심과 슬픔, 초조함이 잔뜩 담겨 있어 임해는 방금 한 말을 후회하며 황급히 손바닥을 뒤집어 그와 손가락을 얽고 위로하듯 움켜쥐었다. 세간의 정이란 불꽃과 같아서 활활 불태우고 싶을 만큼 뜨겁다고들 했다. 하지만 그녀와 소평정은 그랬던 때가 거의 없었다.

그들은 구불구불 흐르는 두 줄기 강물에 더 가까웠다. 험한 여울에 부딪히든 높은 골짜기에 가로막히든 그 무엇도 두 물줄기가 서로를 향해 가는 것을 막을 수 없었고, 마침내 하나로 합쳐진 뒤에는 그 무엇도 두 물줄기를 완벽하게 분리해놓을 수 없었다.

"당신도 나도 지난 약속에 얽매이지 않는다면 어째서 이걸 내게 주는 거죠?"

소평정은 부드럽게 웃으며 그녀의 손가락을 입가로 가져갔다.

"왜냐하면 이건 어른들이 당신과 내게 건 기대이자 그분들의 바람이기 때문이오. 게다가 내가 20년 넘게 간직해오던 것을 당신에게 주면 마치 우리 사이가 더욱 가까워지는 것 같단 말이오."

임해는 저도 모르게 소정생이 임종 전에 남긴 부탁을 떠올렸다. 느닷없이 눈시울이 시큰해지는 바람에 그녀는 재빨리 고개를 돌려 숨기면서 얽었던 손을 빼내어 머리카락을 매만졌다.

그녀의 마음을 읽은 소평정은 조심조심 몸을 기울여 목걸이를 그녀의 목에 걸어주었다. 손가락이 은쇄 아래쪽에 쪼르르 매달린 조그마한 방울에 닿자 그 역시 임해처럼 아버지와 형이 생각나 눈물이 차올랐다.

육친을 잃은 상처는 늘 이렇게 마음속 깊이 새겨져 세월을 따라 희미해질망정 결코 사라지지 않았다. 그리고 즐거운 순간, 행복한 순간마다 슬그머니 밖으로 튀어나와 슬픔과 그리움을 일으키고 은은한 고통을 주곤 했다.

"부왕과 형님께서 계셨다면 무척 기뻐하셨을 텐데……."

그날 밤 임해는 소평정과 함께 독한 술 한 주전자를 다 비우고 그가 별빛 아래에서 추는 검무를 구경했다. 자정이 지나면서 산바람이 갈수록 거세어져 처마에 소복소복 쌓인 눈을 휘말아 노대 아래로 흩뿌리자 마치 잘게 부서진 옥가루가 깔린 것 같았다.

다음 날 아침 소평정은 홀로 노각주의 다실로 찾아가 인사를 올린 뒤 어젯밤에 새로이 정한 혼약을 보고했다.

"저와 임해는 상의를 마쳤습니다. 봄이 되어 눈이 녹으면 하산해서 일단 매령을 찾아 부왕의 묘에 혼사를 고하고 함께 북연으로 가려고 합니다. 그곳에서 임해는 《백초신집》 다음 편을 준비하고, 저는 형님 대신 이웃 나라의 산수를 구경하는 것이지요."

노각주는 두 사람의 계획을 예상한 듯 간단하게 한마디 물었다.

"금릉은 결국 내려놓았느냐?"

소평정은 고개를 숙이고 잠시 생각하다가 천천히 대답했다.

"한때 마음이 식기는 했지만 모국이니 완전히 내려놓을 수는 없지요. 다만 더 이상은 모든 것을 짊어지려 애쓰지 않고, 싫은 일을 억지로 마주하려 하지도 않을 생각입니다. 사실 아버지와 형님도 그것을 바라셨는데 제 스스로가 너무 심각하게 받아들였던 겁니다."

노각주는 가볍게 고개를 끄덕였다. 오래된 지난 일들이 그의 미간을 맴돌았다.

"그래, 떠난 사람들의 바람은 네가 평안하고 즐겁게 사는 것이지. 짊어지기를 선택한 것 또한 네 본심이니 내려놓아도 좋고 내려놓지 못해도 좋다. 그 모든 것은 본시 네 마음에 달린 게야."

소평정은 고개를 숙인 채 가르침을 경청한 뒤 절을 하고 물러나와 남쪽 봉우리로 돌아갔다.

임해가 목에 은쇄를 건 것을 본 몽천설은 묻지 않아도 짐작하고 곧바로 소도에게 책력을 빌려 날짜를 고르기 시작했다. 형수이자 언니로서 남자 쪽과 여자 쪽 준비를 모두 자신이 해야 한다고 생각한 그녀는 순식간에 랑야산을 통틀어 가장 바쁜 사람으로 돌변하여, 궁합을 보고 매파를 부르고 날을 잡고 초청장을 띄우고 예물을 준비하는 등 하나하나 처리하기 시작했다.

소평정과 임해는 세속의 예에 얽매이지 않는 사람이지만 그녀의 마음을 저버릴 수 없어 시키는 대로 따랐고, 그러다보니 어느새 두 사람 모두 혼인한다는 사실이 피부에 와닿아 더욱 달콤한 기분이 되었다.

금릉성의 규칙대로 삼서육례(三書六禮, 중국 전통 혼례 절차—옮긴이)를 모두 갖추려면 아무리 빨라도 반년은 걸리지만 산속에서는 모든 것을 갖출 수가 없었다. 혼례 준비는 몽천설이 받아들일 수 있는 최저한도에 따라 진행되어 납채가 끝났을 즈음 2월에 접어들었다.

가장 가까운 대길일은 2월 열여드렛날이었다. 몽천설은 아침 일찍 일어나 향을 피우고 손을 씻은 다음 후보 날짜 세 개를 적은 종이를 붉은 봉투에 넣어 소도에게 주며, 임시로 신부 측 주혼자로 정해놓은 린구에게 전달해 하나를 고르게 했다.

책에서만 읽은 혼례식을 처음으로 몸소 경험하게 된 소도는 무척 신이 나서 누구보다 적극적인 조력자가 되어 있었다. 붉은 봉투를 받은 그는 잠시도 지체하지 않고 나는 듯이 초록각으로 달려갔다.

보통 이때쯤이면 린구는 이곳에서 최신 소식들을 분류하곤 했는데 오늘은 그림자조차 보이지 않았다. 의아해진 소도는 노각주의 다실과 후원 비둘기집 등 그가 있을 만한 곳은 모두 찾아다녔고 마침내 앞산으로 가는 높다란 절벽에서 바람을 맞고 선 그를 발견했다.

"구 형, 뭘 보세요?"

소도는 곁으로 다가가 그의 시선을 따라 아래를 바라다보았다. 아득히 청석을 깐 산길에 빠른 속도로 뒷산 쪽으로 달려가는 그림자가 하나 보였다. 거리가 제법 멀어 분명하지는 않았지만 떡 벌어진 어깨며 늘씬한 허리, 빠른 걸음걸이는 몹시 낯이 익어 소도조차 금방 알아볼 수 있었다. 그가 놀란 목소리로 외쳤다.

"순 통령이잖아요? 무슨 일로 돌아왔을까요?"

린구는 대답 없이 길게 한숨만 쉬었다.

소도가 고개를 갸웃하며 물었다.

"구 형은 왜 한숨이에요?"

"세간에 바람이 끊이지 않는구나. 무슨 일로 왔는지 알겠다."

린구는 어두워진 눈으로 살며시 고개를 저었다.

"솔직히 말하면 가끔은 이렇게 많이 아는 것이 싫구나."

숙부가 암살을 당한 뒤 금군을 이끌고 성을 나와 자객을 추격했던 순비잔은 성 밖으로 달아난 위장 상대를 붙잡고 척 부인에게 동원된 동해 첩자들을 빠짐없이 소탕했지만, 누구보다 잡고 싶었던 여자 자객은 종적이 묘연했고 포로들에게서도 별다른 실마리를 얻지 못했다. 어떻게든 추적해보려고 애썼지만 결국 쫓아갈 길이 모호해졌다.

정월 스무하룻날 순비잔은 실망한 채 경성으로 돌아왔고 함께 가겠다고 나서는 소원계를 거절하고 홀로 입궁하여 소원시에게 상황을 보고했다.

성안에서 주모자를 체포하지 못하고 성 밖에서도 소득이 없었으니, 아무리 많은 공범을 제거한들 동해 자객이 대량의 경성에서 내각 수보를 암살하고 무사히 빠져나간 것은 부인할 수 없는 사실이었다. 씻을 수 없는 치욕을 입은 어린 황제는 더욱 분노하고 더욱 괴로웠다.

아래쪽에 꿇어앉은 순비잔을 바라보던 소원시는 이리저리 생각하다가 눈시울을 붉히며 말했다.

"짐이 믿을 수 있고 의지할 수 있는 사람들은 한 사람 한 사람 모두 떠났습니다. 선제께서 짐에게 이 강산을 넘겨주셨는데 고작 몇 년 만에 이렇게 망가졌어요. 짐은 늘 이런 생각을 합니다. 분명히 온 힘을 다해 노력하는데도 제대로 되는 것이 없는 것을 보면 어쩌면…… 어쩌면 짐은 천명을 받을 재목이 못 되는지도……"

그 말을 들은 순비잔은 깜짝 놀란 나머지 저도 모르게 목소리를 높였다.

"폐하! 우리 대량의 국력이 건재하니 잃은 땅은 반드시 수복할 것입니다. 폐하께서는 아직 약관(弱冠)도 되지 않으셨는데 어찌 그런 비하를 하십니까?"

소원시는 완전히 풀이 죽어 위로하는 말은 귀에 들어오지도 않았다. 탁자에 놓인 소평정의 서신을 멍하니 바라보는 그의 표정은 부끄러움과 실의에 빠져 있었다.

"순 경이 장림왕을 대신해 올린 이 서신을 몇 번이나 읽었는데 마음이 무척 괴롭습니다. 장림군은 줄곧 북쪽 국경을 지켰고 평정 형님이 동쪽에 가본 적이 없다는 것도 짐은 압니다. 하지만 이 서신에 적힌 분석과 제안은 동쪽 국경의 장수가 올린 방략과 약속이나 한 듯 똑같더군요. 조정을 위해 이 서신을 쓰기까지 얼마나 애를 썼을지 눈에 훤합니다."

순비잔은 화제가 왜 이런 쪽으로 흐르는지 잘 이해가 가지 않았지만 그 말을 받을 수밖에 없었다.

"나라의 땅이 달린 중대한 문제이니 당연한 일입니다."

"짐은 3년 전의 결정이 틀렸다고 생각지는 않지만 내내 장림왕을 다시 경성으로 부르고 싶었습니다."

소원시는 진지하게 순비잔을 바라보며 혼잣말처럼 물었다.

"순 경, 짐도 가끔 이런 자신이 너무 우유부단하고 모순이라고 느낍니다. 경이 보기에는 어떻습니까?"

소원시는 스스로를 탓할 수 있지만 순비잔은 당연히 그럴 수 없었다. 하지만 이런 말이 나오자 한때 천자를 가까이 모셨던 그는 곧 황제의 마음을 깨닫고 속으로 탄식했다.

장림왕을 경성으로 부를 때 가장 큰 장애물이 무엇인지는 모두가 알고 있었다. 이제 순백수가 사라져 태후도 조정을 움직이기 어렵게 되었으니 소원시가 무슨 생각을 하는지 짐작하기란 어렵지 않았다. 순비잔은 한편으로는 그를 이해하면서도 다른 한편으로는 숙부가 생각나 마음이 좋지 않았다. 온갖 복잡한 감정이 뒤섞이면서 옳고 그름과 흑백은 희미하게 흐려져 심정이 매우 복잡했다.

"폐하께서 그런 마음을 품고 계시다니 소신을 랑야산으로 보내 성지를 내릴 생각이십니까?"

"아닙니다. 짐은 성지를 내릴 생각이 없어요."

소원시는 탁자에 놓인 서신을 집어들며 고개를 저었다.

"평장 형님은 순국했고 황백부께서는 평생 전쟁터를 누비며 북쪽 국경을 지키려고 싸우셨지만 돌아온 것은 장림군의 해체였지요. 짐도 압니다. 평정 형님이 모국을 걱정하는 마음은 있지만 돌아오고 싶지 않을 수도 있으니 강요할 생각은 없습니다."

순비잔은 잠시 어리둥절했지만 차츰차츰 이해되었다.

"하긴, 헤아릴 수 없는 경성의 인심보다야 강호의 유유자적한 삶이 낫지요. 폐하께서는 성지를 내리면 평정이 거절하지 못할까 걱정하십니까?"

소원시는 빨개진 눈을 비비고는 소매에서 서신 한 통을 꺼냈다. 열여섯 살 소년 황제는 이미 하고 싶은 대로 할 수 없다는 것을 배웠고, 부황처럼 모든 것을 두루 살피려 애쓰게 되었다. 성지를 거부하면 장림왕에게 비난만 가중될 것임을 그도 알고 있었고, 대신들이 서로 말다툼을 벌이는 소리는 정말이지 다시는 듣고 싶지 않았다.

소평정에게 선택할 기회를 주려면 개인적인 서신을 보내 사람을 시켜 설득하는 것이 가장 좋은 방법이었다. 그리고 눈앞에 있는 순비잔이 가장 적합한 사자였다.

"외숙부의 일은 예부에 잘 처리하라 명했으니 순 경은 언제든 영구를 모시고 귀향할 수 있습니다. 여기 짐의 서신이 있으니 상을 마무리 지은 뒤 비밀리에 짐을 대신해 랑야산에 다녀와주세요. 장림왕이 어떤 결정을 내리든 짐의 성의가 잘못된 것은 아니겠지요."

오직 동풍만 없을 뿐

—
13
—

순씨 일족의 본적은 상주로, 순백수는 일족의 맏이였기 때문에 그 영구는 반드시 조상의 묘지로 모셔야 했다. 황제의 명을 받은 예부는 일찌감치 영구를 운반하는 데 필요한 것들을 챙겨놓고 순비잔이 돌아와 상주로 출발하기만을 기다렸다. 떠나기 전 순비잔은 누이동생을 만나러 래양왕부를 찾았지만 당연하게도 순안여는 '방금' 약을 먹고 잠들었기 때문에 이야기를 나눌 기회가 없었다.

소원계는 그녀를 건강하게 보살피겠다고 단단히 맹세했고 다음 날 아침 일찍 성문으로 나와 배웅했다. 누가 보아도 무척 정성스런 태도였다. 그를 추호도 의심하지 않는 순 부인은 눈물을 글썽이면서 몇 마디 당부를 남긴 뒤 조카가 이끄는 대로 남편의 영구를 따라 서쪽으로 향했다.

금릉성에서 상주까지는 육로로 나흘, 수로로 열흘 거리였는데, 가는 동안에는 아무 일도 없었다. 관을 매장하고 숙모의 생활을 적절히 보살피고 나자 벌써 2월 열닷새가 되어 있었다. 순비잔은 그제야 말을 달려 홀로 랑야산으로 갔다.

린구는 난대 앞 산길에서 손님을 맞이하여 차를 마시는 대청으로 안내했다. 전임 금군통령이 산을 찾은 이유를 짐작하고 감개에 빠지기는 했지만, 린구는 지금껏 그랬듯 이번에도 역시 관여하지 않고 손님과 차를 마시다가 소평정이 소식을 듣고 나타나자 두 사람이 이야기를 나누도록 조용히 초록각으로 물러났다.

세상사에 관해 듣지도 묻지도 않겠다는 원칙을 고수하고 있던 소평정은 최근 경성에서 일어난 파란을 전혀 모른 터라 상복을 입은 순비잔을 보자 깜짝 놀랐다. 순비잔은 사건을 대강 설명한 뒤 소매에서 소원시의 서신을 꺼내 두 손으로 내밀었다.

개인적인 서신의 내용이 몹시 애절했는지 반쯤 읽어 내려가던 소평정의 눈시울이 벌겋게 물들었다. 그는 고개를 숙이고 한참 침묵에 잠겼다가 서신을 천천히 접어 품에 넣었다.

순비잔은 희망에 찬 얼굴로 나지막이 물었다.

"평정, 폐하께서 친히 쓰신 서신이다. 너를 부르고자 하는 진실한 마음이지. 내 생각에는……."

소평정이 손을 들어 부드럽게 그의 말을 끊었다.

"먼저 여쭐 것이 있습니다. 수보 대인께서 거리에서 암살을 당하셨는데 성안을 샅샅이 뒤졌고 목격자가 많았음에도 불구하고 결국…… 타국에서 온 자객을 붙잡지 못했다는 말입니까? 그게 가능한 일일까요?"

순비잔은 장탄식을 했다.

"나도 이해가 가지 않지만 결과가 그러니 어쩌겠느냐?"

"경성에 차고 넘치는 것이 고관대작의 저택입니다. 혹 순방영이 차마 들어가지 못해 놓친 것은 아닙니까?"

"네 말대로 순방영 장수들의 품계가 낮기 때문에 폐하께서는 특별히 래양왕에게 성 수색을 맡기시고 집집마다 빠뜨리지 말고 살피라 하셨다."

소원계의 이름이 나오자 소평정의 눈빛이 절로 반짝였다. 무언가 묻고 싶은 눈치였지만 그는 끝내 입을 열지 않았다.

순비잔은 자신이 찾아온 목적을 잊지 않고 재빨리 화제를 되돌렸다.

"평정, 폐하께서 경성으로 돌아오라고 제안하셨는데 어떻게 답할 생각이냐?"

소평정은 마음이 좋지 않았지만 그래도 망설임 없이 가볍게 고개를 저었다.

"경성을 떠난 지 오래라 이미 지난 일이 되었습니다. 저 대신 폐하의 호의에 감사한다고 전해주십시오."

순비잔은 실망을 감추지 못하고 눈을 찡그리며 설득해보았다.

"폐하께서 성지를 내리지 않고 친필 서신을 보내신 것을 보면 진심으로 네가 조정에 돌아오기를 바라시는 것이다. 너는 장군 가문의 핏줄이니 나라에 대한 책임을 완전히 내려놓는 것이 쉽지 않을 것이다. 그렇다면 차라리 금릉으로 돌아가 장림왕부를 중흥시키는 것이 낫지 않느냐?"

소평정은 찻잔을 내려놓고 그를 잠시 응시하다가 천천히 입을 열었다.

"형님이 세상을 떠나시던 해에 변경으로 자청해 가면서 사실은 마음의 준비를 했습니다. 장림의 책임을 짊어지고 평생 부왕처럼 나라를 지키고 충성을 바치며 다시는 강호에 나가지 않겠다고요.

하지만 결국…… 순 형님도 아시다시피 너무 단순한 생각이었습니다."

"지난 일들을 하나하나 되짚어보면 확실히 억울하고 답답한 점이 있지. 하지만 신하 된 자는 아무리 억울해도 군주에게 충성을 바치는 것을 으뜸으로 생각해야 하는 것이다. 하물며 폐하께서도 당시에는 입장이 무척 난처하시지 않았느냐."

"순 형님, 아직도 제 뜻을 모르시는군요. 제가 조정으로 돌아가지 않겠다고 하는 것은 옳고 그름도 아니고 억울함 때문은 더욱 아닙니다. 한때 그곳에 맞추려고 노력해보았지만 애초에 어울리지 않는다는 것을 알았기 때문이지요."

소평정은 반박하려는 순비잔을 손을 들어 막으며 빙그레 웃어 보였다.

"압니다, 금릉성 상황이 전과는 다르다고 말씀하시겠지요. 하지만 예부터 조정이 진정으로 바뀐 적이 있었을까요? 폐하께서 저를 믿고 싶어 하시는 것은 옛정 때문일 뿐 사실상 저는 도무지 조정에 어울리는 사람이 아닙니다. 부왕의 유골은 북쪽으로 돌아가셨고 세상에는 더 이상 장림이라는 이름이 존재하지 않습니다. 이미 끝난 일인데 어째서 받아들이려 하지 않으실까요?"

초조해진 순비잔은 얼굴을 잔뜩 긴장시키며 답답한 듯 말했다.

"나는 본래 언변에 능하지 못하고, 또 네가 어떤 선택을 하건 그만한 이유가 있다는 것은 안다. 하지만 너는 보지 않아서 모른다. 폐하께서는 정말이지 너무 외롭고 곁에 있어줄 낯익은 사람을 절실하게 필요로 하신다. 선제 폐하의 은혜를 보아서라도 한 번 더 생각해볼 수 없느냐?"

소평정은 창 쪽으로 얼굴을 돌리고 말없이 먼 산 풍경을 응시했다. 얼마 후 다시 고개를 돌린 그는 화제를 바꾸었다.

"멀리서 오시느라 노고가 많으셨지요? 이왕 오셨으니 하루 이틀 머물렀다 가시지요."

마음의 결심은 섰고 주저할 생각도 없었지만 어린 황제의 서신은 소평정의 마음을 다소 속상하게 만들었다. 순비잔의 청을 거절한 그는 소각으로 올라가 신주 앞에 한참 동안 앉아 있었다. 어릴 때 선제가 그를 무릎에 앉히고 놀아주던 모습, 부왕과 사당에서 글자 없는 위패에 제를 올리던 모습이 떠올랐고, 먼지가 쌓인 지 오래인 붉은 술 달린 형의 창과 북쪽 국경에서 하나둘 철거되던 장림군의 깃발도 생각났다.

2월의 봄바람에는 어느덧 온기가 스며들어 방 안의 공기는 포근했다. 소평정은 창밖 해 그림자가 청석판 위로 서서히 움직이는 것을 가만히 바라보았다. 살짝 동요했던 마음이 차차 가라앉자 그는 일어서서 소각을 나섰다.

소각 밖의 벼랑 가에 선 복숭아나무 한 그루에는 가지마다 가득한 새순이 신록을 뽐내고 옅은 빛깔 꽃봉오리가 송이송이 솟아 있었다. 임해가 홀로 그 나무 아래 바위에 앉아 바람을 맞으며 푸른 산 저편을 내다보고 있었다.

이를 본 소평정은 갑자기 가슴이 죄어들었다. 그는 그녀 곁에 앉아 차가워진 손가락을 손바닥으로 덮으며 가볍게 말했다.

"걱정 마시오. 이미 내려놓았으니 다시 조정으로 돌아가지는 않을 거요."

임해가 그를 돌아보더니 생긋 웃었다.

"방금 순 통령이 초록각으로 가시더군요. 노각주께서 나서주시지는 않을 테니 당신과 사이가 좋은 구 선생에게 도움을 청하려나 봐요."

"누가 나서든 결과는 같소."

소평정은 고개를 저으며 실소를 터뜨리고는 팔을 활짝 펴 그녀의 어깨를 껴안았다.

"더욱이 구 형은 사람 속을 꿰뚫어보는 재주가 있지. 구 형이라면 내 거절 이유가 핑계가 아니라 사실이라는 것을 알 거요."

두 사람은 서로에게 기댄 채 말없이 앉아 있었다. 잠시 후 추위가 걱정된 소평정은 임해를 데리고 잔도를 내려갔다. 길목을 돌면 초록각 뒤 전각에서부터 뻗어나간 조그마한 길이 있는데 마침 순비잔이 풀죽은 모습으로 걸어오는 것이 보였다. 몹시 낙심한 표정의 그는 두 사람을 보고도 별 말이 없었다.

소평정이 웃음을 참지 못하고 물었다.

"구 형이 뭐라고 했기에 이렇게 금방 설득할 마음을 접으셨습니까?"

"제왕의 곁은 너 같은 성품을 가진 사람에게는 어울리지 않으니 친구라면 너를 억지로 금릉에 붙잡아두어서는 안 된다고 하더구나. 겉보기에는 높은 지위와 권력을 손에 쥐고 원 없이 부귀영화를 누리는 것 같지만 실은 마음 편히 살 수도 평화를 얻을 수도 없는 자리라고 말이다."

순비잔은 한숨을 푹 쉬고 이마를 문질렀다.

"구 선생이 차마 네 그런 모습을 볼 수 없다는데 난들 다르겠느냐? 그렇게 생각하니 내가 틀렸구나 싶었다."

갑자기 회랑 저쪽에서 시원스런 웃음기가 담긴 몽천설의 목소리가 들려왔다.

"사형은 구 선생과 신분도 다르고 처지도 다르고 성품도 달라요. 그러니 무슨 수로 누가 옳고 누가 틀렸다 말할 수 있겠어요? 자자, 그런 이야기는 관두고, 두 사람 혼례에 다른 것은 생략하더라도 절은 해야 하니 사형도 남아서 보고 가세요."

달빛같이 새하얀 치마를 입고 붉은 난간에 살짝 기댄 그녀의 눈썹은 깃털처럼 부드럽고 목소리는 옥구슬처럼 영롱했다. 이를 본 순비잔은 순식간에 주변의 모든 것을 까맣게 잊어버린 채, 어떻게든 표정과 말투를 가다듬어 남들이 이상하게 생각하지 않게 하려고 애썼다.

"세자비 말씀이 옳습니다. 평정이 금릉으로 돌아갈 생각이 없다니 서둘러 폐하께 보고드릴 필요도 없겠지요."

몽천설이 혼례 이야기를 꺼내자 임해는 부끄러운 듯 몸을 돌려 걸어갔고 소평정도 그 뒤를 쫓았다. 그런데 회랑 쪽에서 또다시 발소리가 들리더니 소도가 어쩔 줄 모르는 얼굴로 달려와 외쳤다.

"어서들 와보세요! 책이가 열이 심하게 나요!"

사람들은 깜짝 놀라 이러쿵저러쿵 말도 없이 남쪽 봉우리 난각으로 달려갔다. 가까운 곳에 있던 린구가 소식을 듣고 와서 아이의 이마를 짚으며 눈을 찡그리고 있었다. 가장 먼저 뛰어든 소평정은 소책의 얼굴이 발갛게 달아오르고 조그마한 몸에 경련이 이는 것을 보자 어쩔 줄 몰랐지만 형수가 초조해할까봐 함부로 입을 열지도 못한 채 바보처럼 임해만 바라보았다.

일행 중에 가장 차분한 사람은 역시 의원이었다. 임해는 숨을 고른 다음 아이의 손목을 짚어보고 눈꺼풀을 뒤집어보고 입을 열어 혓바닥을 살핀 뒤 사람들을 위로했다.

"어린아이가 고열이 나거나 경기를 일으키는 것은 흔한 일이니 너무 걱정 마세요, 몽 언니. 우선 냉수로 땀을 닦아내야겠어요."

몽천설은 벌떡 일어나 물을 뜨러 갔다. 순비잔이 도우러 가는 것을 보자 소평정은 끼어들지 않고 건넛방으로 약방문을 쓰러 가는 임해를 뒤쫓아 속삭이듯 물었다.

"책이는 정말 괜찮소?"

"당장은 증상이 위험해 보이지만 두세 번 약을 먹으면 가라앉을 거예요. 하지만 당신도 알다시피 책이는 선천적으로 몸이 약해요. 아이의 상태에 관해 노각주와 몇 번 상의도 했고 자라면서 괜찮아지겠거니 했는데 지금 보니 그렇게 되지는 않은 것 같아요."

소평정의 안색이 변하자 임해는 황급히 그를 위로했다.

"염려하지 말아요. 책이를 어떻게 치료하면 좋을지 이삼 년 전부터 생각해왔고 대강 방법은 찾았어요. 하지만 확실하게 하려면 노각주와 더 논의해봐야 해요."

자신이 5할 있어도 3할이라고 말하는 임해의 신중한 성품을 아는 소평정은 대강 방법이 있다는 말에 어느 정도 자신이 있구나 싶어 안도하며 조카 곁으로 돌아가 머리를 쓰다듬어주었다.

예상대로 사흘 정도 지나자 열이 내렸다. 아이가 신나게 밖으로 뛰어나가 어제 내린 눈을 밟으며 장난을 치는 통에 몽천설마저 막을 수가 없었다.

임해는 노각주와 며칠 논의한 결과 마침내 근본적인 치료법을 찾아내어 사람들을 모으고 대강 설명해주었다.

"경기가 가라앉았으니 보름 정도 쉰 뒤 허약 체질을 개선하는 치료를 시작하겠어요. 노각주의 침술이 저보다 안정적이시니 사흘에 한 번씩 그분께서 침술로 기혈을 돋우어주실 것이고 그와 더불어 탕약으로 위장을 다스릴 거예요. 전 과정은 대략 석 달 정도 걸릴 거예요. 그동안 저는 봉주(蓬州)에 다녀와서 평소 복용하기 쉽도록 아이에게 줄 따뜻한 성질의 환약을 만들 생각이에요. 노각주와 함께 헤아려보니 약으로 조리를 계속하면 열여섯이나 열일곱 살쯤에는 발육이 안정되어 보통 사람보다 허약하지는 않을 거예요."

몽천설은 의술을 모르지만 마지막 말만으로도 충분하여 기쁨에 말을 잇지 못했다. 그녀는 임해에게 다가가서 손을 꼭 잡고 힘껏 흔들었다.

소평정도 기쁘기는 했지만 이해가 가지 않았다.

"당신이 할 수 있을 줄 알았소! 하지만 책이에게 환약을 지어주려고 봉주에 가야 하는 이유가 있소?"

"약에 오소과(烏霄果)가 필요한데 봉주에서 나는 것이 제일 좋고 반드시 올해 채집한 것이어야 해요. 랑야각 창고에 있는 것은 재작년에 채집한 것들이었어요."

옆에 있던 순비잔이 저도 모르게 웃으며 말했다.

"그렇더라도 먼 봉주까지 갈 필요는 없소. 각 산지의 약재들은 매년 경성에 공물로 들어오니 내 비록 금릉성에 없지만 아직 그곳에 있는 벗들에게 올해 새로 딴 약을 보내달라고 서신을 보내면 되지 않겠소?"

말을 끝낸 그는 소평정과 임해가 입을 꾹 다무는 것을 보자 그 제야 봉주가 회동 동쪽에 있다는 사실을 떠올렸다. 적에게 빼앗겨 아직 되찾지 못한 땅이니 금릉성 어약방에도 올해 새로 딴 오소과는 없을 것이다.

적의 수중에 있는 땅으로 약을 사러 간다는데 소평정이 임해를 혼자 보낼 리 없었다. 두 사람은 상의 끝에 연초의 약속을 바꾸어 3월 중 산을 내려가 봉주에 가기로 했다.

이런 변고로 인해 혼례를 보고 떠나려던 순비잔도 마음이 놓이지 않아 이리저리 고민한 끝에 며칠 더 머물기로 했다. 최소한 소책의 치료가 시작되어 자신의 도움이 필요 없다는 것을 확인한 후에 떠날 생각이었다.

순비잔은 명문가 출신이자 몽씨의 가르침을 받았기 때문에 그 충성심은 의심할 바가 없었다. 그가 랑야산에서 오래 머문 까닭은 황명을 완수하지 못해 서둘러 돌아갈 이유가 없기도 했지만, 가장 중요한 것은 순백수가 암살된 일을 개별 사건으로만 여기고 경성의 조정에서 남몰래 꿈틀거리는 치명적인 위기를 알아차리지 못한 탓이었다. 그뿐만 아니라 넓디넓은 금릉성을 통틀어 위험한 순간이 시시각각 다가오고 있다는 사실을 아는 사람은 동쪽 국경에서 온 젊은 장군 외에는 아무도 없었다.

내각 수보의 자리가 비면서 조정에 중심을 잡을 사람이 없어지자 그 틈에 래양왕의 위치가 높아졌다. 황제도 더욱 그에게 의지하게 되었을 뿐 아니라 태후마저 자주 입궁하여 문안을 올리는 그를 훨씬 좋게 생각하게 된 까닭이었다.

아무리 생각해도 좋은 방법이 떠오르지 않자 악은천은 별수 없이 스스로의 안전을 지키며 풍파가 가라앉기를 기다렸다가 황제를 만나게 될 기회를 노리기로 했다.

2월 초, 순비잔이 경성을 떠나고 열흘 후, 황성의 이 조그마한 거처에 병부의 관리가 찾아와 다음 날 입궁하라고 알렸다. 지난 연말의 약속대로 동쪽 국경을 정돈하고 회동 세 개 주를 수복하는 일을 논의하기 위해서였다.

긴장과 흥분에 밤새 잠 못 이룬 악은천은 아침 일찍 적절하게 차려입고 궁성으로 달려갔고, 가는 내내 어떻게 해야 단독으로 황제와 이야기할 수 있을지 고민했다. 그런데 조양전 동쪽 편전에 발을 들여놓는 순간 그는 경악하지 않을 수 없었다. 전각 안에는 래양왕과 병부상서 진훈, 그 외의 중신들 몇 명만 있을 뿐 용좌는 비어 있고 황제는 그림자조차 보이지 않았다.

그를 무척 좋게 본 진훈이 깜짝 놀란 그의 표정을 보고 웃음을 금치 못하며 설명해주었다.

"악 장군은 몰랐구려. 어전 회의라고는 하나 이처럼 큰 의제가 어찌 하루 만에 결론이 나겠소? 폐하께서 처음부터 끝까지 들으시는 것이 아니라 우리가 먼저 생각을 정리하고 안을 마련한 뒤 폐하께 결정해달라 주청하는 것이오."

악은천은 실망했지만 동쪽 국경 상황을 알면 폐하께서 언젠가 한 번은 부르리라는 생각에 꾹 참고 대신들과 함께 진지하게 논의에 임했다. 논쟁과 토론이 이어지면서 어느새 하루가 지났다.

저녁 즈음 그가 돌아오자 초조하게 기다리던 부장과 친위대들은 황제를 만나지도 못했다는 말에 안심하면서도 낙담했고 방 안

분위기는 눈에 띄게 무거워졌다.

악은천은 탁자에 놓인 식어버린 차를 꿀꺽 마시고 담항을 불러 상의했다.

"경성에 너무 오래 묶여 있게 생겼다. 이런 식으로 논의하면 며칠이나 걸릴지 알 수 없는데 검주의 군무를 맡아줄 사람이 없어 도무지 마음이 놓이지 않는구나. 차라리 네가 저들을 데리고 먼저 돌아가면……."

담항은 생각도 해보지 않고 대답했다.

"무슨 생각이신지 압니다. 저희는 안 갑니다."

"무, 무슨 생각인지 알다니?"

"장군께서는 나라에 충성하고 폐하께 충성을 바치기 위해 언젠가 래양왕을 고발할 생각이 아니십니까? 지금껏 애썼는데도 이렇다 할 증거가 없으니 일단 시작하면 무슨 일을 당할지 모릅니다. 만에 하나 모함을 했다는 죄를 쓰면 필시 경성에 있는 저희도 연루되기 때문에 쫓아 보내시려는 거지요, 안 그렇습니까?"

악은천은 이마를 짚으며 불만스럽게 그를 흘겼다.

"평소 필요할 때 그렇게 좀 머리를 쓰지 그랬느냐?"

그때 소을이 구리 대야에 뜨거운 물을 받아와 수건을 꺼내 악은천의 신발을 벗기고 발을 씻겼다. 악은천은 허리를 쭉 폈다. 온몸이 뻐근하고 피로가 느껴진 그는 팔을 돌려 목과 어깨를 주무른 뒤 의자 등받이에 기대 눈을 감았다.

소을이 담항의 귀에 속삭였다.

"장군께서는 오늘 조정 회의에 참석하러 입궁하셨으니 그냥 앉아서 이야기만 하신 거잖아요? 그런데 왜 변경에서 싸울 때보다 더 피곤해 보이실까요?"

담항은 화로를 조금 끌어당기고는 어깨를 으쓱하며 대답했다.

"방금 못 들었어? 동쪽 국경 방략을 세우는 일을 소원계가 주재하게 되었다고. 그자가 무슨 짓을 벌일지도 모르는데 왜 안 피곤하겠어?"

그러자 악은천이 고개를 들고 눈을 감은 채 천천히 말했다.

"아니, 뜻밖에도 그자는 그 일에 진심으로 전력을 다했다. 내내 사람들의 의견에 귀를 기울이고 갈등을 중재하고 내각과 육부를 안정시켰지. 내가 올린 동쪽 국경의 방략을 가장 지지해준 사람도 그자였다."

담항은 깜짝 놀란 표정이었다.

"예? 혼란스럽게 그게 무슨 말씀입니까? 래양왕이 누명이라도 썼다는 겁니까? 군사 기밀을 팔고 동해와 결탁한 것이 그자 아닙니까?"

"물론이다."

"한데 방금 그자가 장군을 지지했다고……."

"너는 혼란스러울지 몰라도 나는 점점 더 명확해지는구나."

눈을 뜬 악은천의 표정은 서늘했다.

"소원계가 고작 왕위 하나 얻자고 동해와 결탁한 것은 아닐 거라는 의심이 드는구나. 내각 수보를 죽인 것도 단순히 조정에서 권력을 차지하기 위해서가 아니었어. 어쩌면 그가 이 모든 것을 벌인 까닭은 그보다 더 큰 야심 때문일 것이다."

담항은 이미 충격에 얼어붙어 있었다.

"더, 더 크, 큰……."

"그래, 그러니 이제 그가 이미 저지른 죄를 어떻게 밝힐 것인가만 생각해서는 부족해."

배후의 음모가 그 깊이를 알 수 없다는 것을 알면 알수록 악은천은 도리어 두려움이 사라졌다. 홀로 깊디깊은 심연에 처박힌 것처럼 어떻게든 발버둥 쳐서 수면 위로 솟구치는 것 외에 다른 것들은 생각조차 할 필요도 없는 상황이나 마찬가지였다.

끊일락 말락 이어지는 어전 회의가 몇 차례 진행되면서 동쪽 국토 수복 방안도 점점 모양이 갖추어졌다. 병부상서 진훈은 악은천이 생각이 명확하고 대국을 볼 줄 아는 것 말고도 계산 능력도 약하지 않다는 사실을 알자 그를 더욱 마음에 들어 하여 호부에서 올해 동쪽 국경의 군비를 책정할 때 일부러 그를 데려가 견식과 경험을 쌓게 해주었다.

호부는 대량의 재물을 관장하는 곳인 만큼 관아도 깔끔하게 수리가 잘되어 있었다. 대문 밖 청석 길에는 수양버들이 엇갈려 뻗어 있고, 그 아래 가지런히 설치된 전마석(拴馬石, 말을 묶어두는 돌─옮긴이)에는 하나같이 정교한 짐승의 머리가 조각되어 있었다.

악은천은 말을 묶은 뒤 진 상서의 마차로 다가가 상서가 내리기를 기다렸다. 그때 멀지 않은 네거리 입구에서 기마대 대열이 질주해 갔다. 하나같이 번쩍번쩍한 갑옷을 걸치고 황실 우림영의 군복을 입어 절로 행인들의 눈길을 끌었다.

시종의 도움을 받아 휘청거리며 마차에서 내린 진 상서는 멀리 사라지는 기마대를 바라보는 악은천을 발견하고 물었다.

"적명 장군을 아시오?"

"동쪽 국경에서 같이 일했으니 몇 차례 뵌 적이 있지요. 적 장군께서는 동호 우림영 통령으로 승진하지 않으셨습니까? 어째서 경성에 계십니까?"

진 상서가 손가락을 꼽아보았다.

"부임한 지 반년가량 되었으니 업무 보고를 하러 왔을 것이오."

악은천도 크게 개의치 않고 늙은 상서와 함께 호부의 대문으로 들어섰다.

군비 책정이란 기실 호부와 병부 간에 대략 합의된 범위 내에서 줄다리기를 하는 것이었다. 지금은 대량의 국력이 왕성하여 호부에서 지나치게 꼬투리를 잡을 필요가 없지만 달라는 대로 줄 수도 없는 노릇이어서 서로 밀고 당기며 모든 항목을 결정지을 때쯤 바깥의 해는 이미 미시를 넘기고 있었다.

오기 전에 마음먹었던 것 중 태반을 얻은 진훈은 기분이 매우 좋아, 관아에서 나오는 회랑에서 굽은 허리를 쭉 펴며 자상하게 웃었다.

"악 장군같이 젊은 사람이 이 늙은이나 꼬장꼬장한 호부 관리와 함께 반나절 넘게 숫자놀음을 했으니 틀림없이 넌더리가 났겠구려?"

악은천은 황급히 공수했다.

"군비를 산출하는 것은 장수 된 자라면 당연히 알아야 할 일입니다. 오늘 많이 배운 덕에 자못 실력이 붙은 것 같습니다."

"악 장군은 키워볼 만한 인재요. 이 늙은이가 잘못 보지 않은 게지."

진훈이 웃으며 그의 어깨를 두드렸다. 잠시 생각하던 그가 다시 말했다.

"시일을 보니 봄 사냥 이야기가 나올 때이니 장군도 동행하게 해달라고 폐하께 주청해보겠소. 지난번 폐하께 좋은 인상을 남겼으니 아마도 허락하실 것이오."

악은천은 심장이 쿵쿵 뛰었다.

"3월 봄 사냥이라면……."

"봄 사냥 때 어가를 수행하는 것은 쉽지 않은 기회라오. 부디 잘 준비해서 인맥도 쌓고 견식을 넓혀놓기 바라오. 장군의 앞날에 큰 도움이 될 것이오."

늙은 상서가 별 뜻 없이 한 말은 어지럽던 악은천의 머릿속에 한 줄기 빛을 비춰주었다. 거처로 돌아간 그는 벽을 마주한 채 하늘이 어둑어둑해질 때까지 말없이 생각에 잠겼다가 별안간 벌떡 일어나 담항에게 경성 주변 지도를 가져오라고 분부했다.

몇 년째 그의 부장으로 일한 담항이지만 한 번도 그의 생각을 따라잡은 적이 없어 애초에 이유를 생각하지 않고 일단 시킨 대로 하는 습관이 들어 있었다. 경성에 온 지 두 달째, 벌써 주변 사람들과 친해진 그는 재빨리 명령을 완수했고, 덕분에 어디서 났는지는 모르지만 제법 정확하게 그려진 금릉 지도가 안방 탁자에 펼쳐졌다.

악은천은 찻잔으로 지도 귀퉁이를 눌러 고정하고 손가락을 더듬어 구안산을 찾아냈다. 정신을 집중하고 생각에 잠긴 그의 안색이 갈수록 어두워졌다.

담항이 조그맣게 물었다.

"장군, 또 무슨 생각을 하십니까?"

"보거라. 구안산 주변 지세를 보면 경성으로 통하는 크고 작은 길 두 개가 있다. 이곳이 엽궁(獵宮, 사냥터에서 황실이 사용하는 궁전─옮긴이)이니 어가는 엽궁 앞 산중턱에 영채를 세워 머물게 되겠지."

악은천은 눈을 잔뜩 찌푸리고 이를 악물었다.

"만약 바깥을 포위할 병력이 충분하다면 폐하를 구렁텅이에 몰아넣을 수 있다는 말이다!"

담항은 화들짝 놀랐다.

"에이, 설마요? 최소한 금군 5천 명이 어가를 수행하는데다 밖은 우림영이 지키고 있는데 누가 무슨 힘이 있어 그러겠습니까?"

"물론 내 기우일 수 있다. 하지만 구안산이든 다른 곳이든 소원계가 정말 손을 쓸 생각이라면 가장 큰 가능성은 하나밖에 없다."

"그게 뭡니까?"

악은천은 입매를 당기면서 눈빛을 번뜩였다.

"동호 우림영이 이미 래양왕 수중에 들어갔다는 것이다. 그 방법이라야만 그가 경성 주변에서 병사를 일으킬 수 있으니까."

담항은 놀라 휘둥그레진 눈으로 주장을 바라보며 찬 숨을 들이켰다.

하룻강아지가 될지라도

—

14

—

진 상서가 호부 관아 앞에서 계산한 대로 적명은 규칙에 따라 부임 반년 만에 업무 보고를 하러 경성에 온 길이었다. 대량의 관례에 따라 황실 우림영의 업무 보고서는 곧바로 내각 수보에게 올려 심사를 받아야 했다. 그러나 순백수가 없어 이를 어떻게 해야 할지 고민하던 소원시는 중서령과 병부가 함께 처리하라고 했지만 그 말이 나오자마자 적잖은 대신들이 이상한 표정을 지었고 병부 상서 진훈조차 직접 나서서 거절했다.

"폐하, 황실 우림영은 체계가 다릅니다. 행대군이나 둔전군, 변경군과는 분리 관리하는 것이 조상으로부터 내려온 규칙이니 병부가 이를 맡는 것은 적당하지 않을 것입니다."

소원시는 어쩔 수 없이 대신들을 둘러보다가 결국 소원계에게 시선을 멈추었다.

"한 차례 임시로 처리하는 것뿐이니 병부가 맡는 것이 적당치 않다면…… 래양왕과 중서령이 함께 처리하십시오."

이 명에 따라 본가로 돌아갔던 적명은 하루를 쉰 뒤 정정당당하게 래양왕부의 대문으로 들어섰다. 일찍부터 그를 기다린 소원계가 친히 나와 서재로 안내한 뒤 차를 대접했다.

"적 장군은 과연 나라의 기둥이오. 고작 반년 만에 동호 우림영을 완전히 손아귀에 넣었구려. 이번에 데리고 온 호위병 수십 명도 정예병이 분명했소."

적명은 그런 인사말에 맞장구치지 않고 감사의 표시로 살짝 몸을 숙인 뒤 곧바로 물었다.

"저는 이미 전하를 대신해 황실 우림영을 장악했습니다. 이제 순비잔도 없고 통령 자리가 비어 있는 틈을 타 금군을 손에 넣어야 하지 않겠습니까?"

이 말이 아픈 곳을 찔러 찻잔을 들어올리던 소원계는 움찔했다.

"5만 금군은 어전 직속이고 네 부통령의 충성심도 강하오. 순비잔이 사임하고 경성을 떠난 뒤로 나 또한 금군을 장악할 방법을 고민해보았소. 요 몇 년 공을 들인 끝에 약간 진전은 있었으나 금군을 우림영처럼 완전히 장악하기란 10년이 걸려도 불가능하오."

"하지만 전하도 아시다시피 황제가 몇 년 더 나이를 먹으면 조정의 동향이 달라지지 않겠습니까?"

"장군 말씀이 옳소. 기회란 쉽게 오지도 않고 눈 깜짝할 사이에 지나가는 법, 본 왕 또한 더는 기다릴 생각이 없소."

적명은 곰곰이 계산해보았다.

"동호 우림영은 본래 취풍과 위산 우림영을 합친 규모이고 소장이 부임한 후 확장시키기도 했습니다. 여기에 슈방영과 전하께서 사사로이 모은 호위병까지 모두 끌어모으면 8만은 되겠지요. 비록 병력은 우세하나 지형에 제약이 있고 병마를 움직이자면 눈에 띄게 마련이니 금군과 충돌이 벌어지면 신속히 궁성을 점거하기는 어려울 것입니다."

"본 왕도 거사에는 신속함이 가장 중요하다는 것을 아오. 시간을 끌어 대치 상태가 되면 금릉 주변에 소식이 전해져 상황을 통제할 수 없게 될 것이오."

소원계는 눈을 가늘게 뜨며 냉소했다.

"해서 본 왕의 첫 목표는 궁성을 점거하는 것이 아니오."

"하지만 폐하와…… 태후마마는 궁성에만 있으니……."

"틀렸소, 장군. 폐하는 항상 궁성에만 있는 것은 아니오."

잠시 생각하던 적명의 얼굴이 서서히 밝아졌다.

"3월 봄 사냥…… 어가가 구안산으로 가겠군요!"

황실 우림영을 주력으로 구안산에서 병사를 일으킨다는 계획을 적어도 1년 넘게 준비해온 소원계는 자신이 넘쳤다. 적명이 이를 깨닫자 소원계는 활짝 웃으며 고개를 끄덕였다.

"어가가 출행한 후에 본 왕은 즉각 구안산과 금릉성의 모든 연락을 끊고 하성에게 성문을 열어 장군의 인마를 경성에 들여보내게 할 것이오. 봄 사냥 때 어가를 수행하는 금군은 5천을 넘지 않는 것이 관례이나 설령 그 두 배라 해도 결코 본 왕이 고르고 고른 3만 병사의 포위를 벗어나지는 못하오. 그러니 구안산 쪽은 걱정할 필요 없소. 장군과 나의 성패는 장군이 경성을 장악하느냐에 달려 있소."

적명의 눈빛은 차분해서 소원계 못지않은 자신감이 엿보였다. 그가 고개를 끄덕였다.

"안심하십시오. 황제와 태후가 없으면 금군도 궁성 경비에 훨씬 느슨해질 테니 그들을 갈라 병영에 감금하고 바깥과의 연락을 차단할 수 있다면 경성은 우리 차지입니다."

소원계는 가슴속에 들끓는 흥분을 억누르려 애쓰며 일어나 서재의 비밀 공간에서 나무상자를 가져왔다. 그리고 그 안에서 용무늬가 있는 누런 비단을 꺼내 적명에게 건넸다.

"비록 위조한 성지이기는 하나 우림영 통령인 장군이 가지고 있다면 필시 그 진위를 의심할 자는 없을 것이오. 금릉성에 들어간 뒤 어떻게 써야 할지는 아시리라 믿소."

"금군은 천자의 호위병입니다. 이 성지를 이용해 잠시 붙잡아 두면 전하께서 성공을 거두고 구안산에서 돌아와 황위에 오르실 즈음 그들은 이미 전하의 금군이 되어 있을 것입니다."

적명은 위조 성지를 소매 주머니에 넣고 일어나 두 손을 포갠 뒤 단호한 투로 말했다.

"마지막 순간까지 무슨 변수가 있을지 예측하기 어렵다는 것은 압니다. 하지만 최악의 상황에 처하더라도 부디 믿어주십시오. 소장이 이끄는 동호 우림영은…… 충분히 금군과 일전을 벌일 수 있습니다."

이번 밀담이 있기 전만 해도 소원계는 적명의 결심이 단단하지 못할까 걱정스러웠고, 반면 적명은 경성에서 거사를 일으킬 기회가 오리라는 데 믿음이 없었다. 각기 의심을 품고 만났지만 막상 논의해보니 생각보다 순조롭게 진행되어 곧 중요한 임무들을 순서대로 엮어낼 수 있었고 만사가 갖추어져 동풍이 불기를 기다리기만 하면 되었다.

하지만 득의만만해하는 순간 갑작스런 변고가 생기는 일이 종종 있었는데, 이번에도 예외가 되지는 못한 모양이었다. 적명이 보고를 끝내고 경성을 떠나기 바로 전날, 소원계는 기가 막힌 소식을 듣고 반나절 동안 정신을 차리지 못했다. 어린 황제가 태후의 옥체가 좋지 않다는 이유로 올해 봄 사냥을 취소한다고 예부에 명을 내린 것이다.

비록 정치적으로 서로 돕고 의지하는 관계이기도 했지만, 순 태후와 순백수는 본래부터 남매 사이가 무척 좋았다. 매년 이맘때쯤 봄 사냥 준비로 눈코 뜰 새 없이 바빴던 오라버니를 떠올리자 순 태후는 속이 텅 빈 것 같고 몹시 상심한 나머지 아들을 불러 출행을 취소하라고 명하기에 이르렀다.

이 명령은 소원계를 충격으로 몰아갔다. 여러 대신과 합심하여 소원시를 구슬렸으나 소용이 없자 그는 마지막 한 줄기 희망을 품고 직접 태후의 함안궁을 찾아갔다.

섣달 초부터 순안여는 태후를 알현하러 입궁한 적이 없었다. 겉으로 볼 때, 순안여가 병이 난 이유는 유산 때문이지만 유산 원인이 숙부의 암살 사건으로 받은 충격 탓이었으니 어쨌든 소원계의 잘못이라고 할 수는 없었다. 도리어 아픈 아내가 고모 걱정이 많다는 핑계로 빈번히 궁을 드나들며 문후를 드리는 것이 태후에게 좋은 인상을 심어주어 그는 매번 알현을 청할 때마다 거절당하는 적이 없었고 언제나 가까이 부리는 상궁이 직접 나와 안내했다.

"래양왕, 오늘은 무슨 일로 입궁하였소? 안여는 괜찮소?"

소원계는 예를 마친 후 공손하게 대답했다.

"염려해주셔서 감사합니다, 마마. 안여는 몸이 좋아지는가 싶다가도 다시 나빠지곤 하여 몹시 초조해하고 있습니다. 봄 사냥 때까지 낫지 않으면 구안산으로 가시는 마마를 모시지 못할까봐 걱정이 태산입니다."

순 태후는 살짝 눈을 찌푸렸다.

"내 폐하께 말씀드렸소. 수보 대인이 정월에 피살을 당해 막 장례를 끝냈는데 이런 마당에 출행할 기분이 나겠소? 올해는 봄 사냥이 없을 터이니 안여더러 푹 쉬라고 하시오."

"예, 폐하께서 이미 말씀하셨습니다. 신이 입궁한 것은 대인들의 부탁으로 태후마마께 한 번 더 생각해보시라 말씀드리기 위해서입니다."

순 태후는 기분이 나빠져 대번에 얼굴을 굳혔다.

"황실의 봄 사냥은 폐하께서 결정할 일인데 조정 대신들이 어찌 이래라저래라 하는 것이오?"

소원계는 황급히 웃음을 띠며 허리를 숙였다.

"태후마마께서 아시다시피 우리 대량 황실의 봄 사냥은 유흥이 아닌 제사에 목적이 있습니다. 천하 만물이 번성하고 황실 자제들이 용감무쌍하고 변경이 평화롭기를 기원하는 것이지요. 마마의 말씀대로 최근 황실과 조정이 여러 가지로 불안하니 예년보다 더욱 정성들여 제를 올려야 합니다. 이처럼 내키는 대로 취소하면 나라에 좋지 않을 수도 있습니다. 이 때문에 대신들이 두렵고 불안하여 차마 명을 받지 못하는 것입니다."

"명을 받지 못해?"

순 태후는 차갑게 코웃음을 쳤다.

"어가의 출행은 결코 보통 일이 아닌데 든든하게 일을 맡길 내각 수보도 없으니 도무지 안심이 되지 않소. 도대체 명을 받지 않겠다는 자가 누구요? 얼마나 대단한 자인지 내 눈으로 똑똑히 볼 터이니 직접 오라고 하시오."

"너무 근심하지 마십시오, 태후마마. 어가가 봄 사냥을 나설 때 금군의 배치나 조정의 당직 같은 일은 조목조목 정해진 규칙이 있습니다. 소신도 그와 관련하여 수보 대인을 도운 적이 있는데 자못 칭찬을 받았습니다."

소원계는 여기까지 말한 후 두 팔을 눈썹 높이로 들어올리며 청했다.

"구천에 계신 순 대인께서 안심하시도록 반드시 재주를 다해 철저하게 준비하겠습니다."

순 태후는 저도 모르게 눈시울을 붉히며 슬프게 말했다.

"하긴 오라버님이 생전에…… 래양왕이 꼼꼼하게 일을 잘한다고 칭찬을 하셨더랬지."

"음식을 들지 못하고 말수가 적어진 안여를 볼 때마다 신의 마음은 갈기갈기 찢기는 기분입니다. 태후마마께서 이처럼 비통해하시니 폐하께서는 신보다 더욱 고통스러우시겠지요. 마마께서 잠시 경성을 떠나 계시면서 조금이나마 기운을 차리신다면 적어도 폐하께서 마마의 옥체를 염려하지 않으셔도 되니 다소 위안이 되지 않겠습니까?"

그가 애절한 말투로 소원시를 들먹이자 과연 순 태후의 강경하던 태도도 다소 수그러들었다. 그녀는 잠시 망설였지만 여전히 마음을 돌리지 않고 고개를 저었다.

"래양왕의 말에도 일리가 있으나 무슨 까닭인지 마음이 불안하다오. 이럴 때는 움직이느니보다 가만히 있는 편이 나으니 어가도 궁에 머무는 것이 좋겠소."

소원계는 실망하고 초조한 나머지 저도 모르게 서두르는 투로 말했다.

"태후마마, 봄 사냥은 조상의 규칙이……."

순 태후가 내리떴던 눈을 번쩍 뜨며 날카로운 눈빛으로 냉소를 지었다.

"내가 황실에 시집왔을 때 그대의 어머니는 아직 대량에 들어오지도 못했소. 이 함안궁에서 조상의 규칙을 들먹이다니 대체 누구에게 배운 것이오?"

태후마마가 온화한 사람이 아님을 잘 아는 소원계는 감히 더는 말을 붙이지 못하고 엎드려 죄를 청했다.

"무정제 때와 선제 때에도 그럴 만한 이유로 봄 사냥을 취소한 적이 있으나 이같이 거슬리는 말은 들으신 적이 없소. 왜, 우리 폐하는 그것조차 못한다는 게요?"

순 태후는 잠시 그를 노려보다가 놀라 엎드린 모습이 만족스러웠는지 그제야 노기를 가라앉히고 팔걸이를 두드리며 말했다.

"내 마음은 정해졌으니 다시는 그 이야기를 꺼내지 마시오."

함안궁에서 낙심하여 돌아가는 소원계의 얼굴에서는 굳은 기가 가시지 않았다. 왕부에 도착하자 하성이 마중 나와 적명이 서재에서 기다리고 있다는 소식을 전했다. 소원계는 지나치게 낙심한 모습을 보이지 않으려고 황급히 심정을 가라앉히고 표정을 정돈했다.

소원계가 서재 문을 열고 들어가자 차 탁자 앞에 혼자 서 있던 적명이 즉시 몸을 돌리고 절박하게 물었다.

"어떻게 되었습니까?"

소원계는 고개를 저었다.

"봄 사냥은 이미 취소하기로 확정되었소. 어가는 결코 경성을 벗어나지 않을 것이오."

적명은 잠시 멍해졌다가 망설이듯이 입을 열었다.

"그렇다면…… 내년까지 기다려야 합니까?"

소원계도 심장이 죄어들어 힘껏 이를 악물었다. 1년이라는 시간은 길다면 길고 짧다면 짧았다. 설사 조정의 정세를 틀어쥘 수 있다 해도 동해는…… 동해는 무슨 일이 있어도 그가 평화롭게 1년을 보내도록 내버려두지 않을 것이다.

"밤이 길면 꿈이 많다고 했으니 더 기다릴 수 없소. 허나 경성에서 거사를 일으키면 승패를 예측하기 어렵소. 장군의 마음이 변했다 해도 본 왕은 충분히 이해할 것이오."

적명은 그 말이 진심인지 떠보는 것인지 헤아려보지도 않고 싸늘한 투로 대답했다.

"전하를 따르기로 결심한 이상 목숨을 걸어야 한다는 것쯤은 알고 있습니다. 어찌 어려움을 만났다고 해서 물러나겠습니까?"

"훌륭하오! 적 장군이 곁에 있어준다면 궁성에서 혈전을 치르게 되더라도 두렵지 않소."

소원계는 곧바로 희색을 띠며 정중하게 손을 들어 적명에게 예를 갖추었다.

"다만 현 상황으로는 본래 계획대로 안전함만 추구할 수는 없게 되었소. 아무래도 위험을 무릅쓰고 운에 걸어보아야 할 것 같소."

공격할 곳이 구안산에서 경성으로 바뀌면서 미리 상의했던 병사 배치와 위조 성지 같은 방법도 크게 바뀌어야 했는데, 의심을 사지 않으려면 적명은 정해진 날짜에 경성을 떠나야 했다. 시간이 많지 않았기 때문에 소원계는 황급히 식사를 준비하게 한 다음 서재에서 같이 먹으면서 이야기를 나누었다. 하룻밤 꼬박 논의한 끝에 새로운 계획이 대강 섰다.

밤새 불을 켜둔 바람에 구리 등잔 위로 촛농이 언덕처럼 두툼하게 쌓였다. 하성이 가만히 문을 두드려 떠날 시간임을 알렸다. 소원계가 일어나 직접 적명을 북쪽 샛문으로 안내하고 손을 잡으며 신신당부했다.

"우림영으로 돌아가면 적절하게 준비하고 사람을 보내 통보해 주시오. 그때 본 왕이 날짜를 알려주겠소. 승리하든 패배하든 적어도 장군과 나는 대량의 강산을 위해 최선을 다한 셈이오."

적명은 가슴이 뜨거워지는 것을 느끼고 힘껏 두 손을 모아 깊이 절한 뒤 굳세게 대답했다.

"소장은 전하께 천명이 있다고 믿습니다. 제아무리 커다란 파란이 일더라도 반드시 뜻한 바를 이루실 것입니다."

샛문 밖 조그만 거리의 담장 위에 숨어 적명의 뒷모습이 거리 어귀로 사라지는 것을 바라보던 악은천은 마음이 바위를 얹은 것처럼 무거웠다.

일단 거사를 꾸미기로 마음먹었다면 그 결심을 물리기는 쉽지 않았다. 동호 우림영 통령이 래양부에 하룻밤 내내 머문 것을 본 악은천은 봄 사냥이 취소된 일이 소원계의 계획을 바꿔놓지는 못했으리라 추측했다.

하지만 미리 안다 한들 무슨 소용이 있을까? 변경의 검주에서 온 일곱 사람만으로 우림영의 수만 정예병을 막는다는 것은 그야말로 범 무서운 줄 모르는 하룻강아지의 행태였다. 우습기 짝이 없는 일이지만 차마 웃을 수도 없었다.

근심 가득한 주장의 표정에 담항이 참다못해 위로했다.

"아무리 그래도 아닐 겁니다. 봄 사냥은 취소되었고 금군 5만이 떡하니 궁성을 지키고 있는데 동호 우림영이 래양왕 손에 들어 있다 해도 반드시 이긴다는 보장이 없지 않습니까? 설마 그자가 정말 그런 모험을 할까요?"

악은천은 탄식을 흘렸다.

"금릉성에는 오랫동안 난리가 없었으니 래양왕이 흉측한 마음을 품었다고 의심할 사람은 아무도 없다. 게다가 순 통령도 없으니 금군도…… 믿음직스럽지 못하다."

"그래도 우림영은 바깥에 있고 금군은 순 대인께서 단단히 다 잡고 계시지 않았습니까? 순 대인이 떠나신 지 얼마 되지 않았으니 래양왕이 성공할 일은 없을 겁니다."

그 말이 무슨 영감을 주었는지 악은천은 퍼뜩 고개를 들고 멍하니 담항을 바라보았다. 순백수가 죽기 전에 어렴풋이 남겼던 몇 마디를 곰곰이 생각해보았지만 여태껏 무슨 뜻인지 알아내지 못한 그였다. 그런데 이 중요한 순간에 담항이 그에 대한 실마리를 던져준 것이다. 젊은 청년 장군은 정신이 번쩍 들어 흥분한 소리로 외쳤다.

"그래! 순 대인이 임종 전에 하신 말씀이 무슨 뜻인지 이제야 알겠구나!"

"무, 무슨 뜻인데요?"

"장림왕에게 통보하라는 말이었다. 폐하를 지킬 사람은 장림왕 밖에 없다는 뜻이었어!"

담항은 놀라고 어리둥절하여 멍한 얼굴로 물었다.

"하지만 장림왕께서는 이미 오래전에 돌아가셨는데 무슨 수로 통보를⋯⋯."

결심을 내린 악은천은 길게 설명할 틈이 없어 부장의 어깨를 움켜쥐며 진지하게 물었다.

"담항, 너는 늘 천하에 유명한 랑야산에 가보고 싶어 했지?"

담항은 눈을 환하게 빛내며 온 힘을 다해 고개를 끄덕였다.

다음 날 아침 막 떠오른 해가 나뭇가지에 걸렸다. 새벽안개가 채 흩어지기 전이었고 기와 위에도 아직 하얀 서리가 끼어 있었다. 담항은 짐을 정리하고 갈색 적삼으로 갈아입은 뒤 등에 짐 보따리와 패검을 메고 안방을 나섰다.

패아가 곁채에서 걸어나와 그에게 쭈뼛쭈뼛 몸을 숙여 인사하며 물었다.

"담 장군, 멀리 가시는 건가요?"

담항은 고개를 끄덕이고 부드럽게 말했다.

"장군께 말씀드려 낭자에게 은자를 좀 주자고 했소. 방 안 차탁자에 놓아두었으니 많지는 않지만 머물 곳을 구하고 생활하기에는 충분할 거요. 명심하시오. 궁성에서 멀리 떨어진 곳에 방을 구해 가능한 한 나오지 마시오. 우리 장군 말씀으로는 경성에 변고가 일더라도 일반 백성들에게는 큰 영향이 없을 테니 겁낼 것 없다는구려."

패아의 눈에 눈물이 차올랐다.

"알겠습니다. 그럼 여러분은 어떻게 되시는 거죠?"

담항은 그녀를 안심시키기 위해 장난스럽게 눈을 찡긋했다.

"걱정 마시오. 풍파가 가라앉은 뒤에도 잘 살아남아서 훗날 다시 볼 수 있을 거요."

패아는 마음을 옥죄는 슬픔을 이기지 못하고 금세 눈물을 방울방울 쏟았다. 담항이 황급히 손을 뻗어 그 눈물을 닦아주며 부드럽게 위로했다.

"당신은 착한 낭자요. 커다란 위험을 당하고도 살아남았으니 앞으로는 분명히 복을 받을 거요."

담항을 랑야산으로 보낸 뒤 악은천은 남은 호위병 다섯 명을 세 갈래로 나누어 하성을 감시했다. 차마 래양왕에게 자주 접근할 수는 없지만 하성을 통해 변란의 전조를 일찍 알아낼 수 있기를 바라서였다. 처음 보름 동안은 매우 조용했다. 그간 하성은 순방영의 업무를 수행하며 이상한 기미조차 보이지 않았지만, 청명절이 되자 동문에서 우림영의 사자 두 사람을 맞이하여 래양왕부로 안내했고 반 시진 후에 성 밖으로 내보내주었다. 그야말로 바람 같은 움직임이었다.

접촉이 짧으면 짧을수록 이미 계획 단계를 넘어 행동을 시작했다는 뜻인 것 같아 악은천은 더 이상 기다릴 수 없다고 생각했다.

저녁 어스름이 내릴 때까지 고민을 거듭하던 그는 결국 결심을 하고 병부상서 진훈을 찾아가 명첩을 내밀었다.

동쪽 국경의 방략을 논의하면서 진훈과 여러 차례 만났지만 사저로 찾아간 것은 처음인데다 벌써 날까지 저물어 손님이 방문하기에 적절한 시간도 아니었다. 통보를 받은 늙은 상서는 놀란 나머지 도리어 호기심이 일어 그를 앞 대청으로 안내하게 한 다음 평상복을 입고 나갔다.

"늦은 시각에 이 늙은이 집까지 찾아오다니 무슨 급한 일이라도 있소?"

악은천은 두 손을 포개어 예를 올린 뒤 주위의 하인들을 둘러보았다.

"몹시 중요하게 말씀드릴 일이 있으니 가능하다면……"

진훈은 어리둥절했지만 손짓하여 하인들을 물렸다.

"아니, 무슨 일이기에 이처럼 비밀스러운 게요? 말해보시오."

주위에 아무도 없는 것을 확인한 악은천은 그제야 숨을 크게 들이쉰 뒤 장포를 걷고 꿇어앉았다.

외적과 결탁하고 우림영과 손을 잡고 나라를 팔고 역모를 꾸미고…… 이 중 하나로도 조정 안팎이 발칵 뒤집힐 일인데 그 모든 것이 한꺼번에 일어났다는 것은 도무지 현실감이 느껴지지 않아 금세 받아들이기가 쉽지 않았다. 진 상서의 반응도 예외는 아니어서, 악은천이 가능한 한 간략하게 고발을 끝내자 놀라고 분노하여 탁자를 내리치며 꾸짖었다.

"터무니없는 소리! 황실 우림영은 어명에만 따르는 곳인데 어찌 그리 쉽게 남의 수중에 들어갔다는 게요!"

"소장이 직접 보았습니다. 적 장군은 경성에 머무는 동안 몇 차례나 래양왕부를 출입했습니다."

"우림영 통령은 업무 보고 차 경성에 왔고 폐하께서 래양왕과 중서령에게 보고를 받으라 명하셨으니 래양왕부를 출입하는 것은 당연한 일이오. 이 늙은이가 보기에는 문제될 일이 아니오!"

"대인, 소장이 소소한 실마리만 가지고 함부로 추측한 것이 아닙니다. 방금 말씀드렸다시피 호숫가에서 구한 하녀가……."

순백수는 처음에 반신반의했지만, 진훈은 숫제 들은 척도 하지 않고 손을 내저으며 그의 말을 끊었다.

"비천하고 못된 종의 말을 그리 쉽게 믿소? 방금 한 이야기들은 하나같이 억지로 끌어다 맞춘 것이지 실질적인 증거는 털끝만큼도 없는 것 같구려! 다행히 늦은 시각에 늙은이의 사저로 찾아왔기 망정이지 다른 사람이 들었다면 벌써 래양왕을 헐뜯은 죄로 잡혀갔을 게요!"

육부의 중신인 진훈은 정무에 통달하고 업무 경력도 많지만 분별력은 그리 높지 않았다. 무정제 때부터 세 황제가 재위하는 동안 이곳 금릉에서는 아무리 커다란 풍파가 일어도 지고무상한 황제의 권력이 진정으로 위험에 처한 적은 없었기 때문에 대부분의 대신들은 다가오는 위기를 감지할 만큼 예민하지 못했다. 하물며 래양왕부는 기반이 약해도 너무 약했다. 이 늙은 상서 대인이 아는 소원계는 애초에 우림영을 장악하고 병란을 일으킬 만한 실력조차 없는 인물이었다.

"악 장군은 아직 젊고 나라에 공도 세웠으니 인재를 아끼는 마음에 한 번은 용서해주리다. 허나 계속 이런 허황된 말을 하면 아무도 장군을 돕지 못할 게요!"

늙은 상서는 소매를 떨치고 돌아서서 씩씩거리며 어둠 속으로 사라졌다. 악은천은 두어 걸음 쫓아가다가 절망에 빠져 걸음을 멈추었다. 두 주먹에 힘이 들어가고 심장 한구석이 서늘했다.

3월이 되어 곡우가 다가오면서 부평초가 자라기 시작했다. 연달아 며칠 하늘이 흐리고 비가 내리더니 오랜만에 날이 개었다. 래양왕부 연못가에 자리한 화청에서는 성대한 연회가 벌어지고 있었다. 소원계는 왕의 장포를 입은 늠름한 모습으로 중문을 나가 가림벽 앞에서 손님을 맞이했다.

한창 기세가 오르는 이 종실의 군왕이 친히 마중하는 사람이라면 당연히 평범한 인물일 리 없었다. 그들은 바로 금군 부통령 네 명 중 세 명, 당동과 정춘도, 사정(謝鼎)이었다.

"세 분께서 이 누추한 곳까지 오시다니 실로 영광이오."

그들 중에서 직급이 다소 높은 당동이 세 사람을 대표하여 대답했다.

"전하께서 초청해주셨으니 당연히 와야지요. 더욱이 우리 통령께서 보내신 서신이 있다 하지 않으셨습니까?"

소원계는 몸을 옆으로 돌려 그들을 먼저 들어가게 해주면서 말했다.

"그렇소. 편리함 때문인지 순 형께서 내 아내에게 주는 서신과 부통령들께 보내는 서신을 모두 이곳으로 보내셨구려. 생각해보니 올해 상황이 혼란스러워 손님을 청한 적이 없는 듯하여 이 기회를 빌려 간소하게나마 술자리를 마련한 것이오. 안타깝게도 오

대인은 오늘 당직이시니 다음에 대접해드리는 수밖에 없겠구려."

금군의 장수들은 조정 대신이나 종친을 가까이해서는 안 되지만 가끔 술 한잔 하는 것쯤은 괜찮았다. 게다가 순백수가 피살되면서 바짝 긴장된 분위기가 점차 풀려감에 따라 당긴 활시위처럼 팽팽하게 신경을 돋우었던 금군 부통령들 또한 당직이 없는 이런 날 다소 느슨하게 보내는 것이 기껍기 그지없었다.

이야기를 나누는 동안 회랑을 지나 화청으로 들어간 일행은 한 차례 겸양을 주고받은 뒤 서열대로 자리에 앉았다. 꽃같이 어여쁜 시녀들이 살랑살랑 걸어와 술을 따르고 밖으로 물러갔다.

소원계는 즐겁게 웃으며 두 손으로 금잔을 높이 받쳐들었다.

"밤낮으로 궁성을 호위하시는 세 분의 노고를 이런 탁주 한잔으로 풀기에는 어림도 없겠지만 성의를 보아서라도 실컷 즐겨주시오."

말을 마친 그가 먼저 고개를 젖히고 단숨에 술잔을 비웠다.

세 부통령은 술을 좋아하는데다 그를 의심하지도 않았기 때문에 잔을 들어 예를 갖춘 뒤 망설임 없이 싹 비웠다. 소원계는 몸소 일일이 잔을 채워주었고, 얼마 지나지 않아 주거니 받거니 하며 술이 세 순배 돌았다.

그때 화청 밖에서 희미하게 사죽 소리가 들려왔다. 느긋하고 구성진 가락이며 부드럽고 맑은 소리가 마치 구름이 떠가듯 물이 흐르듯 아스라이 3월 봄바람에 실려오는 가운데 화청 바깥 연못에 남실남실 이는 물결이 더해지면서 뛰어난 경치와 음률이 기가 막히게 어우러졌다.

동료들 중 가장 풍취를 즐길 줄 아는 당동은 다시 잔을 비우고 눈을 반쯤 감고 곡조에 따라 흠실흠실 박자를 맞추었다. 음률에 흠뻑 도취해 있는데 별안간 옆에서 묵직한 것이 쓰러지듯 '철퍼덕' 하는 소리가 들려 놀라 돌아보니 좌우에 앉아 있던 정춘도와 사정이 바닥에 너부러져 사지에 경련을 일으키고 얼굴에 난 구멍에서 시꺼먼 피를 흘리고 있었다. 당동이 놀라 살펴보니 벌써 숨이 끊어진 상태였다.

"누, 누구 없느냐! 전하……!"

당동은 충격과 혼란에 빠져 소리를 질렀다. 그와 함께 화청 밖에서 들려오는 음악 소리가 마치 창칼이 부딪고 북소리가 전투를 알리는 것처럼 급박해지며 그의 심장을 힘차게 때렸다.

소원계가 천천히 당동 앞으로 걸어와 축 늘어진 시신을 발끝으로 툭툭 차며 눈썹을 치켰다.

"당 부통령, 어째서 당신만 살아남았는지 아시오?"

당동은 탁자 가장자리를 짚고 일어나 비분이 교차하여 벌게진 눈으로 그를 노려보았다.

"요 몇 년간 당 부통령과 가까이 지내다보니 융통성 없는 고집스런 사람이 아니라는 것은 알고 있소."

소원계는 뒷짐을 지고 빙그레 웃었다.

"사실대로 말해주겠소. 본 왕은 이 강산에 뜻을 두고 있소. 이미 7만의 우림영을 손에 넣어 금군과 일전을 벌일 힘도 있으나 아직은 그렇게까지 하고 싶지 않소. 우림영과 금군은 모두 조정의 정예들이고, 본 왕이 대량의 자손으로서 살육을 최소화하고자 했기 때문에 당 부통령이 살아날 기회를 얻은 것이오. 선택할 기회 말이오."

당동은 안색이 잿빛으로 변한 채 더듬거렸다.

"모…… 모반을……."

소원계는 거리낌 없이 고개를 끄덕였다.

"그렇소. 모반을 할 생각이오."

"저, 절대 성공할 수 없다. 어떻게 그런 일을 할 수……."

"성공 여부는 하늘이 정하는 것이고 할 수 있느냐 없느냐도 나중 일이오."

소원계는 태연하게 두 손을 펴 보였다.

"지금 결정을 해야 할 사람은 본 왕이 아니라 당 부통령 당신이오. 간단하게 말해주리다. 지금 부통령 앞에는 두 갈래 길이 있소. 동료들을 따라 충절을 위해 깨끗이 끝내거나, 아니면 본 왕이 마련해준 한 가닥 살 길을 따라 줄을 갈아타고 내가 천명을 얻을 수 있을지 없을지 도박을 해보는 것이오. 따지고 보면 본 왕도 무정제의 적손이니 궁성의 용좌에 앉은 그분에 비해 큰 차이도 없지 않소?"

소원계의 말투는 가볍고 부드러웠지만 당동은 그 말을 듣기만 해도 한기가 뼛속으로 스며들어 온몸의 피가 꽁꽁 얼어붙는 기분이었다. 시커멓게 변한 두 시신과 고통으로 일그러진 얼굴을 보자 당동은 별안간 '충절을 위해 깨끗이 끝낸다'는 말이 너무나도 피부에 와닿아 전처럼 쉽사리 입에 올릴 수가 없었다.

"전하께서는…… 이 몸이 어찌하기를 바라시는지……."

한참의 침묵 끝에 마침내 낮고 떨리는 당동의 목소리가 귀에 울리자 소원계는 뒷짐 진 팔에 잔뜩 들어갔던 힘을 풀며 득의양양한 웃음을 지었다.

핏빛 금릉성

—

15

—

새벽.

동은 텄지만 하늘에는 먹구름이 묵직하게 깔려 있었다. 조양전 앞 높이 매달린 횃불은 아직 꺼지지 않아 멀리서 보면 마치 화룡(火龍)이 바닥을 뒤덮은 시신들과 철철 흐르는 피바다, 조각을 새긴 꼭 닫힌 주홍빛 전각문을 비추는 것 같았다.

소원계는 검을 늘어뜨린 채 피가 흥건한 바닥을 지나 긴 계단 아래에서 천천히 걸음을 멈추고 위를 응시했다. 하루 밤낮 몸속에서 용솟음치던 흥분이 점차 물러가자 팔다리가 노곤하고 정신이 멍해 마치 몽롱한 꿈속에 있는 기분이었다. 이제 성공까지 마지막 한 걸음밖에 남지 않았다는 사실이 믿기지 않았다.

어제 왕부에서 연회를 열어 정춘도와 사정을 독살하고 당동을 끌어들이면서 하늘과 해를 뒤덮는 핏빛 싸움이 서막을 열었다.

오시쯤 되자 강요를 받은 당동이 군령을 내려 교위 이상의 군관 도합 서른 명 중 스물한 명을 금위부로 유인했고, 가운데 계급이 무너지자 금군의 임시 지휘 체계는 중간에서 철저히 끊어지고 말았다.

그와 동시에 동호 우림영 7만 정예병이 금릉에 도착했고, 순방영이 활짝 열어준 대문을 통해 성안으로 들어와 네 갈래로 병력을 분산시켰다.

미시 초, 금군 남쪽 영채와 정문 밖의 영채, 동쪽 연병장 영채가 동시에 포위되었다. 수장을 잃은 금군은 전력이 크게 꺾여 유시 초까지 저항하다가 마침내 적명의 손에 갈래갈래 흩어져 무장해제되고 완전히 붙잡혔다.

황혼이 내리자 궁성을 지키던 금군은 정문을 잃고 전각을 따라 후퇴했다. 정예병 5천 명이 밤새 격전을 벌인 통에 어전으로 가는 계단은 피로 벌겋게 물들었다.

마침내 밤이 흩어지고 여명이 밝았다.

하지만 그 여명은 오로지 소원계에게 속한 것이었다.

대전 문 앞에서 전사한 금군 부통령 오민정이 전각 회랑으로 끌려가면서 시야가 닿는 저편까지 핏자국이 길게 늘어졌다. 적명은 눈을 살짝 내리뜨고 눈동자에 떠오른 희미한 슬픔을 지우며 휘하 병사에게 조양전 대문을 부수라는 손짓을 했다.

깊디깊은 궁전의 반대편 끝에서는 열여섯 살 소년 천자가 용좌에 앉아 자꾸만 약해지는 마음을 다잡으며 몸을 똑바로 세우려 애쓰고 있었다. 순 태후는 용좌 아래쪽에서 소영의 부축을 받아 기대어 있었고, 우연히 문후를 드리러 왔다가 갇힌 나이 많은 종친들도 그 주변에 모여 있었다. 백 명에 가까운 태감과 궁녀들도 사방을 에워싼 채 혼란에 어쩔 줄 몰라 하며 몸을 웅크렸다. 놀라고 당황한 이 무리 맨 앞에 서 있는 사람은 놀랍게도 머리카락과 수염이 희끗희끗한 병부상서 진훈이었다.

소원계는 느리지도 빠르지도 않은 걸음으로 높디높은 대전 문 지방을 넘어 가운데로 나아가더니 가만히 걸음을 멈추고 진훈을 아래위로 훑어보며 놀란 목소리로 물었다.

"진 대인이 어찌 궁에 계시오?"

어제 우림영 대군이 금릉성 밖에 나타났을 때 음모는 이미 명확한 모반으로 변했다. 악은천은 다시 한 번 진훈의 사저로 달려가 늙은 상서를 끌고 순방영의 장벽을 뚫으며 궁으로 소식을 전하러 갔다. 하지만 금군의 장수들은 이미 쓰러진 뒤였고 소원시는 태후를 남겨두고 혼자 달아나지 않겠다고 우겼다. 그런 바람에 동쪽 국경에서 온 이 젊은 장군은 이 변고를 돌이킬 수 없게 되었다.

진훈은 덜덜 떨리는 손으로 그를 가리키며 분노로 수염을 바르르 떨면서 꾸짖었다.

"소원계, 나라를 배신하고 모반을 꾸민 것은 크나큰 죄다. 하늘도 너를 용서치 않을 것이다! 이 늙은이가…… 일찌감치 그의 권고를 받아들이지 않은 것이 한스럽구나."

소원계가 눈썹을 홱 치키며 한 걸음 다가가 싸늘하게 캐물었다.

"누구 말이오? 누가 사전에 본 왕의 계획을 알았소?"

진훈은 그에게 힘차게 침을 뱉으며 욕했다.

"난신적자를 주멸하지 않으려는 자가 어디 있겠느냐? 하늘에서 크고 높은 천지신명이 보고 계시는데 감히 군주를 시해하려는 게냐?"

소원계의 눈동자는 순식간에 먹물처럼 어두워졌다. 그는 손에 든 검으로 늙은 상서의 옆구리를 비스듬히 찌른 뒤 검을 뽑는 동시에 힘주어 팔목을 떨쳐 그의 시신을 어전의 계단에 내동댕이쳤다. 전각 안 여기저기에서 놀란 비명이 쏟아졌다. 사람들이 얼굴을 가리고 허둥지둥 물러나는 바람에 공간이 무척 비좁아졌다.

분노에 찬 순 태후가 소영을 뿌리치고 계단 앞으로 달려가 노성을 터뜨렸다.

"소원계, 우리 황실은 네게 줄곧 은혜를 베풀었는데 어찌 이런 미치광이 같은 짓을 하느냐!"

방울방울 새빨간 피가 검의 홈을 따라 뚝뚝 떨어졌다. 소원계는 아무 표정 없이 검 끝을 응시하다가 핏방울이 옥석 바닥에 조그만 웅덩이를 만들 때쯤 고개를 돌리고 순 태후의 눈을 똑바로 노려보았다.

"저는 어려서 아버지를 잃고 어머니 또한 핍박을 받아 돌아가셨습니다. 태후마마의 말씀대로 황실은 확실히 제게 은혜를 베풀었지요."

순 태후의 목소리가 떨렸다.

"네 부모의 최후는 그들이 자초한 것이지 누명을 쓴 게 아니다!"

"좋습니다, 설사 제 부모의 죄가 사실이라 해도 태후께서 따질 일은 아니지요. 태후마마께서는…… 설마하니 스스로 결백하다고 생각하시는 겁니까?"

그의 싸늘한 목소리와 함께 뒤쪽에서 적명이 나타나 허리에 검을 찬 채 성큼성큼 다가왔다. 계단에서 일 장 정도 떨어진 곳에서 걸음을 멈춘 그가 차갑게 물었다.

"태후마마, 저를 아십니까?"

"내…… 내 어찌 너 같은 역적을 알겠느냐!"

"저는 경성 사람으로, 집안은 대대로 관리를 지내며 조정을 위해 일했습니다. 비록 혁혁한 공을 세웠다 할 수는 없지만 적어도 태어나면서부터 역적은 아니었습니다."

순 태후는 그를 만난 적이 없지만 그의 신분을 아는 소원시는 소리 높여 꾸짖었다.

"그대는 황실 우림영의 통령으로 군주의 녹을 먹는 자인데 신하의 소임을 다하지 않고 도리어 군주의 은혜를 저버리고 모반을 일으켰다. 그런 대역무도한 자가 어찌 감히 가문을 입에 담는가?"

"태후마마의 은혜를 입어 우리 적씨 집안에 겨우 저 한 사람만 살아남았는데 구태여 입에 담지 못할 까닭이 어디 있습니까?"

적명은 슬픔이 묻은 눈동자로 처연하게 웃음 지었다.

"설마하니 마마와 폐하께서는 신하 된 자라면, 나라의 녹을 먹는 자라면, 군주가 어떤 사람이든 상관없이 무조건 떠받들어야 한다고 생각하십니까?"

소원시의 얼굴이 벌겋게 달아올랐다.

"짐이 비록 어리지만 조부와 부황을 본받고자 하는 마음은 있다. 짐이 대체 무엇을 잘못했는지 명확히 말해보라!"

"폐하께서 아무리 결백하다 주장하셔도 태후마마께서는 기억하고 계시리라 생각합니다."

"무엇을 말이냐?"

순 태후는 얼굴이 흙빛이 되어 혼란스런 목소리로 물었다.

"내 여태 너를 만나본 적도 없거늘…… 도무지 그 허튼소리를 알아들을 수가 없구나!"

적명은 그녀를 향해 한 걸음 더 나아가 한 자 한 자 똑똑히 내뱉었다.

"이제 보니 까맣게 잊으셨군요. 그해…… 금릉성에서 일어난 역병을 말입니다."

순간 순 태후는 온몸을 부르르 떨며 두 다리에 힘이 빠져 비틀비틀 뒤로 물러섰다. 소원시가 황급히 다가가 어머니를 부축하다가 힘이 부쳐 같이 풀썩 바닥에 주저앉고 말았다.

옆으로 물러나 있던 소원계가 눈썹을 세우며 부하를 시켜 뒤쪽에 있던 종친 정산왕(亭山王)을 끌어내게 한 다음 소매에서 비단 두루마리 하나를 꺼내 그의 손에 툭 던지며 사람들 앞에서 소리 내어 읽게 했다. 복양영의 자백서였다.

금릉성의 역병은 바로 몇 년 전 일이었기 때문에 전각에 있는 사람들도 당시의 참상을 기억하고 있어 그 내용을 듣자 하나같이 얼굴빛이 변했다. 소원시는 양쪽 귀를 힘껏 틀어막고 절망적으로 고개를 흔들었다.

"아니야, 그렇지 않아! 아니야! 그 역병은 못된 야진인들이 꾸민 일이지 모후와는 아무 상관 없어."

적명은 냉소를 터뜨렸다. 두 눈에는 핏발이 가득 서 있었다.

"이른바 당신의 복을 위해 당신 어머니는 역병이 사방에 번지도록 내버려두었고 몇 사람이나 죽었는지는 신경도 쓰지 않았습니다. 우리 대량의 백성들, 이 경성 백성들의 목숨 따위는 귀하신 당신들 눈에는 한낱 지푸라기나 다름없었습니다. 그 역병으로 금릉성에서 만 명에 가까운 사람이 죽어 길거리마다 시신이 쌓이고 원혼이 하늘을 뒤덮었습니다. 제아무리 궤변을 늘어놓아도 무슨 소용이 있겠습니까? 순씨, 이런 순간에도 네 입으로 너와 아무 상관 없다고 말할 수 있겠느냐?"

순 태후는 암담해진 눈빛으로 눈물을 철철 흘리며 웅크려 앉은 아들을 가만히 바라보다가 일어나 적명을 마주했다.

"너는 그 일 때문에…… 가족의 복수를 하려고 폐하를 배신한 것이냐?"

적명의 눈빛은 서리처럼 차가웠다.

"군주가 신하를 지푸라기처럼 하찮게 여기는데 신하가 무슨 까닭으로 충성을 바쳐야 하느냐?"

"폐하는 당시 나이가 어려…… 그 일과 아무 관련이 없으시다."

"너 같은 어머니를 둔 것만으로도 군주 될 자격이 없다."

전각 안에는 반란군이 도열하여 날카로운 창칼을 번뜩이고 있었고 앞쪽 창틀은 피로 얼룩져 있었다. 희망이 없음을 깨달은 순 태후는 몸을 홱 돌려 옆에 선 시위의 손에서 검을 빼앗더니 적명을 겨누며 떨리는 소리로 말했다.

"폐하께서는 천명을 받으신 분이다. 그 황위는 선제께서 내리신 것이고 등극한 후로 잘못을 저지른 적도 없으시다. 너희는 군주를 거스르고 난리를 일으켜 사람의 도리를 저버렸으니 하늘과 땅이 용납하지 않을 것이다. 내 잘못은 나 혼자 책임지겠다. 내가 목숨으로 빚을 갚고 폐하 곁에서 떠난다면 병사를 물리겠느냐?"

소원시가 놀란 목소리로 어머니를 외쳐 부르며 일어나 검을 빼앗으려 했지만 옆에 있던 정산왕이 그를 꼭 부둥켜안았다.

소원계가 그쪽을 흘끗 노려보더니 냉소를 터뜨렸다.

"순씨 일족이 조정을 틀어쥐어 충신들을 해치고 대량의 강산을 망쳤습니다. 그간 지은 죄가 헤아릴 수 없으니 마마께서는 죽어 마땅하지요."

"소원계!"

순 태후가 호된 목소리로 노성을 터뜨렸다.

"우리 순씨 집안의 딸을 달라고 구혼할 때는 어찌 그 말을 하지 않았느냐! 안여는? 그 아이를 어찌한 게냐? 나는 그 아이를 잘 안다. 그 아이는 결코 네 더러운 계획에 동조하지 않았을 것이다!"

'순안여'라는 이름은 확실히 소원계의 아픈 곳이었다. 그는 눈썹을 움찔하며 노기를 띠더니 적명을 돌아보았다.

"적 장군, 장군은 피맺힌 원한을 갚고자 벼르오지 않았소? 무엇을 더 기다리시오?"

적명이 얼굴을 굳히며 검을 쥔 손가락을 살짝 퉁겼다. 눈처럼 새하얗게 번쩍이는 검이 검집에서 빠져나왔다. 순 태후는 공포에 질려 본능적으로 물러섰지만 귓가에 모후를 부르는 아들의 목소리가 들리자 곧 마음을 다잡고 서서 애원했다.

"너희들…… 너희는 말끝마다 내게 죄를 묻겠다고 하니 내가 죽으면 원한은 자연히 사라질 터…… 지금이라도 병사를 물린다면 폐하께서도 결코 너희에게 죄를 묻지 않을 것이다."

정산왕이 뒤에 있던 종친들 중 연장자 두 명에게 눈짓을 해 발버둥 치는 소원시를 붙잡게 한 다음 용기를 내어 앞으로 나갔다.

"태후마마께서 죄를 인정하고 스스로 끝내시겠다고 했으니 크나큰 양보이건만 래양왕은 또 무슨 불만이 있는가?"

소원계는 비웃음을 터뜨렸다.

"죄를 인정하고 스스로 끝낼 테니 물러가라고? 마마께서는 스스로를 너무 높이 치시는군요. 좋습니다. 일단 마마께서 먼저 떠나신 후 다시 이야기하지요.”

순 태후는 살아날 길이 없다는 것을 알고 마지막으로 소원시를 돌아보며 천천히 말했다.

“얘야, 아들아…… 이 모후는 오로지 네 강산을 지키기 위해 노력했을 뿐이란다. 그런데 이렇게…… 이렇게 너까지 해를 입게 되다니…….”

말을 마친 그녀는 눈을 감고 검을 목에 가져갔다. 이를 악물고 힘을 주었지만 아무래도 손이 떨려 두어 차례 시도해도 피부만 벗겨져 피가 흐를 뿐 도무지 깊이 찔러넣을 수가 없었다.

적명이 한 걸음 다가가 그녀가 쥔 검 자루를 잡아 힘을 주자 금세 목에서 피가 솟구치고 태후의 몸 또한 검날이 향한 방향으로 쿵 쓰러졌다.

소원시가 찢어지는 비명을 질렀다. 결국 그는 붙잡고 있던 두 종친을 뿌리치고 어머니의 시신으로 달려가 피범벅이 된 손을 부여잡고 소리 죽여 흐느꼈다.

정산왕은 힘껏 침을 뱉은 후 소원계를 향해 떨리는 목소리로 말했다.

“태후를 핍박해 죽여놓고 또 무슨 원한이 남았는가? 속히 물러가지 않으면 천하가 공분하여 역적을 물리치러 들이닥칠 것인즉, 그때가 되면 죽어도 묻힐 곳이 없을 걸세!”

“정산 숙부님, 한가하게 여생이나 즐기실 것이지 공연히 이런 일에 참견하지 마십시오.”

소원계는 고개를 젖히고 비웃음을 터뜨렸다.

"태후는 죽었으나 소원시가 용좌에 있는 한 저희가 어떻게 안심할 수 있겠습니까?"

정산왕이 절망적으로 물었다.

"그, 그렇다면 어찌할 셈인가?"

"예로부터 강산은 능력 있는 자의 것이라 했지요. 소원시는 어리고 제대로 가르침을 받지 못해 여인의 치마폭에 싸인 채 밖으로는 국토를 지키지 못하고 안으로는 신하들을 굴복시키지 못했습니다. 죄기조(罪己詔, 제왕이 스스로의 죄를 밝히는 조서-옮긴이)를 써서 천하에 공표하고 현명한 자에게 양위해야 합니다."

그 말이 떨어짐과 동시에 적명이 한 걸음 나아가 소리 높여 말했다.

"래양왕은 무정제의 황손이시니 황실의 핏줄이며 종친들 중에서도 뛰어난 인재이십니다. 이분이 동쪽 국경 싸움에서 승리하고 국토를 되찾은 일은 천하가 아는 사실입니다. 소원시는 덕이 없고 무능하니 그를 대신해 래양왕을 황제로 모시고자 합니다!"

전각 안에 있던 반란군들이 일제히 호응했다.

"래양왕을 황제로 모시자!"

하늘을 찌를 듯한 외침 속에서 소원시는 천천히 고개를 들어 사촌형의 눈을 직시하며 한 자 한 자 똑똑히 말했다.

"짐에게 여러 가지 잘못이 있을 수도 있으나 아무리 그렇다 한들 너 같은 역적에게 굴종하여 가짜 조서를 써서 천하를 속이지는 않을 것이다."

소원계는 개의치 않고 피 묻은 검을 서서히 들어올려 검 끝으로 소원시의 목을 가볍게 눌렀다.

"너는 구중궁궐에서 곱게만 자란 어린아이에 불과한데 그 몸이 얼마나 버틸 수 있으리라 생각하느냐?"

차가운 한마디를 남긴 뒤 소원계는 검을 거두고 어린 황제를 내버려둔 채 돌아서서 궁궐을 정리하고 옥새와 책봉서를 찾아오게 했다. 명을 받은 적명이 돌아서는데 별안간 소원시가 큰 소리로 외쳤다.

"옥새는 이미 궁을 떠났다. 땅을 파헤친다 해도 결코 여섯 개 옥새를 모두 찾아내지는 못할 것이다! 짐은 그의 충성과 기략을 믿는다. 설사 경성이 함락되고 짐이 네 손에 죽더라도 그는 반드시 진정으로 믿을 수 있는 사람에게 옥새를 전달할 것이다!"

"그래? 네가 말한 그 믿음직한 사람이 도대체 누구인지 궁금하구나. 저 멀리 랑야산에 있는 장림왕이냐?"

소원계는 분노가 치밀어 소원시의 뺨을 철썩 올려붙였다.

"네가 높디높은 황위에 있었을 때는 당연히 모두 충성을 맹세했겠지. 하지만 말이야, 기회가 생기고 보위가 눈앞에 보이면 사람이란 누구나 나처럼 되게 마련이지. 소평정도 예외는 아니야!"

맞아 쓰러진 소원시는 곧바로 일어나지 못했다. 곁에 있던 늙은 태감 두 명이 앞뒤 가리지 않고 달려와 부축했고 정산왕은 무릎을 꿇고 눈물을 쏟았다. 적명은 눈을 찌푸렸지만 아무 말 없이 전각을 떠나 부하들을 나누어 궁을 구석구석 빼놓지 않고 살피게 했다.

천자가 머무는 위엄 넘치는 궁성에는 넓은 전각이 헤아릴 수 없이 많았다. 비록 변고로 인해 활동 반경이 좁아지기는 했으나 전각을 모두 샅샅이 뒤지는 것은 몇 시진 만에 완수할 수 있는 일이 아니었다. 적명이 몸소 감독하여 다음 날 정오가 되도록 뒤졌으나 소원시의 말은 거짓이 아니었다. 천자의 옥새 여섯 개 가운데 다섯 개만 남아 있고 나머지 하나는 어디론가 사라지고 없었다.

보고를 들은 소원계는 안색이 어두워져 곧바로 어린 황제를 가둔 조양전으로 달려가 그의 머리카락을 움켜쥐고 거칠게 물었다.

"천자의 손에 있지 않는 한 옥새 따위는 예쁘기만 한 돌멩이에 불과하지. 훗날 내가 보위에 올라 옥새를 훔친 도적을 체포하라는 성지를 내리면 천자의 옥새는 함부로 손댈 수 없는 장물이 되는 것이다. 그때가 되면 너도 자연히 알게 될 것이다. 아무리 발버둥을 쳐도 소용없다는 것을 말이야."

차가운 돌바닥에서 하룻밤을 보낸 소년 천자는 이미 얼굴이 퍼렇게 떠 있었고 억지로 들어올린 목은 끊어질 듯이 아팠다. 하지만 뼈와 핏속에 남은 마지막 자존심이 눈물을 흘리지 않게 해주었다. 그는 떨지 않으려 애쓰며 말했다.

"소원계, 네가 아무리 진실을 숨기고 짐이 네게 양위한 것처럼 모두를 속인다 해도 그는, 그는 결코 믿지 않을 것이다."

"네가 무엇을 기대하는지, 무슨 생각을 하는지 안다."

소원계는 가슴속 불안감을 숨기려는 듯 큰 소리로 웃었다.

"정말이지 천진하기 짝이 없구나. 황실의 종친들도 조정의 대신들도 하나같이 내 손에 들어왔다. 네가 황위에서 물러나기만 하면 대의명분조차 내 차지다! 조정에서 물러나 천 리 먼 곳에 은거한 소평정이 무엇을 할 수 있느냐? 봉지도 없고 병권도 없어 병사 하나 거느리지도 못하는데 무슨 힘으로 본 왕과 대적할 수 있겠느냐?"

264

성큼성큼 문 쪽으로 걸어간 소원계가 전각문을 힘껏 닫고 사라지자 사방은 다시 정적에 휩싸였다. 문이 닫히면서 낸 거친 소리만 귓가를 맴도는 것 같았다. 인정하고 싶지 않지만 몇 년간 정무를 보아온 어린 황제 역시 역모를 꾸민 사촌형이 방금 한 말이 더도 덜도 없는 사실임을 잘 알고 있었다.

설사 악은천이 경성이 완전히 포위되기 전에 성공적으로 빠져나갔다 해도, 설사 그가 무사히 소평정을 만나 근왕군(勤王軍, 난리가 일어났을 때 군주를 지키는 군대−옮긴이)을 일으키라는 명을 전했다 해도, 이미 금릉성 조정을 떠난 장림왕이 무엇을 할 수 있을까?

내심 캄캄한 절망에 빠진 소원시지만 경성의 상황이 자신이 예상한 것보다 더 나쁘다는 사실은 모르고 있었다. 천자의 옥새 하나를 가지고 떠난 악은천은 궁성을 벗어났지만 순방영이 네 개 성문을 단단히 지키는 통에 금릉성을 빠져나갈 방도가 없어 패아가 빌린 민간의 작은 집에 몸을 숨기고 있었다. 병란이 일어난 후 사흘 동안 대학살극이 벌어졌다. 반항하는 관아나 집안은 모조리 몰살시키고 불을 질러 밤새도록 하늘이 훤할 정도였다.

사전에 래양왕에게 귀순한 사람들 외에 제법 품계가 있는 경성의 관리들은 모두 본래 경조부가 있던 커다란 원락에 감금당했고, 소원계가 미리 내린 명대로 한 사람 한 사람 끌려나와 설득을 당했다. 투항하고자 하는 이들은 잠시 남쪽 원락에 머물 수 있었지만 시무를 모르는 이들은 곁채에 갇힌 채 우림영 교위 두 명의 감시 아래 최종 처벌이 내려지기를 기다려야 했다.

궁성은 소원계가 직접 상황을 수습했고, 적명은 틈을 내어 경조부로 달려가 상황을 살폈다. 두 우림영 교위는 오랫동안 적명을 따른 부하로 예를 올리자마자 그의 마음을 짐작하고 곁채로 안내했다.

피비린내 나는 학살과 며칠에 걸친 회유와 협박을 겪는 동안 곁채에 남은 중신 가운데 끝내 고집을 꺾지 않은 사람은 이제 스무명 남짓밖에 되지 않았다. 적명 일행이 문지방을 넘어 들어가자 꽃병 하나가 휙 날아들었다. 이부상서가 맨 앞에 서서 기세등등하게 욕을 퍼부었다.

"헛소리할 것 없다! 이 반역자! 역적들아! 이 늙은이는 죽어도 너희와 함께하지 않을 것이다!"

적명은 빛을 등지고 문가에 서서 그들을 가만히 바라보았지만 할 말이 없어 묵묵히 몸을 돌렸다. 앞뜰의 나무 아래에 이르러서야 겨우 걸음을 멈춘 그는 고개를 숙이고 한참 생각에 잠겼다.

부하 시운(施鄆)이 머뭇머뭇 물었다.

"장군, 아무리 권해도 듣지 않는데 대관절 어찌해야 할까요?"

"뒷길에 빈 원락이 있으니 그곳으로 옮겨라. 식사와 물은 제때 제공해야 한다."

시운은 눈꺼풀을 움찔했다.

"죽이지 않으십니까?"

적명은 입매를 단단히 당기며 차갑게 말했다.

"죽이지 않는다."

소원계는 적명이 그 스무 명 남짓의 중신을 어떻게 처리했는지 별로 신경 쓰지 않았다. 지금 그의 마음은 온통 즉위식에 쏠려 있었다. 귀순한 중신들과 종친들이 즉위식에 세워둘 만큼 충분한 숫자가 되면 다른 일들은 서두를 것 없이 천천히 정리해도 상관없었다.

3월 말, 정산왕과 월음후(越陰侯) 두 종친과 중서령 뇌걸, 예부상서 심서 두 대신이 문과 창문이 꼭꼭 닫히고 가리개를 무겁게 늘어뜨린 조양전의 편전으로 들어갔다.

소원시는 어느새 입었던 황포까지 빼앗겨 흰 고의만 입은 채 구석에 멍하니 앉아 있었다. 전각문이 열리면서 새어든 빛이 얼굴을 비추자 그는 저도 모르게 소매를 들어 가렸다.

정산왕은 눈물을 쏟으면서 다른 사람들을 데리고 나아가 덜덜 떨며 절을 올렸다.

"신…… 폐하께 인사 올립니다."

그들을 가만히 바라보는 소원시의 표정은 차분했다.

"알겠습니다. 그 역적을 대신해 짐을 설득하러 오셨군요?"

네 사람 가운데 어떻게든 공을 세우려고 안달 난 사람은 다름 아닌 심서였고, 당연히 맨 먼저 입을 연 사람도 그였다.

"폐하, 처지가 이리되었으니 이제는 돌이킬 수 없습니다. 뭐니 뭐니 해도 폐하의 목숨이 중요하지 않겠습니까? 폐하께서 양위하시면 래양왕이 그 체면을 보아서라도 폐하를 후하게 대우해드릴 것입니다."

"그대들은 소원계가 벌써 이겼다고 생각하는군요, 그렇지요?"

소원시는 고집스럽게 입술을 뒤틀며 창밖을 돌아보았다.

"하지만 짐은 그렇게 생각하지 않습니다. 금룽성 밖에는 결코 저 역적에게 굴하지 않을 사람이 아직도 셀 수 없이 많다고 믿습니다."

정산왕은 슬픈 듯이 눈물을 닦으며 나지막이 말했다.

"신이 죽음이 두려워 이러는 것일 수 있으나 자청하여 폐하를 설득하러 온 까닭을 깊이 따지자면 결국 폐하를 위해서입니다."

"짐을 위해서라고요?"

"폐하께서 무엇을 기다리시는지 압니다. 하지만 장림왕이 소원계에게 굴하지 않는다는 것이 폐하의 생사까지 염려한다는 의미는 아닙니다."

소원시는 눈썹 끝을 세우며 의아한 듯 그를 바라보았다.

"잊으시면 안 됩니다. 장림왕 또한 소씨라는 것을 말입니다."

정산왕은 소매로 눈물을 훔치며 더욱 진지하게 말했다.

"지난날 회화장군이 면전에서 성지를 거역한 일에서도 알 수 있듯이 그의 마음속에서 황실의 위엄은 그리 큰 자리를 차지하지 않습니다. 래양왕이 이미 상황을 장악한 것은 차치하더라도, 설령 소평정에게 그를 물리칠 방법이 있다 한들 그것이 반드시 폐하의 복이라고 할 수는 없지요."

심서가 재빨리 그 말을 받았다.

"잘 생각해보십시오, 폐하. 정말 누군가 근왕군을 일으키더라도 결과는 두 가지뿐입니다. 지면 소원계는 더욱더 폐하를 괴롭힐 것이요, 요행히 이긴다 한들 궁지에 몰린 소원계는 눈 깜짝할 사이 저희를 모조리 베어버릴 것입니다. 부디 대세를 헤아리시어 살아날 마지막 길마저 끊어버리지는 마십시오."

소원시는 창백해진 얼굴로 옷자락을 꽉 틀어쥐며 차갑게 내뱉었다.

"반드시 죽어야 한다면…… 죽겠습니다. 강산이 소원계 저 소인배의 손에 들어가지만 않는다면 짐이 구천에 가더라도 선제와 황백부를 뵐 낯은 있겠지요."

어린 황제의 고집스런 태도는 당연히 소원계를 불쾌하게 만들었지만 그 때문에 즉위식 준비가 미루어지지는 않았다. 흠천감은 재빨리 천문을 헤아려 4월 보름날을 즉위식으로 정했다. 내정사는 허둥지둥 황포를 제작하고 임시 옥새를 팠고, 미리 훑어본 소원계는 제법 마음에 들어 했다.

즉위식 당일은 마침 맑고 환했다. 새벽빛이 전각 처마를 스치자 처마 위로 높이 솟은 짐승의 머리가 황금빛으로 번쩍였다. 긴 계단 양쪽에는 우림영 병사들이 겹겹이 도열해 있었고 전각 앞을 적셨던 시뻘건 핏자국은 벌써 깨끗이 닦아내어 흔적도 없었다.

귀순한 조정 대신들과 종친들이 고개를 숙이고 승건전 양쪽으로 나누어 섰다. 규칙대로 윗자리에 앉은 소원시는 천자의 예복을 입은 채 고통스럽게 고개를 돌려 편전으로 향하는 전각 양쪽의 문을 바라보았다. 두 어린 동생 소원가와 소원우가 그곳에 꿇어앉아 있고 어깨에는 뒤에 선 래양왕부의 친위대가 든 칼이 놓여 있었다. 두 사람은 눈물 젖은 얼굴로 용좌에 앉은 황형을 바라보았다. 소원시는 마음이 찢어지는 듯 아파 어쩔 수 없이 눈을 감았다.

식을 알리는 음악이 연주되면서 마침내 소원계가 전각문 밖에 모습을 드러냈다. 그는 고개를 똑바로 들고 자줏빛으로 잔뜩 꾸며진 전각 가운데를 가로질러 천천히 어전의 계단으로 걸음을 옮겼다. 용좌 아래쪽 옆에서 걸음을 멈춘 그는 잠시 서 있다가 사람들에게 눈짓했다.

심서가 대신들 무리에서 나와 어린 황제에게 세 번 절을 올리고 소리 높여 말했다.

"폐하께서는 선조의 은혜를 입어 제위를 이으셨으나 즉위한 후로 성덕이 얕아 백성들의 원망이 들끓었습니다. 신이 백관들의 부탁을 받아 폐하께서 스스로의 잘못을 깊이 뉘우치시고 현명한 이에게 제위를 넘겨 소씨의 강산을 편안히 하고 하늘과 민심을 따르라 청하오니…… 부디 허락해주십시오."

용좌 옆에 선 래양왕의 음침한 눈빛 속에 전각 안의 대신들은 차례차례 고개를 숙이고 쭈뼛쭈뼛 따라했다.

"부디…… 허락해주십시오."

소원시는 이를 악문 채 여전히 눈을 감고 아무 말 하지 않았다. 용좌 옆에 있던 정산왕이 잿빛이 된 얼굴로 나아가 떨리는 목소리로 고했다.

"강산에 위기가 닥친 것은 군주의 잘못입니다. 폐하께서는 손수 죄기조를 쓰시고 신에게 대신 낭독하라 명하셨습니다."

소원계가 태연하게 말했다.

"폐하께서 명을 내리셨다면 그리하시오."

바스락바스락 종이를 펼치는 소리가 들리고, 이어 정산왕의 떨떠름한 목소리가 심서에게서 나온 퇴위 조서를 읽기 시작했다. 소원시는 귓속이 웅웅 울리는 것 같아 귀를 틀어막고 싶었으나 두 팔이 묵직해서 들 수도 없었다. 정신이 몽롱하여 귀에 들려오는 말이 무슨 내용인지 알 수도 없었지만 마지막 한마디는 명확했다.

"래양왕 소원계는 조상의 핏줄로, 용자가 뛰어나고 재주 높고 덕도 많다. 짐은 그에게 강산을 맡기고자 하니 부디 거절하지 말지어다."

소원계는 당연히 곧바로 조서를 받으려고 하지 않고 공수를 하며 사양하고 조정 대신들을 돌아보았다.

"폐하의 은혜를 입어 강산을 부탁받았으나 이 몸은 본디 우둔하여 천하를 감당하지 못할까 실로 황공하기 짝이 없소."

심서가 재빨리 나아가 웃음 띤 얼굴로 말했다.

"래양왕께서는 겸양이 과하십니다. 신은……."

그가 이미 준비했던 말을 꺼내려는데 별안간 전각 밖에서 소란스런 소리가 들리더니 점점 가까워졌다. 당황하고 놀란 목소리로 보아 즉위식에 정해진 절차는 아님이 분명했다. 소원계가 분노한 얼굴로 두어 걸음 나아가 꾸짖으려는데 하성이 벌컥 문을 열고 들어오더니 흙빛이 된 얼굴로 전각문 옆에 털썩 꿇어앉아 헐떡이며 말했다.

"보고드립니다, 전하. 자, 장림군의 깃발이…… 경성에 접근하고 있습니다!"

전각 안은 순식간에 아수라장이 되었다. 용좌에 앉은 소원시가 눈을 번쩍 떴다.

소원계는 계단 밑으로 달려내려가 사납게 외쳤다.

"그 무슨 얼토당토않은 말이냐? 무슨 깃발이라고?"

"자, 장림군의……."

"그럴 리 없다!"

소원계는 소매를 힘껏 떨치며 외쳤다. 날카로운 목소리가 사람들의 귀를 찢어버릴 것만 같았다.

"소평정은 멀리 랑야산에 있고 아직 그곳까지 소식이 전해지지도 않았다! 그런데 그자가 어디서 나타났단 말이냐? 어디서 그 병사를 끌어 모았다는 것이냐?"

장림의 이름

—

16

—

담항이 밤낮없이 랑야산으로 달려가 헉헉거리며 손님맞이 금종을 울렸을 때 소평정과 임해는 마침 단출하게 짐을 꾸리고 산을 내려가는 중이었다. 앞 전각과 뒤 전각에는 각기 따로 산길이 있어 도중에 찾아온 손님과 마주칠 일은 없었다. 걸음이 빠른 두 사람이 출발한 지 반 시진 만에 산중턱에 도착했을 때 봉우리 꼭대기에서 돌아오라는 의미를 담은 맑은 피리 소리가 울렸다.

막 출발한 사람더러 돌아오라니, 혹시 조카에게 무슨 일이라도 생겼나 싶어 소평정은 얼굴이 하얗게 질려 임해를 이끌고 나는 듯이 올라갔다. 산길에 나와 기다리는 소도를 만난 다음에야 소책에 관한 일이 아니라는 것을 알 수 있었다. 금릉에서 사자가 왔는데 몇 마디 물어본 린구와 순비잔은 아무래도 그를 불러 소식을 전해야겠다고 생각한 것이었다.

난대 앞 대청으로 들어가보니 맞은편에서 순비잔이 몹시 흥분한 얼굴로 왔다갔다하고 있었다. 소평정이 들어서자 그가 와락 달려와 뒤에 꿇어앉은 담항을 가리키며 큰 소리로 말했다.

"저자가 금릉에서 왔는데 소원계가 제 어머니를 죽인 자와 공모하여 나라의 땅을 팔아넘기고 수보 대인을 암살한 것도 모자라 이제는 병사를 일으켜 모반을 한다는구나, 믿어지느냐?"

"누구라고요? 소원계 말입니까?"

"그래! 그중 하나만 해도 죽어도 용서받지 못할 대죄인데 증거라고는 시집간 주인을 따라 왕부에 간 지 몇 달 되지도 않은 시녀의 말뿐이라는구나. 정말이지 황당무계한 일이다, 황당무계해!"

담항은 온몸에 먼지를 뒤집어쓰고 땀을 구슬처럼 흘리는데다 목도 바짝 말라 있었다. 이런 지적을 당하자 초조한 나머지 해명하려고 했지만 목이 갈라져 단박에 목소리가 나오지 않았다.

소평정은 서둘지 말라는 손짓을 하고 순비잔에게 물었다.

"순 형님, 그렇게 황당무계하고 못 믿을 것 같으면 어째서 저더러 돌아오라고 하셨습니까?"

수만의 금군을 지휘했던 만큼 영리한 구석이 있는 순비잔은 소평정이 별로 놀라지 않자 가슴이 철렁했다.

"서, 설마…… 저 말을 믿는 것이냐?"

소평정은 동해와의 전쟁을 며칠 동안 연구한 적이 있어 일찌감치 의심을 품고 있었다. 동쪽 국경의 군사 기밀을 접할 수 있는 이는 단 한 사람만이 아닌데다 전쟁 중에는 우연한 일도 일어나게 마련이었다. 그러나 순백수는…… 수년간 조정을 장악하고 있던 순백수를 죽이고자 하는 사람은 그리 많지 않았다.

그 일로 인해 그의 의심은 더욱 짙어졌지만 공연히 누명을 씌우게 될까봐 마음속에만 담아둘 뿐 진지하게 소원계에 대해 생각해보려 하지 않았다. 하지만 이제 머나먼 경성에서 찾아온 사자의 이야기가 속에 품고 있던 의심을 증명해주었기 때문에 더는 스스로를 위로하며 요행만 바라고 있을 수는 없게 되었다.

함께 있던 린구가 담항에게 물 한잔을 건네며 물었다.

"다른 이야기는 나중에 하도록 하고, 소원계가 벌써 움직이기 시작했다는 것은 모두 그 장군이라는 분이 추측하신 내용이겠지요? 만에 하나 그 장군이 틀렸다면요?"

"옳은 말이오!"

순비잔은 등골이 서늘해지는 것을 느끼며 담항을 돌아보았다.

"자네는 구원군을 청하러 왔다고 했는데 떠나올 때만 해도 경성에는 그 어떤 기미도 없었다고 했네. 만에 하나 소원계가 움직이지 않았는데 우리가 구원군을 움직이면 도리어 이쪽이 모반을 일으킨 것처럼 보이지 않겠나?"

담항은 그런 질문까지는 생각해보지 못한 듯 멍하니 있다가 굳건한 목소리로 말했다.

"저, 저도 모릅니다만 우리 장군의 예상은 한 번도 틀린 적이 없습니다! 절대로 그럴 리 없습니다!"

말이 통하지 않자 순비잔은 다시 소평정의 의견을 물으려 했으나 그제야 그가 대청에 없다는 것을 깨달았다. 황급히 주위를 둘러보니 그는 홀로 전각 밖으로 나가 산바람을 맞으며 벼랑 가에 묵묵히 서 있었다.

정말 담항의 말을 믿지 않는다면, 경성에서 곧 변고가 일어날 것이라고 믿지 않는다면, 소평징이 이렇게 깊이 생각에 잠길 리 없었다. 순비잔은 창가에서 그를 잠시 바라보다가 이뿌리에 살짝 힘을 주었다.

"평정마저 사실이라고 믿는다면 나는…… 나는 무슨 일이 있어도 폐하 곁으로 돌아가야 한다."

몽천설은 눈썹을 살짝 떨며 임해를 돌아보았다. 젊은 의녀의 얼굴은 이미 창백해져 있었고 내리뜬 속눈썹에 가려진 까만 눈동자는 움직임이 없었다.

군신의 정과 은혜와 의리는 장림왕부가 경성을 떠나던 그해 이미 깨끗이 끝난 것이나 다름없었다. 부왕이 임종 전에 말했듯이 형수와 조카를 돌보는 것이 소평정의 마지막 책임이었다. 그는 본능적으로 소책이 최우선이니 먼저 봉주에 가야 한다고 생각했다.

하지만 지금 금릉에서, 그의 옛집이 있던 금릉에서 소원시가 마주하게 될 일은 단순한 위기가 아니었다. 이는 생사와 존망이 달린 일이자 대량 황실의 앞길을 좌우하게 될 일이었다.

세상에 능력 있는 자에게는 마땅히 그만한 책임이 따르고, 정이 있는 자에게는 마땅히 그만한 의리가 있게 마련이었다. 홍진을 벗어나 남의 일 보듯 지켜볼 수 있는 자는 심장이 얼음처럼 차가운 사람이거나 큰 깨달음을 얻은 사람일 것이다. 하지만 소평정은, 그는 그중 무엇도 아니었다.

임해가 부드러운 신발 바닥으로 거친 자갈과 이끼를 밟으며 천천히 벼랑으로 다가갔다. 발소리가 나지 않고 숨소리도 가벼웠지만 소평정은 곧 그녀의 존재를 느끼고 몸을 돌려 묵묵히 그 눈을 바라보았다.

"동쪽 국경에도 도움을 청할 만한 제풍당 친구들이 있고 나도 세상을 돌아다닌 경험이 많아요. 봉주에 가서 책이의 약을 구하는 것은 나와 몽 언니만으로도 충분하니 꼭 당신이 함께 가야 하는 것은 아니에요."

소평정의 입술이 바르르 떨렸다.

"내가 모르는 척하기를 바랄 줄 알았소."

임해는 빙그레 웃었다.

"바라요. 무척 바라죠. 하지만 당신에게 알려주어야 할 사실은 무슨 일이 있어도 알려주어야 해요. 예전에도 그랬고 지금도 마찬가지예요."

몽천설도 뒤로 다가와 가라앉은 눈빛으로 말했다.

"네 형님이 곤란에 처했을 때 아무도 그이를 돕지 못해 혼자서 견뎌내야만 했어. 하지만 너는…… 지금 너는 달라. 네가 처한 상황은 당시 그이의 처지만큼 절망적이지 않아. 그러니 나중에 후회하지 않을 선택을 해야 해."

소평정은 고개를 숙였다. 눈동자에 눈물이 고였다.

"형수님……."

"가족이 있어 좋은 점은 바로 서로 짐을 나눌 수 있다는 거야. 당시 나는 네 형님 옆에 있어주는 것밖에 하지 못했지만 다행히 지금은 책이를 위해 더 많은 것을 할 수 있어."

말을 마친 몽천설은 팔로 임해의 등을 부드럽게 쓰다듬은 뒤 몸을 돌렸다.

벼랑 가에 남은 두 사람은 묵묵히 마주 서 있었다. 산바람이 끊임없이 불어와 장포와 치맛자락이 펄럭펄럭 소리를 내며 엉켰다.

수많은 약속이 있었다. 북연에 가고, 서남쪽을 여행하고, 산수를 두루 구경하고, 세상 끝까지 함께하면서 영원히 흩어지지 않겠노라고…….

하지만 세상일이란 늘 사람 마음대로 흘러가지 않았다. 뿌리를 따라가보면 소평정은 결국 왕부의 사람이고, 장림의 아들이었다.

임해는 바람에 날리는 귀밑머리를 누르며 천천히 입을 열었다.

"당신의 입장이나 행동 방식을 이해해요. 한 번도 당신 생각을 바꿔놓으려 한 적도 없고요. 하지만 평정, 나 또한 당신 때문에 나 자신을 철저히 바꿀 수는 없어요. 나도 알아요. 나는 절대 저택에 틀어박혀 살 수 없는 여자예요. 나중에 당신이 돌아갈 곳이 경성이라면 아마도 우리는……."

소평정은 그 말을 끝까지 듣고 있을 수 없어 황급히 그녀의 희고 부드러운 두 손을 움켜쥐고 말했다.

"아니, 아니, 임해, 내 말을 들어주시오. 이런 말을 할 자격이 없다는 것은 알지만, 나는 그저 꼭 해야 하는 일을 하러 가는 것뿐이지 경성에 오래 머물 생각은 없소. 반드시 돌아올 거요. 이번 생에 내가 바라는 것은 당신과 함께 보내는 것뿐이오. 내가 돌아온 다음 함께 천하를 주유하며 약초들을 찾아다닙시다."

정과 미련, 굴레, 연분, 이 모든 것은 의심할 바 없는 사실이지만 소평정이 정말 돌아올 수 있을지는 임해도 알지 못했다. 그녀가 아는 것은 자신의 마음이 언제까지나 그를 기다린다는 것뿐이었다. 하지만 그 기다림 때문에 자신의 인생과 걸음을 멈출 수는 없었다.

"평정, 훗날 내가 어디에 있든 당신이 원한다면 반드시 날 찾을 수 있을 거예요, 안 그래요?"

소평정은 그녀의 손가락을 입술로 가져가 손가락 끝부터 손바닥까지 입을 맞추고 힘껏 고개를 숙였다.

"설사 마지막까지 결정을 내리지 못하더라도 몸을 잘 챙기겠다고 약속해줘요. 나는 당신이 무사하기만 하면 돼요."

부드러운 목소리와 함께 임해가 한 걸음 다가와 처음으로 먼저 그의 품에 기댔다. 그의 팔이 허리를 감는 것이 느껴지자 눈물방울이 어깨 위로 뚝 떨어졌다.

때로는 결정을 내리는 것이 가장 힘든 일도 있었다. 이런 일은 일단 결정하고 나면 도리어 마음이 가라앉곤 했다. 노각주에게 보고한 후 소평정과 순비잔은 다시 한 번 준비를 하고 다음 날 아침 일찍 담항과 함께 산을 내려갔다. 사람들은 산길까지 두 사람을 배웅했다.

소평정은 형수와 임해가 슬퍼할까봐 린구에게 농담을 건넸다.

"이번에도 상황이 복잡한데 노각주께서 비단 주머니를 주시지 않았어?"

린구는 말없이 눈썹을 세우더니 정말로 품에서 붉은 실로 입구를 봉한 수놓인 주머니를 꺼내 사람들을 깜짝 놀라게 만들었다.

"정말 있었네? 이건 언제 열어보면 되는 거야?"

"지금 열어봐도 된다."

소평정은 경악하여 주머니를 받아 열었다. 안에는 불타오르는 불꽃과 구름무늬가 그려진 은팔찌가 들어 있었다. 팔찌를 한참 손에 쥐고 들여다보던 그는 영문을 모르겠다는 듯 물었다.

"이게 뭐지? 어디에 쓰는 거야?"

"노각주께서는 그 팔찌의 본래 주인은······ 평생 전투에서 패한 적이 없다고 하셨지. 그 팔찌는 너를 향한 노각주의 마음이다."

소평정은 손가락 끝으로 은팔찌 위에 작고 가늘게 새겨진 글자를 매만졌다. 그 글자가 무엇인지 알아차린 그는 무슨 뜻인지 깨닫고 진지하게 팔찌를 손목에 끼웠다.

"우리 랑야각은 조정의 일에 직접적으로 나서지 않는다. 하지만 랑주 비둘기집으로 가면 금릉의 최신 소식을 얻을 수 있을 것이다."

랑야각에서 자란 소평정은 이것이 얼마나 파격적인 일인지 알기에 황급히 손을 모아 숙연하게 감사를 올린 후 임해를 돌아보았다. 임해는 빙그레 미소를 지으며 들고 있던 보따리를 그에게 건넸다. 손가락과 손바닥이 마주치자 두 사람은 서로의 손을 힘껏 잡았다가 곧 아쉬운 듯이 손을 뗐다.

좁은 다리 아래로는 계곡물이 졸졸 흐르고 연녹색으로 뒤덮인 산속 푸르른 복숭아나무 가지는 꽃봉오리를 반쯤 틔우고 있었다. 순비잔은 소평정을 따라 몇 걸음 걷다가 우뚝 멈추고 사매를 돌아보았다.

"소설……."

"네."

몽천설이 진지한 얼굴로 대답했다.

순비잔은 한참을 그렇게 있다가 마침내 한마디를 건넸다.

"몸조심해라."

"봉주에 가면 조금 힘들 수는 있지만 위험하지는 않아요. 몸조심할 사람은 사형이지요."

순비잔의 입술 끝에 웃음이 떠올랐다. 별안간 마음이 훨씬 편해진 그는 그녀를 향해 가볍게 고개를 끄덕여 보였다.

남은 삶과 앞으로의 길은 하늘의 섭리에 맡길 뿐이었다. 그는 지켜보고, 기다리고, 이렇게 모든 것을 마음속에 묻은 채로 지금 이 순간 사형매의 정을 소중히 하고 싶었다.

산을 내려간 소평정 일행은 나는 듯이 달려 황혼녘에는 랑주부 성문에 들어설 수 있었다. 이곳에는 랑야각과 가장 가까운 비둘기 집이 있었다. 세로로 선 세 채짜리 민가로, 먹빛 벽돌에 검푸른 기 와를 씌우고 나무 대들보를 세우고 하얀 담장을 둘러 튼튼하게 수 리해둔 이곳은 밖에서 보면 평범하기 짝이 없었다.

비둘기집 책임자는 공강(孔江)이라고 하는 쉰 살에 가까운 사람 인데 한눈에도 차분한 성품임을 알 수 있었다. 그는 소평정을 잘 아는지 옛 호칭으로 불렀다. 간단히 인사를 나눈 다음 그는 세 사 람을 객청으로 안내하고 식사를 대접한 뒤 아직 랑야각으로 보내 지 않은 경성 소식의 사본을 손수 가져다주었다.

소평정은 일어나서 감사인사를 한 후 귀엣말로 몇 마디 속삭 였다. 공강은 눈을 내리뜬 채 듣고 있다가 고개를 끄덕이며 대답 했다.

"알겠습니다, 그렇게 준비하지요. 염려 마십시오, 둘째 공자."

순비잔은 경성의 상황이 걱정스러워 두 사람이 무슨 이야기를 하는지는 아랑곳 않고 경성에서 온 소식부터 뒤졌다. 눈여겨볼 만 한 내용을 발견하지 못하사 더욱 초조해진 그는 소평정에게 종이 를 쥐여주며 어서 보라고 재촉했다.

사실 가느다란 종이에 적힌 것은 고작 몇 줄 되지 않았고 조정과 연관된 내용에도 한계가 있었다. 봄 사냥이 취소되면서 그 여파가 약간 있었던 것 말고는 금릉성 궁성은 고요하기만 해서 보고할 만한 일이 거의 없어 보였다.

하지만 소식이 없다는 것이 곧 최악의 소식일 때도 있었다.

"어떠냐? 짚이는 데가 있느냐? 평정, 뭐라고 말 좀 해보아라!"

소평정은 종이를 내려놓고 가볍게 탄식했다.

"랑주는 경성과 적어도 열흘 거리는 떨어져 있습니다. 소원계가 움직이기 전에 도착하는 것은 아무래도 불가능할 것 같군요."

순비잔은 창백한 얼굴로 한참 동안 멍하니 있다가 벌떡 일어서서 검을 움켜쥐고 이를 갈았다.

"이미 늦었다면 여기서 이러고 있을 필요가 없지. 늦을수록 폐하만 위험해지시니 밤을 새서라도 달려가야 한다!"

"우리 세 사람만으로 밤새 금릉으로 달려간들 황실 우림영 7만 군사 앞에서 무얼 할 수 있겠습니까?"

"몽씨의 문하로서 폐하를 지키는 것이 내 임무다. 설사 죽더라도 맨 앞에서 죽겠다!"

소평정은 다소 슬픈 눈으로 천천히 고개를 가로저었다.

"순 형님, 이곳은 경성에서 아득히 떨어져 있으니, 맨 앞에서 죽겠다는 바람 또한 이루기 어려우실 겁니다."

초조해 죽을 것 같은 순비잔은 믿을 수 없다는 듯 그를 노려보았다.

"그게 네 생각이냐? 이제 우리가 할 수 있는 것도 없고 돌이킬 수도 없으니 여기서 포기하자고?"

방 한구석에 앉아 있던 담항이 벌떡 일어나 다급하게 외쳤다.

"포기할 수 없습니다! 우리 장군께서 아직 성안에 계시는데……."

어느덧 하늘이 어둑어둑해지고 등잔 아래에는 그림자가 짙게 깔렸다. 소평정은 망사 등갓 안에서 팔딱이는 불꽃을 응시하며 한참 동안 말이 없었다. 소식을 들은 순간부터 그는 사전에 이 변고를 막을 가능성이 거의 없음을 깨달았고, 달려오는 내내 소원계가 움직인 후에 소원시가 언제까지 살아 있을지를 고민했다.

"지금 우리가 아는 소식에 따르면 소원계가 손에 쥔 병력은 최대 8만입니다. 설사 최소한의 피해만 입고 경성을 손에 넣더라도 제위를 차지하겠다는 목적을 이루려면 그럴듯한 명분을 얻어야겠지요."

순비잔은 연신 고개를 끄덕였다.

"그래, 맞다. 동해에 패해 국운이 꺾였다고는 해도 우리 대량은 북연처럼 곧 쓰러질 상황은 아니지. 사방을 지키는 군대와 천자의 백성들은 여전히 폐하께 충성을 바치고 있다."

소평정은 어쩔 수 없는 눈길로 그를 바라보았다.

"잊지 마십시오. 소원계에게는 커다란 이점이 있습니다. 그는 종실의 핏줄이고 무정제의 황손입니다. 나중에 그가 등극하더라도 백성들이 볼 때 소씨의 강산은 그대로이니 북연과는 상황이 다르지요."

"그러니까…… 그가 훗날을 위해 모반을 일으켰다는 사실을 어떻게든 지우려고 할 것이다 이 말이냐?"

"지금 경성에서 무슨 일이 일어나고 있는지 밖에서는 전혀 알 수 없습니다. 만약 폐하께서 친히 죄기조를 쓰고 양위하신다면 소원계에게는 가장 좋은 결말이겠지요."

순비잔은 분노에 차 탁자를 힘껏 내리쳤다.

"꿈도 크구나! 나라를 팔아먹고 사리사욕을 채운 소인배가 손바닥으로 하늘을 가리고 제위를 훔치려 해? 우리 대량의 남아들이 바보 멍청이인 줄 아느냐?"

소평정은 차분한 얼굴로 천천히 말을 이었다.

"저는 도리어 그가 그런 계획을 세웠기를 바랍니다. 그러기로 결심했다면 원시는…… 적어도 며칠은 더 살 수 있을 테니까요."

그와 순비잔이 이야기를 나누는 동안 옆에 있던 담항은 걱정스럽게 귀를 기울이며 감히 끼어들지 못했지만 그들의 표정이 몹시 어두워지자 아무래도 의심이 들어 참지 못하고 조그맣게 물었다.

"장림왕 전하…… 그게 말입니다, 소원계가 폐하를 조종해 기꺼이 양위한 것으로 믿게 만들기가 정말 그렇게 쉬울까요? 다른 사람은 몰라도 우리 장군님은 처음부터 그자를 믿지 않았단 말입니다!"

소평정은 빙그레 웃더니 한숨 섞어 말했다.

"세상에 자네 장군처럼 총명하고 기민한 사람이 몇이나 되겠나? 폐하께서는 어린 나이에 즉위하셨고 조정 일은 항상 내각이 도맡아 위엄을 세울 일이 많지 않았네. 더욱이 동해에 패전까지 했으니…… 소원계가 경성과 종친, 대신들을 손에 넣기만 하면 우위를 점할 수 있지. 훗날 공개적으로 양위하도록 폐하를 위협하면 세상 사람 모두는 아니더라도 적어도 7~8할은 속을 걸세. 그에게는 병사가 있으니 그것이 곧 실력이네. 혈기만 믿고 몇 사람이 목숨을 바친들 아무 소용 없으니 지금 우리의 급선무는 근왕군을 일으키는 것이네. 그래야만 맞설 수 있네."

순비잔도 오랫동안 조정의 중추에 있었던 터라 그의 말이 틀리지 않았다는 것을 잘 알았다. 그는 창백해진 얼굴로 발을 구르며 물었다.

"바로 그것이 문제 아니냐? 폐하께서 그자의 손아귀에 있는데 네게는 병부조차 없고 경성이 무너지면 금군도 기대할 수 없다. 그런데 어디에서 근왕군을 찾겠느냐?"

랑주는 랑야산보다 훨씬 지세가 낮아 봄기운이 만연했고 정원에 있는 손바닥 굵기만 한 백 년 묵은 살구나무에는 벌써 꽃이 흐드러지게 피어 있었다. 하늘 끝자락에 걸린 초승달이 구름 사이로 튀어나와 창을 비스듬히 비추자 꽃나무는 마치 붉은 안개를 두른 것처럼 반짝였다. 밤바람이 불자 무성하게 핀 꽃잎들이 가지에서 떨어져 살랑살랑 흩날렸다.

소평정은 서쪽 창가에 서서 시선으로 흩날리는 붉은 꽃잎의 움직임을 쫓다가 나지막하게 말했다.

"순 형님께서 누구보다 잘 아실 겁니다. 부왕께서는 오해를 피하기 위해 경성 주변 군무에 관여하신 적이 없고 국경의 병부도 쓰신 직후 곧바로 반납하셨지요. 하지만 형님의 숙부와 여러 대신은 그래도 안심하지 못했습니다. 그들이 무엇을 염려했다고 생각하십니까?"

진지하게 따져볼 때 소원계가 이토록 쉽게 황실 우림영을 손아귀에 넣은 일에 순백수의 잘못과 책임이 가장 크다는 것은 의심할 바 없는 사실이었다. 다른 사람은 몰라도 순비잔은 당연히 알고 있었다. 다만 이미 세상을 떠난 숙부의 잘못을 입에 담자니 고인을 모욕하는 기분이 들어 소평정의 이런 질문을 다소 불편해하며 머쓱하게 대답했다.

"네 억울한 마음은 안다. 하지만 지금 가장 중요한 것은 폐하를 구출하는 일이니 지난 일은 잠시 접어두는 것이……. 왜 갑자기 그 이야기를 꺼내는 것이냐?"

소평정은 대답 없이 빙긋 웃더니 다시 물었다.

"순 형님, 한 가지 더 묻겠습니다. 만약 형님께서 저와 함께 있지 않고 여전히 병권을 쥐고 계시다고 생각해보십시오. 어느 날 제가 갑자기 형님을 찾아가 폐하와 강산이 위험에 처했다고 말한다면 아무 증거도 없고 병부도 없는 제 말을 믿고 저를 따라 나서시겠습니까?"

순비잔은 생각해보지도 않고 대답했다.

"당연하지."

"어째서 그렇습니까?"

"네 능력을 믿고 폐하를 향한 네 충성심도 의심하지 않기 때문이다."

"형님의 숙부께서 줄곧 염려하신 것도 바로 형님께서 대답하신 그런 상황이었지요."

소평정은 잠시 그를 응시하다가 창밖의 꽃나무로 천천히 시선을 돌렸다. 그의 입에서 흘러나오는 목소리는 낮았지만 차분했다.

"우리 장림부는 국경을 수호하며 나라를 위해 피를 흘리고 두 대째 충성을 바쳤습니다. 그 진정성과 믿음직스러움은 세상 사람들 마음속에 깊이 새겨졌지요."

서쪽 창가에 놓인 탁자 옆에는 소평정이 가져온 조그만 보따리가 놓여 있었다. 그는 보따리를 풀어 길쭉한 모양의 얼룩덜룩해진 흑단 상자를 꺼내 구리 걸쇠를 돌려 뚜껑을 열었다. 연노란색 푹신한 비단 위로 순철로 만든 군령이 모습을 드러냈다.

북쪽 국경의 옛 군대는 해체되고 깃발도 바뀐 지 오래였다. 지난날 혁혁한 위명을 날리던 대량의 장림군은, 순백수가 온 힘을 기울여 흔적을 지우고 닦아낸 덕분에 남은 것이라곤 소원시가 거두려 하지 않은 옛 군령뿐이었다.

순비잔은 심장이 부르르 떨렸다. 차차 그의 말이 이해되기 시작했다.

"네…… 네가 지금……."

소평정은 상자에서 묵직한 군령을 꺼내 손바닥에 꽉 쥐었다. 달빛 아래 비친 그의 눈빛은 음울했고 말투는 단호했다.

"이곳에서 경성으로 가는 동안 이 장림이라는 이름으로 근왕군을 일으키겠습니다. 구천에 계신 부왕과 형님께서 보우하시어 성공할 수 있기를 바랄 뿐입니다."

천리 근왕군

—

17

—

추위가 가고 더위가 찾아오기 전의 봄은 1년 중에서도 가장 쾌적한 계절이었다. 파릉 언덕에 주둔하는 파주영(灞州營) 주장 승병충(冼秉忠)은 아침 일찍 일어나 정원에서 몇 차례 권법을 연마한 다음 방으로 돌아가 씻고 옷을 갈아입었다.

쉰을 조금 넘긴 이 늙은 장군은 옛날 전쟁에서 입은 상처 때문에 겨울이면 뼈마디가 시큰해 몸소 훈련을 감독할 수 없었다. 그래서 봄이 되면 더욱 부지런하게 움직여 항상 해가 뜬 지 얼마 되지 않아 군영에 들어가 저녁나절에나 돌아오곤 했다. 아침 햇살이 환한 지금 시각은 이미 묘시 삼각이었다. 호위병들은 일찌감치 문 앞에 집결해 있다가 주장이 떠날 차비를 하고 나오자 함께 출발했다.

중정을 지나는데 정문에서 하얀 서신 한 장이 전해졌다. 버드나무 그늘에서 서신을 펼쳐본 승병충은 놀라고 감개무량한 표정이 되어 오늘은 외출하지 않겠다는 명을 내리고는 방으로 돌아가 마치 중요한 인물이라도 기다리는 듯 관복으로 갈아입었다.

정오가 가까워지자 군아 바깥 황톳길에 뿌연 먼지가 일더니 요란한 말발굽 소리가 마치 빗소리처럼 다급하게 울려 퍼졌다. 명을 받고 길가에서 살피던 호위병이 황급히 달려가 보고하자, 얼마 지나지 않아 군아의 정문과 좌우 옆문이 동시에 열리더니 승병충이 부장 몇 사람을 이끌고 격앙된 눈빛을 한 채 마중 나왔다.

찾아온 이들은 멀리서 볼 때는 위풍이 넘쳤지만 도착하고 보니 수천 명에 불과했다. 그들 대부분은 백 장 밖 공터에 멈추어 섰고 10여 기만 계속 달려와 군아 밖에 이르러 말에서 내렸다.

앞장선 사람은 당연히 소평정이었다. 그는 진청색 바탕에 둥근 꽃문양을 그린 낡은 전포로 갈아입고 연갑을 두른 차림에 투구는 쓰지 않은 상태였다. 안장 옆에는 형이 쓰던 창을 매달아놓았는데 창끝에 달린 술은 새로 갈아 피처럼 검붉은색을 띠었다.

순비잔은 붉은 갈기를 지닌 전마를 타고 그의 왼쪽에서 따르고 있었다. 오른쪽에 있는 사람은 쪽빛 전포에 검은 갑주를 걸친 용맹해 보이는 장군으로, 머리에 쓴 관에는 오품 무관을 나타내는 감람석이 박혀 있었다. 바로 오랫동안 보지 못한 동청이었다.

근왕군을 일으키기로 한 날 밤 이후로 소평정은 즉시 행동 개시하지 않고 랑주성에서 이틀을 더 머물렀다. 심장이 바짝바짝 타들어가는 순비잔이 이유를 물었지만 명확한 대답이 없었다. 초조해진 순비잔이 방 안을 맴돌다가 드디어 참지 못하고 화를 터뜨리려는 순간 동청이 사람을 보내 수백의 병사를 이끌고 성 밖에 도착했다는 소식을 선했다.

하산한 바로 그날부터 소평정은 랑야산 비둘기집을 통해 그의 소식을 탐문했고 이틀 동안 그를 기다린 것이다. 비록 형의 부장

이었고 그의 옛 부하였지만 그해 헤어진 뒤로 꼬박 3년 동안 소식
이 끊긴 상태였다.

동청은 군직에 있고 앞길이 창창했다. 이번 금릉행은 결과를 예
측할 수 없으니 함께하고자 한다면 충성과 의리에 감격할 만한 일
이지만 설사 위험을 무릅쓰지 않겠다 하더라도 이해하지 못할 일
은 아니었다. 순비잔이 발을 동동 구르는데도 명쾌하게 대답하지
않은 것도 그가 비난받거나 책망을 듣는 것을 원치 않기 때문이었
다. 약속한 기한 동안 동청이 오지 않으면 소평정은 부르지 않았
던 것으로 하고 조용히 떠날 생각이었다.

"그동안 동청을 기다리고 있었군!"

시원시원한 순비잔은 소평정의 그런 깊은 마음까지 헤아리지
못한 채 그를 따라 성 밖으로 나가면서 기분 좋게 그에게 주먹을
먹였다.

"미리 말하지 않고!"

소평정은 목소리를 낮추고 진지하게 동청에게 물었다.

"일시적인 혈기로 결정할 일이 아니다. 깊이 생각해보았느냐?"

동청은 차분하게 대답했다.

"세상에 장림군의 이름이 있든 없든 군인으로서 주군을 지키고
나라를 위해 싸우는 것은 당연한 일입니다. 부디 제가 따르는 것
을 허락해주십시오, 전하!"

그를 따라온 장병들도 일제히 외쳤다.

"따르는 것을 허락해주십시오!"

비록 크게 확신이 없던 소평정이지만 이 광경에는 자못 감동했
다. 순비잔은 숫제 눈시울까지 붉히며 말 위에서 두 손을 포개어

장병들에게 경의를 표했다.

장림군 옛 부하들과 친위대로 이루어진 인마는 대략 5백 명이고 모두 정예 기병이었다. 이들이 소평정이 일으킨 근왕군 최초의 일원이었다. 그 후 일행은 네 개 주를 지나면서 가는 곳마다 근왕군 소집령을 내리고 현지에 주둔하는 장수들에게 연락했다. 그리고 상대방이 온 힘을 다해 따르든 의심스레 거절하든 그들의 결정에 맡기고 결코 강요하지 않았다. 이렇게 행군한 지 채 열흘도 되지 않아 병사 수가 수천으로 불어났고 그 상태로 이곳 파릉에 이른 것이다.

승병충은 금위군 출신으로 젊은 시절 노장군 몽지의 친위대였다가 공을 세워 승진하면서 이곳에 부임한 사람으로, 엄밀히 말해 장림군과는 관련이 없었다. 하지만 청년기와 장년기에 경성에서 보낸 날이 적지 않아 전 장림왕이 사사로이 많이 이끌어주었기 때문에 소평정을 보자 옛정이 떠올라 눈물을 글썽이며 다가가 예를 올렸다.

"세자께서 세상을 떠나시고 전하께서 유명을 달리하셨을 때 직무에 몸이 묶여 빈소를 찾아가지 못해 늘 마음이 좋지 않았습니다. 그런데 오늘 이렇게 둘째 공자를 다시 뵐 줄이야……."

그의 몸에 오랜 상처가 있는 것을 아는 소평정은 그가 무릎을 꿇기도 전에 부축해 일으키며 손을 꼭 잡았다.

"노장군, 이러지 않으셔도 됩니다. 정식으로 찾아온 것도 아닌데 이러시면 제가 민망합니다."

승병충은 정신을 차려 눈물을 훔치고 순비잔과도 인사를 나눈 뒤 그들을 앞 대청으로 안내하여 차를 대접했다. 다시 입을 열었을 때는 이미 호칭이 바뀌어 있었다.

"전하께서 탈상하신 것은 압니다만 다시 조정으로 돌아가셨다는 소식은 듣지 못했습니다. 이곳을 찾으신 연유가 단순히 지나던 길도 아니고 옛 벗을 방문하러 오신 것도 아닌 듯한데, 이 늙은이가 필요한 무슨 중요한 일이라도 있습니까?"

상식적으로 근왕군을 일으키는 일을 비밀스럽게 할 필요가 없었기에 소식은 벌써 사방에 퍼져 있었다. 하지만 파주영은 책문을 단단히 닫고 연병을 하느라 바깥소식을 듣지 못했고 소평정이 길을 재촉해 달려왔기 때문에 승병충은 아직 소식을 듣지 못한 상태였다. 단지 노장의 직감으로 큰일이 벌어진 것을 알고 먼저 말을 꺼낸 것뿐이었다.

그가 이렇게 묻자 소평정도 말을 돌리지 않고 자신이 찾아온 목적을 간단하고 명확하게 밝힌 뒤 파릉에 있는 3만 행대군을 동원해 황제를 보호하기 위해 금릉성으로 가자고 권했다.

승병충은 하급 군관에서부터 이 자리까지 올라온 무신으로, 인생의 태반을 전장에서 풍상을 겪었으나 경성에 병란이 일어난 것은 처음 있는 일이라 너무 놀라 온몸이 굳었다가 한참 만에야 정신을 차리고 묵묵히 생각에 잠겼다. 망설이는 그를 본 순비잔이 초조한 얼굴로 설득하려 했으나 소평정은 늙은 장군이 곰곰이 따져볼 수 있도록 참고 기다리라는 손짓을 했다.

대략 차 한잔 마실 시간이 지나자 승병충이 마침내 고개를 들고 허리 숙여 예를 올렸다.

"전하, 꼬장꼬장한 늙은이다보니 실례인 줄 알지만 몇 가지 여쭙겠습니다."

"궁금한 것이 있으면 얼마든지 말씀하십시오."

"조정의 명에 따라 장림군은 이미 사라졌고 전하께서는 지금 군직에 계시지도 않습니다. 사실 전하께서 지니신 장림군령에는 병사를 부릴 권한이 없지요. 제 말이 틀렸습니까?"

"아닙니다."

"그렇다면…… 폐하의 조서나 병부를 가지고 계십니까?"

"3년 동안 폐하를 뵙지 못했고 금릉은 이미 반란군에게 넘어갔는데 어찌 그런 것이 있겠습니까?"

"금릉이 함락된 일은…… 사실입니까, 아니면 전하의 추측입니까?"

"지금은 아직 추측에 불과하지만 틀리지 않았다고 자신합니다."

"전하께서 틀리셨다면 맹목적으로 따른 저희는 황제 폐하를 지키지도 못할 뿐 아니라 도리어 반란군으로 몰리지 않겠습니까?"

"확실히 그럴 수도 있지요."

소평정은 솔직하게 대답했다.

"그래서 노장군께 미리 여쭙는 것입니다. 함께하시겠습니까?"

승병충은 한참 동안 그를 똑바로 보다가 심호흡을 하며 일어나 두 손을 포개어 올렸다.

"전하께서 이 늙은 몸을 버리지 않으신다면 소장, 함께하겠습니다."

파주영 3만 병사가 근왕군에 합류하자 소평정은 정식으로 장림의 깃발을 내걸고 남하했다. 열세 개 주를 거치면서 호응하는 이들이 구름처럼 몰려들었고 심지어 행군길에 없어 부름을 받지 않은 이들까지 1~2천에서 많게는 1만에 이르기까지 차례차례 나타나 총병력은 거의 10만에 육박했다. 군의 깃발은 복잡했지만 위풍당당했다. 그들은 군량 수송로를 따라 행군하면서 도중에 만난 창고에 비축된 군량을 얻었고, 이따금 그들을 들이기를 거부하는 주부를 만나더라도 억지로 통과하지 않고 묵묵히 길을 돌아 금릉으로 달려갔다.

4월 열나흗날, 대군이 칠보진에 이르자 앞쪽에서 담항이 척후병을 이끌고 마중 나와 말 위에서 소평정에게 예를 올렸다.

"전하, 보고드립니다. 소원계가 금릉성 주변에 세운 초소는 우리가 벌써 깨끗이 쓸어냈습니다!"

소평정은 미소를 지었다.

"정말 깨끗이 쓸어내면 안 될 텐데."

담항이 황급히 대답했다.

"예, 예, 전하의 분부대로 일부러 몇 사람을 놓아주었으니 금릉성에 돌아가 보고할 겁니다."

소평정은 금릉 방향을 잠시 바라보다가 분부했다.

"선봉 기병들을 집결시켜 장림의 깃발을 들게 하라. 나를 따라 밤새 금릉으로 행군한다."

그런 다음 그는 순비잔을 돌아보았다.

"주 영채의 병력은 순 형님께서 맡아주십시오."

순비잔은 놀란 얼굴로 그의 고삐를 잡으며 물었다.

"선봉 기병은 5천뿐이다. 주력군을 두고 먼저 경성에 도착한들 무슨 수로 반란군 7만과 맞서려는 것이냐?"

"오는 길에 들은 소식에 따르면 경성이 3월 열엿샛날 성문을 닫

앉다고 하니 지금 폐하의 목숨이 위태위태합니다. 그래서 반란군들에게 조금 더 일찍 장림의 깃발을 보여주려는 것뿐입니다."

소평정은 웃으면서 순비잔의 어깨를 두드렸다.

"걱정 마십시오. 저는 소원계가 어떤 사람인지 잘 압니다. 그가 감히 성 밖으로 나와 싸우려 하면 응전해줘야지요."

당연히 그를 믿는 순비잔은 그 설명을 듣자 고삐를 잡았던 손을 놓고 고개를 끄덕인 뒤 조심하라고 당부했다.

중군과 군량 수레에서 벗어난 선봉 기병대는 속도가 훨씬 빨라져 밤새 달리자 열닷샛날 정오가 되기 전에 금릉에 도착할 수 있었다. 이들은 북쪽 성문 밖 널따란 터에 방진을 펼친 뒤 북을 울리고 깃발을 휘날리며 위세를 뽐냈다.

승건전에서 공들여 준비한 즉위식이 뚝 끊기자 놀람과 분노가 교차한 소원계는 즉시 신하들을 물리고 하성에게 소원시를 다시 가두라고 명령했다. 그런 다음 군장으로 갈아입고 적명과 함께 바삐 북쪽 성루로 올라가 직접 상황을 살폈다.

날씨가 맑고 비나 안개도 없어 시야가 탁 트인 덕분에 성 아래 엄정하게 도열한 병사들 사이로 펄럭이는 장림군의 깃발이 선명하게 보였다. 갑옷을 입은 소평정은 멀리서 오느라 행색이 깨끗하지는 못했지만 소원계는 확실히 그인 것을 알아보고 이를 악물며 안색을 굳혔다.

옆에 시립했던 적명도 다소 동요한 표정으로 중얼거리듯 한탄했다.

"정말 장림군의 깃발이군요. 대량의 장수로서 제 평생 장림군을 적으로 삼게 되리라곤 생각조차 못했습니다."

"아니오! 저것은 장림군이 아니오, 아니란 말이오!"

소원계는 성가퀴를 짚고 고개를 저었다. 적명에게 대답하는 것 같기도 하고 자신을 설득하려는 것 같기도 했다.

"소평정의 부하들은 이미 사방으로 흩어졌으니 결코 머나먼 경성까지 올 수 없소. 저 아래에 있는 것은…… 저자가 급한 김에 긁어모은 오합지졸에 장림군의 깃발을 세운 것에 불과하오. 본 왕에게는 7만의 정예병이 있고 적 장군도 일대 용장이니 저 정도 병력이라면 눈 깜짝할 사이 가루로 만들어버릴 수 있소!"

적명은 먼저 '예' 하고 대답한 후 아래쪽을 훑어보며 덧붙였다.

"전하의 말씀이 옳습니다. 소평정이 깃발을 높이고도 여태 성을 공격하지 않는 것은 확실히 병력이 부족하기 때문입니다. 저들이 저렇게 성 밖에 늘어서 있으면 경성의 군심이 동요할 수 있으니 저대로 두면 안 됩니다. 명을 내려주시면 소장이 나가 싸우겠습니다."

소원계는 눈썹을 추켜올렸다.

"자신 있소?"

"성 밖이 넓게 트여 있고 우림영의 병력이 훨씬 많으니 자신 있습니다."

소원계는 고개를 들어 먼 곳을 바라보았다. 저 멀리 광활한 평야와 평평한 구릉은 조용하기 짝이 없어 정말 수천 명이 전부인 것 같았다. 하지만 속임수 많은 소평정의 용병술과 지난날 감주영에서 소평정의 생각 흐름을 한 번도 따라잡지 못한 것을 떠올리면 쉽사리 결정을 내릴 수가 없었다.

"저자가 수천 명만 성 아래로 데려와 도발하면서 복병을 두지 않았는지 어찌 알겠소? 금릉성은 해자가 깊고 자원도 풍부해 지키기는 쉬워도 공격하기는 쉽지 않소. 서둘러 나가 싸우는 것은 지나치게 경솔한 처사이니 하루 더 지켜보는 것이 좋겠소."

적명도 그의 말에 일리가 있다 생각하여 더는 우기지 않았다. 그는 소원계에게 먼저 궁성으로 돌아가 상황을 수습하라 청한 뒤 자신은 남아서 성루를 지켰다.

이렇게 하루가 지나자 다음 날 새벽 순비잔이 이끄는 중군이 도착하여 선봉과 합류했다. 아침 해가 떠올라 서광이 다시 비쳤을 때 적명의 눈앞에 펼쳐진 것은 어제 본 몇몇 방진이 아니라 끝을 알 수 없이 새까맣게 깔린 대군이었다. 백 개가 넘는 다양한 형태와 빛깔의 깃발이 나부끼며 가운데 높이 솟은 장림군의 깃발을 에워싼 광경은 보기만 해도 오금이 저릴 만큼 위엄이 넘쳤다.

대군을 지휘하여 금릉성을 포위한 소평정은 즉각 공격 명령을 내리지 않고 북문과 마주한 언덕 꼭대기에 원수의 장막을 친 다음 궁수에게 친필로 쓴 서신을 화살에 매달아 성루로 쏘게 했다. 그리고 각 영채의 장수들을 장막으로 청해 부하들이 경거망동하지 않도록 잘 단속하라고 당부했다.

장수들이 명을 받고 물러가자 성을 포위하고 영채를 세우는 일을 처리한 순비잔이 먼지를 뒤집어쓰고 돌아왔다. 그가 장막으로 들어서기 무섭게 물었다.

"성안으로 보낸 서신에 소원계에게 사흘 안에 폐하와 교환할 조건을 내라고 했다지?"

소평정은 고개를 끄덕였다.

"그렇습니다."

"모반을 일으킨 대역죄인은 절대 용서해서는 안 된다!"

"그렇지 않으면요? 폐하와 종친들, 조정 대신들 그리고 황실의 종묘가 모조리 소원계의 손에 들어 있습니다. 막다른 곳까지 몰아붙이면 틀림없이 옥석을 가리지 않고 죽이고 망가뜨릴 텐데 그런 모습을 보고 싶으십니까?"

순비잔은 말문이 막혀 한참 동안 멍해 있었지만 그래도 내키지 않는 얼굴이었다.

"하, 하지만…… 그자가 내거는 조건은 필시 간단하지 않을 텐데 정말 들어줄 참이냐? 만에 하나 그가 조금씩 과한 요구를 한다면 어쩔 테냐? 타국과 결탁한 반역자가 천자를 끼고 있다 해서 처벌하지 못한다면 백성들이 받아들이겠느냐?"

소평정은 가볍게 탄식했다.

"그 도리는 압니다. 하지만 폐하께서 그의 손에 있지 않습니까? 쥐 잡으려다 쌀독을 깰 수는 없으니 신중하게 행동해야 합니다. 아무리 화가 나신들 어쩔 수 없지요."

순비잔은 들을수록 답답해 장막 안을 왔다갔다하다가 별안간 이상한 느낌이 들어 걸음을 멈추고 소평정을 노려보며 물었다.

"내가 너를 모를라고? 언제부터 이렇게 쉽게 물러서는 사람이 되었지? 혹시…… 또 다른 꿍꿍이를 꾸미고 있는 게 아니냐?"

소평정은 참지 못하고 웃음을 터뜨리고는 가볍게 고개를 끄덕였다.

"잘 알아맞히시는군요, 순 형님. 소원계에게 생각할 시간이라고 준 사흘은 사실상 저를 위해서 남겨둔 겁니다."

순비잔이 놀란 얼굴로 가까이 다가왔다.

"어쩔 셈이냐?"

"몰래 경성에 잠입해 폐하를 빼내올 생각입니다."

"폐하를? 어떻게 빼내온다는 것이냐?"

"아직은 모르지요."

소평정은 어깨를 으쓱하며 손가락을 구부려 관자놀이를 두드렸다.

"지금 생각하고 있잖습니까?"

성 밖에서 화살에 묶어 쏘아 보낸 서신은 당연히 적명의 손에 전해졌다. 그는 재빨리 읽어본 뒤 아무 말 없이 소매에 넣고 빠른 걸음으로 성루를 내려가 직접 궁성으로 말을 달렸다.

소원계는 즉위식 전에 벌써 양거전으로 거처를 옮겼지만 차마 궁 안의 사람들을 부리지는 못해 친위대의 시중을 받고 있었다. 근왕군이 사방을 포위했다는 소식은 한 시진 전에 그에게 전해졌고, 전각 안에서는 한 차례 분노의 광풍이 휘몰아쳤다. 탁자가 박살나고 등잔이 뒤집히고 친위대들도 모조리 쫓겨나 겁먹은 채 문 밖 복도에 서 있었다. 전각으로 들어간 적명은 담담하게 난장판을 훑어본 뒤 별말 없이 용좌 앞으로 나아가 예를 올리고 서신을 내밀었다.

한 장밖에 되지 않는 서신에 쓰인 것은 고작 예닐곱 줄뿐이지만 소원계는 몇 번이고 반복해 읽었고 그동안 입술마저 하얘졌다.

"사흘…… 몇 년간 심혈을 쏟아 부어 마침내 그 영광을 차지하려는 순간 이렇게 산통을 깨뜨리고 고작 사흘을 주겠다니, 소평정…… 하늘은 어째서 나를 낳아놓고 또 너까지 낳았느냐."

적명도 머리가 있고 싸움을 아는 사람이었기에 네 개 성문을 순찰하며 상대의 병력을 헤아려본 뒤로 마음이 착잡하던 차였지만 그 말을 듣자 위로를 건넸다.

"소평정의 뒤에는 그의 아버지와 형이 수십 년간 쌓아올린 위세가 있습니다. 혼자 힘으로 일어나신 전하와는 다릅니다."

한참 고개를 숙이고 있던 소원계가 불쑥 물었다.

"후회하시오?"

적명은 천천히 고개를 저었다.

"제가 전하를 따라 거사한 것은 일시적인 충동 때문이 아니었습니다. 전하께 약속드리기 전부터 이미 최악의 상황을 생각했습니다. 다행히 가족이 없어 연좌를 당할 사람도 없으니 기껏해야 이 한 목숨 내놓으면 그뿐이지요."

"아니, 아직 최악의 상황은 아니오."

소원계는 뺨 근육을 당기며 차가운 눈빛을 지었다.

"소원시가 내 손에 있는 한 결코 최악의 상황일 리 없지."

그는 이렇게 말하며 벌떡 일어나 성큼성큼 문밖으로 나갔다. 그리고 옆 회랑의 무지개다리를 돌아 소원시가 갇힌 편전으로 나는 듯이 달려가 지키던 이들에게 아직 못질로 봉쇄하지 않은 하나뿐인 문을 열라고 명했다.

소원시는 이미 면류관을 빼앗겼지만 즉위식에 썼던 옷은 그대로 입은 채 가부좌를 틀고 기둥에 기대어 앉아 있었다. 그날 승건전에 갑작스럽게 놀라운 소식이 전해졌을 때 하성은 명을 받아 그를 가두려고 끌고 갔다. 옆문 밖에 앉은 어린 동생들 곁을 지날 때 세 사람은 통곡을 터뜨리며 서로 부둥켜안았다. 분노에 휩싸인 하성이 거칠게 계단에서 떠미는 바람에 굴러떨어진 소원시는 아랫입술이 터지고 피가 흘렀는데, 이제 피는 그쳤지만 상처가 큼직하게 남았고 턱도 퉁퉁 부어 있었다.

소원계는 어린 황제 앞으로 가서 몸을 웅크리고 상처를 유심히 살핀 뒤 고개를 저으며 탄식했다.

"쯧쯧, 퇴위하더라도 어쨌든 황실의 핏줄인데 이렇게 함부로 모욕을 해서야?"

소원계는 품에서 도자기병을 꺼내 그 속의 약 한 알을 손바닥에 놓고 손톱으로 눌러 으깬 뒤 핏자국이 난 입술에 문질러 바른 다음 마지막으로 빙긋 웃어 보였다. 다시 몸을 일으킨 소원계는 소식을 듣고 달려온 하성에게 황제의 어린 동생들을 데려오라고 명했다.

물러갔던 하성이 얼마 지나지 않아 소원가와 소원우를 한 명씩 양손에 붙잡고 나타나 앞으로 밀쳐냈다. 몸을 조그맣게 옹송그린 두 아이는 얼굴은 눈물범벅인데 차마 울음소리를 내지도 못해 보기만 해도 가엾기 짝이 없었다. 소원시는 그들을 보호하지 못한다는 사실이 몹시 치욕스러웠지만 어쩔 도리가 없어 필사적으로 참으며 눈을 감았다.

"소평정이 왔으니 이제 살았다고 생각하겠지? 사태가 이 지경이 되었으니 본 왕이 패배한다면 가장 먼저 죽을 사람은 바로 너다. 하지만 나도 바보가 아닌 이상 평생을 바친 웅대한 계획으로 남 좋은 일만 할 수는 없지. 그러니 너는 죽어도…… 이 아이는 살 수 있다."

'이 아이'라는 말과 함께 소원계가 와락 손을 뻗어 막내 소원우의 목을 틀어쥐었다.

"보아라. 선제의 서출 황자, 구중궁궐에서 나고 자랐지만 아무도 진심으로 관심을 주지도, 가르침을 주지도 않았던 무지한 어린 아이…… 네가 죽은 뒤 소평정이 정말 대의명분에 따라 이 어린아이를 강산의 주인으로 세울까? 설사 그렇다 한들 의지할 곳 하나 없고 시킨 대로만 하는 꼭두각시를 손에 넣었으니 입만 열면 충성을 노래하던 장림왕이 과연 영원히 그 자리를 꼭두각시에게 주려 할까?"

소원시는 두 주먹을 힘껏 움켜쥐어 가부좌를 튼 무릎에 올려놓고 고개를 들더니 한 자 한 자 힘주어 물었다.

"소원계, 짐은 도저히 모르겠다. 대체 무엇을 증명하고 싶어 이러는 것이냐?"

소원계는 소원우를 팽개치고 허리춤에서 검을 뽑아 손가락으로 칼날을 쓰다듬으면서 차갑게 말했다.

"나는 질 수도 있고 패할 수도 있다. 하지만 사실은 장림왕도 나와 추호도 다르지 않다는 것을, 언젠가는 세상 사람 모두가 똑똑히 보게 될 것이다. 군신의 도리가 무엇이고 강산과 대의가 다 무엇이냐? 하나같이 허울과 핑계일 뿐이다. 본 왕에게 기회가 왔고 의지도 있는데 싸우지 않을 까닭이 무엇이냐? 빼앗지 않을 까닭은 또 무엇이란 말이냐!"

근원을 막다

—

18

—

금릉성의 피비린내 나는 병란은 궁성과 황성 서남쪽 관아가 있는 곳에서 집중적으로 일어났고 창고나 병영이 있지 않은 일반 민가 구역은 안전했다. 우림영은 이런 곳을 소홀히 넘겼고 야간 통행금지 후 거리를 순찰하는 순방영도 자주 찾아오지 않았다. 하지만 백성들은 지레 겁을 먹고 문을 꼭꼭 닫아걸고 집 안에 틀어박혀 이 위기가 하루빨리 지나가기만을 기원했다.

패아는 2월 말 담항이 떠난 지 오래지 않아 그들에게 받은 돈으로 성 동쪽 후미진 골목에 작은 집을 하나 빌렸다. 병란이 일던 날 악은천은 옥새를 가지고 궁을 나섰지만 성문이 닫혀 어쩔 수 없이 남은 호위병 다섯 명과 함께 그곳에 몸을 숨겨야 했다. 경성의 전체적인 판세에서 악은천처럼 뿌리도 없고 사저조차 없는 타지 장수의 존재는 티끌처럼 미약하여, 소원계 또한 그가 올린 동쪽 국경 방략에만 관심을 가졌을 뿐 그 외에는 그를 떠올린 적조차 없어 일부러 찾지도 않았다. 덕분에 일행은 지금까지 무사히 숨을 수 있었을 뿐 아니라 틈틈이 무리에서 떨어진 우림영 병사들을 기습하여 군복을 빼앗기까지 했다. 그리고 저녁마다 순찰대로 가장하여 성을 빠져나갈 기회를 찾기 위해 사방을 살폈다.

소원계가 즉위식을 치르려던 날 악은천은 아무도 지키지 않는 성루의 사각지대 한 곳을 찾아냈고, 이튿날에는 근왕군이 도착했다는 소식이 들려와 더욱 기쁨을 감추지 못했다. 그날 밤, 그는 미리 준비했던 굵은 밧줄을 챙겨 호위병들을 이끌고 순찰대의 눈을 피해 성벽으로 올라갔다. 자정이 가까운 시각이라 짙은 구름이 무겁게 내려앉아 빛 한 줄기 없었다. 일행은 불도 밝히지 못하고 어둠 속을 더듬어 밧줄을 성가퀴에 걸고 팽팽히 묶은 다음 성 밖으로 던졌다.

악은천은 밧줄을 움켜쥐고 나지막이 분부했다.

"내가 나간 뒤 매일 자시에 이곳에서 반 시진 동안 기다렸다가 아무 움직임이 없으면 몰래 돌아가거라. 그 외에는 아무것도 하지 말고."

호위대들은 아쉬운 듯 고개를 끄덕였다. 그가 밧줄을 잡고 성벽을 타고 내려간 뒤 잠시 기다렸지만 별다른 소리가 나지 않자 그들은 조심조심 밧줄을 거두고 슬그머니 그 자리를 떠났다.

근왕군 원수의 장막이 성 북문 바깥의 나지막한 구릉에 있다는 것은 미리 탐문해 악은천도 알고 있었다. 게다가 근왕군이 나타난 시간을 헤아려볼 때 담항이 성공적으로 소식을 알린 것이 분명했기 때문에 그 역시 장림왕 곁에 있으리라는 생각이 들었다. 그래서 악은천은 축축한 해자 기슭을 따라 북문 쪽으로 돌아간 뒤 일부러 순찰 초소를 찾아가 장림왕을 만나겠다고 청했고, 물론 직접 만날 수 없다면 담항에게 소식을 전해달라고 했다.

초소의 병사들은 그가 누군지 몰랐지만 두 계급 위의 상관에게 보고가 들어가자 그의 이름을 아는 자가 있어 즉각 사람을 보내 주 영채에 통보했다.

성안에서 그런 변고가 있었으니 피가 강을 이루었음은 누구나 짐작할 수 있었다. 담항은 '우리 장군님은 똑똑하시니까 분명히 무사하실 거야' 하고 입으로 수없이 되뇌었지만 속으로는 걱정이 되어 미칠 지경이었다. 그런 와중에 이런 소식이 들려오자 그가 뛸 듯이 기뻐하며 앞뒤 생각지 않고 달려간 것은 당연했다. 악은 천의 얼굴을 보는 순간 미처 입을 열기도 전에 눈물부터 쏟아지자 그는 민망한 나머지 슬그머니 소매로 눈을 훔치며 허둥지둥 안부를 물은 뒤 원수 장막으로 데려갔다.

성에 잠입하기로 결심한 소평정은 줄곧 그 방법을 고민하고 있었는데 가장 큰 문제가 바로 성안의 상황을 알지 못해 확실하게 계획을 세울 수 없다는 것이었다. 이럴 때 악은천의 출현은 그에게는 몹시 놀라우면서도 기쁜 일이었고, 순비잔마저 껄껄 웃음을 터뜨리며 생각하는 대로 이루어지는 것을 보니 운이 참 좋다고 너스레를 떨었다.

근왕군 원수 장막은 언덕 꼭대기 평평하고 우묵한 곳에 있었다. 넓이가 평방 일 장이고 장막 안 남쪽으로는 양피지로 된 커다란 지도가 걸려 있었다. 악은천이 동청을 따라 들어갔을 때 원수석에는 아무도 없고 두세 명이 지도 앞에 서서 논의를 하고 있었다. 동쪽 국경의 하급 무관으로 한 번도 소평정을 본 적 없는 그는 순비잔 옆에 있는 영리해 보이고 준수한 청년이 원수라 짐작하여 황급히 옷자락을 걷어 무릎 꿇고 절을 올렸다.

"소장 악은천이 장림왕 전하께 인사 올립니다."

밤중이고 군무를 처리하던 중도 아닌 소평정은 그가 이렇게 예를 차릴 줄은 예상도 못한 데다 멀어서 막을 수도 없었다. 그래서 다급히 그쪽으로 다가가 부축해 일으켰다. 악은천은 두 번 절하고 머리를 조아린 다음 일어나 엄숙한 얼굴로 품에서 둘둘 말린 천을 꺼내 두 손으로 이마 위로 올리며 비통하게 말했다.

"폐하께서 궁성에서 이 옥새를 맡기시며 소장에게 근왕군을 모아오라 하셨습니다. 부디 장림왕께서 받아주십시오."

연노랑 천 위에는 백옥을 깎아 만든 인장 하나가 놓여 있는데 손바닥 반만 한 크기에 윤기가 자르르 흘렀다. 소평정은 그제야 그가 왜 정식으로 예를 갖추었는지 깨닫고 황급히 뒤로 반 걸음 물러서서 한쪽 무릎을 꿇은 뒤 옥새를 받았다. 한참 옥새를 들여다보던 그는 눈시울이 발갛게 물들었다.

"원시…… 그 아이는 지금껏 이런 어려움을 겪어본 적이 없는데……."

상황이 급박하여 아무리 슬퍼도 감정은 잠시 접어두어야 했다. 소평정은 한숨 섞인 한마디를 끝으로 옥새를 동청에게 주며 잘 보관하게 한 다음 악은천에게 자리를 권하고 성의 근황을 세세하게 물었다.

보통 사람이었다면 비록 성에서 나왔다 해도 겉으로 보이는 소식만 대강 알고 있었겠지만, 악은천은 본래 상황을 예의주시하고 있은 데다 재주도 있어 며칠간 꼼꼼히 살피며 우림영의 병력 구조와 소원계의 방어 방식 등을 일목요연하게 파악한 덕에 장장 한 시진이 넘도록 상황을 보고했다. 그래놓고도 마지막에는 다소 부끄러운 듯이 말했다.

"경성에서 자유롭게 다닐 수가 없어 알아낼 수 있는 정보는 이 정도뿐이었습니다."

순비잔이 그의 어깨를 힘껏 두드리며 칭찬했다.

"무슨 소리요! 다른 사람은 몰라도 내가 저 안에 있었다면 장군의 반도 못했을 거요."

악은천은 유감스러워하며 말했다.

"듣자니 금군 3만이 무장해제를 당해 뿔뿔이 갇혀 있다고 합니다만 안타깝게도 구체적인 위치는 알아내지 못했습니다."

"며칠 안에 이만큼 알아낸 것만도 보통 일이 아닌데 그런 말 마시오."

소평정도 웃으며 칭찬하고는 동청에게 금릉성 평면도를 가져오게 하여 탁자에 펼치고 찻잔으로 모서리를 눌렀다.

"방금 말한 것처럼 성에 잠입할 생각인데 혹시 장군에게 좋은 생각이 있소?"

악은천은 지도 위로 손가락을 미끄러뜨리다가 금세 자신이 이용한 사각지대를 찾아냈다.

"이곳입니다. 우림영 순찰대가 놓치고 있는 빈틈인데 몰래 잠입하려면 이곳에서 성벽을 넘는 것이 최선입니다. 몇 사람이나 보낼 생각이십니까?"

"소원계의 주력이 모두 성안에 있으니 몇 사람이 간들 부족할 것이오. 도리어 눈에 띄어 일을 그르치기 쉽지."

소평정은 순비잔에게 싱긋 웃어 보였다.

"궁성은 순 형님의 터전이니 형님보다 더 잘 아는 사람은 없겠지요. 우리 둘이 가시지요."

악은천은 깜짝 놀랐다.

"전하께서 몸소 가시겠다고요?"

소평정은 그 말에 대답하지 않고 여전히 웃는 얼굴로 순비잔에게 물었다.

"내내 얼굴을 찡그리고 계신데 마음에 걸리는 부분이라도 있으십니까?"

"당연히 있지!"

순비잔은 손가락을 구부려 손마디로 탁자 위의 지도를 두드리더니 궁성 쪽을 가리키며 말했다.

"성안에 잠입하여 궁성으로 들어가 폐하를 찾는 것이 전부라면 너나 내 솜씨로 충분히 할 수 있다. 하지만 그 다음에는 어쩔 테냐?"

"다음이라니요?"

"소원계의 7만 병사가 금릉성에 쫙 깔려 있다. 폐하께서는 말을 타고 활을 쏘는 법만 조금 배운 소년인데 어떻게 그분을 데리고 나온다는 말이냐?"

소평정은 눈썹을 치켰다.

"이상한 말씀이군요. 왜 꼭 나와야 합니까?"

순비잔은 어리둥절했지만 악은천은 곧 그 뜻을 알아차리고 미소를 지었다.

"무슨 말씀인지 알겠습니다. 성을 나가는 것은 위험 부담이 클 뿐 아니라 성공할 확률도 적습니다. 하지만 소원계가 단시일 내에 찾지 못하는 곳에 폐하를 숨길 수 있다면 구출한 것과 다르지 않겠군요."

소평정은 그에게 찬탄하는 시선을 던지며 고개를 끄덕였다.

"다른 것은 몰라도 전투에서 소원계의 솜씨가 어떤지는 내가 잘 아오. 그가 의지하는 적명은 뛰어난 장수지만 동호 우림영은 아무래도 실전 경험이 적으니 대군이 성을 포위한 지금은 필시 군심이 흔들리고 있을 것이오. 악 장군, 장군은 적군과 아군의 전력을 잘 알고 있으니 한번 말해보시오. 우리가 전 병력으로 성을 공격하면 함락시키는 데 얼마나 걸리겠소?"

악은천은 눈을 찡그리고 고민하다가 자신만만하게 대답했다.

"길어야 세 시진입니다."

순비잔이 탁자를 내리치며 기쁜 기색으로 외쳤다.

"세 시진이면 궁성 안을 뒤질 시간이야 되겠지만 저 넓고 넓은 금릉성을 뒤져 우리를 찾아내지는 못하겠군!"

소평정이 직접 성으로 들어가겠다고 했을 때부터 불안해하던 악은천은 그제야 다급하게 권했다.

"전하, 소원계가 가장 꺼리는 사람이 바로 전하입니다. 경성에서 전하와 조금이라도 관련 있는 곳은 벌써 완전히 장악해두었을 겁니다. 소장이 안전한 곳을 알고 있으니 차라리 저와 순 통령이……."

소평정은 그의 말을 기다리지 않고 눈을 내리뜨며 태연하게 말했다.

"아니, 그럴 필요 없소. 나도 다 생각해둔 곳이 있소. 걱정 마시오. 소원계는 결단코 찾아낼 수 없소."

그러는 동안 동청이 들어와 탁자 위의 등불을 불어 끄자 세 사람은 그제야 날이 밝았음을 깨닫고 슬그머니 피로를 느꼈다. 이날은 약속 기한 사흘 중 이틀째였기 때문에 더는 잠입을 미룰 수 없었다. 소평정은 담항에게 악은천을 이웃 장막으로 데려가 쉬게 하라고 명한 다음 자신도 짬을 내어 잠깐 눈을 붙였다. 그리고 오시에 다시 일어나 승병충 등 주요 장수들을 소집해 일일이 악은천을 소개했다.

악은천은 동해와의 싸움에서 가장 먼저 승전보를 올린 장수로서, 비록 조정 문신들 눈에는 아무것도 아니었지만 군의 장수들에게는 깊은 인상을 남긴 터라 길게 소개할 필요도 없었다. 황혼녘이 되자 동청이 새까만 옷 두 벌과 밑창이 부드러운 신발 두 켤레를 가져와 소평정과 순비잔에게 주고, 또 조그마한 쇠뇌까지 하나씩 주며 팔목에 묶게 했다.

이런 무기를 처음 본 악은천은 호기심을 갖고 다가와 자세히 살폈는데 보면 볼수록 감탄이 절로 나왔다.

"이렇게 작은 쇠뇌가 화살을 여섯 대나 쏠 수 있다니 정말이지 정교한 무기로군요!"

"화불성(畫不成)이라는 것인데 랑야각에서 가져왔소. 동청이 두 개를 더 가지고 있으니 마음에 들면 하나 가지시오."

악은천은 황급히 감사인사를 하고 쇠뇌를 받아 한참을 살폈다. 그러다가 무슨 생각이 들었는지 눈동자에 걱정스런 빛을 띠며 입을 열려고 하는데, 때마침 소평정이 돌아서서 장막 안의 사람들에게 말했다.

"경성에 잠입하는 계획을 아는 사람은 전군을 통틀어 열 명이 되지 않소. 나하고 순 통령이 출발한 후에도 평소처럼 행동해야 하오."

"예!"

장수들이 허리를 숙이고 손을 모으며 일제히 대답했다.

소평정은 살짝 고개를 돌려 다시 악은천을 바라보았다.

"선봉의 영채는 악 장군이 직접 지휘하시오. 이제 다른 영채의 장군들과 안면도 텄겠다, 약속한 기한이 지나도 내가 돌아오지 않으면 반드시 선봉을 따르라고 모두에게 명령해두었소. 동청과 담항이 돕고 있으니 내가 없는 동안에도 충분히 성 밖을 지킬 수 있을 것이오."

사전에 단독으로 이야기를 나누었기 때문에 다른 장수들은 달리 이의가 없었지만 악은천 본인은 즉답을 못하고 우려스런 표정으로 우물거렸다.

"전하, 소장의 생각은……."

소평정이 손을 들어 그 말을 막더니 차분하지만 엄숙한 표정으로 말했다.

"악 장군, 본 왕이 방금 한 말은 군령이지 장군과 상의를 하자는 것이 아니오."

군령을 따르지 않는다는 지적을 한 번도 받아본 적 없는 악은천은 얼굴이 시뻘게져 황급히 고개를 숙이고 물러나면서 허리를 숙였다.

"소장, 명을 받들겠습니다. 부디 용서하십시오, 전하."

소평정은 고개를 끄덕여 그를 일어나게 한 후 동청을 불러 다른 일들을 당부했다. 악은천이 울적한 얼굴로 물러가는 것을 본 순비잔은 이상한 생각이 들어 다급히 뒤를 쫓아가 장막 뒤에서 붙잡아 세우고 물었다.

"장군이 군령에 토를 달 사람이 아니라는 것은 한눈에 알 수 있소. 방금 한 말은 경성에 잠입하는 것을 반대하려는 것이었소?"

악은천은 가볍게 고개를 저었다.

"경성에 잠입하는 것을 반대하지는 않습니다. 단지 장림왕께서 몸소 가시는 것을 반대할 뿐입니다."

"어째서? 평정은 랑야각에서 배워 머리도 좋고 무예도 뛰어난 데다 궁궐 안 구조에도 익숙하오. 그가 최적임자인 것만은 분명하오!"

악은천은 쓸데없는 말은 말자고 생각했지만 아무래도 젊다보니 할 말을 속에 담고만 있을 수 없어 주위에 아무도 없는 것을 보자 소리 죽여 말했다.

"문제는 그것이 아닙니다. 생각해보십시오, 순 통령. 소원계는 이미 대역죄인입니다. 폐하와 두 분 황자가 그의 손에 들어갔으니 살아나실 수 있을지는 모를 일이지요. 만약 정말로 상황이 그렇게 된다면 조정에 가장 필요한 이는 바로 장림왕처럼 든든하게 자리를 지켜줄 분입니다. 그분에게 무슨 일이 생긴다면 조정과 종실에서 그만한 힘을 발휘할 사람이 어디 있겠습니까? 그런 때가 왔을 때 서로 대의명분을 부르짖으며 편을 갈라 나라가 사분오열될까 걱정입니다. 황족들이 동요하면 내란이 일 것은 자명하고 내란이 일면 국력과 백성의 삶이 어려워지는 것은 당연합니다. 백성들에게는 그야말로 악재가 아니겠습니까?"

한 번도 이런 생각을 해본 적 없는 순비잔은 일순 멍해졌다.

"저의 이런 생각은 전하께서도 알고 계십니다. 그래서 제가 말을 꺼내지 못하게 하신 것입니다. 하지만 알고 계신들 어쩌겠습니까? 폐하께서 분명히 살아 계시는데 벌써부터 나중에 있을 조정의 안정을 생각할 수는 없겠지요. 확신할 수 없는 결과 때문에 스스로를 지키겠다고 가능한 모든 방법을 시도조차 해보지 않을 수는 없지 않습니까?"

악은천은 장탄식을 하며 어쩔 수 없다는 듯한 목소리로 말을 이었다.

"비록 오래 함께 있지는 못했지만 장림왕께서 그런 분이 아니라는 것은 알 수 있습니다."

그마저도 그렇게 생각하는데 오래 알고 지낸 순비잔은 당연히 소평정의 성품을 익히 알고 있었다. 초조한 마음을 안고 장막으로 돌아간 그는 결국 참지 못하고 소평정에게 악은천이 한 말을 꺼냈다.

벌써 검은 옷으로 갈아입은 소평정은 살짝 고개를 끄덕이며 대답했다.

"맞아요. 악 장군의 우려는 알고 있습니다. 허무맹랑한 걱정은 아니지요."

"그래도 반대를 무릅쓰고 직접 갈 생각이냐? 만에 하나 악 장군이 걱정하는 상황이 벌어져 다 함께 해를 입는다면 우리 대량의 앞날은……."

"대부분 세상일이 그렇지 않습니까? 이해득실을 따져볼 수는 있어도 완벽한 선택이란 있을 수 없지요. 지금은 이것이 제가 생각해낼 수 있는 최선의 방법인데 위험하다고 시도조차 않을 수야 없지 않습니까?"

소평정은 순비잔의 답답하고 초조한 얼굴을 보며 저도 모르게 빙긋 웃었다.

"저는 조정과 맞지 않는다고 그렇게 말씀드렸는데도 믿지 않으시더니…… 이 상황이 바로 그 예지요. 대국을 보지 못하는 것도 아니고 이해득실을 헤아리지 않은 것도 아닙니다. 사실은 가장 유리한 선택이 무엇인지 알고 있을 때가 많습니다. 단지 선택하지 못하는 것뿐이지요."

성 밖의 소평정이 소원시의 목숨을 살리기 위해 노심초사하는 사이, 성안의 소원계도 사흘 동안 정말 마음 편히 있었던 것은 아니었다. 어린 황제를 손에 쥐고 있다는 것이 최대의 판돈이라는 점은 그 자신이 누구보다 잘 알기에 그는 황제를 양거전 편전에 가두고 적명에게 직접 그곳을 지키게 했다. 그리고 궁성 밖에서 소평정과 관련 있는 곳이라면 옛 장림왕부든 제풍당이든 친구의 저택이든 사람을 시켜 단단히 감시하게 하여 그와 내통하거나 숨겨주지 못하도록 방비하라고 하성에게 명했다.

하성은 명을 따랐지만 여전히 이해가 가지 않는지 그럴 리 없다는 얼굴로 물었다.

"저는 모르겠습니다. 성 밖의 병력이 아무리 많아도 이 경성은 오롯이 전하의 손에 들어 있지 않습니까? 금릉성 네 개 성문이 닫혔는데 소평정이 무슨 수로 잠입할 수 있겠습니까?"

"그와 순비잔 같은 고수는 아무리 방비해도 지나치지 않다."

소원계는 어두컴컴한 창밖을 바라보며 차갑게 코웃음을 쳤다.

"금릉성은 너무 크다. 보통 사람은 잡아놓을 수 있어도 그를 잡아놓지는 못해."

하성은 감히 대꾸하지 못하고 예를 올린 뒤 물러났다. 그리고 명령대로 사람을 보내 소평정이 갈 만한 곳은 추호도 소홀히 하지 말고 일일이 감시하게 한 다음 밤이 되어서야 일을 끝내고 돌아와 직접 보고했다.

그때 양거전에서 성과 궁궐의 방어에 관해 소원계와 논의 중이던 적명은 하성의 보고를 듣자 두 사람이 무엇을 하고 있는지 알아차리고 마음이 복잡해졌다. 중요한 논의가 마무리된 후 그가 막간을 틈타 물었다.

"소평정의 병력이 우세하고 상황이 이 지경이니 그 역시 더 멀리 내다보고 위험을 무릅쓰려 하지 않을 수도 있습니다. 전하께서는 정녕 그가 직접 오리라 생각하십니까?"

소원계는 눈을 가늘게 뜨고 아련한 표정을 지었다.

"예전의 그라면 분명히 그렇소. 하지만 사람은 변하게 마련이고 어쨌든 몇 년간 만나지 못했으니 지금 그가 무슨 생각을 하는지 정확히 추측할 수 없소."

두 사람이 탄식하는 사이 조용하던 바깥이 소란스러워졌다. 시끄러운 소리이기는 하지만 희미하고 거리도 멀어 뭐라고 외치는지는 명확하게 들리지 않았다. 적명이 벌떡 일어나 검을 들고 밖으로 나갔다. 복도를 지키던 시위들도 소리를 들었는지 적명이 나오는 것을 보자 급히 동북쪽을 가리켰다.

양거전 동쪽에는 옆 전각과 곁채가 각기 일렬로 늘어서 있었다. 적명이 뒤 회랑의 복도를 돌아갔을 때 소란은 이미 그쳤고 붉은 담장 발치에 몇 사람이 꿇어앉아 있었다. 자세히 보니 군관 세 사람과 20여 명의 병사가 밧줄로 한데 묶인 채 저마다 놀라고 두려운 얼굴을 하고 있었다. 곁에는 하성이 노기 띤 얼굴로 래양부의 호위병 수십 명과 함께 지켜보고 있었다.

추측하기 어려운 상황은 아니어서 적명도 한눈에 상황을 알아차렸다.

"탈주병이오?"

하성은 고개를 끄덕이고 코웃음을 쳤다.

"전하께서 그토록 은혜를 베풀어주셨는데 몰래 달아날 생각을 하다니 살기가 싫은 모양입니다! 아, 오셨습니까, 전하?"

적명이 황급히 돌아보니 소원계가 패검을 쥐고 통로를 따라 걸어오고 있었다. 꽁꽁 언 칼날처럼 살벌한 시선이 바닥에 꿇어앉은 탈주병들을 쓸어갔다.

"본 왕을 따라 거사를 한 이상 돌이킬 수 없다는 것은 너희도 잘 알 것이다. 지금 저 성 밖에서 어떤 죄가 너희를 기다리고 있는지 생각해보았느냐? 역모는 구족을 멸하는 죄, 끝까지 버티는 것이야말로 단 하나 남은 살 길이다. 그것조차 모른다면 살아 있을 가치도 없다."

포박당해 꿇어앉은 사람들은 이미 힘이 쭉 빠진 상태였다. 개중에 몇 사람은 고개를 숙인 채 말이 없었지만 몇 사람은 조그맣게 애원했다.

"전하, 한 번만 기회를 주십시오. 전하……."

소원계는 가차 없이 적명을 돌아보며 분부했다.

"싸움을 앞두고 달아난 자들을 공개 참수하고 백부장 이상의 군관들은 모두 형장에 불러 지켜보게 하시오."

적명은 입매를 살짝 당겼지만 두 손을 포개어 올리고 대답했다.

"예."

탈주병들은 이미 단단히 묶여 있어 더 붙잡을 것도 없었다. 소원계가 떠나자 하성은 즉시 부하에게 명해 옆 전각 하나를 비우게한 뒤 탈주병들을 모조리 집어넣고 내일 공개 참수까지 가두어놓으라고 했다. 평소 이런 일을 귀찮아하는 적명은 하성에게 맡기고돌아섰는데 계단을 오르기 무섭게 하성이 쫓아와 불렀다.

"적 장군, 잠시 기다려주십시오!"

적명은 본래 과묵한 성품이고 하성과 사사로운 교류도 없었다.이 때문에 그가 불러 세우자 이상한 생각이 들어 걸음을 멈추고의아한 눈길로 바라보았다.

가까이 온 하성은 먼저 주위를 물린 다음 소리 죽여 물었다.

"성 밖에서 준 기한은 하루면 끝납니다. 전하께서 어떤 결정을내리셨는지 장군께 말씀하신 것은 없는지요?"

적명은 입술 위로 냉소를 떠올리며 그를 아래위로 훑어보았다.

"하 장군이야말로 전하의 첫손꼽는 심복이 아니오. 하 장군에게도 말하지 않은 일을 어찌 내게 말씀하시겠소?"

하성은 겸연쩍은 듯이 웃었다.

"그야 그렇지만 요 이틀간 저는 황성을 수비하느라 바빠 전하를 몇 번 뵙지 못했습니다. 그래서 여쭤본 겁니다."

적명은 대답 없이 미소를 짓다가 도리어 되물었다.

"전하를 잘 아는 하 장군이 보기에 정말 장림왕이 제안한 교환에 협상을 하실 것 같소?"

하성은 고개를 숙이고 한참 생각하다가 자신 없는 얼굴로 말했다.

"솔직히 말씀드리면 저도 모르겠습니다."

다정과 무정

—
19
—

랑야각은 세상의 소식을 파는 곳으로 각국의 각지에 비둘기집을 운영하고 있다는 것은 모르는 사람이 없었다. 하지만 구체적으로 어디가 그 비둘기집인지 아는 사람은 손가락에 꼽을 정도였다. 경성에서 자라고 수년간 금군을 통솔한 순비잔도 소평정을 따라 성에 잠입한 후에야 처음으로 금릉성 비둘기집의 진짜 모습을 볼 수 있었다.

까맣게 칠한 문과 푸른 담장, 검은 기와를 씌우고 앞에 대청을 두고 뒤에는 안채를 놓은 사합원은 말 그대로 보통 집이었다. 금릉성에 있는 수백 채의 비슷한 집들과 다를 곳 하나 없고 특별하거나 신비한 구석은 단 한 군데도 찾아보기 어려웠다.

중문을 지나 들어가자 중정이 나타났고 겉적삼을 입은 중년인이 풍등을 들고 섬돌 앞에 서 있는 것이 보였다. 벌써 오래 기다린 것 같았다.

소평정이 두 손을 모으며 인사했다.

"주삼(朱三) 형님, 폐를 좀 끼치겠습니다."

주삼이라 불린 사람이 빙그레 웃어 보였다.

"기껏해야 머물 곳을 빌려드릴 뿐 큰 도움은 되지 못합니다. 어서 들어오시지요."

중정을 지나자 나타난 안뜰에는 남쪽으로 청기와를 얹은 커다란 방이 세 칸 있었다. 주삼이 앞장서서 가운데 방문을 열자 곧 환한 등불 빛이 쏟아졌다. 누군가 뒷짐을 지고 등불 옆에 서 있다가 문소리를 듣고 돌아섰다. 짙푸른 무명 적삼에 머리카락이 허연 그는 다름 아닌 오랫동안 만나지 못한 제풍당 당주 여건지였다. 그가 경성에 있는 줄은 생각도 못한 소평정은 깜짝 놀랐다.

주삼이 웃으며 설명했다.

"금릉성 분점에 희귀한 병이 발생해 노당주께서 일부러 오셨는데 뜻밖에도 병란이 일어나 이렇게 성에 갇히셨지요. 둘째 공자께서 군을 이끌고 성을 포위한 뒤로 소원계가 제풍당을 제압하리라 짐작하고 미리 사람을 보내 노당주를 이리로 모셨습니다."

제풍당의 다른 의원들은 그렇다 쳐도 여건지가 소원계의 눈에 띄었다면 무슨 일이 벌어졌을지 몰랐다. 소평정은 뒤늦게야 소름이 끼쳐 저도 모르게 이마를 누르며 탄식했다.

"주삼 형님 덕분에 살았군요. 정말 감사합니다."

주삼은 집안어른을 구해주어 감사하는 것이냐며 농담을 하려다가 이런 상황에는 적절하지 않은 것 같아 빙그레 웃기만 했다. 이미 자정을 넘긴 시각이고 두 사람이 중요한 일을 하러 온 것을 아는 여건지는 임해의 근황을 물은 뒤 어서 쉬라며 그들을 내보냈다.

다음 날 아침 식사를 마친 두 사람이 짐을 챙겨 안방으로 가보니 주삼은 벌써 차를 준비하여 기다리고 있었다. 악은천에 비하면 금릉성에 깊이 뿌리를 내리고 있는 랑야각 비둘기집은 병력 분포나 종친 및 대신들의 동향은 말할 것도 없고, 궁성 순찰대의 세부적인 정보까지 조목조목 파악하여 궁궐의 평면도에 모두 표시해 놓고 있었다.

순비잔은 금군이 무너진 과정을 물었는데 들으면 들을수록 비분이 솟구쳐 한참 동안 고개를 푹 숙이고 있다가 비로소 입을 열었다.

"폐하께서 양거전 동쪽 편전에 갇혀 계시다는 소식은 확실한 겁니까?"

누군가에게 소식이 확실하냐는 질문을 받아본 적이 없는 주삼은 저도 모르게 눈썹을 추켜올리며 말없이 차만 마셨다. 곧 말실수를 깨달은 순비잔은 민망한 듯 머리를 긁적이며 사과했다.

소평정이 웃으며 그를 흘겨본 뒤 말했다.

"소원계의 주요 병력 중에 성 방어를 위해 한 무리가 떨어져나갔고, 또 군량고와 무기고를 지키고 성을 순찰하는 이들도 있으니 궁궐을 모두 지키기에는 머릿수가 부족해 양거전에만 집중하고 바깥은 경계가 느슨할 겁니다. 우리 두 사람이라면 돌파하기가 어렵지 않겠군요."

궁성에 대해서라면 수년간 궁궐 수비를 맡은 순비잔을 따라갈 사람은 없었다. 그는 기억을 떠올리며 동선을 계획했다.

"주삼 형님이 얻은 소식대로라면 양거전에 가장 빨리 도착하는 길은 이쪽에서 파고들어 여기서 이렇게, 이렇게 움직여…… 주요 지점들을 돌아가는 편이 적절하겠지."

이렇게 설명하면서 지도 위에 손가락을 미끄러뜨리던 그는 '정양궁'이라는 글자에 손이 닿자 눈빛이 어두워지며 말을 끊었다. 함께 있던 두 사람은 눈치가 빨라 자연히 그가 무슨 생각을 하는지 알 수 있었다.

그가 묻기도 전에 주삼이 직접적으로 말했다.

"추측하신 대로입니다. 누이 분께서는 이미 궁으로 들어가셨고 지금 정양궁에 머물고 계십니다."

순비잔은 울적해져 몸을 일으켜 방 안을 서성이다가 고개를 돌렸다.

"안여는 소심하고 순종적인 아이지만 단언하건대 결코 소원계에게 동조할 리 없다."

소평정은 언제나 규방에서 지내던 순씨 집안의 아가씨를 예전에 몇 번 보았을 뿐 그 성품은 잘 알지 못했다. 하지만 순비잔의 판단을 믿었고 지금 그의 마음 또한 이해되어 곧바로 눈썹을 추키며 미소를 지었다.

"좋습니다. 어차피 정양궁을 지나쳐야 한다면 오늘 밤에 누이 분부터 만나보시지요."

소원계 휘하의 병사들을 모두 합치면 약 8만 명이었는데, 병란 당일 1만 명 가까운 사상자가 났고 그 후 성이 포위되면서 사기가 많이 꺾여 아무리 은혜를 베풀어도 처음처럼 기세등등하지 못해 더욱 신경 써서 단속하고 관리해야 했다. 적명은 우림영 최정예 병력을 둘로 나누어 대략 5만 명은 성의 방어를 맡기고 1만 명은 궁에 주둔시켰다. 또 드나드는 사람을 쉽게 파악할 수 있도록 궁성 후궁에서 일하던 심부름꾼들을 모조리 쫓아내고 대부분 전각의 문을 잠가, 일상생활은 조양전과 양거전, 정양궁 세 곳에서만 이루어졌다.

숙부가 암살당한 뒤로 순안여의 심경은 마치 다 타버린 재처럼 메말라 있었다. 처음 며칠간은 눈물바람을 했지만 나중에는 눈물조차 말라 나오지 않았다. 성 밖에서 척 부인을 불태우는 것을 직접 목격하고 돌아온 그녀는 소원계가 큰일을 벌일 것을 짐작했지만 아무것도 할 수 없었다. 그저 노비문서와 지니고 있던 은자를 민아에게 주며 혼란을 틈타 살길을 찾아가라고 한 것이 고작이었다.

3월 중에 예상대로 병란을 일으켜 성공한 소원계는 득의양양하여 궁성의 핏자국을 채 닦아내기도 전에 서둘러 가족을 정양궁으로 옮겼다. 즉위식 전날인 4월 열나흗날에는 몸소 순안여를 안고 조양전으로 가서 높은 자리에 놓인 용좌를 가리키며 자신의 성과를 자랑했다.

"어떻소? 당신을 천하에서 가장 존귀한 여인으로 만들어주겠다고 한 약속을 지키지 않았소? 이 아름다운 강산은 앞으로 우리 것이오. 나를 위해, 그리고 당신을 위해 무척 기쁜 일이 아니오?"

한때 다정하고 진심을 보여주던 부군은 이제 슬프고 가련한 낯선 이로 변해 있었다. 그의 기쁨, 그의 흥분, 최고의 자리를 향한 그의 열망을, 순안여는 조금도 공감할 수 없었다. 그녀는 마치 가지에서 떨어진 꽃송이처럼 하루하루 소리도 기척도 없이 천천히 시들어갔다. 비록 누군가 조심스레 주워 손바닥에 올려놓고 보살피고 또 보살펴도 소용이 없었다.

금릉성이 포위되자 소원계는 바깥과 정양궁의 소식을 차단시켰지만 그럼에도 불구하고 그 안에 있는 사람들은 어디선가 꼭 소문을 들었다. 다만 래양왕이 무서워 감히 입을 놀리지 못할 뿐이었다. 가까이서 시중드는 두 시녀는 특히 엄한 명령을 받아 매일 차를 올리고 식사를 챙기며 평소와 다름없이 행동했다.

4월 하순이 다가오고 소만이 가까워지자 궁궐 밖 정원에는 벌써 온갖 꽃들이 져서 떨어졌다. 궁 안에서 책임 있게 일하는 사람이 부족한 탓에 창 앞에 떨어진 꽃잎은 오래도록 치워지지 않다가 황혼녘 갑작스레 불어 닥친 바람에 사방으로 흩어져 청석 바닥이나 이끼 위로 떨어졌고, 이 때문에 쨍쨍한 초여름의 풍경도 가을처럼 스산해 보였다.

해가 진 뒤 저녁 구름이 모여들자 시녀 둘은 평소처럼 궁등을 켜 높이 걸고 순안여에게 저녁을 두어 숟갈 떠먹인 뒤 말없이 옆에 앉아 있다가 하늘이 컴컴해진 다음 머리를 빗기고 이부자리를 펴 그녀를 눕혔다. 그런 다음 반 시진 정도 더 옆을 지키다가 침상에서 아무 움직임이 없자 조그만 등만 남겨두고 물러나 병풍 밖의 나무 평상에서 이불을 덮고 누웠다.

삼경을 알리는 경고가 울리자 그림자 두 개가 기둥을 밟고 연기처럼 정양궁 등마루로 날아오르더니 살그머니 유리와(琉璃瓦, 중국 전통 건축자재로, 질 좋은 진흙을 굽고 유약을 발라 만든 기와—옮긴이) 두 개를 치우고 아래를 바라다보았다. 희미한 방 안으로 남쪽을 향해 놓인 조각을 새긴 큰 침상과 그 네 모퉁이를 단단히 덮은 휘장이 어렴풋이 보였다. 병풍으로 가려진 문간방 평상에는 시녀 둘이 깊이 잠들어 있었고 그 외에는 침전 안에 아무도 없었다.

기와가 제자리에 놓인 뒤 얼마 후 종이처럼 얇은 칼날이 창틀 아래쪽을 파고들더니 빗장을 젖혔다. 이어 창 한쪽이 열리고 두 그림자가 소리 없이 미끄러져 들어왔다. 한 사람은 병풍 뒤로 달려가 시녀들을 기절시키고, 다른 한 사람은 침상으로 다가가 휘장을 살짝 걷고 조용히 불렀다.

"안여……."

푹 잠들지 않고 반쯤 깨어 있던 순안여가 베개를 짚고 일어났다. 희미한 촛불 아래 서 있는 사촌오라버니를 보자 그녀는 꿈이 아닌가 싶어 온몸이 뻣뻣하게 굳었다.

순씨 집안 남매가 마지막으로 대화를 나눈 것은 연초에 순부의 안채에서 만났을 때였다. 헤어진 지 몇 달째인데다 구중궁궐로 거처를 옮긴 순안여는 기대하지 못했던 가족과의 만남에 쌓인 감정을 주체하지 못했다. 그녀는 오라버니의 품으로 와락 뛰어들어 온몸을 부들부들 떨며 숨조차 제대로 쉬지 못할 정도로 오열했다.

어려서부터 귀한 대접을 받으며 세상 어려움을 모른 채 고이 자란 누이동생이 이처럼 구슬피 울자 순비잔의 눈시울도 촉촉이 젖었다. 그는 부드러운 목소리로 한숨을 쉬며 말했다.

"모두 숙부님과 내 잘못이다. 집안어른으로서, 오라버니로서 책임을 다하지 못하고 사람을 잘못 보아 네 인생을 망쳤구나."

한바탕 속 시원히 울음을 터뜨린 순안여는 기분이 다소 편해졌다. 비록 세상 물정 모르고 온순하기만 한 그녀지만 본디 총명하고 눈치가 빨라, 기분을 가라앉히고 생각해보니 금군통령이던 사촌오라버니가 한밤중에 오로지 자신을 만나려고 궁에 들어왔을 리 없다는 것을 짐작하고 눈물을 닦으며 먼저 입을 열었다.

"폐하께서는 양거전 동쪽 편전에 갇혀 계시다고 들었어요. 그 사람…… 그가 매일 밤 직접 가서 전각을 지키고 감시가 무척 삼엄해요. 그 외의 소식은 귀담아 듣지 않아서 아무것도 몰라요."

누이동생에게서 무언가를 알아내겠다는 생각은 애초에 없었던 순비잔은 그녀의 손을 쓰다듬으며 위로한 다음 소평정에게 다가가 나지막이 상의했다.

"이곳은 양거전에서 멀지 않으니 길을 나누어 움직이는 것이 좋겠다. 네가 안으로 들어가면 나는 바깥에 불을 질러 소원계를 유인하마. 물러날 때는 들어오면서 봐두었던 그 길로 가거라. 부디 폐하께 복이 깊어 무사히 성공하기를."

마지막 단계로 갈수록 써볼 만한 방법을 찾기가 쉽지 않았다. 소평정 역시 더 좋은 방법이 없어 고개를 끄덕였다.

"그렇게 하시지요. 추격병을 완전히 따돌릴 필요 없이 궁을 떠나 폐하를 숨길 만한 시간만 벌면 됩니다."

두 사람이 간단히 상의를 끝내자 순비잔은 다시 누이동생에게 돌아가 몹시 미안한 얼굴로 말했다.

"안여, 오늘은 너를 데려갈 수가 없구나. 하지만 걱정 마라. 나중에 나와 평정이 온 힘을 다해서 너를 변호해줄 것이다. 폐하께서 은혜를 내려주시면 이 오라버니가 너를 숙모님 곁으로 데려가 책임지고 돌봐주마."

같은 방에 있다보니 순안여도 두 사람의 대화를 똑똑히 들었다. 그녀는 사촌오라버니의 말에 대답하지 않고 도리어 걸어나가 소평정에게 허리를 숙여 인사한 뒤 말했다.

"제가 방금 들은 것이 맞는다면 두 분은 그 사람을 양거전에서 유인해낼 생각이신가요?"

소평정은 잠시 망설이다가 천천히 고개를 끄덕였다.

"그렇다면 오라버니가 바깥에서 지키실 필요 없어요. 둘째 공자와 함께 폐하를 구하세요. 제게 그를 끌어낼 방법이 있어요."

속눈썹에 가느다랗게 맺힌 눈물방울을 제외하면 순안여의 얼굴에는 조금 전의 격한 감정은 찾아볼 수 없었고 무척 결연해 보였다.

"아무래도 부부로 지냈으니 그에 대해 어느 정도는 알고 있지만 시간이 촉박하여 자세히 말씀드릴 수는 없어요. 오라버니가 저를 믿으신다면 이번에는 제가 도울 수 있도록 해주세요."

그녀가 가련하게 애원하자 순비잔은 도저히 거절할 수가 없었다. 잠시 망설이던 그가 소평정을 돌아보며 물었다.

"안여는 늘 사실만을 말하는 아이다. 방법이 있다고 하면 정말 있는 것이니 한번 시험해보는 것이 어떠냐? 우선 숨어들었다가 효과가 없으면 그때 본래 계획대로 해도 늦지는 않을 테지."

소평정은 전각 모퉁이에 놓인 모래시계를 보며 시간을 헤아린 뒤 그 정도 시간은 있다고 생각하고 승낙했다. 두 사람은 들어왔던 창문으로 나가 소리 없이 담장으로 뛰어올라 눈 깜짝할 사이 모습을 감추었다.

순안여는 창문을 닫고 탁자를 짚고 잠시 서 있었다. 그러는 동안 표정이 차츰차츰 결연해지고 동작도 점점 단호해졌다. 처음 정양궁으로 옮겼을 때 소원계는 앞으로 사용할 복식이 달라질 것이라는 생각에 예전에 쓰던 것을 많이 가져올 필요 없다고 했고, 시녀들은 하사품으로 받은 장신구 두 상자만 챙겨왔다. 순안여는 그

상자를 뒤적였지만 적당한 것을 찾지 못하다가 마침내 지난날 순태후가 하사한 쌍두봉황 비녀를 발견하고는 지끈 아파오는 심장을 누르며 비녀를 손에 꼭 쥐었다.

그녀는 침궁에서 나와 중정을 지나 앞 전각의 대문을 열었다. 복도에서 야간 당직을 서던 태감이 화들짝 놀라 깨어났으나 미처 정신이 들기도 전에 순안여는 그를 지나쳐 운대로 이어지는 다리 위로 달려갔다. 태감들이 놀라 소리를 지르자 바깥 전각의 시녀들도 우르르 달려왔다. 여기저기에서 나타난 10여 명이 뒤를 쫓았고 발 빠른 사람들은 곧 그녀를 따라잡아 손을 뻗었다.

순안여는 봉황 비녀의 뾰족한 끝을 목에 대고 사납게 외쳤다.

"물러서라!"

태감과 시녀들은 소스라치게 놀라 감히 붙잡지 못한 채 그녀가 전각 뒤쪽 가장 높은 누대로 달려가 돌판을 밟고 돌난간 가장자리에 반쯤 앉다시피 기대는 것을 지켜볼 수밖에 없었다.

높은 곳이라 바람이 거센데 그녀의 몸은 깃털처럼 가냘팠다. 새하얀 침의가 바람에 위아래로 휘날리며 펄럭펄럭 소리를 내는 모습을 보면 마치 당장이라도 밤바람에 휘말려 누대 아래로 떨어질 것 같았다. 뒤를 에워싼 사람들은 너무 놀라 얼굴이 흙빛이 되었지만 감히 다가가지 못했다.

혼란한 와중에 다소 침착한 시중드는 아주머니가 높이 외쳤다.

"어서! 어서 가서 전하를 불러와! 어서!"

사경을 알리는 소리가 울렸다. 밤이 가장 어둡고 모두가 깊이 잠든 시각이었다. 남쪽 편전에 묵고 있는 적명은 별안간 놀라 잠에서 깨어났다. 심장이 답답해 다시 눈을 붙이기가 어려워 그는 자리에서 일어나 친위대 둘을 데리고 어린 황제를 살피기 위해 동쪽 편전으로 향했다.

전각문 옆에서 당직을 서던 호위병이 그를 보고 황급히 예를 올렸다.

"안은 무사합니다. 다만 언제나처럼…… 아무것도 입에 넣지 않습니다."

적명은 개의치 않는 듯 냉소를 지었다.

"내버려두어라. 굶어죽기가 그리 쉬운 줄 아느냐."

그의 왼쪽, 동쪽 편전에서 높고 긴 회랑 너머로 보이는 화려한 궁전은 바로 소원계가 머무는 곳으로, 바깥을 둘러 매단 횃불이 환하게 주위를 밝히고 있을 뿐 아니라 창호지 위로도 불빛이 새어 나오고 있었다. 적명은 잠시 망설이다가 그쪽으로 다가가 반쯤 닫힌 문을 통해 안을 들여다보았다.

과연 소원계는 아직 자지 않고 있었다. 계단 위의 용좌에 비스듬히 기대앉은 그는 팔꿈치를 탁자에 대고 손바닥으로 눈을 가리고 있었는데 생각에 잠긴 것인지 휴식을 취하는 것인지 알 수가 없었다. 적명이 문지방을 넘자마자 그는 곧바로 움직임을 느끼고 재빨리 고개를 들면서 용좌 아래 놓아둔 검을 움켜쥐었다. 들어온 사람이 누군지 확인한 그는 조용히 검을 내려놓고 긴장한 등에서도 힘을 뺐다.

"아…… 장군이구려."

"전하, 그만 쉬십시오. 내일이면 성 밖에서 무슨 움직임이 있을 것이니 협상을 하기로 하셨든 결전을 치르기로 하셨든 결코 쉽지 않을 것입니다. 소원시가 바로 옆에 있고 친히 지키고 계신데 어째서 그리 마음을 놓지 못하십니까?"

소원계는 탁자를 짚고 똑바로 앉아 미간을 문지르며 힘없는 목소리로 말했다.

"장군 말이 옳소. 이제부터는 더욱 쉽지 않을 테니 정신이 맑아야 하는데……."

그 말이 끝나기도 전에 반쯤 닫혔던 문이 벌컥 열렸다. 정양궁에서 일하는 아주머니가 계단 아래에 있던 호위병의 부축을 받고 뛰어들어와 헐떡거리며 바닥에 엎드려 울부짖었다.

"전하, 어서 가보십시오. 왕비께서…… 왕비께서 누각에서 뛰어내리려 하십니다!"

소원계는 처음에는 무슨 말인지 이해하지 못해 멍하니 있다가 벌떡 일어났다. 서두르는 바람에 앞에 놓인 탁자가 그의 몸에 차여 반 자나 밀려났다. 적명이 조금 더 자세히 물으려 했지만 입을 열기도 전에 소원계는 전각 밖으로 달려나갔다. 이를 본 그도 어쩔 수 없이 뒤를 쫓았다. 밖에 있던 호위병들은 무슨 일인지도 모르고 다급히 대오를 갖추어 뒤따랐고 그들이 사방을 환히 비추던 횃불을 반이나 가져가 주위는 순식간에 어두워졌다.

양거전에서 정양궁까지는 그리 멀지 않은데다 초조한 소원계가 걸음을 서두른 덕에 일행은 채 일각도 되기 전에 높은 누대 아래에 도착했다. 고개를 든 소원계는 떨어질 듯 매달려 있는 순안여를 보자 완전히 넋이 나가 허겁지겁 옆의 돌계단을 밟고 뛰어올랐다.

"아무도 오지 말아요!"

순안여가 고개를 돌리며 날카롭게 소리쳤다. 한쪽 발은 힘없이 허공에 떠 있었고 돌기둥을 부둥켜안은 팔은 바르르 떨리기 시작했다.

소원계는 심장이 철렁해 재빨리 걸음을 멈추고 뒤따르던 이들을 한 층 아래로 물렸다. 그는 천천히 몸을 움직여 느린 걸음으로 다가가며 부드럽게 달랬다.

"안여, 겨우 안정되나 싶더니 어찌 또 이러오?"

순안여는 눈물자국이 찍힌 얼굴을 돌려 그의 눈을 직시하며 처연하게 웃었다.

"때로는 죽는 것이…… 사는 것보다 훨씬 쉬울 수도 있어요. 그렇지 않아요?"

"누가 당신에게 무슨 말이라도 했소?"

소원계는 얼굴을 차갑게 굳히며 살그머니 두어 걸음 다가섰다.

"쓸데없는 생각 마시오. 지금 경성 상황은 절대로 당신이 상상하는 것처럼 나쁘지 않소."

그를 따라온 호위병들은 아래쪽의 층이 바뀌는 곳에 멈추었기 때문에 누대와는 수십 장이나 떨어져 있었고, 오직 적명만이 소리 없이 돌계단을 따라 꼭대기 층까지 올라가 계단참에 있는 돌사자 조각 기둥 그림자에 몸을 숨기고 상황을 살피는 중이었다.

그때쯤 소원계는 순안여에게만 정신이 팔려 주변 상황을 알지 못했다. 그가 긴장한 목소리로 권했다.

"금릉성이 포위된 소식을 숨긴 까닭은 당신을 걱정시키고 싶지 않아서이지, 막다른 궁지에 몰려 죽음을 기다려야 하는 상황이기 때문은 아니오. 믿어주시오. 반드시 당신을 데리고 무사히 빠져나갈 것이오, 반드시!"

그의 목소리는 확신에 차 있어 달래려고 아무렇게나 하는 말 같지 않았다. 그 말에 적명이 눈썹을 치켜뜬 것은 물론, 순안여마저 의아한 얼굴로 멍하니 물었다.

"아직도 빠져나갈 수 있다고 생각해요? 어째서죠?"

소원계는 곁눈질로 아래쪽에서 어른거리는 횃불들을 훑어보았다. 부하들이 대화를 들을 수 없는 것을 확인하자 그의 표정은 한결 편안해졌다.

"사사로운 정도 정이지만, 지금 소평정이 짊어지고 있는 것은 두 대에 걸친 장림부의 명성이오. 소원시는 누가 뭐라 해도 그의 군주이니 어린 황제의 목숨에 누구보다 신경 쓰는 사람 또한 바로 그요. 그러니 두려워할 필요 없소. 내게는 아직 그자와 일전을 치를 힘이 있지만 그렇지 않더라도 최후의 순간 정녕 하늘이 나를 버려 궁지에 빠진다 해도 내 손에 인질이 있는 이상 우리 두 사람의 목숨과 맞바꿔 당신을 데리고 멀리 떠날 수는 있소."

순안여는 눈처럼 하얗게 질린 얼굴로 눈물을 머금고 냉소를 터뜨렸다.

"멀리 떠난다고요? 어디로 갈 생각이죠? 동해로요?"

그녀의 입에서 동해라는 말이 나오자 소원계의 눈동자에 마침내 분노가 어렸고 이마에도 푸른 힘줄이 불거졌다.

"도무지 모르겠군. 당신은 대체 어떤 결과를 바라고 이 소란을 피우는 것이오? 당신도 순씨 집안의 딸인데 당신 고모를 부러워한 적이 정말 단 한 번도 없었소? 세상 여자들의 가장 높은 자리에 오르고 싶다 생각한 적이 단 한 번도 없었소?"

눈동자에 어린 눈물이 시야를 가리는 바람에 발아래 아득하게 먼 청석 바닥은 시커먼 동굴 같았고 그 무엇도 또렷하게 보이지 않았다. 하지만 그녀는 이대로가 좋았다. 보이지 않으니 두렵지도 않았다.

"혼례를 올린 그날부터 당신은 내게 수없이 많은 이야기를 했어요. 그중 하나는 당신 말이 맞아요. 당신에게 시집간 이상 나는 당신의 사람이고 우리 두 사람은 다시는 떨어질 수 없다는 것 말이에요."

소원계는 마음이 흔들려 목소리도 훨씬 부드러워졌다.

"그 점을 알면서 어찌 이렇게 제멋대로 구는 거요? 그만하고 이리 오시오. 내가 내려주겠소. 내 말하지 않았소. 내가 있으니 아무것도 걱정할 필요 없다고."

"여자로 태어나 무엇이든 누군가 정해주는 대로 따라야 하는 몸이지만 나 역시 마음 편히 살고 싶고 가문을 욕되게 하고 싶지 않아요."

순안여는 고개를 돌려 먼 곳을 바라보며 바람에 날려 뺨에 붙은 머리카락을 떼어냈다.

"부부는 한 몸이니 당신이 모반을 일으키면 나 또한 나라에 불충을 저지른 것이고, 한때의 망설임 때문에 나를 이만큼 키워주신 숙부님을 비명에 돌아가시게 했으니 이만저만한 불효가 아니지요. 불충하고 불효한 사람이 무슨 낯으로 구차하게 살아남겠어요."

그 말에 소원계는 아차 싶어 재빨리 발을 굴러 그녀가 기둥을 놓는 순간 몸을 날렸다. 공단 옷자락의 부드러운 촉감이 손바닥을 스쳤다. 짧디짧은 한순간 그는 그녀를 붙잡았다고 생각했지만 손가락을 오므렸을 때에야 손안에 아무것도 없다는 절망적인 사실을 깨달았다.

세상의 슬픔 가운데 절망보다 더 슬픈 것은 없었다. 순안여는 살아날 길이 있다는 것을 알았고, 사촌오라버니에게 자신을 보호할 힘이 있다는 것도 알았다. 하지만 너무 지쳐서 그러고 싶지 않았다. 더는 버티고 싶지 않았다.

은혜와 원한, 흑과 백, 옳고 그름, 다정과 무정…… 복잡하게 얽히고설켜 풀어낼 수 없는 응어리라면 잘라내는 수밖에 없었다. 이생을 잘라내면 밝은 내생을 얻을 수 있을지도 몰랐다.

생사의 순간

—

20

—

높은 누대 아래에 흩뿌려진 피가 네모진 청석판을 서서히 적시고
홈을 따라 점점 퍼져나가 계단 위로 방울방울 떨어졌다. 소원계는
쇳소리를 지르며 돌계단으로 달려내려갔다. 병사들이 든 횃불이
어지럽게 흔들렸다. 혼란한 와중에 적명은 홀로 그곳을 벗어나 친
위대도 부르지 않고 소리 없이 어둠 속에 섞여들어 어디론가 사라
졌다.

　궁성은 넓디넓고 밤은 끝 간 데 없이 어두웠다. 순비잔은 발끝
으로 조용히 양거전 밖 담장에 올라섰다. 뒤쪽은 조용했고 정양궁
의 소동은 이곳까지 들려오지 않았다. 오는 길에 바삐 자리를 뜨
는 소원계를 본 순비잔과 소평정은 순안여가 행동을 개시했다는
것을 알고 이것저것 생각지 않고 초소 몇 군데를 돌아 살그머니
동쪽 편전 밖으로 잠입했다.

　전각은 이미 감옥으로 변해 있었다. 문과 창문은 모두 튼튼하게
못질해 대전 쪽으로 난 옆문만 남겨진 상태였다. 문밖과 복도, 계
단 옆에는 삼중으로 호위병들이 서 있었고 그 외에도 극을 든 소

규모 부대가 정원을 순찰 중이었다.

순비잔과 소평정은 바깥 초소를 점거하고 어둠 속에 몸을 숨긴 채 수비병 숫자와 구원병이 올 시간을 셈했다. 두 사람 모두 확신이 들자 각자 미리 정한 목표와 공격 노선을 상대방에게 가리켜 보인 뒤 고개를 끄덕여 확인했다.

달도 별도 없고 복도의 횃불이 어두운 틈을 타 두 사람은 담장 끄트머리에서 전각 용마루로 뛰어올랐다. 발끝에 힘을 주며 뛰어들려는 순간, 중정을 순찰하던 부대가 갑자기 걸음을 멈추고 샛문 쪽을 향해 두 손을 모아 예를 갖추었다.

"적 장군."

지붕 위의 두 사람은 재빨리 납작 엎드려 잠시 기다렸다. 적명이 문밖의 어둠 속에서 나와 뭐라고 명을 내리자 순찰 부대는 예를 올린 후 전각 밖 통로로 물러났다. 그는 곧장 성큼성큼 계단 아래로 걸어가 수비대장인 교위를 직접 불러 분부했다.

"이곳은 내가 있으니 부하들을 데리고 바깥 수비를 도와라."

교위는 그의 심복이기 때문에 의문을 제기하지 않고 계단 옆과 복도를 지키던 부하들을 불러 모아 바깥으로 나갔다. 이제 동쪽 편전 주위의 삼중 수비 가운데 전각 문밖을 지키는 우림영 여덟 명만 남았다. 적명은 무표정하게 그들에게 다가가 다시 명령했다.

"너희는 저쪽 이어지는 회랑을 지키다가 대전 쪽에서 누구든 나타나면 모조리 돌려보내라."

호위병들은 허리를 굽혀 대답한 후 빠른 걸음으로 회랑 쪽으로 돌아갔다. 적명은 문밖에 잠시 서 있다가 주위가 완전히 조용해지자 비로소 전각 안으로 들어가 문을 닫았다. 전각 안은 촛불 두 대밖에 없어 빛이 희미했다. 소원시는 가부좌를 틀고 앉아 있다가 발소리가 가까워지자 질끈 눈을 감았다.

적명이 그의 앞에 서서 얼굴을 자세히 뜯어보더니 복잡한 눈빛으로 입을 열었다.

"소식이 하나 있는데 아직 모르시겠지요? 성 밖에 있는 소평정이 폐하를 구하려고 화살에 서신을 묶어 보내 래양왕께 교환을 하자고 했습니다."

소원시는 움찔하며 다급히 고개를 들었다.

"폐하께서는 분명 희소식이라고 생각하실 겁니다, 아닙니까?"

그의 목소리가 매우 괴상해서 소원시는 심장이 철렁 내려앉는 것 같았다. 어린 황제가 떨리는 목소리로 물었다.

"무슨 뜻이냐?"

적명은 빙그레 웃으며 처량한 눈빛을 지었다.

"폐하께서는 믿지 않으실지 모르지만 제가 래양왕을 따른 까닭은 가족의 억울한 죽음을 밝히고 복수를 하기 위해서만은 아니었습니다. 예로부터 군주는 사직을 짊어지는 자리이니 인덕이 없으면 천하의 주인이 될 수 없다고 했습니다. 제가 병사를 일으켜 폐하를 끌어내리려 한 것은 가슴속에 맺힌 사사로운 원한을 풀고자해서도 아니요, 훗날 부귀와 권세를 누리기 위해서도 아닙니다. 대량의 강산과 백성들이 더 나은 군주를 모실 자격이 있기 때문입니다. 그렇기 때문에 무슨 일이 있어도 그가 빠져나갈 구멍을 만들기 위해 폐하를 살려 보내도록 놓아둘 수는 없습니다."

마지막 말과 함께 그는 허리에 찬 검을 뽑았다. 눈처럼 하얗게 빛을 내는 검날이 허공에 느릿느릿 반원을 그리다가 마침내 소원시의 가슴을 겨누었다.

어린 황제는 그제야 그가 무엇을 하려는지 알고 얼굴이 하얗게 질려 바닥에서 주춤주춤 물러났다.

"너는 짐이 군주에 어울리지 않는다고 했다. 그렇다면 이 자리에 어울리는 사람은 누구냐? 네가 지금껏 따른 소원계냐?"

적명은 고개를 젓고 가볍게 웃음을 터뜨렸다.

"폐하 눈에 래양왕은 제위를 노리는 대역죄인이겠지만 이 몸이 볼 때 적어도 그는 나라를 위해 싸웠고 옳고 그름을 가릴 줄 알며 가슴속에 의분을 품은 사람입니다. 그가 증거를 지키지 않았다면 그해 경성의 역병에 얽힌 진상을 그 누가 알 수 있었겠습니까?"

금릉성의 역병은 소원시도 변명할 말이 없었다. 절망에 빠진 그는 바깥을 가리키며 이렇게 말할 수밖에 없었다.

"허나 장림왕이 성 밖을 포위했으니 소원계는 결코 살아날 수 없다. 그자는 영원히 제위에 오를 수 없어."

"듣기 거북하시겠지만 사실을 말씀드리지요."

적명은 전혀 흔들리지 않고 도리어 눈빛을 더욱 차갑게 했다.

"폐하께서 죽은 뒤 장림왕이 싸움에서 이겨 제위에 오르고자 하더라도 저는 개의치 않습니다."

그 말과 동시에 그의 손에 있던 검이 갑작스럽게 앞으로 튀어나갔다. 칼날이 소원시의 가슴에 닿으려는 순간 조그마한 화살이 허공을 가르며 날아들어 검날을 때렸다. 동시에 뒤에서 권풍이 날아들어 적명은 어쩔 수 없이 옆으로 몸을 피하며 응전했다.

적명도 전쟁터에서는 대적할 자 없는 맹장이지만 순비잔은 랑야방에 이름을 올린 고수로 근접전 실력은 따를 자가 거의 없었다. 결국 적명은 몇 초식도 안 되어 그에게 팔목을 붙잡혀 바닥에 나동그라지고 말았다. 억지로 입을 열어 사람을 부르려 했으나 신발 바닥이 목젖을 눌러 컥컥거리는 소리밖에 나오지 않았다.

죽는 줄 알았던 소원시는 넋이 나간 얼굴로 바닥에 엎드린 채 몸을 뻣뻣하게 굳히고 있었다. 옆구리 쪽으로 손 두 개가 들어와 그를 안다시피 하여 일으켰다.

"폐하, 괜찮으십니까?"

낯익은 목소리가 귓가에 들려왔다. 옆구리에 닿은 팔이 너무도 따뜻하여 소원시는 금세 눈시울이 뜨거워지는 것을 느끼고 그의 옷자락을 힘껏 붙잡으며 눈물을 뚝뚝 흘렸다.

"평정 형님⋯⋯."

지금은 이러쿵저러쿵 이야기할 때가 아니었다. 소평정은 아픈 가슴을 억누르며 소년의 등을 두드려준 뒤 곁으로 끌어당겼다. 그는 고개를 돌리다가 여전히 손발을 버둥거리는 적명을 보고 깜짝 놀랐다.

"뭘 하십니까? 빨리 처리하지 않으시고요?"

순비잔은 괴로운 얼굴로 눈을 찡그렸다.

"소원계가 동해와 치른 혈전은 거짓이었지만 이자는 아니다."

적명은 무슨 말인지 알아듣지 못하고 눈썹을 파르르 떨었다. 전력을 다해 벗어나려고 발버둥 쳤지만 갑자기 주먹이 얼굴로 날아들어 정신을 잃고 말았다. 소평정은 그의 허리띠를 끌러 손발을 묶고 입을 막아 구석에 버려둔 뒤 다급하게 말했다.

"그럼 살려둡시다. 지체할 수 없으니 어서 가시죠!"

순비잔이 소원시를 넘겨받았고 소평정은 뒤따라 나오며 문을 닫았다. 세 사람은 복도를 따라 빠르게 그곳을 벗어났다. 희미한 어둠 속에 자리한 전각은 곧 고요함을 되찾아 아무 소리도 들리지 않게 되었다.

적명의 뜻밖의 행동은 소평정에게 커다란 기회를 제공해주었다. 세 사람이 궁성을 떠난 뒤에도 추격병은 나타나지 않았고 소원계가 있는 정양궁을 멀리 돌아간 덕분에 도중에 장애물을 만나거나 뜻밖의 사고가 일어나지도 않았다.

정양궁 누대 아래의 소란은 이미 가라앉은 뒤였다. 소원계는 다른 사람이 끼어드는 것을 원치 않아 바람막이를 벗어 순안여의 시신을 감싸고 품에 안아 침전으로 데려간 뒤 손수 씻기고 옷을 갈아입혔다.

그녀는 다시 볼 수 없는 곳으로 가버렸다. 그토록 부드럽고 따뜻하던 피부는 얼음처럼 차갑게 식어 손만 대어도 한기가 느껴졌다. 그는 몽롱하고 비통한 가운데 문득 그날 대들보에 매달려 있던 어머니를 떠올렸다.

비석을 세워주지도, 장례를 지내지도 못한 채 황량한 들판에 어머니의 시신을 묻어야 했던 것은 힘이 없고 권력이 없기 때문이었다. 지금은 훨씬 많은 것을 가지고 있는데, 성 밖의 소평정이 아직 공격을 하지도 않았는데, 어째서 곁에 있는 한 여자를 지키지 못했을까? 어째서 여전히 이런 처량한 결말을 맞아야 했을까?

소원계는 알 수가 없었다. 아무리 생각해도 알 수가 없었다.

높다란 촛불이 거의 타들어간 상태였다. 겹겹이 쌓인 촛농 속에서 심지가 파르르 떨리는가 싶더니 불꽃이 차차 사그라졌다. 마지막 한 점의 불꽃이 사라지는 순간 소원계의 눈동자는 결심을 한 듯 차갑게 식었다. 그는 침상 위의 이불을 끌어당겨 순안여의 시신을 덮고 일어나 문을 열고 다시는 뒤돌아보지 않은 채 정양궁을 나섰다.

사흘이 지나면 어떤가? 대군이 성을 공격하면 또 어떤가? 소원시의 목을 틀어쥐고 있는 한 언젠가는 재기할 것이고 모든 사람을 발아래 엎드리게 만들어 아무도 떠날 수 없도록, 떠나고 싶지 않도록 만들 것이다.

양거전이 눈앞에 나타나자 환한 횃불이 어른어른 흔들리는 것이 보였다. 어두운 밤이라 먼 곳 풍경은 매우 희미했으나 시끌시끌한 소리는 그가 떠날 때와는 확실히 달랐다. 이어지는 회랑 아래에 어두운 그림자가 이리저리 흔들리는 것을 보면 적잖은 이들이 당황해 뛰어다니고 있는 모양이었다.

소원계는 우뚝 걸음을 멈추었다. 등 뒤로 오싹 한기가 솟았다. 그의 뒤를 따르던 친위대들도 멍한 표정으로 그의 시선을 따라 저 멀리 앞을 내다보았다.

횃불을 든 사람들이 대전 문 안에서 쏟아져나와 놀라고 당황한 모습으로 이쪽으로 달려왔다. 소원계는 가슴이 철렁했다. 다리에 힘이 빠졌지만 가능한 한 가장 빠른 속도로 동쪽 편전으로 달려갔다. 문 안으로 뛰어든 순간 흐리멍덩한 표정을 한 적명이 시운의 부축을 받아 중정에 앉아 있는 것을 보자 소원계는 심장이 더욱 바짝 죄어들었다.

"저, 전하, 그, 그 폐하께서……."

소원계는 시운의 말을 듣지도 않고 화살처럼 전각 안으로 뛰어들어 재빨리 둘러보았다. 안에는 당황한 얼굴의 수비병 몇 명뿐 소원시의 모습은 그림자조차 없었다.

"이중 삼중으로 호위병을 세웠다. 설령 소평정이 이곳까지 뛰어든다 해도 기껏해야 억지로 돌진해 싸우는 수밖에 없었을 텐데 어떻게 소리 소문도 없이 인질을 데려갈 수 있었단 말이냐?"

소원계는 초조하고 분노하여 적명이 방금 깨어난 깃도 아랑곳 않고 그를 잡아 일으켰다.

"대체 어찌된 일이오, 대체!"

적명은 아직도 앞이마가 지끈지끈해 시운의 팔에 기대 한참 숨을 고른 뒤 눈을 찡그리며 고개를 저었다.

"소장은 기습을 받은 기억밖에 없습니다."

"그것이 언제요?"

"얼마 되지 않았습니다. 막 사경이 지났을 때이니……."

사경 후 사건이 벌어졌고 아직 날이 밝기 전이었다. 소원계는 재빨리 시간을 셈한 후 마음을 가라앉히려 애쓰며 말했다.

"다행이오. 다행히 본 왕이 소원시의 중요성을 알고 미리 방비해두었소."

금릉성 비둘기집은 성 동남쪽에 있었다. 비록 뒤쫓는 사람은 없지만 순찰을 피하느라 시간이 걸려 어린 황제를 데리고 나온 소평정과 순비잔이 비둘기집에 도착했을 때는 어느덧 동이 트고 하늘이 서서히 밝아오고 있었다.

주삼이 거리 밖을 살핀 뒤 곧바로 문을 닫았다. 여 노당주가 다가와 부드러운 담요로 소원시의 몸을 감싸고 마음을 진정시켜주는 인삼탕을 반 그릇 먹였다.

순비잔은 그제야 길게 숨을 내쉬고 손으로 이마를 누르며 말했다.

"한바탕 꿈을 꾼 기분이군. 이렇게 순조롭게 폐하를…… 폐하를 정말 구출해낼 줄이야……."

소평정은 희미하게 밝아오는 창밖을 바라보더니 초조한 마음에 한쪽 무릎을 꿇고 소리 죽여 말했다.

"폐하, 제 말을 들으십시오. 이곳은 안전하지만 금릉성의 위기는 아직 끝나지 않았습니다. 소신은 폐하 곁에 있을 수가 없습니다."

"알고 있습니다."

소원시는 눈물을 참으며 애써 허리를 곧게 폈다.

"장림왕이 가서 성 밖의 대군을 이끌어야지요. 어서 가세요. 짐은 여기서 장림왕이 경성을 탈환하고 역적을 주멸하기를 기다리겠습니다."

순비잔도 그가 날이 밝기 전에 성을 나가야 한다는 것을 알고 재빨리 말했다.

"여기에는 내가 있으니 걱정 마라. 결코 폐하 곁에서 한 걸음도 떨어지지 않을 것이다."

분초를 다투는 순간이라 소평정은 황급히 일어나 주삼과 여 노당주에게 손을 모아 인사한 뒤 방향을 가늠하고 정문 대신 담장을 뛰어넘어 나갔다. 그의 모습이 사라지자 소원시는 다소 불안해져 한참 동안 고개를 숙이고 멍하니 있다가 순비잔의 권유로 씻고 옷을 갈아입은 뒤 음식을 먹었다.

황후의 적자로 열 살에 태자로 봉해진 그는 매를 맞거나 괴로움을 당해본 적이 없는 것은 물론 심한 말을 들은 적도 거의 없었다. 요 며칠 평생 처음 겪는 고통을 받고 시달리다 갑작스레 풀려나자 머리가 약간 어질어질하고 무거웠다.

여 노당주가 꼼꼼히 진맥해보더니 웃으며 위로했다.

"폐하는 젊으시니 몸이 크게 상하지는 않으셨습니다. 심경이 다소 혼란스러우신 것뿐이니 놀람이 가라앉은 뒤 차차 조섭하시면 됩니다."

그렇게 말하는데 어디선가 이상한 향기가 코끝에 감돌았다. 나는 듯 말 듯한 이 희미한 향은 아무래도 흔치 않은 것이어서 노당주가 이상한 마음에 몸을 숙이고 자세히 살펴보니 어린 황제의 입술에 난 상처가 고약을 바른 듯 매끈매끈했다. 수건으로 고약을 살짝 닦아 냄새를 맡아본 여건지는 안색이 싹 변했다.

"큰일이군요. 이것은 외상약이 아니라…… 정향산(定香散)입니다."

순비잔은 무슨 말인지도 모른 채 바짝 긴장했다.

"정향산이 무엇입니까?"

"서려에서 나는 향료인데 피에 섞이면 사람에 따라 다른 향기를 냅니다. 옅은 향이지만 잔향이 오래 남아 목욕을 해도 깨끗이 지울 수가 없지요."

여건지는 무거운 눈빛으로 주삼을 바라보았다.

"보아하니 이곳도 안전하지 않은 것 같구려. 성안에 달리 숨을 곳이 있소?"

주삼은 두 눈을 잔뜩 찌푸렸다.

"소원계가 폐하께 일부러 정향산을 발랐다면 필시 뒤를 쫓기 위해서겠지요. 지금 그에게 길잡이가 생긴 셈이니 우리가 어디에 숨건 힘들이지 않고 찾아낼 것입니다!"

순비잔은 초조해서 얼굴이 하얗게 질렸으나 문득 성에 들어오기 전날 논의한 것이 떠올라 다소 다행스러워했다.

"악은천이 추산한 결과 성을 탈환하는 데 길어야 세 시진밖에 걸리지 않는다고 했소. 우리가 계속 장소를 옮겨 그자가 몇 번 허탕을 치게 하면 그 정도 시간은 끌 수 있지 않겠소?"

"그렇게 자주 바꾸어 숨을 만한 곳이 많지 않습니다. 더욱이 경성은 아직 소원계의 손아귀에 있고 거리마다 순방영이 쫙 깔려 있으니 폐하와 함께 밖으로 나가는 것은 위험할뿐더러 도중에 붙잡힐 수도 있습니다."

갑자기 소원시가 순비잔의 손을 붙잡으며 이를 악물었다.

"순 경, 짐은 다시는 소원계의 손에 떨어지고 싶지 않소. 마지막 순간 정녕 어렵다면…… 순 경이……."

순비잔은 초조하고 괴로워 뭐라고 대답해야 할지 알 수 없었다. 여건지도 마음이 아픈지 외투를 가져와 소원시의 어깨에 덮어주고 그를 잡아 일으켰다.

"바깥이 위험하더라도 지체할 수는 없습니다. 일찍 나서야 조금 더 거리를 벌릴 수 있지요. 다만 지금은 누구를 믿어야 좋을지 모르니 우선 주인 없는 폐허를 찾아 숨는 것이 좋겠습니다."

별생각 없이 한 말이지만 그 말을 들은 순비잔은 눈을 환히 빛내며 반갑게 외쳤다.

"한 군데 생각났소. 폐허가 된 지는 오래지만 시간을 끌 수는 있소!"

주삼이 놀란 눈으로 눈썹을 세웠다.

"금릉성에 그런 곳이 있습니까?"

"있소! 복양영이 동쪽 산기슭에 세운 건천원에 단방이 하나 있는데 그곳에 밀실이 있소. 땅을 깊이 파서 만들었고 암산암으로 된 두꺼운 문이 달려 있는 곳이오."

순비잔은 말을 하면 할수록 적당한 곳이라는 생각이 들어 흥분한 목소리로 외쳤다.

"그자가 사달을 일으킨 뒤로 폐허가 되었으나 아무도 인수하려 하지 않아 그대로 있으니 밀실도 아직 있을 것이오!"

"밀실인데 여는 방법을 아십니까?"

"그곳을 수색하다가 복양영을 위협해 문을 열게 한 적이 있소. 기관이 복잡하지 않아 아직 기억하고 있소. 우리가 먼저 그곳에 도착한다면 폐하를 숨길 수 있는 최적의 장소가 될 것이오!"

금군통령의 자신에 찬 말투에 소원시도 다시 희망이 솟구쳤다. 주삼 또한 결단력이 있는 사람이어서 더는 묻지 않고 밖으로 나가 비둘기집 사람들을 해산시키고 스스로도 순비잔 일행과 함께 떠났다. 일행은 거리와 골목을 지나고 또 지나 곧바로 동쪽 산기슭으로 달려갔다.

여름에는 아침이 빨리 찾아와 바깥에는 어느새 희끄무레한 빛이 가시고 하늘이 환해져 있었다. 다행히 한 걸음 빨랐는지 아직 성 전체에 체포령이 떨어지기 전이었고 길을 가는 동안 큰 위기는 없었다. 그렇게 반 시진 정도 달리자 폐허가 된 건천원의 뒤 전각에 도착할 수 있었다.

몇 년간 버려져 있던 탓에 잡초가 무성해 마치 황야 같았다. 옛 단방은 반쯤 무너진 상태여서 순비잔은 가까스로 방향을 더듬어 쓰러진 문짝을 치우고 기관이 있는 바닥을 찾아 몇 번 밟았다. 바닥이 갈라졌지만 어깨 너비 반만큼만 열린 채 어딘가에 걸리고 말았다. 그래도 소년이 들어갈 정도는 되었기에 순비잔은 망설이지 않고 소원시를 부축해 데려와 위로했다.

"폐하, 두려워하실 필요 없습니다. 이 밀실은 무척 정교하게 만들어져 비록 안은 어둡지만 통풍구가 있으니 답답하지는 않으실 것입니다."

"순 경이 있으니 짐은 두렵지 않습니다."

"용서하십시오, 폐하. 신은 들어갈 수 없습니다."

소원시는 깜짝 놀랐다.

"왜요?"

"지난날 래양 태부인은 복양영과 밀접한 관계였으니 소원계도 이 기관을 알고 있을지 모릅니다."

순비잔은 소원시의 팔을 잡아 억지로 바위틈으로 밀어넣었다.

"대량의 강산이 무엇보다 중요하니 부디 더는 말씀하지 마십시오."

소원시는 혼자 있고 싶지 않아 돌문을 힘껏 부여잡고 울먹였지만 순비잔은 억지로 그의 손가락을 떼어내 아래로 밀어넣었다. 주삼과 여 노당주도 그를 도와 잡다한 물건이나 단약을 끓이는 화로를 이용해 그를 밀어넣었다. 순비잔은 다시 힘껏 발을 굴러 기관이 연결된 바깥의 바닥을 모조리 부순 다음에야 안도의 숨을 쉬며 두 사람을 향해 손을 모았다.

"도와주셔서 감사합니다, 노당주, 주삼 형님. 소원계가 쫓아오지 않는 틈을 타 빨리 가십시오. 솔직히 말해 두 분이 이곳에 계시면 큰 도움이 되지 않는데다 평정에게 이곳을 파내어 폐하를 구해야 한다고 알려줄 사람이 필요합니다."

여건지는 무예를 모르고 주삼도 솜씨가 평범했다. 두 사람은 잠시 고민하다가 우기지 않고 조심하라는 말을 남긴 뒤 뒷산 산등성이를 돌아 사라졌다. 순비잔은 호흡을 가다듬은 뒤 단방이 있는 원락을 떠나 전각문 밖에 팔짱을 끼고 서서 가만히 기다렸다.

잠시 후 빨간 해가 솟고 햇빛이 차츰차츰 강해지면서 풀잎에 맺힌 아침이슬이 증발해 사라졌다. 앞쪽 정문이 있는 곳에서 냄새를 쫓는 개들이 짖는 소리가 어렴풋이 들리고 이어서 말울음 소리와 사람 소리가 가세했다. 추격병이 도착한 모양이었다.

한때 화려하고 북적이던 이 건천원은 소원계에게는 낯설지 않았다. 반쯤 썩은 편액을 밟고 정원 안에 쓰러진 신단을 돌아 마침내 덩굴이 가득 자란 뒤 전각 담장 밖에 이르니 고개를 똑바로 들고 홀로 선 순비잔이 보였다.

1월에 헤어지고 오랜만에 다시 만난 두 사람이지만 반갑게 나눌 인사말 같은 것은 없었다. 소원계는 곧바로 명을 내렸고 우림영의 정예병들이 우르르 달려들었다.

몽씨 권법은 한때 랑야 고수방 첫 자리를 차지한 만큼 초식을 펼칠 때마다 획획 권풍이 일며 홀로 만 명을 당해낼 만한 기세를 뽐냈다. 순비잔의 주먹이 닿는 곳마다 퍽퍽 소리가 나면서 병사들이 퉁겨나갔다. 얼마 지나지 않아 순비잔은 적에게서 요도 한 자루를 빼앗았고 허연 도광이 번뜩일 때마다 가까이 있던 적들이 우르르 쓰러졌다. 적명이 황급히 후방에 있는 장창수들을 지휘하여 공격했지만 순비잔은 어디선가 긴 장대를 구해 마치 몽둥이처럼 이리저리 휘두르며 적을 휩쓸었다.

소원계는 이 싸움에 나서는 대신 직접 영리한 개 두 마리를 끌고 추적을 계속했다. 개들은 곧 냄새를 맡고 뜰문을 지나 단방으로 달려갔다.

홀로 여럿과 싸우던 순비잔은 시간이 흐르면서 어깨와 배에 속속 상처를 입었다. 소원계가 목표를 찾아낸 것을 본 그는 뒤에서 찔러 들어오는 창날도 아랑곳 않고 황급히 몸을 날려 우림영 병사의 머리를 밟고 단방 앞의 황폐한 뜰에 내려섰다. 그리고 칼 한 자루와 주먹 쥔 손으로 먼저 온 10여 명의 래양부 병사를 모조리 물리쳤다.

뜰 뒤쪽의 반쯤 무너진 단방은 도무지 사람이 있을 것 같지 않은데 그가 이토록 필사적으로 지키는 것을 보자 소원계는 저도 모르게 걸음을 멈추고 그쪽을 바라보았다. 복양영이 폐관 수련하던 밀실이 생각나자 소원계의 안색이 싹 바뀌었다.

"고민할 것 없다. 밀실을 여는 기관은 내가 벌써 망가뜨렸다."

순비잔은 몸에 난 상처는 신경 쓰지 않고 보란 듯이 비웃음을 지었다.

"물론 부하가 많으니 시간만 있다면 폐하를 찾아낼 수도 있겠지. 하지만 어쩌겠느냐. 네게 다른 것은 넉넉하나 유독 부족한 것이 바로 시간 아니냐? 마지막이 다가오고 있으니 한시바삐 포기하고 알아서 죄를 청하는 것이 어떠냐? 어쩌면 조금 편히 죽을 수 있을지도 모르잖느냐?"

소원계도 이곳에 오기 전 성 밖의 대군이 집결하고 있다는 소식을 들었다. 고개를 들고 해 그림자를 살펴보니 자세히 셈할 필요도 없이 순비잔의 말이 옳다는 것을 알 수 있었다. 절망보다 분노가 치민 그는 얼음장 같은 얼굴로 외쳤다.

"마지막? 순 통령, 눈 크게 뜨고 살펴보아라. 지금 네가 어떤 처지인지 모르겠느냐?"

그때 다급히 쫓아온 적명이 그 말을 받아 소리 높여 힐문했다.

"군주는 군주답고 신하는 신하다워야 하오. 순 통령은 시비를 가리지 못하고 오로지 황권만 보호하려고 하니 어리석은 충성이라 생각하지 않소?"

순비잔은 고개를 살짝 들어 소원계 대신 적명을 똑바로 바라보았다.

"이 순비잔은 선제 시절부터 경성의 금군을 맡았소. 폐하의 친위대로서 충성과 책임을 다하는 것이 마땅한데 죽음 따위가 두렵겠소? 폐하께서는 연소하시니 조금 더 경험을 쌓을 필요가 있을지 모르나 지금으로서는 어떤 군주인지 따질 수 없소. 하지만 만약 적 장군이 저자야말로 떠받들 만한 인물이라고 여긴다면 아마도 동해 열 개 주에서 전쟁으로 죽은 원혼들은 동감하지 않을 것이오."

적명은 어리둥절했다.

"무슨 뜻이오?"

소원계는 당연히 이런 이야기를 계속하게 내버려둘 리 없었다. 그가 들고 있던 검을 홱 뽑으며 사납게 외쳤다.

"순비잔, 너는 항상 절정의 고수라고 자만했지. 오늘은 네 체면을 보아 본 왕과 단독으로 대결을 벌일 기회를 주겠다, 어떠냐?"

순비잔은 힘이 많이 빠지고 몸에 난 상처도 가볍지 않았지만 소원계 정도는 상대하고도 남을 자신이 있었기 때문에 그가 분노에 차서 도전하자 몹시 가소로웠다. 그래서 곧 칼을 버리고 손가락을 접어 주먹을 쥔 뒤 눈썹을 올리며 응전하겠다는 뜻을 전했다.

두 사람이 싸움을 시작하자 소원계는 예상대로 정면충돌을 피하고 마치 시간을 끌며 우세를 점하려는 듯 주변만 맴돌았다. 하지만 몇 초가 지나자 별안간 그의 검법이 힘차고 날카롭게 변하면서 싸늘한 빛이 넓게 퍼졌다. 예측하지 못한 상황에 순비잔은 채 방어하지 못하고 왼쪽 어깨에 가느다란 상처를 입었다. 이제 그의 표정도 처음처럼 편안하지만은 않았다. 본래 생겼던 상처마저 격전으로 인해 점점 벌어지는 바람에 어느새 새빨간 피가 옷자락을 축축하게 적셨다.

하지만 소원계는 한 차례 맹공으로 순비잔을 몇 걸음 후퇴시키기는 했지만 결국 우세를 점하지는 못했다. 그 후로 힘이 달리는지 검법이 다소 부자연스러워지면서 연신 몇 걸음 물러나던 그는 느닷없이 바닥을 힘껏 밟으며 몸을 훌쩍 솟구쳤다. 검이 그의 손에서 벗어나 허공을 가르는가 싶더니 도중에 빠른 속도로 뱅글뱅글 돌며 여섯 개의 검 그림자로 갈라졌다.

동해 묵치후의 금오수월(金烏水月)이었다. 우천래는 지난날 크게 이름을 날릴 때 한 번에 검 그림자 아홉 개를 만들어낸 적도 있었다. 순비잔은 바짝 긴장했다. 분명히 여기저기에서 섬광이 번쩍번쩍 하는데 그중 하나만 진짜였다. 그렇지만 도무지 판별

할 수가 없어 어쩔 수 없이 하나를 골라 손을 칼 삼아 힘껏 내리쳤다.

검날과 장풍이 맞부딪치는 순간 수면에 뜬 달그림자를 때린 것처럼 빛 무리가 조각조각 깨어졌지만 싸늘한 기운은 여전했다. 소원계의 입꼬리가 올라갔다. 그는 몸을 날려 던진 검을 뒤쫓더니 검 자루를 잡아 똑바로 앞으로 찔렀다. 순비잔은 어쩔 수 없이 뒤로 물러나 두 손을 가슴 앞에 모아 칼날을 손바닥 사이에 끼워 살짝 옆으로 틀었다. 심장을 노리고 날아들던 검 끝은 오른쪽으로 몇 치 움직여 어깨를 푹 찔러 들어갔고 어마어마한 힘으로 그를 그대로 바닥에 못 박고 말았다.

싸움이 끝났다. 소원계는 이마에 땀방울이 송골송골 맺히고 숨이 차서 가슴을 들썩이면서도 허리를 굽히고 순비잔의 눈을 똑바로 들여다보며 비웃었다.

"순 통령, 내게 지는 날이 올 줄은 꿈에도 생각하지 못했을 것이다. 내년 랑야 고수방에는 이 소원계의 이름이 올라가야 하지 않을까?"

순비잔은 피가 섞인 침을 퉤 뱉고 차갑게 대꾸했다.

"안 될걸. 노각주께서는 한 번도 죽은 사람을 랑야방에 올린 적이 없으니까."

"허, 그때쯤 죽어서 랑야방에 올라가지 못하게 될 사람이 누구일지 어디 두고 보자!"

이 말과 함께 그가 순비잔의 몸에 박힌 검을 빼내려는데 무너진 뜰문 밖이 소란스러워지더니, 누군가 급보라고 목이 터져라 소리지르며 사람들을 비집고 들어와 그 앞에 털썩 무릎을 꿇었다.

"저, 전하…… 남쪽 성문이 벌써 무너졌습니다. 지, 지킬 수가 없……."

주위의 병사들이 놀라 웅성거렸고 적명마저 망연한 표정으로 주춤주춤 뒷걸음질 쳤다. 이렇게 빨리 패하리라고는 상상조차 못한 모양이었다. 불안하게 얼어붙은 분위기 속에서 유일하게 소원계만 안색 하나 변하지 않은 채 차가운 시선으로 주위를 둘러보더니 코웃음을 쳤다.

"왜들 허둥대느냐? 성문이 무너져도 궁성이 있지 않느냐? 이것이 최후의 싸움이다. 목숨을 걸고 싸우지 않으면 죽음뿐이다! 너희는 본 왕을 따라 여기까지 왔다. 설사 죽더라도 적들이 너무 쉽게 승리를 취하도록 내버려둘 수는 없다!"

마지막 말을 입 밖으로 내뱉으면서 그는 검 자루를 움켜쥐고 순비잔의 몸에서 힘껏 뽑은 다음 적명을 돌아보았다.

"소원시 대신 아쉬운 대로 이자라도 써야겠으니 궁성으로 데려가시오. 이 정도 목이면 소평정 앞에서 보란 듯이 베어줄 가치가 있지!"

—
21
—

어려서부터 알고 지냈고 군영에서 함께 2년을 보내기도 했기에 소원계는 소평정의 성품과 행동 방식, 약점을 잘 알고 있었다. 그것이 남몰래 음모를 꾸밀 기회를 주었고 누차 성공하고도 발각되지 않은 이유이기도 했다. 하지만 모든 일에는 양면성이 있듯이 이득이 있으면 손해도 있었다. 상대를 잘 안다는 사실은 이런 상황에서는 그의 마음을 무너뜨리는 치명적인 독약이었다.

장림군의 깃발 아래 수만의 병사가 늘어선 것을 본 순간 이미 소원계는 마음속에서부터 지고 있었다. 아무리 숨기고 아무리 스스로를 설득하려 해도 한때 가졌던 두려움과 그림자는 항상 그대로여서 극복하기도 어렵고 지워버릴 수도 없었다. 소평정과 전쟁터에서 정면으로 맞서 싸우는 것은 상상해본 적도 없고, 당연하게도 금릉성을 지켜낼 자신은 전혀 없었다.

가장 높은 사람이 성을 방어할 생각이 없고 우림영을 이끄는 적명 또한 요 이틀간 넋이 나가 있다보니, 악은천은 세 시진 안에 경성을 탈환할 수 있다고 예측했지만 전투가 시작되고 한 시진이 조금 지날 무렵 금릉성 남문이 무너졌다.

소원계는 유일한 판돈을 되찾아오지도 못한 채 거의 반미치광이 상태로 옛 건천원을 떠나야 했다. 마음이 어지러워 다른 생각은 할 수도 없었고 남은 것은 오로지 펄펄 끓는 집념뿐이었다. 그는 궁성으로 돌아가고 싶었다. 궁성 조양전에 있는 용좌로 돌아가고 싶었다.

패배가 기정사실이라는 것은 누구나 알고 있었다. 적명 또한 속으로는 당연히 알고 있었다. 다만 약속을 지키겠다는 오기로 소원계의 마지막 명령에 따라 순비잔을 자기 말안장 앞에 태워 친위대 수십 명과 함께 궁성으로 달려갔다.

성루 쪽에서 패배하고 밀려난 우림영 병사들이 주작대가로 쏟아져나와 사방으로 뿔뿔이 달아나는 것이 보였다. 길가 곳곳에는 쓰러진 깃발과 버려진 갑옷이 즐비했고 시간이 없어 데려가지 못한 부상병들이 방치된 채로 울고 신음을 흘렸다. 실로 혼란과 절망의 도가니였다.

적명은 잠시 말을 세웠다. 심장이 갈기갈기 난도질당하는 기분이었다. 순비잔은 안장에서 간신히 몸을 반쯤 일으킨 채 낮은 소리로 말했다.

"내 말하지 않았소. 소원계는 동해와 결탁한 역적이라고 말이오. 믿지 않으려는 것이오, 아니면 믿고 싶지 않은 것이오?"

적명의 뺨 근육이 꿈틀거렸다. 그는 말에서 훌쩍 뛰어내려 화풀이로 길가의 전마석을 주먹으로 몇 번 힘껏 내리쳤다. 동쪽 국경의 고위급 무관이던 그는 세상 물정 모르는 순진한 사람이 아니었다. 검 그림자를 여럿 만들어내는 우천래의 금오수월을 직접 본 적이 없어도 들어본 적은 있을 것이다. 하물며 어제의 일도 있지 않았는가. 어젯밤 정양궁의 누대에서 순안여는 처절한 목소리로 이렇게 물었다.

"멀리 떠난다고요? 어디로 갈 생각이죠? 동해로요?"

동해…… 동해…….

"반란군은 이제 버틸 힘이 없고 장군도 살아나기는 틀렸소. 다만 장군 같은 사람이 진실도 모른 채 죽어가는 것을 보고 싶지는 않소."

적명은 투명하리만치 창백한 얼굴로 순비잔을 말등에서 끌어내려 길가 담장에 기대 앉힌 뒤 아직도 옆을 바짝 따르는 시운을 돌아보았다.

"너는 오랫동안 나를 따랐는데 결국 이런 꼴이 되고 말았구나. 그나마 몰래 숨겨둔 대신들이 있어 다행이다. 그간 네가 그들을 돌보아왔으니 누가 뭐라 하더라도 은혜를 베푼 셈이지. 당장 가서 그들과 함께 있으면 목숨은 살릴 수 있을지도 모른다."

시운은 가슴이 쓰라려 무릎을 꿇고 흐느꼈다.

"장군께서는 어쩌시렵니까?"

"나는 물러날 곳이 없다. 다시 궁성으로 돌아가 그자에게 마지막으로 묻고 싶을 뿐이다."

적명은 주작대가 반대편 끝을 아득히 바라보며 부하의 어깨를 두드렸다.

"가거라. 지체하지 말고…… 어서 가거라."

시운은 힘차게 머리를 조아려 세 번 절한 다음에야 말에 올라 눈물을 닦으며 떠났다.

적명은 피를 토하고 있는 순비잔을 바라보다가 고개를 돌려 가장 가까운 골목에 흘낏 시선을 준 뒤 말없이 말을 붙잡아 등에 훌쩍 뛰어올랐다.

말발굽 소리가 멀어지자 그 골목에서 여건지가 튀어나와 순비잔에게 달려갔다. 그는 주삼과 함께 건천원의 단방을 떠난 뒤 멀리 가지 않고 동쪽 산기슭에 숨었다가 적명이 순비잔을 데리고 떠나자 몰래 뒤를 쫓았고 이제야 모습을 드러낸 것이다. 그는 순비잔의 상처를 감싸 지혈하면서 위로했다.

"걱정할 것 없소. 주삼이 성루 아래로 소식을 전하러 갔으니 폐하께서는 오래지 않아 구출되실 것이오."

소평정이 성을 공략하는 것은 조금도 걱정하지 않고 오로지 황제 생각만 하던 순비잔은 그 말을 듣자 긴장이 탁 풀려 도리어 혼절하고 말았다.

여건지는 본래 외상 치료에 뛰어난 의원이었다. 맥을 짚어본 그는 당황하지 않고 순비잔을 골목으로 데려가 똑바로 눕힌 뒤 벗은 겉옷을 포개어 머리를 받치고 약 두 알을 먹인 다음 옆에서 가만히 기다렸다. 반 시진가량 지나자 근왕군 병사 첫 무리가 마침내 길가에 나타났다. 늙은 당주는 잠시 그들을 살피다가 골목에서 나가 군관 복장을 한 사람 앞을 가로막고 부상자를 두 골목 떨어진 제풍당으로 데려가 치료할 수 있도록 도와달라고 청했다.

우연인지 인연인지 성 남문을 공격한 선봉 부대는 악은천이 지휘하고 있었고 가장 먼저 주작대가로 들어선 이 전초병 무리 또한 담항이 이끌고 있었다. 한눈에 골목에 쓰러진 사람이 순비잔임을 알아본 그는 펄쩍 뛸 듯이 놀라 황급히 부하들을 시켜 조심조심

옮기고 사람을 보내 장림왕에게도 통보했다.

성문을 돌파한 악은천의 최우선 임무는 궁성을 손에 넣는 것이었고, 건천원 옛 터에 가서 소원시를 구하는 일은 동청이 맡았다. 다행히도 기관술을 제법 아는 주삼이 기존 설계 구조에 따라 약간 손을 보았더니 10여 명이 한 시진가량 힘을 쓰자 문을 몇 자 정도 비틀어 열어 땅을 파지 않고도 먼지를 잔뜩 뒤집어쓴 황제를 구출해낼 수 있었다.

어느덧 해는 중천에 떠올라 점점 뜨거워지며 눈부신 빛을 뿌리고 있었다. 막 암실에서 나온 소원시는 소매로 눈을 가리며 한참 만에야 빛에 적응하고 맨 먼저 이렇게 물었다.

"순 통령은 어찌되었소? 장림왕은?"

이미 소식을 들은 동청이 재빨리 대답했다.

"순 통령은 상처가 위중하여 치료 중인데 버틸 수 있을 것입니다. 궁성을 거의 손에 넣은 상황이라 장림왕 전하는 아직 그곳에 계십니다. 산 아래에 깨끗한 거처 하나를 마련해두었으니 폐하께서는 우선 그곳에서 잠시 쉬면서 마음을 가라앉히십시오. 환궁하실 때가 오면 전하께서 어가를 맞이하러 올 것입니다."

소원시가 눈을 내리뜨는 바람에 그 눈동자에 떠오른 것이 슬픔인지 기쁨인지 알 수가 없었다. 그는 그렇게 한참 있다가 문득 고개를 저으며 말했다.

"아니, 짐은 쉬지 않겠소. 겉옷을 가져오시오. 당장 궁으로 돌아가야겠소."

오로지 궁성으로 돌아갈 생각뿐인 이 소년처럼, 소원계 또한 검 끝을 바닥에 늘어뜨린 채 궁성 황제의 뜰 한가운데 고개를 빳빳이 들고 서서 최후의 저항을 준비하고 있었다.

도중에 끊긴 승건전의 즉위식이 그의 일생에서 가장 영광스러운 순간이었다. 꿈꾸어온 소원을 마침내 이루어낸 느낌, 천하를 손아귀에 쥐고 다시는 그 누구에게도 굴하지 않아도 된다는 기분은 잠깐 생각만 해도 피를 끓어오르게 했다.

저 앞의 높고 우뚝하게 솟은 영봉루를 바라보던 소원계의 기분은 낙담과 절망에서 갑자기 투지와 고무로 바뀌었고 눈동자도 뜨겁게 타올랐다. 성루에는 후퇴한 우림영과 순방영 병사 수천 명이 그의 명을 받고 모여 있는데다 본래 궁성을 지키던 병력까지 더해져 한눈에도 그 기세가 여간 아니었다. 그들이 지키는 승건전 문은 물샐 틈 하나 없어 보였다.

한 차례 혼란이 지나가자 그의 머릿속을 채웠던 광란과 불길도 점점 사그라지면서 순비잔을 끌고 오라고 명령한 일이 떠올랐다. 사람을 보내 찾아볼까 하던 차에 적명이 홀로 주작대가 정문을 통과하여 달려오는 것이 보였다.

"어찌 혼자 오시오? 순비잔을 데려와 여기서 소평정과 싸우자고 하지 않았소?"

말에서 뛰어내린 적명은 고삐를 아무렇게나 던지고 곧바로 그에게 다가와 소리 높여 물었다.

"순비잔은 전하께서 동쪽의 전쟁이 시작되기 전에 이미 동해와 결탁했다고 했습니다. 사실입니까?"

소원계는 이런 질문 따위는 개의치 않는 듯 비웃듯이 하늘을 향해 껄껄 웃더니 곁눈질로 그를 흘끗 보았다.

"상황이 이 지경에 처했는데 그런 것을 물어 무엇 하겠소? 잘 들으시오. 세상일이란 결국 단 하나, '이기면 왕, 지면 역적'으로 귀결될 뿐이오! 본 왕이 오늘 이 성을 지키고 천하의 정점에 우뚝 설 수 있다면 그 누구도 본 왕이 예전에 무슨 일을 했는지 신경 쓰지 않소."

"그렇지 않습니다! 적어도 저는 다릅니다!"

적명의 분노에 찬 목소리는 온몸에 소름이 끼치고 심장이 서늘해질 만큼 무시무시했다.

하늘에서는 언제부터인가 가랑비가 떨어지기 시작했다. 뒤에서 함성 소리가 들려오고 점점 짙어지는 피비린내는 축축한 습기를 머금어 오래도록 흩어질 기미가 없었다.

바깥에서 하성이 허둥지둥 달려오며 소리 질렀다.

"전하, 버틸 수가 없습니다. 승건전 문이 무너지려 합니다!"

소원계는 무관심한 듯 눈썹을 추켜세우더니 그 말에 대답하지 않고 적명에게서도 시선을 거둔 채 검을 쥐고 궁 안쪽으로 몸을 돌렸다. 하성은 어찌해야 할지 몰라 머뭇거리다가 그 뒤를 따랐다.

적명은 눈을 감고 그 자리에서 꼼짝도 하지 않았다. 한참이 지난 것 같았지만 한편으로는 아주 잠깐이 흐른 것 같기도 했다. 승건전 문이 우당탕 소리를 내며 열리고 근왕군 병사들이 물밀듯이 쏟아져 들어왔다. 그들 중 일부는 패해 흩어지는 적병을 추격하고 일부는 창을 들고 적명을 포위했다.

겹겹이 싸인 창날이 바짝 다가오자 적명은 고개를 들고 마지막으로 피 냄새가 잔뜩 묻은 공기를 삼킨 다음 느닷없이 발끝에 힘을 주어 허공으로 몸을 띄우면서 검을 내리찍었다. 하지만 병사들의 창이 찔러 들어오는 순간 스스로 손가락에 힘을 풀고 자신의 몸도 검과 함께 창 앞으로 힘차게 내던졌다.

4월 스무날 오시 일각.

궁성의 반란군은 죽거나 항복했고, 근왕병이 전각과 뜰을 모두 점거하면서 큰 싸움의 막이 내렸다.

소원계는 혼자서 조양전의 높고 긴 계단을 올랐다. 한 달 전 병란에서 필사적으로 전각을 지킨 금군과 달리 우림영 수비군은 목숨을 걸면서까지 항거하지 않았다. 이 때문에 대전 밖 넓은 정원에는 축축하게 비만 내릴 뿐 핏자국은 전혀 없었다.

전각문을 여니 안은 여전히 높고 웅장했다. 금빛 계단 위 용좌는 텅 비었고 의자 위에 달린 용머리는 숙연하게 아래를 굽어보고 있었다.

하늘은 흐리고 전각 안에는 등불 하나 없어 다소 컴컴했다. 소원계는 검을 탁자에 기대어 세운 뒤 옷매무새를 가다듬고 앉아서 고개를 들어 금박을 입혀 조각한 대들보를 올려다보았다.

회랑 밖에서 병사들이 질서정연하게 행진해 오는 소리가 들렸다. 그는 묵묵히 그 발걸음을 헤아리며 꼭 닫힌 전각문이 벌컥 열리기를 기다렸다. 하지만 모든 것은 너무도 조용했다.

정문이 양쪽으로 벌어지며 서서히 열렸을 때 들려온 것은 '끼이익' 하는 미약한 소리뿐이었다. 가볍고 느릿느릿하면서도 여유로운 소리였다. 사람 그림자 하나가 빛을 등지고 문가에 서 있었다. 역광 때문에 얼굴이 잘 보이지 않았지만 자세히 볼 필요도 없었다. 그가 누구인지 소원계는 이미 알고 있었다.

"장림왕께서 당장 주살하라는 명을 내리지 않고 친히 여기까지 찾아오신 것을 보면 묻고 싶은 말이 있나보지?"

소평정은 홀로 문지방을 넘어 천천히 계단 앞으로 걸어왔다. 그 눈빛은 슬프기도 했지만 이해할 수 없는 의아함도 묻어 있었다.

"아무래도 네 생각을 들어봐야겠어. 정말이지 이해가 가지 않아서 그래. 겨우 몇 년 사이 타국과 결탁해 군사 기밀을 팔아넘기고 조정 대신을 암살하고 역모를 일으키다니…… 대체 어쩌다 이렇게 변한 거야?"

"설마 네가 경성을 떠난 후에 내가 이렇게 변했다고 생각하는 것은 아니겠지?"

소원계는 눈썹을 세우며 입가에 조소를 떠올렸다.

"이해가 가지 않는다는 것은 한 번도 관심을 가진 적이 없기 때문이겠지. 종실이든 조정이든, 대량이든 동해든, 하나같이 나를 일고의 가치도 없는 사람 취급하거나 마음대로 조종할 바둑돌로만 여겼어. 이 크고 넓은 세상에서 꼭대기까지 올라가지 않고서야 그 누가 진심으로 내게 관심을 가져줄까?"

소평정은 눈을 찌푸리며 실망스러운 듯 고개를 저었다.

"설마 그게 이유야? 네가 가진 권력욕, 욕심, 야망이 모두 다른 사람 탓이라고? 소원계, 너는 세상이 야속하고 사람들이 야박하다고 원망했지만 돌이켜 생각해봐. 너 자신은 이 세상을 얼마나 진심으로 대했지?"

소원계의 얼굴에 후회의 빛은 추호도 없었다. 그는 탁자를 짚고 일어났다.

"예부터 이기면 왕, 지면 역적이라고 했지. 네가 이겼으니 당연히 거기 서서 당당하게 나를 꾸짖을 수는 있어. 하지만 네가 끼어들지 않았다면, 내가 이 강산을 손에 넣고 대량의 태평성세를 열었다면, 세월이 흐른 뒤 누가 나더러 잘못했다고 할까?"

소평정은 가볍게 탄식했다.

"이제 보니 너는 네 자신이 훨씬 좋은 황제가 될 수 있다고 생각했군."

조양전 밖에서는 가늘어진 빗줄기가 아지랑이를 만들어냈다. 소원시는 검은 바탕에 금실로 수놓은 장포를 걸치고 머리에는 관을 쓰지 않은 차림으로 멍하니 계단 아래에 서 있었다.

소식을 듣고 도착한 악은천은 우비를 들고 선 동청과 눈짓을 주고받다가 황제를 막을 수 없다는 것을 알아차리고 황급히 다가가 소리 죽여 불렀다.

"폐하……."

소원시가 그를 돌아보며 걱정스럽게 물었다.

"악 경이 가장 먼저 궁에 들어왔다고 들었소. 원가와 원우를 보았소?"

악은천은 두 손을 포개며 대답했다.

"안심하십시오, 폐하. 두 분 전하께서는 모두 무사하십니다. 다만 충격이 크고 가벼운 상처를 입으셨기에 휴식을 취하시도록 내원으로 모셨습니다."

소원시는 가볍게 한숨을 쉬며 잠시 고개를 숙이고 있다가 마침내 용기를 내어 한 걸음 앞으로 나섰다. 사방은 고요하고 빗줄기는 가늘었다. 계단 꼭대기의 대전 문은 활짝 열려 있었고 소원계의 목소리는 텅 빈 전각 안을 메아리치며 유난히도 또렷하고 날카롭게 귀에 와 박혔다. 이미 닥쳐와 피할 수 없는 쿡쿡 쑤시는 아픔이 그의 발걸음을 재촉했다. 귀에 거슬리는 말은 이미 수없이 들어 더는 겁날 것도 없었다.

"네 말이 맞아. 나는 인정할 수 없어, 납득할 수 없어! 소원시는…… 황후의 배에서 태어났을 뿐 자질이든 능력이든 어느 것 하나 나보다 나을 것이 없어. 어려서부터 예쁨만 받고 자라 성정이 유약하고 사람 볼 줄 모르고 결단력도 없지. 몇 년간 정무를 배운다고 했지만 정치에서든 군사에서든 조금이라도 발전한 적이 있었어? 냉정하게 말해 그런 평범한 군주를 보면서도 너희 장림부는…… 정말 단 한 번도 실망한 적이 없었어?"

소평정은 전각문을 등지고 서 있어서 그 질문을 받았을 때 어떤 표정이었는지 알 수 없지만 목소리는 차분했다.

"폐하께서는 아직 앞길이 창창한 분이야. 그분의 앞날이 어떨지 지금 네가 알 수는 없어."

장림왕부가 자신에게 실망한 적이 있었는가 하는 질문은 사실 소원시도 혼자 생각해본 적이 있었다. 하지만 가까이에서 잔혹한 피바람을 겪은 지금은 더 이상 그 답이 중요하지 않고 끙끙 앓으며 고민할 가치조차 없는 것 같았다.

소원계는 냉소를 터뜨렸지만 구태여 답을 캐묻지 않았다.

"좋아, 네 말대로 소원시가 훗날 어떻게 변할지 나는 모른다고 치자. 장림왕 너는 반드시 나보다 훨씬 멀리 내다본다고 말할 수 있겠어? 지금 네가 이렇게 열심히 소원시를 보호하는 까닭은 그가 일대 명군이라 믿기 때문이 아니라 단순히 황실의 적자로 태어나 황위를 계승했다는 대의명분 때문일 뿐이야! 천하는 능력 있는 자가 차지하는 법이지. 만약 내가 천하를 다스릴 기회를 얻었다면 어린애 티도 못 벗은 저 꼬마보다 못하다고 누가 단언할 수 있을까?"

"그런 말을 하는 걸 보니 아직도 네가 왜 졌는지 모르는구나."

소평정은 고개를 저었다. 슬픔이 가득하면서도 잔뜩 화난 목소리였다.

"그래, 폐하의 장래는 아직 알 수 없어. 하지만 소원계, 네가 어떤 사람인지는 이미 확실히 드러났어. 동쪽 국경 열 개 주의 비옥한 땅이 너 때문에 전란의 불길에 휩싸였어. 그 싸움으로 죽은 수십만 병사와 백성들이 네 눈에는 그저 높이 올라가는 계단에 불과했지. 그런데도 어째서 네게 천하를 다스릴 자격이 없느냐고 한탄해? 나라를 생각하는 마음도 없고 국토와 백성을 아끼지 않는다면 대체 이 천하가 네게 무슨 의미가 있지?"

소원계는 입술을 깨물고 대답이 없다가 별안간 시뻘게진 눈으로 전각문 밖을 바라보더니 힘을 다해 탁자를 쾅쾅 내리쳤다.

"폐하께서 이렇게 딱 좋을 때 오시다니 참으로 반갑습니다. 보시다시피 장림왕과 재미있게 이야기를 나누고 있었습니다. 축하라도 드리려던 참이지요."

소원시는 허리를 꼿꼿이 세우고 대전으로 들어와 아무 표정 없이 물었다.

"축하라니?"

"저는 장림왕을 대신해 순백수를 제거하고 궁궐의 태후도 없애주었고, 이제는 저 자신마저 여지없이 패했습니다. 아무리 보아도

이제 조정에서 장림왕에 대적할 자가 없으니 그와 이 용좌 사이를 가로막을 것이 없지 않습니까?'

그의 악의에 가득 찬 말에 마침내 소원시도 노기를 띠고 거칠게 앞으로 나서며 손가락질했다.

"장림왕부에 정말 그런 마음이 있었다면 이 금릉성 조정은 아주 오래전부터 이런 모습이 아니었을 것이다! 짐이 선제만큼 예지가 뛰어나지 못할지는 모르나 무엇이 진심이고 무엇이 이간질인지도 구분하지 못하는 줄 아느냐?"

소년 군주의 뾰족한 분노에도 소원계는 별다른 반응을 보이지 않았다. 그는 탁자를 짚고 한참 동안 껄껄 웃다가 옆에 놓아둔 검을 주워 반쯤 뽑은 뒤 손가락으로 가볍게 날을 때렸다.

"나는 대역죄인이고 달아날 길이 없다는 것을 잘 알아. 하지만 선조의 핏줄이자 한때 벗이었던 것을 생각해서…… 나와 단독으로 싸워보지 않겠어, 장림왕?"

순비잔이 그랬듯이 소평정 역시 막다른 곳까지 몰린 자의 도전을 심각하게 받아들이지 않았다. 다만 어린 황제가 곁에 있어 신중해야 했기에 먼저 소리 죽여 허락을 청했다.

"역적은 죽어 마땅하나 저 정도 소원은 들어주고자 합니다. 부디 윤허해주십시오, 폐하."

그가 동의한 이상 소원시도 반대할 명분이 없었다. 어린 황제는 고개를 끄덕인 뒤 악은천과 동청의 호위를 받으며 전각 구석으로 물러났다.

무인들 사이에서 일대일 결투 요청을 거절하는 일은 거의 없었다. 소원계도 그 점을 자신하고 있었기 때문에 말을 꺼낸 뒤로 눈을 감고 숨을 고르며 기다리다가 아래쪽에서 '덤벼라' 하는 소리가 들리자 눈을 번쩍 뜨고 계단에서 훌쩍 몸을 날렸다.

검 두 자루가 맞부딪치며 싸늘한 빛이 전각 안을 이리저리 갈랐다. 이 싸움은 시작부터 매우 격렬했고 우열을 가리기 힘들 만큼 막상막하였다. 지켜보던 악은천과 동청도 몹시 의외여서 황급히 소원시를 더욱더 구석으로 물러나게 하고 그 앞을 나란히 가로막았다.

힘차고 맹렬한 싸움은 오래가지 못했다. 수십 초가 지나자 소원계의 기운이 흐트러지면서 수세에 빠지기 시작했고 누가 보아도 가까스로 공격을 막아내며 움직임이 부자연스러워졌다. 그의 진짜 실력이 이렇게 강하다는 것을 꿈에서도 몰랐던 소평정은 처음에는 경악했지만, 차차 호기심이 일기 시작하여 그 검법을 살펴볼 마음에 기세를 늦추고 일부러 시간을 끌었다. 소원계도 곧 그 사실을 깨닫고 수치스러운 표정을 짓더니 별안간 와락 고함을 지르며 허공으로 날아올라 칼을 휘두르듯이 검을 내리쬤었다.

소평정은 당황한 표정 하나 없이 기괴한 각도로 검 끝을 살짝 퉁겨 올렸다. 그의 검이 떨어져 내리는 검날에 딱 붙어 미끄러지듯 올라가 검 자루를 쥔 손을 찌르자 상대의 오른쪽 팔이 부르르 떨렸다. 소평정은 그 틈을 타 일장을 내질러 소원계의 가슴을 정면으로 강타했다.

묵치후의 가혹한 훈련으로 다져진 소원계는 남들보다 훨씬 참을성이 강했다. 일장이 명중되는 순간 그는 가슴을 웅크려 뒤로 빼면서 내공을 단전에 모았다가 몸에 맞은 장력의 반탄력을 이용해 손에 든 검을 빙글빙글 돌려 앞으로 내던졌다. 순비잔과 싸울 때처럼 검 그림자가 여섯 개로 갈라졌다.

이 금오수월 초식에 소평정도 깜짝 놀랐다. 그는 다급하게 팔을 움직여 검 그림자 두 개를 잇달아 찔러 깨뜨렸지만 진짜 검은 막을 수가 없었다. 진짜 검이 허공을 가르며 곧바로 그의 목으로 날아들었다. 관전하던 세 사람은 깜짝 놀랐고 동청은 비명을 지르며 달려들었다.

거의 눈앞까지 날아든 검을 피하기는 이미 글렀다 싶은 순간, 소평정이 느닷없이 왼손을 들어 목 앞에 세웠다. 땡그랑 하는 소리와 함께 검이 하릴없이 튕겨나갔다. 검을 따라 짓쳐오던 소원계는 검이 날아간 방향을 놓친 상태였고 도중에 물러설 수도 없어 어쩔 수 없이 두 손바닥을 힘껏 휘둘렀다. 하지만 그의 내공은 아무래도 소평정보다 모자랐기 때문에 두 사람의 손바닥이 마주치는 순간 온몸이 부르르 떨리며 빈틈이 크게 생겨났다.

소평정은 번개같이 몸을 날리면서 손목을 뒤집어 검 자루로 그의 가슴을 호되게 때렸다. 우두둑 하고 뼈 부러지는 소리가 들리고 소원계의 몸은 몇 자 밖으로 날아갔다. 바닥에 나동그라지기도 전에 입에서 시뻘건 피가 확 뿜어져 나왔다. 그제야 주장 곁에 도착한 동청이 온몸을 덜덜 떨며 그의 팔을 붙잡았다.

소원시도 악은천의 손을 뿌리치고 달려와 다급하게 물었다.

"괜찮아요? 안 다쳤어요?"

소평정은 크게 심호흡을 하며 왼팔을 들어 보였다. 손목에 찬 은팔찌의 불꽃 문양 사이로 움푹 꺼진 검 자국이 나 있었다. 간발의 차이로 팔찌를 꿰뚫지 못한 것을 보자 그 역시 천만다행이구나 싶어 절로 몸이 떨렸다.

"아무래도 최고 수준까지 익히지는 못한 모양이군."

바닥에 쓰러진 소원계가 몸을 반쯤 일으키며 다시 한 번 피를 토했다.

"하지만 적어도 시험해볼 가치는 있었어. 운 좋게 성공했을 수도 있잖아?"

소평정은 그래도 믿을 수 없다는 듯이 두 눈썹을 잔뜩 찌푸렸다.

"아무리 동해와 결탁했다고는 해도 우천래와 이렇게 친밀한 관계라고는 생각지도 못했어. 잊은 거야? 그자는 네 어머니를 죽인 원수야."

"물론 그 원한은 잊지 않았지. 복수할 날까지 한 발 한 발 가는 중이었는데 안타깝게도 하늘이 허락하지 않는군."

소원계는 계단에 기대어 큰 소리로 웃음을 터뜨렸다. 웃음소리와 함께 눈물이 주르륵 흘렀다.

"하지만 상관없어. 동해는 이미 대량의 철천지원수가 되었으니 너희가…… 너희가 언젠가 나 대신 어머니의 원한을 갚아주겠지. 그렇지 않습니까, 폐하?"

소원시는 끓어오르는 노기를 참지 못해 차갑고 엄숙하게 대답했다.

"회동 세 개 주는 반드시 되찾을 것이고 우천래도 틀림없이 우리 대량 백성들을 해친 대가를 치를 것이다. 하지만 그것은 조정의 책임 때문이지 네 어머니의 복수 때문이 아니다."

"뭐라고 해도 좋습니다."

소원계의 눈빛은 점점 차분하게 가라앉았다. 마치 비로소 가슴을 짓누르던 무거운 부담감을 내던진 듯했다.

"두 나라 사이에는 반드시 싸움이 벌어지겠지. 왕부 서재의 밀실에 책이 한 권 있어. 내가 우천래에 관해 아는 것을 모두 써놓은 책인데 장림왕에게 선물로 주지. 내게 군무를 가르쳐주셨던······ 백부님의 은혜에 보답하는 뜻으로······."

두 사람은 누가 뭐라 해도 친척 형제여서 소평정은 승리의 기쁨을 전혀 느끼지 못했다. 그는 한숨을 쉬며 동청을 향해 분부를 내렸다.

"역적의 수장 소원계를 붙잡아 족쇄를 채우고 독방에 가두어라. 나중에 심문하겠다."

동청이 두 손을 포개어 올리며 대답하려는데 갑자기 소원시가 외쳤다.

"아니."

그 자리에 있던 사람들은 깜짝 놀랐고 소평정 또한 이해가 가지 않아 의아한 얼굴로 물었다.

"폐하, 무슨 말씀이십니까?"

소원시는 새파래진 얼굴로 눈동자에 분노를 가득 띤 채 소원계를 가리키며 악은천에게 직접 명령했다.

"저자는 단 한순간도 살아 있어서는 안 되니 심문할 것도 없소. 죽이시오!"

악은천은 본능적으로 소평정의 안색을 살피려다가 부적절한 행동임을 깨닫고 억지로 고개를 돌리며 명령대로 소원계에게 다가가 검을 뽑았다. 허공에서 잠시 검을 멈춘 그는 아무도 말릴 기미가 없자 그제야 손목에 힘을 주고 검날을 힘껏 찔러넣었다. 소평정은 차마 지켜보지 못하고 일찌감치 고개를 돌렸지만 얼음장 같은 얼굴을 한 어린 황제는 눈살 한 번 찌푸리지 않고 처음부터 끝까지 지켜보았다.

검붉은 피가 소원계의 입가를 따라 주르륵 쏟아지고 동공이 점점 풀렸다. 꼿꼿하게 꿇어앉았던 소원계가 남은 힘을 다해 입을 열어 툭 던지듯이 물었다.

"끝까지 저자를 믿을 수 있을까……? 과연…….."

그 마지막 말은 거미줄처럼 가볍고 탄식이나 속삭임처럼 나지막했다. 악은천은 그 말을 들은 사람이 자신뿐이라고 확신할 수는 없었지만 그래도 자신만 들었기를 진심으로 바랐다. 그처럼 지혜로운 사람은 이것이 애초에 대답할 수 없는 질문이라는 것을 잘 알기 때문이었다. 크고 넓은 세상 숱한 중생 가운데 세월의 안개를 뚫고 아직 오지 않은 훗날의 결과를 미리 볼 수 있는 사람은 아무도 없었다.

그것을 쫓으려 하면 할수록 방향을 잃기 쉬웠다.

삶에서 유일하게 확신할 수 있는 부분은 지금 이 순간 마음속으로 선택한 것, 단지 그것뿐이었다.

바람이 일고 바람이 그치고

—
22
—

후세에 '래양의 난'이라고 불린 이 병란은 금릉성 조정에 전에 없이 깊은 상처를 남겼다. 본디 경성을 수호해야 할 황실 우림영은 그 뿌리가 완전히 꺾였고, 5만 금군 가운데 2만이 죽고 교위 이상의 군관도 겨우 몇 사람만 살아남은 데다, 백 명에 가깝던 조정 대신도 죽거나 배신하여 적명이 인정을 베풀어 살려준 스무 명 남짓만 남아 빈자리가 허다했다. 오로지 충성심을 품고 달려온 근왕군도 이 혼란 속에서 반드시 정돈해야 할 부분이었다. 공을 헤아리고 상을 내리고 해산시키는 것 모두 오래 끌 수 없어 단시일 내에 결정지어야 했다.

열여섯 살 소년 황제는 앞으로 첩첩이 쌓인 난관을 넘어야 한다는 것을 알고 한시바삐 강해져야 한다고 생각했지만 그럴수록 외롭고 힘이 빠졌다. 궁성으로 돌아온 첫날 밤, 소원시는 함안궁에서 무릎을 꿇고 앉아 밤을 지새웠다. 무거운 앞날이 닥쳐오고 있으니 이제는 망설일 수도 달아날 수도 없었다. 그 전에 조용히 자신만의 비통함과 잃어버린 것들을 애도하면서 인생에서 가장 처절하고 혼란스러웠던 그날을 돌이켜볼 시간이 필요했다.

순 태후의 시신은 처음에는 다른 사망자들과 함께 흰 천에 싸여 궁성 서쪽 샛문 밖에 버려진 채 나중에 한꺼번에 화장하도록 되어 있었다. 다행히 늙은 태감 두 명이 아무도 보지 않는 틈을 타 몰래 그 시신을 빼내어 후미진 궁궐에 옮겨놓았다. 초여름이라 난이 가라앉은 후 시신을 수습하려고 보니 벌써 썩어 들어가고 있어 도저히 소원시에게 보여줄 수가 없었다. 악은천은 그 자리에서 결단을 내려 시신을 관에 넣고 못질한 뒤 함안궁으로 옮겨 촛불을 켜고 흰 천을 걸어 빈소를 마련했다.

역적의 우두머리를 주멸한 것은 반란이 종결되었다는 의미지만 흐트러진 경성의 질서를 바로잡는 데는 많은 공을 들여야 했다. 소평정이 궁성 안의 급한 일부터 처리하고 나자 하늘은 벌써 어두컴컴해져 있었다. 그는 그래도 안심이 되지 않아 함안궁으로 달려갔다.

전각 밖을 지키던 동청이 그를 보고 급히 마중 나와 묻기도 전에 보고했다.

"안심하십시오, 전하. 폐하께서는 괜찮으신 것 같습니다. 다만 저녁 제를 올리신 후 곁에 있던 사람들을 모두 내보내고 지금껏 반 시진 동안 아무 움직임이 없으십니다."

그 말을 듣자 소평정은 따르던 친위대들에게 여기서 기다리라는 눈짓을 한 후 검을 풀고 겉옷을 벗은 뒤 조용히 안으로 들어갔다. 빈소는 과연 텅 비고 조용했으며 소원시 혼자 영구 앞에 무릎을 꿇은 채 묵묵히 지전을 사르고 있었다.

창졸간이라 시신을 담은 관은 배나무로 짠 평범한 것이었고 뒤쪽 제사상에 놓인 위패도 임시로 만들어 새로 칠한 티가 역력했다. 소원시는 구리 대접 안에서 팔딱이는 불꽃을 뚫어져라 보다가 불이 완전히 사그라진 다음에야 비로소 나지막이 물었다.

"모후께서 그런 일을 하셨대요. 정말 그러셨을까요?"

"역적의 심복인 하성의 자백에 따르면 복양영의 자백서와 조서는 위조된 것이 아니라고 합니다."

소평정은 그의 곁에 무릎을 꿇고 위로했다.

"하지만 폐하께서는 모르셨으니 폐하의 탓이 아닙니다."

"몰랐다고 해서 정말 아무 상관 없는 셈 치며 신경 쓰지 않아도 되는 걸까요?"

소원시의 퉁퉁 부은 눈은 미처 흩어지지 않은 검은 연기 속에서 반쯤 감겨 있었다.

"어머니와 외숙부…… 두 분이 하신 일들은 모두 나 때문이었어요. 내가 원인을 제공했는데 어떻게 떼어놓고 이야기할 수 있겠어요? 도저히 떳떳하게…… 나는 아무 잘못도 없다고 말할 수가 없어요."

소평정은 반박하지 않고 고개를 끄덕였다.

"폐하 말씀대로입니다. 특히 이런 일은 아무래도 쉽게 머리에서 지워낼 수가 없지요. 하지만 자책하고 후회한들 무슨 소용이 있겠습니까? 지금 폐하께서 하실 일은 오로지 온 힘을 다해 보충하는 것뿐입니다."

"하지만 약간 겁이 나요."

마침내 소원시가 몸을 돌리고 떨리는 손가락으로 사촌형의 옷자락을 움켜쥐었다.

"적명이 한 말이 옳을까봐…… 내 몸에 흐르는 피 절반이 어머니께서 주신 것인데 나중에 어머니처럼 되지 않는다고 누가 확신할 수……."

"폐하!"

소평정이 눈에 노기를 띠며 소리쳤다.

"반성하시는 것은 옳지만 그런 허무맹랑한 생각을 하시면 안 됩니다. 멀리 내다볼 것도 없이 오래전의 래양왕을 생각해보십시오. 선제와 같은 부모에게서 태어났고 무정제 폐하의 가르침을 받으며 자랐지만 그가 선제와 똑같았습니까? 폐하께서 훗날 어떤 사람이 되실지는 오늘부터 스스로 어떤 사람이 되고자 결심하는지에 달려 있습니다."

며칠간 이어진 불안함과 아픔은 얇디얇은 천으로 감싼 불덩이가 되어 터지자 순식간에 사지백해가 녹아내렸다. 소원시는 사촌형의 품에 뛰어들어 통곡을 터뜨리며 쌓인 것을 쏟아내듯 목이 쉬도록 울부짖고 눈물을 철철 흘렸다. 마치 오래전 무거운 책임을 짊어지지 않아도 되었던 어린아이 때처럼.

그도 알고 있었다. 이 밤이 이렇게 울음을 터뜨리고 연약하게 굴 수 있는 마지막 밤이라는 것을.

내일이 오면 그는 반드시 어른이 되어야 했다.

이튿날 아침, 젊은 황제는 상복을 벗고 더 이상 빈소를 유지하지 않아도 된다는 명을 내렸다. 그리고 태후의 관을 위산 기슭에 묻게 하고 정식으로 함안궁을 폐쇄했다.

내각 구성원 중 생존한 중신 세 명 가운데 품계가 가장 높은 사람은 이부상서로, 소원시는 그에게 잠시 정무를 총괄하게 했다. 육부와 각 관아는 대부분 수장을 잃었으나 실무를 처리할 사람과 관리들을 어찌어찌 갖출 수는 있었다. 재주는 있지만 자격이나 경력이 부족하여 낮은 자리에 머물러 있던 관리들에게는 노력을 통해 출세할 길을 마련할 좋은 기회여서 평소보다 더 열심히 일했고, 조정의 모두가 한마음으로 협력한 덕분에 난으로 중단된 조정 일도 돌아가기 시작하여 차차 정상 궤도에 올라섰다.

중상을 입고 이틀이나 혼절했던 순비잔은 깨어나자마자 급히 달려나가려다가 여건지에게 붙잡혔다. 여건지는 그를 억지로 침상에 눕히고 야단을 쳤다.

"아무리 금군이 걱정되더라도 이렇게 서두르실 것 없소. 이 늙은이가 듣자니 장림왕께서 동청에게 순 통령의 일을 잠시 맡기셨다 하니 걱정 마시오. 별일 없을 것이오."

"금군을 걱정하는 것이 아닙니다."

순비잔이 한숨을 쉬며 어두운 얼굴로 말했다.

"아시다시피 누이동생인 안여가…… 평정이 그 아이를 잊었을까 걱정입니다. 명확하게 명이 떨어지기 전에 폐하를 뵙고 은혜를 베풀어달라 청해야 합니다."

그제야 그가 그날 밤 궁성에서 벌어진 일을 모르는 것을 알아차린 여건지는 차마 속일 수가 없어 베개를 두툼하게 받쳐 그를 앉힌 뒤 가만히 사실을 알려주었다.

나쁜 소식을 들은 순비잔은 하루종일 넋이 나가 있었다. 눈물도 흘리지 않았고, 관이 어디에 있느냐고 한마디 한 것 외에는 아무 말도 하지 않았다. 여 노당주는 공연히 달래려 하는 대신 다음 날 담항에게 패아를 데려오게 하여 순비잔을 만나게 해주었다. 시녀는 침상 앞에 꿇어앉아 한참 동안 흐느끼다가 눈물투성이가 된 얼굴로 물었다.

"늘 온화하고 선량하셨던 아가씨가, 지금껏 아무도 해친 적이 없는 우리 아가씨가 어째서 이런 일을…… 어른들께서 짝을 잘못 지어주신 탓일까요?"

지난날 장림세자가 아우에게 해준 일을 떠올린 순비잔은 오라비로서 누이동생에게 너무 무신경하고 책임을 다하지 못했다는 생각에 가슴이 찢어질 듯 아파 마침내 눈물을 뚝뚝 흘리며 한바탕 통곡했다.

의지할 데 없는 여인인 패아는 군인들과 함께 있는 것보다 제풍당에 머무는 편이 훨씬 나았기 때문에 담항도 별달리 할 말이 없어 아쉬운 듯 작별하고 악은천이 임시로 하사받은 저택으로 돌아갔다.

명을 받고 '래양의 난' 뒤처리를 하게 된 악은천은 지금 금릉성에서 가장 바쁜 사람 가운데 하나였다. 점심을 먹는 둥 마는 둥 황급히 그릇을 팽개치고 나가는 그를 보자 담항은 눈을 찌푸리며 투덜거렸다.

"이제는 식사 한 끼 제대로 못 드십니다그려. 폐하께서 장군께 어마어마한 책임을 맡기셨으니 경성에 남아 검주로는 돌아가지 않으시려는 겁니까?"

악은천은 서둘러 밖으로 나가면서 그를 위로했다.

"지금은 조정이 어수선해서 하나하나 천천히 정리해야 한다. 하지만 회동 세 개 주가 아직 동해 손에 있으니 반드시 되찾을 것이다."

그렇게 말하던 그는 문득 무슨 생각이 났는지 소매 주머니에서 문서를 하나 꺼내 아무렇게나 담항의 손에 밀어넣었다.

"이게 뭐기에……."

"패아 낭자의 노비문서다. 경조부에서 찾아냈지. 패아 낭자는 순부의 시녀이니 순 통령에게 가서 풀어달라 청하거라. 분명히 허락하실 것이다."

악은천은 미소 띤 눈으로 부장을 흘긋 쳐다보았다.

"그 다음 어찌할지는 너 스스로 곰곰이 생각해본 다음에 내게 말해라. 내가 먼저 나서서 처리해주지는 않을 테니."

담항은 멍청하게 서 있다가 뒤늦게야 상황을 깨닫고 노비문서를 꼭 움켜쥔 채 흐뭇하게 웃음을 짓고는 황급히 발을 놀려 멀리 사라지는 주장의 뒤를 쫓았다.

래양왕의 반란은 워낙 기세등등하여 거의 성공한 것처럼 보였지만 자세히 들여다보면 그리 심각하지 않았다. 나중에 참여한 이들은 대부분 시류를 따른 것뿐 진심으로 그에게 협조한 이는 얼마 되지 않았던 것이다. 악은천은 보름 가까이 심문하고 조사한 끝에 역적에게 붙은 서른세 명의 명단을 만들었고 상주문을 써서 직접 궁궐을 찾아갔다.

악은천이 막 서화문으로 들어서는데 마침 밖으로 나오는 소평정이 보여 황급히 마중했다. 보름 동안 조정의 모든 사람이 피해 복구에 눈코 뜰 새 없이 바빴지만 난을 평정한 제일공신인 소평정은 정무에 능하지 못하다는 핑계로 근왕군의 논공행상 및 배치에 관한 일만 처리하기로 했다. 그러느라 악은천이 어전에서 열리는 소규모 회의 때 말고 그를 궁궐에서 만난 것은 이번이 처음이었다.

"소장이 전하께 인사 올립니다."

예를 마친 그는 소매에서 상주문을 꺼내 두 손으로 받쳐들었다.

"명을 받아 역적을 조사한 결과 대략적인 결과가 나와 상주문을 썼으니 부디 전하께서 검토해주십시오."

소평정은 상주문을 흘끗 바라볼 뿐 받을 생각도 않고 미소를 지으며 말했다.

"황명을 받고 한 일인데 내가 검토할 것이 어디 있소? 폐하께서는 조양전 동쪽 편전에 계시니 어서 가보시오."

그때 막 상처가 나은 순비잔도 궁궐 문밖에 나타나 이쪽을 향해 손을 흔들었다. 악은천은 두 사람이 함께 갈 곳이 있나보다 싶어 재빨리 옆으로 물러났다가 소평정이 자리를 뜨자 뒤 전각으로 달려갔다.

그는 이제 황제 곁에서 알아주는 인물이었기에 조양전의 태감은 잠시도 지체하지 않고 그를 안으로 맞아들이며 설명했다.

"폐하께는 말씀을 올렸으나 지금은 다른 보고를 듣고 계십니다. 오래 걸리지는 않을 것이니 편전 회랑에서 잠시 기다리시지요. 먼저 들어간 분이 나오시면 곧바로 들어가시면 됩니다."

마치 시간을 꼭 맞추려는 듯 빠르지도 느리지도 않은 말투였다. 그 말이 끝나고 편전 회랑 쪽으로 걸음을 옮긴 태감은 문기둥 쪽을 가리키며 악은천더러 그곳에서 잠시 기다리라고 한 뒤 고개를 숙이고 물러났다.

벌써 단오절이 지나 오후의 날씨가 찌는 듯이 무더워 조양전 동쪽 편전은 통풍이 되도록 문과 창문을 활짝 열어놓은 상태였다. 악은천이 문가에 서자 전각 안의 말소리가 또렷이 들려왔다. 그는 깜짝 놀랐지만 마음대로 자리를 뜰 수도 없고 그렇다고 엿들을 수도 없어 어떻게 해야 할지 갈팡질팡했다.

"짐은 지금껏 그대가 재주 많은 사람이라 생각하여 일부러 장림왕 몰래 왕부로 보냈건만, 이제 와서 짐에게 어찌해야 좋을지 모르겠다고 하다니 대관절 무슨 뜻이오?"

전각 안에서 황제의 목소리가 갑자기 높아지는 바람에 돌아서 나가려던 악은천은 그 내용을 듣고 움찔 당황하여 눈을 살짝 찌푸렸다. 주군이 신하의 부중에 몰래 사람을 붙이는 것은 생소한 일이 아니지만, 병란이 가라앉은 지 보름밖에 지나지 않았고 성 밖 근왕군도 절반만 상을 받고 물러간 지금 소원시가 벌써 이런 일을 시작했다는 사실은 아무리 생각해도 마음이 불편했다.

그가 복잡한 생각에 빠져 있을 때 안에서 대답하는 목소리가 들려왔다.

"용서하십시오, 폐하. 신은 명을 받은 뒤로 3년이나 사람이 살지 않은 장림왕부를 지난 모습대로 되돌리기가 쉽지 않으리라 생각하여 일찌감치 내정사에 사람을 배정해달라고 한 뒤 장림왕께서 왕부를 여시면 몰래 가서 수리할 준비를 해두었습니다. 한데 기다리고 또 기다려도 벌써 열흘째 문을 열 기미가 없으시니…… 폐하께서 이런 사소한 일로 전하를 귀찮게 하지 말라 하셨으니 함부로 찾아가 여쭐 수도 없기에 다시 명을 내려달라 청하기 위해 이렇게 보고드리러 온 것입니다."

잠깐의 침묵이 지나고 소원시가 훨씬 힘 빠진 목소리로 말했다.

"장림왕이 아직 왕부를 열지 않았다면…… 그간 어디에서 묵고 있소?"

"폐하, 장림왕께서는 동쪽에 있는 전 장림세자의 원락에 머물고 계시며 곁에는 겨우 10여 명이 시중들고 있습니다."

그 후로는 기나긴 침묵뿐 더는 이야기 소리가 들려오지 않았다. 얼마 지나지 않아 내정사의 보라색 관복을 입은 관리가 밖으로 나와 고개를 숙인 채 회랑을 따라 물러갔다. 악은천은 자신이 오해했음을 알고 황급히 정신을 가다듬은 뒤 전각 안으로 들어가 용좌 앞에서 예를 올렸다.

소원시는 여전히 멍한 얼굴로 창틀이 만들어낸 그림자만 한동안 빤히 바라보다가 그제야 악은천에게로 시선을 돌리고 나지막하게 물었다.

"악 경도 들었을 것이오. 장림왕이 왕부를 열지 않는 것이…… 무슨 까닭인 것 같소?"

쉽게 대답할 질문이 아니어서 악은천같이 기민한 사람도 한참을 망설여야 했다.

"전하께서 군무로 바쁘신 탓에 사사로운 일에는 당장 신경을 쓰지 못하는데다 폐하께서 이미 명을 내리신 줄도 몰라 급한 일부터 끝낸 뒤 처리하려는 것이 아닐까 싶습니다."

"그렇지 않다는 것은 경도 잘 알면서 무엇 하러 그런 위로를 하시오?"

소원시는 고개를 저으며 실망한 눈빛을 떠올렸다.

"짐은 아오. 그가 왕부의 문조차 열지 않는 까닭은 조정으로 돌아올 생각이 없으니 이 경성에 오래 머물지 않겠다는 뜻이오."

금릉성에서 소평정의 움직임을 주목하는 사람은 당연히 궁성의 젊은 황제뿐만이 아니었다. 순비잔 역시 다시 금군을 맡은 후 시시때때로 그를 떠보며 그가 조정에 남아주기를 바랐다. 오늘도 함께 왕릉에 참배를 가기로 한 금군통령은 그를 설득하기 좋은 기회다 싶어 입구에서 말을 내려 걸어가는 동안 다시 한 번 물었다.

"동쪽의 국토를 아직 수복하지 못했고 금릉성은 원기가 많이 상했다. 정말 이대로 폐하를 내버려둘 참이냐?"

"우리 대량의 조정은 본래부터 밝은 군주와 현명한 신하들이 한마음으로 떠받들어온 곳이지요. 부왕께서 계실 때에도 그분이 없으면 경성이 무너지는 것도 아니었는데 하물며 저 하나쯤 빠진들 무슨 일이 있겠어요?"

소평정은 웃으며 그를 곁눈질하더니 살짝 걸음을 빨리했다.

"금군은 순 형님이 계시니 반드시 다시 일어날 겁니다. 최근 폐하께서도 정무에 열심이시고 반란군으로 인한 손해도 차츰 메워지고 있지요. 저는 이미 결심했습니다. 적당한 때에 폐하께 청해 경성을 떠날 생각이니 그만 설득하시지요."

"이렇게 급히 떠나서 어디를 갈 생각이냐?"

"비둘기집에서 소식을 들었는데 책이의 약이 준비되었다더군요. 앞으로는 노각주께서 치료를 맡아주실 것이니 지금쯤 임해는 랑야산에 없을 겁니다. 임해에게 북연으로 찾아가겠다고 약속했습니다."

임해 이야기를 하는 그의 눈동자에 정이 담뿍 담기는 것을 보자 순비잔도 참지 못하고 껄껄 웃으며 더는 설득하려 하지 않았다. 두 사람은 나란히 돌패방을 몇 개 지나 전각 앞에서 절을 올리고 산허리에 자리한 소나무 숲을 돌아 동쪽 언덕에 있는 소평장의 묘 앞에 도착했다. 푸른 바위를 깎아 만든 묘실 처마 밑에는 제수가 가지런하게 놓여 있고 가운데 향로에서는 연기가 모락모락 피어올랐다.

백옥으로 된 돌단 위에는 맑은 술이 담긴 주전자 하나와 술잔 세 개가 놓여 있었다. 소평정은 옷매무새를 가다듬고 묘로 올라가는 계단 앞에서 머리를 조아린 뒤 가까이 다가가 잔에 술을 따라 제단 흙에 뿌리고 다시 한잔을 따라 마셨다.

형이 세상을 떠나던 당시 그의 머릿속은 오로지 형이 완수하지 못한 일을 자신이 도맡아야 한다는 생각뿐이었다. 그리고 한참 후에야 차차 알게 되었다. 사람이 완전히 다른 사람처럼 살아간다는 것은 불가능하다는 사실을.

"노각주께서는 늘 그러셨지요. 한 번 떠난 영혼은 다시는 그리워할 필요 없다고. 인간 세상에서 그리움이란 곧 속박이기 때문에 살아 있는 사람이 편히 내려놓지 못하면 죽은 사람도 평온을 얻을 수 없다고 말입니다. 이 홍진 세상의 미련을 끊어내지 못하는데 무슨 수로 승천해서 다시 태어날 수 있겠습니까?"

손가락으로 비석 가장자리를 매만지는 소평정의 눈가가 불그스름하게 물들었다.

"노각주 말씀이 옳다는 것은 저도 압니다. 하지만 때로는……도저히 그렇게 할 수가 없더군요."

순비잔도 지난 일을 떠올리면 아직도 그 아픔이 고스란히 느껴졌다. 그는 힘껏 고개를 끄덕이고 다가가 술잔을 올리고 소평정과 함께 묘 앞에 앉았다.

산바람이 불어와 저 멀리 소나무 숲을 흔들고 면면히 이어진 봉우리 사이사이를 휘감았다. 두 사람은 고개를 들고 바람 소리에 가만히 귀 기울였다. 마치 저 높은 하늘 반대편에서 누군가 소곤소곤 시를 읊고 노래를 중얼거리는 것 같았다.

참배가 끝나자 직무를 맡은 순비잔은 그날 밤 금릉으로 돌아갔고, 소평정은 며칠 머물며 몇 년간 쌓아둔 이야기를 큰일 작은 일 가리지 않고 예전처럼 시시콜콜하게 형에게 고했다.

이날 성에서 나오기 전에 궁궐을 찾아 휴가를 청했기 때문에 그를 방해하는 사람은 없었다. 덕분에 그는 조용히 생각을 정리하면서 더욱 명확히 결심을 할 수 있었다.

잠시 머무는 장림부 동쪽 원락으로 돌아간 소평정은 친위대들도 물리고 홀로 서재에 앉아 상주문 두 통을 썼다. 한 통은 악은천을 동쪽 국경을 수복할 군대의 주장으로 추천하는 내용이고, 다른 한 통은 경성을 떠나는 것을 허락해달라는 내용이었다.

상주문을 받은 소원시는 이미 예상하고 있었지만 그래도 마음이 아파 고개를 푹 숙이고 한참을 답답해하다가 눈시울을 붉히며 물었다.

"소원계가 죽기 전에 한 말을 들었을 것입니다. 선제께서 황백부께 한 번도 의심을 품으신 적이 없듯 짐도 반드시 그리할 수 있습니다. 그런데 장림왕은 짐을 믿지 못하는 것입니까?"

너무나 마음을 아리게 하는 그 질문에 소평정의 심장도 죄어들었다. 그는 가벼운 목소리로 대답했다.

"신은 당연히 폐하를 믿습니다. 다만 천성이 게을러 아버지와 형님의 뜻을 이어받을 수 없을 뿐입니다. 훗날 폐하께 정말로 신이 필요하다면 세상 어디에 있든 반드시 오늘처럼 충성을 바칠 것입니다."

소원시는 붙잡아봐야 소용없다는 것을 알고 소맷자락으로 눈물을 닦으며 고개를 돌렸다. 옆에 서 있던 태감이 그 뜻을 헤아리고 허둥지둥 곁채로 들어가더니 누런 두루마리를 가져와 공손하게 탁자에 올려놓았다.

"일찌감치 이 조서를 준비해두었지만 오늘에서야 공표하겠습니다. 훗날 그 누가 원수가 되더라도 우리 대량의 북쪽 국경을 지키는 군은 언제까지나 장림이라는 이름을 쓸 것입니다."

이미 사직을 청한 소평정 앞에서 이 조서를 내린 것은 마음을 표하기 위함이지 잘 달래 붙잡기 위해서는 아니었다. 장림의 기개는 변경의 전쟁에 항거하는 데 있지 이름이 무엇이고 원수가 누구인지는 중요하지 않다 하지만, 지금 이 순간 부왕과 선제, 그리고 장림군을 세운 초창기 선배들을 떠올린 소평정은 마음이 한결 가벼워져 저도 모르게 눈가를 촉촉이 적셨다.

"폐하께서는 선제처럼 어질고 덕이 많으시니 훗날 금릉성의 조정에 인재가 즐비할 것입니다. 소신은 이만 떠나겠으니 부디 옥체 보존하시고 강산을 길이길이 평안하게 해주십시오."

소원시는 이를 악물고 슬픔을 참으며 천천히 고개를 끄덕였다.

"장림왕도 금릉성의 옛 벗을 잊지 말고 석별의 슬픔을 달랠 수 있도록 세상 어디에 있든 자주 서신을 보내십시오."

장림왕이 사직하고 경성을 떠난다는 소식은 순식간에 곳곳으로 퍼져나갔다. 종친과 대신들 중에는 진심으로 안타까워하는 사람도 있고 겉으로만 그런 척하는 사람도 있었지만, 찾아와서 인사를 나눌 자격이 있는 사람은 모두 그를 방문하여 한두 차례 만류했다. 찾아올 자격은 있지만 끝내 오지 않은 사람은 악은천 한 사람뿐이었다.

5월 열이레는 소평정이 경성을 떠나기로 한 날이었다. 하늘이 막 밝아올 때쯤 소평정은 혼자서 조용히 말을 끌고 동쪽 원락 옆문으로 나왔다. 말에 오르려던 그는 문 옆 사자상 쪽에서 걸어나오는 악은천을 보고 움찔 멈추었다.

"전하께서는 소원계가 동해에 관해 쓴 책을 제게 주시고 저를 동쪽 국경의 주장으로 삼으라 추천하셨지요. 이처럼 이끌어주시니 실로 갚을 수 없는 큰 은혜를 입었습니다."

악은천은 두 손을 모아 깊이 허리 숙여 예를 올린 후 엄숙한 표정으로 물었다.

"전하께서 폐하께 사직을 청하신 뒤로 온 조정이 만류했는데도 소장 혼자 한 마디도 하지 않은 까닭이 무엇인지 아십니까?"

소평정은 빙그레 웃었다.

"아마 장군은 내 결정에 찬성하기 때문일 것이오."

"그렇습니다. 소장은 찬성입니다."

악은천은 당당하게 고개를 끄덕이며 차분한 표정으로 말했다.

"전하께서 랑야산을 내려와 근왕군을 일으키실 때 이미 사라진 장림군의 군령만 지니신 채 겨우 몇 개 주만 들르셨는데 10만 대군이 따랐습니다. 이 세상에서 가장 무서운 것은 바로 뜻이 있는 사람입니다. 전하께서 조정에 남으시면 반드시 높은 지위와 권력을 누리게 되실 텐데, 지금 당장은 아무 문제도 없겠지만 훗날 누군가 무슨 말을 할지 어찌 알겠습니까?"

"그래서 악 장군은 내가 그 혐의를 피하려고 이러는 것 같소?"

악은천은 가볍게 고개를 저었다.

"전하께서 지난날 부친상을 치르기 위해 경성을 떠나신 것만 보아도 알 수 있지요. 전하께서는 그들의 심계를 당해내지 못하는 것이 아니라 그들을 상대하는 데 신물이 나신 것입니다. 어차피 이곳에 뜻이 없다면 여기서 멈추고 물러나는 것이 상책이 아니겠습니까?"

누군가가 자신의 속을 이처럼 빤히 들여다볼 줄은 생각지도 못한 소평정은 절로 찬탄하는 눈빛이 되었다.

"악 장군이 이처럼 솔직하게 나오니 나도 한 가지 묻고 싶소. 악 장군처럼 총명한 사람이라면 이해득실도 그 누구보다 잘 알 것이오. 그런데 어째서 경성이 위기에 처했을 때 고작 몇 사람만 데리고 수만에 이르는 반란군을 상대로 하등의 승산도 없는 일을 하려고 했소?"

악은천은 입을 다물고 잠시 생각하다가 천천히 대답했다.

"아마도…… 제가 그 정도까지는 머리가 잘 돌아가지 않기 때문이겠지요."

소평정은 슬쩍 두 눈썹을 세우며 그의 어깨를 힘껏 두드렸다.

"악 장군의 가장 큰 장점이 바로 그 잘 돌아가지 않는 머리일 것이오."

두 사람은 마주 보고 큰 소리로 웃은 뒤 두 손을 모아 예를 올렸다. 더는 말이 필요하지 않았다.

소평정은 옛 저택과 작별하고 말에 올라 성을 나섰다. 여름날의 아침 해는 완전히 떠오르기 전부터 불처럼 이글거리며 성 북쪽 관도를 눈이 부실 정도로 하얗게 내리쬐었다.

소평정은 채찍을 휘둘러 높은 언덕으로 말을 달린 후 고개를 돌려 다시 한 번 경성을 바라보았다. 높이 솟은 성루에는 아직도 아침노을이 화려하게 수를 놓고 있었다. 그는 마지막으로 그 광경을 바라본 뒤 말머리를 돌렸다. 그런데 막 길을 재촉하려던 그가 갑자기 앞쪽에 시선을 고정하며 멍하니 동작을 멈추었다.

높은 언덕 위에 자리한 정자 밑, 진초록빛으로 흩날리는 버드나무 가지 사이로 아리따운 그림자 하나가 보였다. 치맛자락이 가볍게 나부끼고 고운 머리카락이 허리까지 흘러내린 그녀의 촉촉한 눈동자에는 꽃잎처럼 달콤한 웃음이 담겨 있었다.

소평정은 놀라면서도 기뻐 즉시 말에서 뛰어내려 바람같이 정자로 달려가 단숨에 그녀를 품에 꼭 안았다.

"북연으로 쫓아가야 당신을 만날 수 있을 줄 알았는데……."

"나도 그럴 생각이었어요."

임해가 손가락으로 그의 앞섶을 잡아당기며 입꼬리를 살짝 올렸다.

"하지만 무엇 때문인지 걷고 또 걷다보니 나도 모르게 금릉으로 와버렸더군요."

소평정은 참지 못하고 껄껄 웃었다.

"여기까지 왔는데 성으로 들어오지 그랬소?"

"여기서 당신을 기다리는 것이 더 좋지 않아요? 당신이 반드시 올 거라고 생각했어요. 어쨌든 당신이 좋아하는 것은……."

임해는 두 뺨에 홍조를 떠올리며 말을 끊었지만 소평정은 그 뜻을 알 수 있었다.

"당신 말이 맞소. 나는 성 밖의 들판이 더 좋고, 먼 곳의 산수가 더 좋고, 또 당신이 더 좋소. 하지만 임해, 세상에는 늘 파란이 있게 마련이니 평생 평화롭게 산다고 확신할 수는 없소. 그런데도 정말 이 삶을 나와 함께하기로 결심한 거요? 다시는 헤어지지 않기로?"

고개를 숙이고 이렇게 물으면서 소평정은 그녀의 허리를 안은 팔에 더욱 힘을 주었다. 어떤 대답을 듣더라도 다시는 놓아주지 않으려는 것처럼.

임해는 그의 가슴에 기댄 채 한동안 쿡쿡 웃더니 눈물을 글썽이며 가볍게 말했다.

"그런 바보 같은 질문은 말아요. 그걸 원치 않았다면 내가 왜 여기 있겠어요?"

두 사람은 귀밑머리가 뒤섞이도록 서로를 힘껏 끌어안았다. 가슴을 가득 채우는 부드러운 정과 함께 자신이 얻은 행운이 너무도 소중하게 느껴졌다.

이 넓은 세상에서 서로를 만난 것도 행운.

나라를 저버리지도 않고 서로를 저버리지 않은 것도 행운.

정만 깊은 것이 아니라 인연도 깊어 어려움을 겪고도 결국 여생을 함께하게 된 것은 더욱더 행운이었다.

허공에서 퍼덕퍼덕 날갯짓 소리가 들리더니 하얀 비둘기가 날개를 펴고 하늘 저편으로 미끄러져갔다. 북쪽 고개의 산골짜기에서 불어온 바람이 주변을 맴돌다가 정자를 뚫고 지나면서 서로 얽힌 젊은 연인들의 옷자락과 머리카락을 흩날리고 푸른빛을 한껏 머금은 버드나무 가지를 흔들었다.

"노각주께서 이런 질문을 하셨소. 세상 어디에서 바람이 일고 언제 그 바람이 그치는지 아느냐고 말이오."

소평정은 품에 꼭 안은 낭자의 옥 같은 뺨에 입을 맞추고 나지막하게 웃었다.

"이제야 알았소. 사실 그건 대답할 필요도 없는 질문이었소."

一
끝

风起长林

랑야방 : 풍기장림 4

제1판 1쇄 인쇄 | 2018년 8월 27일
제1판 1쇄 발행 | 2018년 9월 3일

지은이 | 하이옌(海宴)
옮긴이 | 전정은
펴낸이 | 한경준
펴낸곳 | 마시멜로
책임편집 | 윤혜림
저작권 | 백상아
홍보 | 정준희 · 조아라
마케팅 | 배한일 · 김규형
디자인 | 김홍신
본문디자인 | 디자인 현

주소 | 서울특별시 중구 청파로 463
기획출판팀 | 02-3604-553~6
영업마케팅팀 | 02-3604-595, 583 FAX | 02-3604-599
H | http://bp.hankyung.com   E | bp@hankyung.com
T | @hankbp   F | www.facebook.com / hankyungbp
등록 | 제 2-315(1967. 5. 15)

ISBN 978-89-475-4357-6   04820 (4권)

마시멜로는 한국경제신문 출판사의 문학 브랜드입니다.
책값은 뒤표지에 있습니다.
잘못 만들어진 책은 구입처에서 바꿔드립니다.